·修订版·

QING
YU
NIAN

【龙椅在上】

IV

猫腻/著

人民文学出版社

图书在版编目（CIP）数据

庆余年：修订版. 第四卷，龙椅在上/猫腻著. —北京：人民文学出版社，2020
（2020.5重印）

ISBN 978-7-02-016173-7

Ⅰ.①庆… Ⅱ.①猫… Ⅲ.①长篇小说—中国—当代 Ⅳ.① I247.5

中国版本图书馆CIP数据核字（2020）第045068号

策划编辑　胡玉萍
责任编辑　涂俊杰
责任校对　杨益民
装帧设计　李思安
责任印制　王重艺

出版发行　人民文学出版社
社　　址　北京市朝内大街166号
邮政编码　100705
网　　址　http://www.rw-cn.com

印　　刷　三河市博文印刷有限公司
经　　销　全国新华书店等

字　　数　250千字
开　　本　890毫米×1290毫米　1/32
印　　张　9.5　插页3
版　　次　2020年5月北京第1版
印　　次　2020年5月第2次印刷

书　　号　978-7-02-016173-7
定　　价　39.00元

如有印装质量问题,请与本社图书销售中心调换。电话:010-65233595

目录

国事家事
天下事

　　初初入秋，庆国京都北方平原的上方，一片云影天光乍有乍无。在田里劳作的百姓们没有抬头。他们没有兴趣欣赏老天爷借助云朵的形状与阳光的折射玩的美妙把戏，只是想在天边那朵雨云飘来之前，将地里的作物收了回去。今年雨水偏多，南方那条大江涨得厉害，但对这些生活在北方的民众而言，河堤是否安好与他们没有什么关系，他们更担心这些可恨的雨会不会耽误一年的收成。

　　偶尔有几只硕肥的田鼠悍不畏人地从农民们的脚下穿过，抢夺着田中那些散落着的谷粒。农夫们手中的镰刀懒得对付这些祸害，只是专心致志地收割着谷子，官道两侧一大片连绵不绝的稻田里，那些唰唰的割谷声渐渐汇成一处，形成一种整齐而且能让闻者产生某种满足感的美妙声音。

　　那些赤裸着精瘦上身的农夫们，面朝黄土背朝天，将身上被谷叶割出来的道道小裂口展示给冷漠的上天观看，没有注意到官道上有一列长得看不见尾的车队正缓缓行了过来。

　　庆国使团终于做到了春时去、秋时回的承诺，赶在九月中回到了国土之中。

　　回时的车队比去时更加庞大，仪仗极其隆重，可以看出北齐朝廷对大公主出嫁的重视，毕竟是两国第一次联姻，谁也不知道这门亲事会给这片大陆带来什么样的变化。

除了北齐大公主所在的华美马车，还有一辆马车比较引人注意，不论与北齐送亲的描彩马车相比，还是与庆国朝廷的黑色马车对照，那辆马车都显得寒酸许多，拉车的骏马摇摆得有些有气无力。

使团成员知道那是因为马车太重的缘故，那辆车里放着北齐大家庄墨韩临终前赠予范闲的书籍，那些书看着不起眼，却比大公主的嫁妆珠宝重了许多。每每看到这辆马车，南庆官员们都会生出很多敬意，不仅仅是因为小范大人为朝廷带来的光彩，也是因为敬佩小范大人的治学之风——自沧州外入境后，小范大人便一直将自己关在那辆马车中昼夜不停地看书，很少下车。

"这日子没法过了。"范闲叹了口气，将手中那本前朝诗集放回身后的箱中。

一路南下，无比顺利，那位北齐大公主从庄墨韩逝世的悲哀情绪中逐渐摆脱出来，恢复了一位贵人应有的矜持与自重，没有给他带来什么麻烦。在驿站、城守府里，他偶尔还能与这位面相清美的大公主说上几句话，聊些寻常事情，排遣一下旅途寂寞。虽然身为臣子不敢有任何逾礼之处，但对着一位姑娘总比对着高达那些冷面刀客与言冰云那块冰要好许多。

但这种情况，在过了沧州之后就结束了，不是说回到庆国的土地，范闲便不敢与大皇子未来的媳妇说话，而是因为使团里忽然多了一个人。那个人的身份很特殊，一直待在大公主的马车里，范闲也不想看见她天天以泪洗面的凄惨模样，只好自己躲进马车中，将难题留给了小言公子。

一路上监察院都有情报传递，除了南方那几件古怪命案还没有线索，也没有什么特别的事情。这天，谁能想到北方却忽然传来了一个足以震动天下的消息。

沈重死了。一个即将下雨的夜晚，在十三名锦衣卫高手的保护下，他被手持一支长枪的军方大将上杉虎当街狙杀于轿中。

堂堂当朝锦衣卫镇抚司指挥使，继肖恩之后北齐最大的密探头子，竟然就这样窝囊地死了！这个看似荒谬的消息已经被证实，范闲揉了揉太阳穴，苦笑了一声，想到王启年在那份情报里的描述，不禁有些心惊。

——那个雨夜，上杉虎全身黑甲，手持长枪，于长街上纵马疾驰，一枪挑了轿中沈重的人头，长枪再扫，又撕了沈重身周的护卫身躯，待收枪纵马回府时，天上的雨似乎才敢落下来！

这等声势实在是有些骇人。一位九品上的绝世强者，用这种强悍的手段直接撕裂了所有的阴谋与算计，以武力挑战整个朝廷的权威，简直无法用"鲁莽"二字形容，应该称其为暴戾！

没有想到上杉虎竟然会是如此霸蛮的人物，范闲觉得头愈发地痛了，手指再怎么揉也无法缓解。很多人知道他在肖恩越狱一事上扮演的不光彩角色，就算谭武在毁面自杀前没有高呼那一声"杀我者范闲"，上杉虎也会将肖恩的死亡、南朝人的临阵背叛这两笔账都算在他的头上。

范闲只希望南庆与北齐世世代代友好下去，永不再战，永不给上杉虎在沙场上与自己对阵的机会。

沈重的死还有许多疑点，毕竟是权倾一方的锦衣卫头目，就算上杉虎如何强大、军方如何震怒，想要当街杀他也不是件容易的事情，事后北齐朝廷的反应似乎也证实了这一点。宫中沉默一夜后，只是将上杉虎圈禁府中，爵位全夺。另一道旨意却是令人震惊地直指沈重这些年来的诸多犯法违禁事，那圣旨上的一笔一笔，竟是将刚死的沈重直接扔进了污水缸中，让他永世再难翻身。

接着沈宅被抄，锦衣卫内部大清洗，军方扬眉吐气，想来少年皇帝也很欢迎这样的局面。通过此事，上杉虎对于皇家的怨气应该要少了些。不过这样的一头猛虎还真不好驾驭。杀，自然是杀不得，没人愿意承受军方的反弹。放，也是放不得，猛虎归山，谁知会有何等后患？

范闲没想到海棠听了自己的话之后，对沈重的下手来得竟是如此快，如此猛烈。在脑海中构织出上杉虎雨夜突杀沈重的画面后，本应担心自身安危的他，无来由地生起一丝快意与欣赏。厉杀决断，快意恩仇，当上杉虎于马上缓缓举起黑色长枪，准备收割沈重性命之时，只怕眼中再无一丝对这天地的敬畏了，长街上的那场夜雨，该是怎样嚣张地下着？

他掀开车帘，也不喊车夫停车便直接跳了下去，站在官道之上，挥手扇开迎面而来的黄风，看着官道两侧正在辛苦劳作的农夫，沉默片刻后，暂时把那些事情抛诸脑后。

马上就要入京，他停止了对家中亲人的思念。明日便能看见婉儿了，不知道她的身子养得好些没有，至于妹妹那面，如果五竹叔在京都，应该暂时无碍才是。

他忽然转身上了后一辆马车，看了眼正在装睡的言冰云，皱了皱眉头问道："你惹出来的麻烦，终究要你去解决，这马上便要入京，难道让她一直跟着公主殿下？如果让北齐方面知道我们包庇他们的重犯，你让朝廷如何向他们交代？"

言冰云睁开眼睛，偏过头不看他，望着车窗外的金黄稻田，眼中闪过一丝挣扎，最终淡淡地说道："沈重之死，只是北齐皇帝夺权的步骤，她的死活北齐方面不会关心。"

范闲望着他，忽然柔和了语气："她的死活若你也不关心，那就交给我处理吧。"

言冰云缓缓回头，说道："杀了她，对我们没好处。"

"舍不得就是舍不得。"范闲笑着摇了摇头，"我本以为你不是寻常人物，没料到竟也如此自欺欺人。"

言冰云没有回答，沉默着将头转了过去，望向窗外的农夫们正在收割着沉甸甸的谷子，抿着唇一言不发。

前方那辆华丽贵重的马车中，北齐大公主看着窗边那位自幼与自己感情极好的姐妹，叹了口气。

从上京城侥幸逃出来的沈大小姐痴痴地趴在窗棂上，与言冰云一样，看着窗外相同的景色，却不知道此时心里是在想着情郎的绝情，是家破人亡的惨剧，还是离国去乡的悲哀。

车队来到京都外最后的驿站，范闲叹了口气，只好将沈大小姐的问题拖到入京后再做处理。以他的想法，这个女人断没有留下来的必要，只是沈大小姐与那位大公主有交情，而小言公子与她的关系更是复杂。

早有礼部与鸿胪寺、太常寺的官员等候，见礼后极恭敬地将北齐公主殿下迎下车来。范闲招来高达，让他领着两名虎卫去将公主的车驾守住，不想让这些朝臣发现车中另有女子。事实上以他目前的权力地位，根本不用如此小心。

"范大人一路辛苦了！"

"范大人此行大长国威，陛下十分欣喜，此次回京，只怕马上就会另有重用吧？"

"老胡这话可是说错了，范大人如今……"

恭维声起，范闲在官员们的簇拥下进了驿站。北齐大公主在内室休息，迎接正使的排场倒显得更隆重些。如果不知道范闲身份的人，一定很不解为什么那些庆国朝廷里的大臣们会对这位年轻官员如此尊敬。

范闲微笑地对着身周的官员举手回礼，谈不上腻烦，只是有些着急。这些来迎的官员他大部分都认识，有些是在太常寺的同僚，有些是鸿胪寺与北齐谈判时名义上的下属，只有礼部的那些官员在恭敬中带着一丝畏惧。他明白这是什么原因，毕竟郭攸之是被自己一手搞死的。

刚坐在椅子上，茶都没喝，他便开口问道："接下来是个什么章程？宫里有没有旨意，使团什么时候进京？"

礼部的官员好不容易得到了亲近他的机会，哪肯错过，一位员外郎赶紧应道："范大人放心，一应仪仗都有礼部安排，头前宫中便有了安排，早就妥当了。"

另有鸿胪寺的下属说道："圣上知道使团官员离家日久，思家心切，所以未下明旨，只是口谕让使团进京，大人入京后，先去宫中……"

话还没说完，一位穿着正四品官服的官员从外面走了进来，屋内的官员们赶紧站起身来。范闲定睛一瞧，笑着迎了上去，一拍对方的肩膀说道："任大人，您怎么也来了？"

来者是鸿胪寺少卿任少安。他苦笑说道："齐国公主来嫁，这是何等大事，我这个太常寺的苦力不来，不用都察院的御史来参，我就只好请辞了。"

范闲有些不解，明知道今日使团会到，为何他来得这么晚？他拉着任少安到了门外，低声问道："怎么回事？"

任少安知道他的性情，担心惹出麻烦，不知道该不该说，但现在林相告老还乡，他这个林府门人又没有瞒着范闲的道理，不禁有些犹豫。

范闲盯着他的眼睛说道："我不是傻子，使团回京这是何等样的大事！北齐的公主在这儿，怎么来迎的尽是这些芝麻官，辛其物哪儿去了？礼部侍郎呢？宫中也要派些老嬷子吧，太常寺理的就是皇家这些事情，你怎么说？"

任少安苦笑一声，说道："今日……实在是不巧，辛其物去了那边，别人也都去了那边。你也别怪我，我赶着过来，也算是把那边得罪了。"

"那边是哪边？"范闲的神情显得有些讶异。

任少安叹道："大皇子也是今天回京，与你们隔着不到三里远扎着营，这事儿太巧，礼部、枢密院的人都在那边侍候着，你这边自然清静了些。你我的交情在这里，我就明说了，你难道还真在乎这些表面上的仪程？"

"我只是想赶紧回京，但那位毕竟是北齐公主，朝廷若慢待于她，惹得天下物议，实在不美。"

"那边毕竟是拥有兵权的大皇子，朝臣们自然要往那边拥，就算是拍马屁也得拍高头大马的屁股……"

范闲挥手阻止了任少安的解释，问道："年初旨意写得明白，秋深长草之时，大皇子才会领军回京，这才初秋他怎么就回来了？"

"说是太后想长孙了。"任少安意味深长地笑了一声，"大皇子领着两百亲兵提前启了程。"

范闲不满地说道:"难道礼部被郭家带蠢了吗,这种事情不知道提前安排妥当?不管是哪路先知会一声不就是了。"

任少安苦笑着说道:"礼部与鸿胪寺一路都有信给你,说让使团慢些,谁料到使团路上竟是一天没歇,怪谁?"

使团千里疾驰回京,本就是范闲的意思,他这时候自然不好说什么,咳了两声道:"那接着怎么办?"

"容一容,等安排好了,使团后日入城,你看怎么样?"任少安不知道眼前这位在监察院里待了多久,有没有继承陈院长那股谁都不看在眼里的骄横气,带着小心问道,"新任礼部尚书不好意思来这边,专门托我传个话。"

范闲不想与那位素未谋面的大皇子争这些,也没觉得自己有资格与人争,便拍拍任少安的肩膀,说道:"放心,不会让你为难的。我去禀告公主一声,免得人家小两口没有见面就生了嫌隙,咱们这些做臣子的总要解释一下。"

任少安瞠目结舌,看着范闲离开的背影,心想您这玩的是哪一出?你什么都不说拖上两天又如何?那位公主若是个不肯落下风的,你这解释只怕就会成了挑拨,难道你这是故意的?

驿站外面又跑进来一位官员,正是鸿胪寺少卿辛其物,初秋燥热,他两边跑着,官服早已湿透。他看见任少卿在这里,压低声音说道:"你来得倒挺早。"

任少安笑骂道:"小范大人在这里,我敢不来?倒是你一向与他亲近,这时候才来,当心待会儿他不给你留面子。"

辛其物苦笑道:"大皇子与使团同时抵达京外,我看啊,先不说礼部那些人不知如何安排,就连这三院六部四寺的臣子都有些迷糊,到底应该先迎哪一边?"

这话一出口,任少安与辛其物同时安静下来,发现刚才自己的对话,竟是将大皇子与使团的重要性放在了同一个层级上考虑，难道说……范闲掌了监察院，又有了一代文名，竟是隐隐可以与一位掌兵皇子的地位相提并论？虽说使团里还有一位公主，但官员看重的自然是范闲。

"小范大人……先前没有说什么吧？"辛其物小心问道。

任少安摇了摇头。辛其物稍稍心安，微笑着说道："大皇子先至，我总要替东宫致意，范大人是臣子，自有分数……"

"我可没什么分数。"范闲一路走了过来，与辛其物打了个招呼，说道，"你是鸿胪寺少卿，主理外交事务，不来接使团，却跑去接大皇子，难道你也准备去枢密院？"

话虽平淡，却流露出了一丝不爽。辛其物一愕，心想范闲不应该在乎此事，更不应该将不满表露在脸上才对啊。

范闲拱手一礼，说道："使团今日便要入京，二位大臣安排一下吧，礼部那边找不到人，你们找去。"

嗡的一声！二位少卿的头顿时大了起来，怎么都没想到范闲竟有这般大的胆量与大皇子争道！

只是宫中似乎忘了这件事情，根本没有旨意，使团如果要抢先入京，从规矩上说，倒也没有多大问题。

问题是……那边可是大皇子啊！

任少安咳了两声，看了范闲一眼，想提醒他一下，范闲却是毫不理会，微笑着说道："使团要先入京，这是公主殿下的意思，你们去安排一下，大皇子那边嘛……让他们等等。"

说完这番话，他一甩袖子就出了驿站，吩咐下属开始准备入京的事宜。辛其物脸上的神情变化不停，后来一咬牙说道："反正宫中也没有说法，这事我不管了！"

任少安微怒道："你不管了你去哪儿？你这鸿胪寺的少卿不管使团入京仪式，当心别人参你。"

辛其物冷笑着说道："接使团这是我的职司，就算大皇子不高兴我也有个说法……倒是你，太常寺管理宗族皇室，这一边是陛下的儿子，一边是陛下的儿媳妇，你准备管哪边？"

使团这边，范闲看着言冰云说道："你待会儿不要露面，入京后言大人会派人来接你，没述职之前，不要让别人知道你的消息。"

言冰云说道："那人毕竟是大皇子，陛下的儿子，你有什么资格和他争？你不是蠢人，你究竟在想什么？"

"皇子这玩意儿很稀罕吗？"范闲忽然自嘲一笑，说道，"再说了，不是我要和他争，是那位贵人要和他争。小两口还没有见面，便要开始抢夺日后家中的话事权了。公主殿下本是个清淡的性子，一听说大皇子要抢先进城便柳眉倒竖，站在河东张嘴……这女人啊，果然都是看不明白的。"

"河东？什么河？"言冰云斥道，"这事还不是你从中挑拨。还没回京就要和大皇子撕破脸皮，你到底想做什么？"

"极好，似乎你开始为我这个上司通盘考虑问题了。"范闲微笑着说道，"至于我为什么要得罪大皇子，这个道理很简单——很难再找到今天这么好的机会。"

"什么机会？"

"一个表明我极不喜欢大皇子的机会。"

"为什么？"

"你久在北方，但这些日子相信也从使团里知道了我的许多事情。那我问你，我和东宫的关系如何？"

"表面上有些纷争，实际上太子很看重你，比如春闱的事情，还有出使的事情，他连番对你示好。"

"不错，我也对东宫多有回护。"这说的是春闱弊案中发生的事情，范闲没有给言冰云讲清楚，"而我与靖王世子交好，世子又是二皇子派……所以我与二皇子的关系也不差。"

言冰云马上明白了范闲为什么要得罪大皇子。

"我与东宫、二皇子的关系都不错，如果与大皇子关系也好……"范闲的脸上浮现出一丝自嘲的微笑，"试问一个手上有监察院和内库的年轻官员，同时交好三个皇子，那他想做什么？宫里那些贵人会怎么看他？"

此时京都城外乱成一团糟，宫里又迟迟没有旨意出来，一众官员汗湿衣衫，站在城门前，看着官道上远远行来的两列队伍，在心里不停地骂娘。当然，他们只敢骂范闲的娘——大皇子的娘是陛下的女人，那是不敢骂的。

大皇子的亲兵知道使团居然敢争道，早就怒气冲天，只是大皇子御下极严，只好忍着，看着使团似乎数不尽的马车缓缓从身边行过，一位裨将终于忍不住了，呵斥道："哪里来的臣子，一点儿规矩都不懂，是要找死吗！"

车队停了下来，场间的气氛变得无比紧张。范闲下了马车，对着车驾遥遥一礼，说道："微臣范闲，拜见大殿下。"

"你就是范闲？"一道雄浑的声音从那边传了过来，"敢与皇子争道，胆量可观，只是未免愚蠢了些，也不知道晨儿是怎么看中了你。"

这位大皇子长年征战在外，沙场上多是风雪，刀光夹着鲜血浸染几年下来，他与京中的几位兄弟大不相同，虚伪少了些，说话明显要直接很多。

范闲微微一笑，说道："臣不敢与殿下抢道，只是……"

话音未落，他身后那辆华贵异常的马车里，传出北齐大公主平静而自信的声音："本宫柔弱女子，一路南下远来，莫非大殿下定要让我在城外多待几天？"

一时间，大皇子的亲兵们都愣住了，才想起使团里面还有位尊贵的人物，这女子再过些日子就会是大皇妃，自己这些人的主母。

礼部尚书站了出来，准备打圆场，稍许说了几句什么，但在一片马嘶之中，竟是没有几个人听清楚。

西军亲兵营像流水一般从中分开，数十匹骏马被控制得极好，在官道上让出一大片地方，嘚嘚马蹄声中，一位浑身披着玄色战甲的大将驾马上前。

这些亲兵长年在外，哪里知道范闲是个什么样的角色。先前看这漂亮的公子哥说话便是一肚子气，想将他吓倒在地，好生羞辱一番。几匹高头大马擦着范闲的身体掠过，看上去极其危险。

范闲面带微笑，对着马上的大将行了一礼，根本不理会身边跳跃嘶鸣挑衅的骏马，轻声道："见过大殿下。"

这位将军便是庆国的大皇子，只见他双目炯然有神，眸子里露出一种天然的厉杀气，眉直鼻挺，颧骨微高，却不难看，透着英武的气质。他骑在马上，全身盔甲反光，看上去真像位天神一般，令人不敢直视。

所以范闲没有直视，只是带着一丝微羞的笑容低着头。

大皇子似乎没有想到马前这个显得有些拘谨与卑微的文臣，便是如今京中最当红的范闲，微微一怔，开口说道："怎么笑得像个娘儿们似的。"

他只是无心言语，那些亲兵却以为主子是要刻意羞辱这个敢和己等争道的年轻文臣，于是齐声大笑起来。那几匹战马也离范闲越来越近，明显着是亲兵想纵马将使团逼离官道。

大皇子略愣了愣，也懒得去管，唇角浮起一丝笑意。

范闲没有料到大皇子竟然不给婉儿面子，看来更不会给自己这个偏远妹夫面子了，不由在心头叹了一口气，准备暂时退下——与大皇子结怨的目的已经达成，他自然不想与对方真的翻脸——他与军方没有什么关系，本就是他的弱点，如果让那些枢密院的老将，甚至是秦家的人以为他是刻意落西路军面子，恐怕日后在朝中会非常不好过。

他这般想着，却忘了下属不会这般想，见着提司大人处境危险，隐藏在使团里的监察院吏员剑手们纷纷显出身形，如十几道轻烟一般游出，或站于马车之上，或寻找到官道旁的制高点，举起手中的弩箭，对准了逼近范闲的那几匹战马。

"使不得!"礼部尚书大惊失色地喊道。双方居然要在京都外动武?这要传遍天下,朝廷哪里还有颜面!自己这礼部尚书自然是不用做了,你大皇子难道还能有好果子吃?你范闲就算有监察院撑腰,难道陛下还不赏你一顿板子?

这时群臣才反应过来,看着那些监察院官员,想起范闲那令人害怕的身份,纷纷喊道:"都住手!"

大皇子冷眼看着这一幕,不知怎的,却对这个名叫范闲的年轻官员观感好了很多。范闲却在暗中叫苦,这些监察院官员路上被他调教得极好,此时心忧他的安危,竟是毫不顾及朝廷颜面,用弩箭对准了对方,要知道这些将士可是在外为国征战日久,这事要是传出去,只怕陈老跛子都会难受。

大皇子笑了起来,似乎看出了范闲内心的担忧,准备看他如何处理这种局面。他的亲兵营见着居然有人敢威胁自己,凶意大作,提枪张弓……将范闲围在了当中!

范闲苦笑一声,举起右手,屈起了中指与无名指,在几匹马的包围中清清楚楚地比画了一个手势。

监察院官员与剑手们看见这个手势后,面无表情,收弩,下马,归队,竟是整齐划一,没有半分犹豫。

大皇子骑在马上,露出盔甲的半张脸上面色不变,内心深处非常震惊,这个看似文弱的臣子竟然驭下如此之强?当此局势竟是一个手势便能让所有的人立即住手,这等纪律,纵使是自己的西路军,只怕也做不到。

大皇子心中清楚在京都郊外不可能真的如何,更何况城门处还有太子与老二在等着,他轻轻提了提马缰,挥手示意将士们退下。一阵并不整齐的哗啦声音响起,亲兵们犹自有些不甘地收回弓箭,拉马而回,比起监察院见令而止的气势着实是差了不少。

就在这时，异变陡生。官道上铺的黄土已经渐渐干了，扬尘而起，灌入一匹战马的鼻子，那匹战马踢着蹄子，扭着长长脖颈，顿时让几匹马乱了起来，向着范闲冲了过去！

大皇子大惊，如果真撞死了这位父皇眼中的红人，只怕自己在西边的功劳就全废了！

嘶！马儿直冲而过，顿时将范闲湮没在腾起的灰尘之中，只有高手们才能隐隐看清灰尘里有两道亮光响起。

砰砰两声堕地闷响，灰尘渐渐落下，范闲依然保持着那可恶的微笑，有些拘谨地站在场中央，那两匹惊马却是掠过了他的身体，颓然倒在地上。马上的亲卫似是昏了过去，那两匹马却没有这么好的运气，马头带着两蓬鲜血飞了老远，沉重的马尸震得官道上的黄土道微裂！

在范闲的身后，两个穿着褐色衣裳的刀客双手紧握长刀，面色冷漠，眼泛寒意，看着不远处的大皇子亲兵营。

两刀齐下，生斩两个马头，好快的刀，好快的出手！

大皇子眼瞳一缩，看着范闲身后的两个刀客，猛然间觉得对方的出手有些熟悉，便用手指轻轻敲击着大腿外侧的甲片，发出当当轻响，忽然说道："范大人果然厉害，本王征战数年，没想到一回京都，便被阁下当众斩了两匹马，原来朝廷便是这般欢迎将士回家的！"

范闲叹了一口气，用手帕掩住口鼻，似是嫌这马血的味道刺鼻，幽幽地说道："大殿下，您再借我几个胆子？"

大皇子身边那位贴身的护卫走上前来说了几句什么。大皇子看着范闲身后的两个刀客，皱眉说道："原来是虎卫。"

这时，高达也在范闲的身后低声说道："那位是虎卫。"

范闲一挑眉头问道："你认识？"

"属下不认识，但属下知道。"高达沉声应道。

范闲说道："你既是虎卫，怎能对大皇子如此无礼。"

高达沉声道："少爷，陛下有旨，属下只需护得少爷平安，至于对方是谁，不用考虑。"

二人说话声音极轻。范闲的眉宇间骤现几抹莫名忧色。

大皇子属下将昏厥的两个亲兵抬了回去，大皇子单骑而至，到范闲的身边，压低声音说道："你这脾气我喜欢，但你杀马不祥，入京后，当心本王找你麻烦。"

此时众官员才围了上来，任少安拉着范闲的手，辛其物抱着大皇子的腿，宫里的小黄门死命攥着大皇子的马缰，礼部尚书吹胡子瞪眼，将那些面带恨意的亲兵营骂了回去，另有枢密院的大佬充当马后和事佬，总之是庆国朝廷齐动员，将大皇子与范闲围在当中，想化干戈为玉帛，化戾气为祥和。

双方争执不下，被众位朝廷官员抱腿的抱腿，拦马的拦马，这架自然是打不成了，于是只好玩些口舌上的官司。那些西军将士打仗或是厉害的，打起嘴仗又如何是使团里这些官员的对手。从朝廷规矩到两国邦谊，从陛下圣心到官员颜面，渐渐地大皇子那边落了下风，却是十分强硬地将官道堵着，不肯让使团先进。

此时，一辆明黄色的车驾，便在庆国开国以来，整个朝廷最热闹的一次菜市场撒泼中，缓缓驶近了事发现场。

终于有人发现了，赶紧住嘴不语，此时范闲早就退了出去，凑到言冰云的马车旁边不知道在说些什么。得了言冰云的提醒，范闲发现了这辆车驾，赶紧迎了上去，整理官服，跟着身边的那些官员，行了大礼。

"拜见太子殿下！"

太子拿着圣旨，在城门处迎接大皇子返京，哪里知道这里竟然闹得如此厉害，没办法只好屈尊亲自前来调解。

见是太子来了，大皇子也不再放肆痛骂，走到太子车驾之前，便要跪拜。太子下了车驾，赶紧拦着，硬是不让他跪下去，嘴里不停地说道："大哥，你有甲胄在身，不须行此大礼，更何况你是兄长，怎能让你拜我。"

大皇子的性情还真是直接，太子说不让拜，他便不拜，直起了身子，取下了头盔。太常寺与礼部的官员心里犯着嘀咕，但两兄弟的事情，他们这些做臣子的哪里敢多嘴。

太子望着兄长的脸颊，有些动情地说道："大哥长年在外为国征战，这风吹日晒的，人也瘦了。"

大皇子笑着应道："这有什么，在外面跑马也算舒爽。你也知道，我最不喜欢在府里待着，闷死个人。这不，如果不是奶奶一定要我回来，我恨不得还在外面多待些日子。"

太子责怪道："不只皇祖母，父皇皇后、宁妃，还有我们这些兄弟，都想你早些回来。"

大皇子斜了范闲一眼，说道："只怕有些人不想我早些回来。"

太子见他面色不豫，问清楚发生了什么事情，不由得哈哈大笑起来，招手令范闲过来，责问道："是你与大殿下争道？你可知这是重罪。"

范闲苦笑着解释道："臣哪有那个胆子，委实是北齐大公主殿下一路远来，路上染了些风寒，禁不得在城外再等了。"

太子怔了怔，走到北齐公主车前轻声致意，回过身来对大皇兄笑着说道："你这两年不在京中，不知道发生了什么事情，想来也不知道范闲。来来，本宫给你介绍一下。"

范闲与太子见面极少，知道对方是要在众官面前显示与自己的亲密友好关系，于是满脸微笑走上前去，对着大皇子行了一礼："臣太学奉正范闲，见过大殿下。"

"你是四品居中郎。"太子责怪道，"怎么把自己的官职都忘了。"

范闲苦笑着摇摇头："这一路北上南下，实在是有些糊涂，请太子恕罪。"

太子对大皇子说道："范闲如今在帮院长大人的忙。"

"这我是知道的，监察院提司，好大的官威啊。"大皇子冷笑着说道。

太子笑着打圆场："罢了罢了，就算不看在我的面上，看在晨丫头的面上，话说小时候你与晨丫头可是极好的……说来说去，他也是咱们的妹夫，都是一家人。"

大皇子冷哼一声，看着有些拘谨的范闲："我生的便是这门子气，晨儿在宫中那是众人手心的宝贝，居然就嫁给这么个娘娘腔，看着便是恼火！成婚不到半年，居然就自请出使，将新婚妻子留在府里，如此心热权财，怎是晨儿良配！"

范闲这才知道自己完全搞错了方向，原来争道确实是家务事，却不是大皇子与将来的皇妃间的家务事，而是这位皇子与自己这妹夫间的家务事。

反正他就一味地笑着，不见半点嚣张，诚恳至极，做足了妹夫的本分，下足了臣子的本钱，四周官员瞧着，谁能想到这争道得罪人的事情，竟是从他的脑袋里面想出来的。

范闲的性情俗话叫作蔫儿坏，又算作阴贼之道，背底里欺负人的事情极愿意干，明面上却是极肯让，就像长公主被他阴了好几道，言纸逼出宫去，直到今天也不知道幕后的黑手居然是自己的女婿。正所谓能动的人一定要动一动，暂时动不了的人，打死他也不会动。大皇子自然是他目前动不了的人，今日他却偏偏要与大皇子争道，已是大逆平日意趣，其中缘由，或许只有陈萍萍那头老狐狸能猜到一点。

最后双方在太子的调解下达成妥协，一同入京。太子瞧着范闲在一旁闷不作声，心里却不知从哪里生出几分痛快，佯骂道："你也是胡闹，明明议好使团后日至京，怎么忽然就提前到了，让朝廷没个安排，生出这些事来。"

范闲应道："臣也是急着回家，殿下就饶过这遭吧，指不定明日还有哪位御史要参我了。"他心中也自奇怪，数月不见，这位东宫之主的气色竟是比以往好了许多，那股微微怯懦阴郁已然不在，容光焕发，不知道是得了什么喜事。

他不知道的是，长公主离开皇宫返回信阳后，压在身上的两座大山骤然间少了一座，心绪明朗，加上陛下今年以来也多有嘉许，太子的日子比以前好过多了。

在臣子心中，总以为太子好过了，二皇子想必心里不会太舒服。但在城门处，众人看着二皇子时，却没有从他脸上看到半丝不妥，反而是他身边那位年纪幼小的家伙吸引了更多人的注意。

皇帝陛下一共诞下四位皇子，太子不入序列，这位便是一直养在深宫的三皇子，今年九岁。此次大皇子远征回京，陛下钦命京中所有皇子尽数出迎，给足了尊重，也让这位一直没有出现在朝臣面前的小皇子，有了一次正式亮相的机会。

二皇子牵着小皇子的手，对着大皇子行了个礼。大皇子似乎与二皇子关系不错，上前一个熊抱，接着揉了揉小家伙的脑袋，粗声粗气地说道："怎么长这么高了？"

小家伙嘻嘻一笑，面露天真神态，回道："将来要与大哥长一般高，出去打胡人去。"

小皇子的生母是范府柳氏的姐妹，转着弯算起来，与范闲是正经的亲戚。范闲看着这个面相稚美的小皇子，看着他脸上的天真笑容，看出天真笑容里与年纪完全不称的一丝自持，嘴角浮起微笑，心想本大人自小伪装天真微羞，居然敢在我面前玩这套，真是范门卖笑而不自知了。

二皇子知道先前发生了什么，笑着对范闲说道："我说妹夫啊，你哪天能少惹些事情出来，我看这整个京都的官员都要谢天谢地了。"

范闲苦笑着再次解释道："实在是北齐公主的意思，安之区区一臣子，哪有这么大的胆子。"

太子皱了皱眉，似有些不悦老二与范闲说话时的口气，淡淡地说道："二哥，仪程未完，还是以官位相称吧。"

这话就有些不讲理了，先前他叫范闲妹夫叫得亲热，此时却不肯让二皇子叫。二皇子面色如常，应了一声，凑到范闲身边压低声音问道："春闱前，让你回府问晨儿她是怎么叫我的，你倒是问了没有？"

范闲这才想起那件事情来，摇头道："殿下也知春闱里出了什么事，一时竟是忘记了，今儿回府一定问出来。"

二皇子不再多说，牵起老三的手，随着前头的太子与大皇子向城里走去。二人说话的声音虽然小，依然传到了大皇子的耳朵里。大皇子知道范闲的名声，但毕竟久不在京中，不知道范闲究竟握着怎样的力量，此时竟发现不论二皇子还是太子对范闲都是多般怀柔，似生怕在场的官员不知道自己与范闲的关系极其亲密。

范闲另有想法。他看着前方那三大一小各自服饰不同，明黄夹着素黄的四位皇子，往黑洞洞的城门处走去，一时竟有些恍惚，心想莫非自己将来也有站在中间的一天？

京都之秋，清美莫名，天高云淡，初黄树叶低垂于民宅之畔，不肯仓促就水，街旁流水不免有些寂寞。长街尽头，远处宫檐偶露一角，挂于青天之中，尽显威严。

大皇子的队伍早已挟着余怒去了，使团的车队却是刻意压了速度，在鸿胪寺太常寺官员的陪伴下，慢悠悠地往皇宫处去。已经入了京都，范闲不再着急，反正也不能马上回家，得先去宫门处回旨，终于有些余暇去看看四周的景色。虽然他在京都拢共待了也不过一年时间，远不及澹州熟悉，但不知怎的，一入此间，一见四周民宅，嗅着京都里特有的气味便觉精神舒爽。

"大人急着回京，想必是家中有事。"骏马之旁的马车中，北齐那位公主殿下的声音幽幽传了出来。

范闲心知肚明对方是在刻意结纳自己，一路上双方的感情交流已经足够充分，此时身边耳目众多，还是免了这最后一遭，而且被对方说中了心思，他也不知如何回答。

他一催马蹄，向前数丈，来到言冰云的马车旁，压低声音说道："你必须带她走，如果你不想给我惹麻烦的话。"

小言公子看了一眼沈大小姐，不明白范大人什么时候多了个做媒婆的爱好，便将话题转开："大人今日争道大不明智，监察院在皇子之争中向来持平，大人曾说过，太子与二殿下对大人均有所期，既是如此，你就不该去撩拨大皇子。"

范闲知道对方说的有道理，身为监察院提司，要么永世不与这几位皇子打交道，要么与皇子交往就要一碗水端平，才能让宫中确信监察院不会偏向哪位皇子。但他不行，因为他知道自己的身份不仅仅是臣子那么简单——在皇子之中有所偏向，顶多会让陛下疑心自己在为以后的权力富贵打算，及不上陈萍萍纯忠。但如果真的一碗水端平，如此长袖善舞，只怕会让陛下疑心自己……不甘心做个臣子。这才是他最大的隐惧。

使团自有使团的事，使臣回京便没了差事，范闲纵马长街，直接回了范府。

此时已入夜，范府门前一片灯火通明，正门大启，一干长随护卫门客站在门外翘首相盼，柳氏吩咐着丫鬟婆子们一遍遍热着茶汤，等着少爷回府。

使团抵达京郊的消息早就传到了城内，本以为按仪程总要折腾两天才能入京，谁想林婉儿却是说今天必到。众人都知道郡主不是普通人，她既然说范闲今日必到，那必是能到，所以才在这里候着。

"来了来了。"有眼尖的下人瞧见了远方驰来的马匹，喊了起来。

"恭迎少爷回府。"众人齐声喊道。

范闲笑了笑，没有说什么，两步上了石阶，接过丫鬟递来的热毛巾胡乱擦了把脸，接过温热合适的茶汤漱了漱口，看着这些眼熟的下人丫鬟，心情真是不错，就连柳氏的笑容在他眼中也少了往日的算计味道，多了分真诚。

"老爷在书房。"柳氏接过他手上的毛巾，轻声提醒道。

范闲点了点头，一入府门却看着个黑胖子冲了过来，不由得大惊失色，心想这才几个月不见，账房神童怎么变成小黑铁塔了？却也不及相询，他喝道："待会儿再报账！我有事要做！"

范思辙一愣，收住了脚步，骂道："小爷今天心情好，你若不睬我，我也懒得和你说那些你不懂的账面话。"

范闲也是一愣，呵呵一笑，不知怎的却想到城门外看见的那一排四个皇子，伸手从怀里摸了个东西递给范思辙，笑道："什么账面话？我看倒是混账话。你自个儿先去玩，大老爷们儿别玩久别重逢这一套。"

范闲成婚后便有了自己的宅子，前后两院相通，是一府两宅的格。他与妹妹的感情极好，婉儿又与若若极为相得，若若倒是有大部分时间都是待在这院里。今日婉儿与若若居然没有出来相迎，这便透着几分古怪，范闲加快脚步，一旁的丫鬟有些跟不上，气喘吁吁地回着话："小姐还在，大少奶奶也还在。"

范闲心想这话说的真不吉利，这丫鬟也不知道是谁调教的。来到卧室门口，他轻轻推门，却发现门被人从里面锁着了，有些莫名其妙，加重力气拍了几下门，如果不是尊重妻子，只怕早就破门而入了。过了一会儿，才听到里面传来思思有些不安的声音："少爷，少奶奶先睡了，您别敲了。"

范闲眉头微挑，不知道出了什么事情，千里迢迢赶了回来，婉儿居然闭门不肯见自己。他看了一眼门内有些昏暗的灯火，没有说什么，一挥袖子去了另一房间，这次不再敲门，直接推门而入。屋内的姑娘站起来，看清楚来人是范闲之后，眉宇间的那丝淡漠化开，轻声道："哥哥回来了。"

范闲看着若若，先前的一丝不愉悦全数化为乌有，温和地笑道："怎么？看见我回来了，不怎么高兴？"

范若若微微一笑，走上前来，牵着他的袖子领他坐下，说道："又不是多久没见着，难道要妹妹大呼小叫，哥哥才肯满意？"

说话间姑娘家已经倒了杯茶，递到兄长的唇边。范闲接过，却不立刻喝下，盯着妹妹那张并不如何妍丽，却清爽至极的容颜。一时间，房内陷入一种古怪的沉默之中，两兄妹都是耐性极好的人，都在等着对方先开口。终究是范闲心疼妹妹，叹了一口气说道："你这是何苦？什么事情等我回来再处理就好了。"

范若若知道兄长已经看破了自己的打算，柔声应道："正是准备等哥哥回来见上一面，所以才拖到了今天。"

范闲站起身来，到她的闺床下拖出一个包裹，又从床后的杂柜里取出一个不起眼的盒子，然后将盒子掀翻，几张银票，还有几支珠钗、几粒碎银子落到了桌面上，当当作响。他皱着眉头看着桌上的这些物件，说道："离家出走，就带这几样东西……是远远不够的。"

范若若沉默片刻后，从袖子里取出一把防身的匕首。

范闲又气又乐又心疼，望着妹妹说道："你一个千金小姐，哪里知道人世艰险，就算你不想嫁人，这般贸贸然离家出走，不想想父亲心里该是如何担忧。还有我呢，你怎么不想想哥哥我的感受。"

范若若低着头，沉默半晌后说道："父亲几时真的看重过我？至于哥哥……难道哥哥忘了，是你从小教我，要我学会掌握自己的命运，尤其是婚姻这种人生大事，一定不能由着家中安排。"

范闲哑然无语，在这个世界上，官宦家的小姐们哪里会有这等离经叛道的想法，更不用说是准备付诸实践，妹妹之所以敢于勇敢甚至有些鲁莽地准备逃离，还不是因为自己从小就给她讲那些故事，在书信中教她做人的道理——难道梅表姐讲多了，女觉新就真的准备觉醒了？

他实在不知道自己当年的所作所为会给妹妹带来些什么，毕竟这个世界和那个世界截然不同，与众不同的想法有可能是一把会伤到自己的匕首。

"包办也不见得都是坏事，你没有与弘成相处过，又怎么知道日后不幸福？"

范若若依然低着头，语气没有丝毫松动："妹妹自小就认识世子，自然清楚地知道，我不喜欢他。"

这话如果让外人听去了只怕会吓个半死，堂堂范府大小姐居然会这般直接地说出喜欢不喜欢这种话来。范闲有些恍惚，下意识地说道："也不一定啊，我与你嫂子不也是指婚，可现在过得挺幸福的。"

范若若抬起头来，带着一丝坚决与执着说道："哥哥，不是天下所有人都有你与嫂嫂那种运气。"

范闲愣住了，这是他在妹妹的脸上第一次看见对自己的不认同，不免有些震惊。片刻后他忽然笑了起来，笑声里的快意没有半丝虚假——他确实很欣慰，当年的那个黄毛丫头终于长大了，终于学会坚持自己的看法了。

"若若，你信不信我？"范闲带着鼓励的神情问道。

范若若也露出了往日那般的笑容，点了点头。范闲看了桌上的物件一眼，笑着说道："既然信我，就不要玩这些了，我自然会安排妥当。"

范若若知道自己的想法是如何的大逆不道，抗旨又会带来何等样的祸害，只是从小便被兄长书信教育着，心灵深处早就种下了自由的种子，这些想法又无人可说，内心深处更是害怕连最为信赖的兄长，也会反对自己的决定。此时听到范闲的这句承诺，她这一月来的不安顿时化作秋日里的微风，瞬间消失不见，精神骤然放松了下来——是啊，兄长回来了，他自然会为自己做主。

接着她注意到兄长的脸色有些怪异，才想起来此时他如果不是在书房与父亲说话，便应该是与嫂子在一处，怎么会跑到自己屋里来了？

听着妹妹的询问，范闲心头一动，心想妹妹与婉儿关系好，自然知道婉儿发脾气的原因，赶紧问道："究竟出了什么事情？"

范若若想到北齐那边过来的流言，调皮地笑了笑，把他推出屋去，说道："这事妹妹可不能帮你，你自己去求嫂嫂吧。"

连着吃闭门羹，范闲有些恼火，但待他走回卧室，听着里面传出来的那首小令，顿时生出窘迫之感，明白了婉儿生气的缘由。

"知否？知否？应是绿肥红瘦……"

范闲心想自己用来骗海棠的李清照词，明明只有北齐皇帝太后与自己二人知道，怎么却传到了南方的京都？他咳了两声，上前推门。这次房门一推即开。既然两口子准备好生较量一番，哪有把擂台关起来不让人进的道理。

"少爷。"思思笑着将他迎了进去，替他解下单衣，递了条毛巾过来。范闲摆摆手示意已经擦过了。他看着这丫头的一脸坏笑，暗里又是一阵叹息，心想何止妹妹与婉儿，就连这丫鬟与自己打小一块儿长大，也被自己宠得没有了尊卑之分，当家庭剧上演之时竟还有看热闹的闲心、取笑自己的勇气。

林婉儿此时躺在床上，一床薄被拉到肩下，黑发散乱在肩头，看模样还真是刚刚睡醒。大大的眼睛望着远行归来的相公，没有半丝范闲准备迎接的怒气，小巧微翘的鼻尖微微一嗯，说道："相公啊，没出去迎你，莫见怪。"

范闲笑了笑，坐到床边开始执行三不政策，不解释，不掩饰，不说话，直接将手伸进被窝里，握住了她有些微凉的小手捏了捏，数月不见，许久没有揉捏婉儿柔若无骨的小手，还真有些想念。

思思还在屋中，林婉儿不免有些羞，眼睛瞥了一下那方。范闲抬头望去，发现思思正假意收拾桌上的药盒，眼睛却在往这边飞着，不由得笑骂道："真是惯坏你了，也不怕长针眼，还不快出去。"

思思笑了笑，行了个礼，推门出去，反手将门关上，恰好遇着去前宅端回食盘的司祺，赶紧将她拦在了外面。司祺是随着婉儿嫁过来的随房大丫头，与思思相处得也算融洽，此时见她拦在门外，顿时明白了里面那两位主子在做些什么，看着手上的食盘苦着脸说道："刚回家，总得先吃些东西吧。"

思思笑着说道："这些不过是填肚子的小点，前面宅子里不是在准备正餐吗？再说了，咱们家这位少爷……是得先吃点儿什么东西的。"

在司祺听来这话不免有些轻佻，脸色有些难看，用眼睛飞了思思一眼，鼻子一哼，端着食盘就去了隔壁的厢房。思思微微一愣，这才想起来自己先前那话确实极不尊重，于是赶紧跟着过去，不一会儿时间，隔壁的厢房里片刻安静之后，便传来了阵阵极低的笑声，想来两位大丫鬟已经和好如初。

范闲觉得嘴有些干，伸手到床边的小几上取了杯茶，润了润嗓子，想了想，又将茶杯递到了婉儿的唇边，喂她喝了半盅。婉儿两颊微有潮红之色，半盅温茶下腹，这才略回了些神，又羞又气地咬了他左小臂一口，说道："哪有你这般猴急的家伙，这才刚刚入夜，让那些下人猜到了，你叫我有什么脸。"

范闲侧身抱着妻子，手指头在她臂上轻轻滑动，说道："小别胜新婚，何况你我久别，亲热一番，又有谁敢说三道四？"他眼眸微转，接着促狭地说道，"再说了，若我先前不是这般猴急，只怕你还会疑心我在外面做了些什么。"

听到这番话，林婉儿才想起来今天准备好生劝试相公一番，怎么放他进屋不到一盏茶的工夫，自己就昏了头似的被他欺负了一番，连准备说的话都险些忘记了，莫不是相公真有什么迷魂术不成？于是就轻轻地捶了他一下，说道："你不说我倒忘了，先前那小令是怎么回事？"

范闲干笑着说道："莫非我信里没写什么诗，你就生我气不成？"

林婉儿爬起身来，半跪在床上，亵衣微微下滑，露出半片香肩，她盯着范闲的眼睛，直接说道："我不高兴。"

这世间女子纵使吃醋也没有林婉儿吃得这般光明正大，范闲有些手足无措，一时间不知该如何应答，只得小心地回道："这又是吃的哪门子飞醋？"

"什么叫吃醋？"林婉儿不明白他的意思。

范闲想起来这个世界里并没有房夫人饮醋自杀明志的桥段，于是笑着将这故事讲了一遍，只假托是看的前人笔记。林婉儿听后，也不自主地感叹房玄龄夫人的坚强，只是总觉得这故事定是相公自己编的，说不定还是专门写来说自己的，不由有些生气，说道："我不是那种要独占你一人的小气家伙，思思和司祺总是要入门的，你不用刻意拿这故事来编排我。"

"一首小令罢了，你若想听，我自然每天写一首给你。"范闲笑眯眯地说道。

林婉儿幽幽地说道："只是一首小令？听说相公在北齐上京城内，天天与那位海棠姑娘出则同游，坐则同饮，漫步雨夜街头，已然成为一段佳话。"

范闲无奈，知道这是北齐皇帝刻意放的消息，只是这些话传来传去，确实会让林婉儿的处境有些尴尬，正准备解释些什么，又听着她问道："那位……叫海棠的姑娘，究竟是个什么模样？"

范闲心想自然不能将海棠夸到天上去，也不想在妻子的面前颠倒黑白，将海棠贬得一无是处——虽然这是所有男人在老婆的床上都会做的无耻事。他说道："海棠是北齐国师苦荷的关门弟子，最是受宠，在宫中也极有地位，我此次出使，既然是为国朝谋利益，对于这等要紧人物自然要多加结纳。"

林婉儿说道："我只问相公一句，这位海棠姑娘能做妾吗？"

范闲心想这是什么乱七八糟的问题。林婉儿又接着说道："似这等女子想来眼界极高，若不是相公这等人物也断不能落入她的眼中。只是她的身份在这里，将来总是极难安排的，我气的便是你做事不想后续，太胡闹了些。"

范闲笑着说道："我又不准备娶她，有什么后续？"

林婉儿微微一怔，竟有些同情那位女子："相公莫非准备始乱终弃！"

范闲连连摆手道："既然未乱，哪里有弃？"

林婉儿带着一丝狐疑地看着他，问道："那为什么相公会写诗情挑对方？"

"情挑？"范闲无语良久，将离京之前的安排与上京城里的诸多事情告诉了妻子，说道，"海棠武道修为极高，除了那四大宗师外恐怕她是最强的几人之一，我要与她打交道，当然要得准备些利器。"

林婉儿有些吃惊地说道："这就是相公说的一字存乎于心？"

"正是。"范闲应道，"两国交兵，攻心为上。"

林婉儿叹息地说道："相公此计……未免无耻了些。"

家中风波未起而平，范闲又将今日与大皇子争道之事告诉了妻子，他知道婉儿自幼生长在宫中，对这些事情比自己更懂，婚后渐渐习惯了与她商量自己的安排。林婉儿听完他的话后，皱了眉头，与言冰云做出了一样的判断，觉得范闲没有必要得罪大皇子，不必多此一举。范闲不可能向妻子解释自己的隐忧，温和地问道："你莫管我为何要这般做，只说你觉着这争道一事能不能让宫中相信我与大皇子日后会是敌人？"

林婉儿看了他一眼，说道："极难。"

范闲一怔，问道："这是为何？"

林婉儿说道："监察院在众官与百姓的眼中是阴森恐怖的衙门，六部官员们在背后都骂你们是黑狗，但并不是所有的人都不喜欢监察院……比如军方对监察院就极有好感，不管老秦家还是大皇子都是如此。"

范闲明白了，行军打仗首重情报后勤，监察院遍布天下的密探网为军方提供了极强大的支持，双方自然关系良好。他问道："大皇子回京要交出手中兵权，军方的意见对他的影响并不大。"

林婉儿不明白他为什么一定要让宫中认为他没有同时结好三位皇子，叹了口气说道："或许相公忘了，这三位皇子里与婉儿最亲近的便是大皇子，就算看在我的分上，他也不可能记你的仇。"

范闲知道婉儿小时候时常待在宁才人宫中，与大皇子最亲近也是自然之事，只是自己算计的时候，却有意无意间将这层关系忽略了。或许是他从内心深处不愿意将妻子与那几位皇子联系起来。

林婉儿知道范闲在担心什么，说道："我看相公有些多虑，圣上身子康健，你担心的局面只怕还有好多年才会看到。"

范闲摇头道："人无远虑，必有近忧，明年我接手内库后，你那太子哥哥，大皇兄二皇兄，哪里肯放过我这块肥肉。"

"年前在苍山上我给你出的那个主意如何？"林婉儿毕竟是长公主的亲生女儿，此时不像个十六七岁的小姑娘，倒像是一位长于谋划的谋士。

只见范闲微微地低下头去，缓慢却又坚定地说道："自请削权，从道理上讲是最应该做的事情。我这样的年轻臣子如果同时理着监察院与内库，权力实在太大，这本是根本不可能出现的局面……但内库我是一定不会放手的。"

林婉儿不知道夫君为何一直不肯放手内库，但她只能支持。

范闲继续说道："既然我不肯放开内库，那监察院就更不能放。"

如果内库是座金山，监察院就是守着金山的军队，只有内库，范闲就会成为毫无还手能力等着被皇子们宰割的肥肉。

林婉儿忽然轻声说道："其实我还有个法子。"

范闲有些意动，问道："什么法子？"

林婉儿静静地看着他说道："……把海棠姑娘娶进门来。"

范闲震惊无语，心想这是什么说法？林婉儿解释道："那位海棠姑娘是九品上的强者，指不定哪天就晋入大宗师的境界，如果咱家有位大宗师，身后还有苦荷一脉，皇兄们必然不敢对你如何，就算是陛下也要对你多加笼络才是。你看叶家出了个叶流云，如今便在朝廷里如此超脱，便是这个道理。"

范闲知道她说的都有道理，不论是谁娶了海棠进门，都像在家里放了一个丹书铁券，免死金牌，却不知道妻子是不是还在试探自己，就正色说道："我与她并无儿女私情，而且她长得着实谈不上好看。"

林婉儿怔了怔，啐道："你这个色中恶鬼！"

范闲笑了笑，想着先前林婉儿说的叶家——叶重身为京都守备，叶灵儿却马上要嫁给二皇子，皇帝老子究竟在想什么？

"我不在京都的日子，叶重有没有请辞京都守备？"

林婉儿摇了摇头。范闲叹息一声，又问道："母亲有没有寄信过来？"

他知道婉儿与长公主没有什么感情，但在婉儿面前依然表现得很尊敬。林婉儿还是摇了摇头，没有什么多余的表情。范闲生出怜惜，轻声说道："身子最近怎么样？先前只顾着说旁的，竟没有问这最重要的事情。"

林婉儿说道："费大人时常来看，药丸也在坚持吃，感觉挺好。"

范闲点点头："看来苍山疗养不错，今年入冬全家都去住住，去年没有泡温泉，有些可惜。"

这时外面传来思思的声音："少爷、少奶奶，开饭了，老爷传话催了好几遍。"

范闲一想到父亲那张严肃的脸，便是心头一惊，赶紧起身穿衣，一个儿子千里回府，不先拜父母却自去与娘子鬼混，这话说破天也没有道理。婉儿一面埋怨他，一面开始穿衣梳妆，思思与司祺进屋服侍这两位主子用最快的速度整理好了一切，提着灯笼，假装什么事情也没有发生过一般，去了前宅。

大厅中丫鬟们静静侍立在旁，户部尚书范建肃然坐在正中，柳氏已经扶正，依然习惯性地站在他的侧边安置杯箸。范若若坐在左手边若有所思，范思辙坐在下首，两只手躲在桌下玩范闲先前扔给他的一个玩意儿。

范闲与林婉儿走了进来，若若起身行礼，范思辙赶紧将东西藏进袖子里，跟着姐姐行礼。范建没有看范闲一眼，却向着林婉儿点了点头。

范建公务繁忙，极少有在家吃饭的时候，今日范闲初回，较往日更正式些。饭桌上，竟是一点儿声音也听不见，好不容易将这顿饭的时光挨完了，范建望着自己的儿子，淡淡地说道："你要封爵了。"

一等男爵，正二品。

出使北齐在明面上虽不是什么艰险事，可算是趟苦差。春初朝议上陛下驳了林宰相与范侍郎的面子，将范闲踢出京都，事后将范建提成了尚书，此时再给范闲加个男爵的封位，在世人眼中也只是对范府的第二次补偿而已，没有人会觉得太过惊奇。范闲此次在北齐又挣了一马车书的面子回国，陛下自然是要赏的。

范闲望着父亲说道："旨意大约什么时候下来？"

父子二人已经在书房里说了半天的话，范闲拣此次出使不怎么隐秘的部分讲了些。每当要涉及院中事务时，未等他面露为难之色，父亲已是抢先摆手，让他跳了过去。说到底，范闲自幼生长在澹州，入京后也极少与父亲交流，说话的场所竟大部分是在这间简单而别致的书房内，论及感情实在是有些欠奉。但不知怎的，此时他看着范建鬓角华发渐生，又联想起北齐那些当年的风流人物已然风吹雨打去，心情不禁有些黯然，又生出了些歉疚。

陈萍萍说得对，范建不欠范闲，范闲欠他许多。

"明天入宫，大概便会发明旨。"范建喝着柳氏每夜兑好的果浆，颇为享受，"这次在北面你做得不错，陈院长多有请功，陛下也很是欣赏。"

范闲道："这一路往返，我其实没有做什么。"

"有时候什么也不做，才真是做得不错。"范建看了他一眼。

范闲以为父亲是要借机教训自己与大皇子争道的事情，不料范建竟是对此事一言不发，将话题扯到了别的地方："以往与你说过许多次，不要与监察院靠得太近，没料到你竟然不听我的，被陈萍萍那老狗骗上了贼船……"

说到此处，范尚书真的有些不高兴，斥道："安安稳稳守着内库，这在旁人看来，是何等难得的机会，你怎么就这么不听话呢？"

范闲苦笑道："您也知道，信阳那位不可能甘心放手，我如果不入监察院，怎么能和这等人物抗衡。"

范尚书叹了口气，心想在这件事情上确实是自己考虑不周，没有想到长公主的反应会如此强烈，他摆摆手说道："她毕竟是陛下的亲妹妹，太后最疼的女儿，婉儿的亲生母亲，过去的事情，就让它过去吧。"

范闲知道父亲不是打落了牙齿往肚子里吞的人，但也知道他对皇室的忠诚，一直要求自己远离监察院是不想自己牵涉京都那些异常复杂阴险的政治斗争中，只是……内库是钞票，官场是政治，而钞票与政治向来是一对孪生子。

"请父亲放心，孩儿一定会小心谨慎。"他说道。

范建有些满意他的表态，说道："只有真正的强者才有资格示弱。"

范闲明白父亲的意思，问道："父亲，能不能还让高达那七个人跟着我？"

范尚书看了儿子一眼："为父只是代皇家训练管理虎卫，真正的调配权在宫中，你若想留下那几名虎卫，我去宫中替你说，不过估计陛下不会允。"

范闲确实有些舍不得高达那七名长刀虎卫，有这样几个高手当保镖，安全会得到极大的保证。在雾渡河外的草甸上，七刀联手，竟是连海棠也占不得半分便宜。这等实力较监察院六处的剑手还要高了一个层级，更遑论自己最先前组建的启年小组——启年小组是他最贴身最忠心的力量，在王启年的调教下不论是跟踪情报还是别的事务都已经慢慢成形，只可惜武力方面还是弱了些。但他也明白，虎卫向来是皇子们的护卫，西路军的亲兵营里就有几位负责大皇子的安全。皇帝偶尔也将虎卫调到某位大臣身边，都是特殊任务，比如自己的岳父林宰相大人辞官归乡之时便有四名虎卫随行，等这具体事务完结之后，虎卫便会重新回到京中，消失在那些不起眼的民宅里。现在使团既然已经回京，那些虎卫再跟着自己，被人知晓，不免会惹出一些大麻烦来。

范建看着儿子流露出的可惜神情，不由笑了笑，心想这孩子毕竟还是个年轻人罢了，转而说道："你走的日子，那个叫史阐立的秀才时常来府上问安，我见过几面，确实是个有才而不外露的人物。"

范闲明白，父亲在为自己谋算官场上的前程。虽说自己在天下文人心中的地位已然确立，岳父留在朝中的门生亦可襄助，年月久了总是需要有些自己的人。

范建挥挥手，让他回房。范闲想了想，关于妹妹的婚事还是不要太早开口，只能慢慢来，行了一礼便退出房去。

看着他走出书房时的背影，范建脸上流露出几分得意，有儿若此，父复何求？他喝掉碗中最后一滴果浆，心知肚明这孩子早就猜到了什么，但此时他不说，自然无碍……范氏一族的前程，就看这孩子的了。想到此节，他不禁有些佩服那位已经远离庆国权力中心的林宰相，心说那位老狐狸运气着实不错，自己付出了那么多的代价，辛苦了十几年，可他倒好，只不过生了个女儿就得到那么多。

大朝日，大清早便有许多大臣来到宫门外候着。早年前有些老臣为了表示勤勉忠君之意，大半夜便开始准备朝服，赶在黎明前来到宫门外，就是为了等着宫门起匙的那道声音。待告老后，夜里听不到那吱呀呀的声音，心中竟是分外难受。如今圣天子在位，最厌烦这等沽名之辈，大臣们不敢太早来，又不敢太晚来，不知道谁想的主意，有大臣在新街口那处的茶楼包了位子，天刚擦亮便起身离府，在茶楼里候着，让随从盯着宫门的动静，以便掐准时间去排队。

　　监察院提司并无品秩，范闲只有太学四品的官阶，如果不是因为陛下要听使团复命，断然没有上朝堂的资格，所以也没有什么朝服需要穿戴半天。清晨时分从范府出发，一路优哉游哉到了宫门，比大臣们要来得晚了许多。

　　人红遭人嫉，更何况是一位入京不过一年半便红得发紫的年轻后生，而且这位后生曾经撕过大部分京臣的脸面、整死了一位尚书、赶跑了一位尚书。所谓鼋鸣而鳖应，兔死则狐悲，众人看着这个打着哈欠下了车的英俊年轻人，眼里都多了一分警戒，三丝厌恶。

　　范闲也感觉到气氛有些不对劲，这些大臣不是各部的尚书便是某寺的正卿，打二品往上走，谁的老婆没个诰命，谁的家里没摆几样御赐的玩物？自己年纪轻轻，居然比这些大臣们还来得晚了些……如果他的背后没有范尚书，没有那位老跛子，只怕这些庆国真正的高官们早就对他一通痛斥。如今骂不得，众大臣也不会给他好脸色。有好几位大臣是林若甫一手提拔起来的人物，本想与范闲交谈几句，慰勉一番，但瞧着众同僚的鄙夷眼光，不免有些头痛，只得停住上前的脚步，用温柔的目光向范闲示意问好。

　　范闲保持着平稳的笑容，不卑不亢地拱手行礼，便在这时，身后有人咳了两声——范尚书今日不知为何来得晚了些，也没有与自己的儿子一路——他赶紧迎了上去，小心翼翼地将父亲从马车上搀了下来。

　　范建看了他一眼，说道："我还没有老到这种程度。"

　　范闲也知道自己这戏演得稍有些过，有些不好意思地笑了笑。

　　范尚书亲自领了儿子过来，那些大臣不好再装什么。范闲一通世叔世伯老大人之类的喊了下来，大臣们再看这个满脸笑吟吟的年轻人便顺眼了许多，那些林党大臣更是亲热无比，连声称赞小范大人年轻有为，前程远大云云。

依然有些大臣冷淡至极，已是三朝元老的吏部尚书看着范氏父子行至面前，冷哼一声："话说本国开朝以来，乃至当年的魏氏天下，似司南伯府上这般爷俩二人同时上朝的，也极少见，果然是春风得意啊。"

范建呵呵一笑，说道："圣恩如海，圣恩如海啊。"竟似像听不出来对方的嘲讽，全将一切光彩都交给了皇帝陛下。范闲微微一笑，知道这种场合自己没有什么说话的余地，于是干脆沉默了起来。

便在此时，三个太监缓缓行出宫门。侯公公居中，一挥手中拂尘，柔声说道："诸位大人辛苦了，这便请吧。"

大臣们顿时停止了寒暄，有些多余地整理了一下朝服，往宫门里行去。大约是来惯了的缘故，他们对长枪如林的禁军和带刀侍卫都懒得看一眼，片刻间超过了那三个太监，昂首挺胸，颇有国家主人翁的气概。

范闲不便与父亲走在一起，落在队伍最后，与三个太监一路往里面走去。领头的侯公公与他相熟，此时却不便说些什么，更不可能——毫无烟火气地递张银票过去，只好微微一笑，以为示意。

很久以后，侯公公还在想这个问题，为什么自己从一开始就认为范大人是个值得信赖的靠山呢？最后他归结为，范大人每次看自己的时候，那笑容十分真诚，并不像别的大臣那般，用得着的时候便对自己刻意温暖，其余的时候虽也是亲热笑着，但那笑容里总夹着几丝看不清楚，让人有些不舒服的鄙夷味道。

范闲第一次参加朝会，有些紧张，好在是站在文官之列的最尾，离着龙椅还有很远，如果不是他内力霸道，耳目过人，只怕连皇帝说了些什么也听不到。过了一会儿，稍微放松了些，开始打量起太极宫的内部装饰。

入宫几次，大多数时间他都在后宫陪娘娘们说话，陪婉儿游山，这太极宫是皇宫的正殿，只是远远看过几眼，并没有机会站到里面。今日进来后一看，发现也不过如此，梁上雕龙描凤，画工精妙，红柱威然，阔大的宫殿内清香微作，黄铜铸就的仙鹤异兽分侍在旁，但比起北齐那座天光水色、富贵清丽融为一体的皇宫来说，终是逊色不少。不过这处殿内别有一番气息，似乎是权力的味道，从那把龙椅上升腾起来，让人心生敬畏——与龙椅无关，那把龙椅上坐着的中年人才是这种气息的源头。虽然他的宫殿不如北齐宏丽，食用不如东夷城讲究，但他才是这个世界上最有权力的男人。

今日朝会的议题自然离不开大皇子与使团，却没有说城外争道一事。就算都察院的御史有心做文章，今日也不可能拿出奏章来。不是那些御史没有一夜急就章的本领，而是如此急着上参反而会露了痕迹，让陛下心中不喜。

此时正议论的是西路军今后的安置、将士们的请功封赏，大皇子已然封王，但他手下那十万将士总要有个说法。这一问题由枢密院提出，没有哪位朝臣会提出异议，如今陛下看重文治，但谁也不会在这件事情上与军方过不去。

接着，鸿胪寺代北齐送礼团递上国书，呈上新划定的天下舆海图。看着图上渐渐扩张的庆国疆域，一直平静的陛下眼神里终于多了一丝炽热之色。群臣识趣，自然要山呼万岁，枢密院的大佬们也自捋须骄然，这都是军中孩儿们一刀一枪，拿血肉拼回来的土地啊……此时自然没有多少大臣意识到，在谈判的过程之中，鸿胪寺的官员，包括辛其物、范闲在内，还有监察院的四处在其中起了多大的作用。就算他们意识到了，也会刻意忽略过去。

范闲面带微笑，心里却想着如果不是长公主将言冰云卖了出去，只怕庆国获得的利益还要大些。不过长公主将肖恩送回北齐，便让北齐朝廷陡生内乱，这也是极厉害的手段，两相比较只是短线利益与长线的差别罢了。

龙椅上的那个中年男人以极强的控制力回复了平静，撑手于颔，面带微笑，侧耳听着臣子们的颂圣之语，目光极淡然地在臣子队列的后方扫了一下，看见那个小家伙脸上的微笑后，不知怎的心情变得更好了一些。

他挥了挥手，秉笔太监与中书令手捧诏书，开始用微尖的声音念诵已经拟好的诏文。由于军中将士的封赏人数太多，还要征询一下大皇子与枢密院的意见，所以要迟缓些时日，这篇诏书主要是针对使团成员的封赏。

殿上一下子安静了起来，众臣并不如何关心出使回国后的例行赏赐，只是竖着耳朵在太监的尖声里等待范闲这个名字。

"……一等男爵，正二品。"

群臣纷纷松了一口气，心想陛下还是有分寸的。不论与范家的关系如何，大臣都不愿意范闲这么年轻便获授太高的爵位，只是理由不同。

辛其物、范闲诸人跪在殿中，叩谢圣恩完毕。就在臣子们准备听那句"有事启奏，无事退朝"之时，皇帝陛下淡淡说了句："你们几个留下。"

陛下目光及处是离龙椅最近的几位高官，林若甫辞了宰相后，朝中竟一时找不到合适的人选来接替，眼下内阁事宜由几位大学士和尚书协理着在办，这些天朝会后陛下时常留下他们多说几句。今日太子与大皇子也在殿上，自然也要留下来议几句，臣子们不觉异样，请圣安后纷纷往殿外退去。然后这些大臣们听见了一句让他们感到无比嫉妒与羡慕的话。

"范闲，你也留下。"

众臣神情古怪地从范闲的身边走过。范闲有些不安，心想就算自己是监察院提司，资历太浅，年纪太轻，参加御书房里的奏对实在有些过了，但事已至此，他也只好坦然而应，小意地跟在几位大臣身后，随着太监往殿后转去。

三转二回，没行多远，来到一座偏殿。殿里的顶上隔着，空间显得并不如何阔大，左边一大排齐人高的偏纹木架，摆的全是书籍。范闲暗中打量四周布置，知道这大概就是传说中的御书房，想到前世常看的辫子戏，只得微笑不语。

皇帝在宦官服侍下脱了龙袍，换了件天蓝便衫，腰间系着一条玉带，斜倚在矮榻上，随便地挥了挥手，太监们赶紧端了七个织锦面的圆凳子进了屋。七位老大臣俯身谢恩，便很自然地落了座。太子与大皇子很规矩地站在矮榻旁边，没有座位，看二人脸上的神情便知道这是向来的规矩。

御书房只预备七个凳子，今天却偏偏多了位年轻官员，太监没有见过范闲，有些为难，不知道这只是传进来备问的下级官僚，还是旁的什么尊贵人物。

众人皆坐，范闲独立，顿时将他显了出来。范建眼观鼻，鼻观心，根本没有向他望一眼，范闲赶紧将本就不显眼的位置再往后挪了挪。这个小小的举动落在了太子眼中，太子微微一笑，范闲苦笑回应，却瞧见大皇子在陛下身后打了个小小的哈欠，估计昨儿个刚刚回京，只怕喝了一夜的酒，现在乏极了。

除了流晶河畔茶馆初逢那日，今天是范闲离皇帝最近的一次，近得触手可及。他忍不住好奇，用极快的速度扫了一眼。就是这极快速的一瞥，他看清了对方的容貌，却险些被那双回视过来的目光震慑住了心神。

皇帝看了他一眼，没有计较他的直视，只是意味难明地笑了笑。过了一会儿，正在兴庆宫带着小皇子读书的二皇子也被太监请了过来，他进御书房的时候手中还牵着小皇子的手。看着这兄弟和睦的一幕，皇帝微微点头，显得比较满意。此时太子脸上笑容更盛，心里却不知道骂了多少句脏话。

"给范闲端个座位。"待四位皇子齐齐站到矮榻旁边后，皇帝似乎才发现范闲是站着的，随意吩咐了一句。

范闲微微一惊，应道："臣不敢。"以他的品级，进御书房已属破例，四位皇子还站着，他如何敢坐？除了范建之外的那六位大臣听着陛下要给这小家伙赐座，也忍不住皱了皱眉，心想自己在朝中少说也熬了二十年，才在圣上面前有了个位置，这范家小子凭什么初入御书房就能坐着？

太子看了大臣们一眼，对着皇帝恭敬地说道："父皇，范闲年轻，身子骨不比几位老大臣，看他那惶恐模样，还是站着吧。"

这话说得极中正平和，不论是几位大臣还是范闲都心生谢意。

这时，大皇子又多了句嘴，说道："当年父皇让我们兄弟几个听诸位大人商议国是，必须得站着，是因为儿臣等日后要辅佐太子殿下治国平天下。既是听课，那学生便得有学生的模样……"他的话没有说完，但意思却已经明白了：你范闲年纪轻轻，初涉官场，有何政绩，何德何能让我们几个皇子来把你当老师一样看待。

几位大臣也捋须摇头——座位看似寻常，里面隐着的含义却非同小可，今次御书房中范闲如果真的有了座位，不出三刻这消息便会传遍京都上下。

范闲正准备顺水推舟，辞谢陛下，看着皇帝投来的那道淡然眼光，心头微凛，竟是将话又咽了回去。

皇帝看了看性情直爽却急躁了些的大儿子，说道："范闲他自然是当不起这个座位……不过今日他却必须得坐，不为酬其劳，只为赏其功。"

众人不解何意，御书房内自然一片安静。皇帝望着自己的几个儿子说道："你们若是也能把庄墨韩家的一车书拉回来，朕也让你们坐！"

众人知道那一车书的意义，觉得陛下在文道虚名上有些偏执，却不好如何反驳。皇帝知道众人在想什么，冷冷说道："不要以为这只是读书人的事。什么是读书人？你们这些臣子都是读书人。文治武功，武功之道朕不缺，缺的是文治上的方略……一统天下疆土容易，一统天下人心却是难中之难，不从这上面下功夫，单靠刀利马快是不成的。"

大皇子露出不赞同的神色，但没有说什么。

皇帝继续说道："马上可夺天下，却不可马上治天下。文学之道看似虚无缥缈，却涉及天下士子之心。想当年朕三次北伐，生生将那魏氏打成一团乱泥，谁想到战家竟趁乱而起，不过数年的工夫便拢聚了一大批人才，才有了如今的北齐朝廷，阻了咱们的马蹄北上……他们靠的是什么？靠的就是他们在天下士子心目当中的正统地位！天下正朔？还不是读书人整出来的事情……舒芜，颜行书！你们是庆国大臣，当年却是在北魏参加的科举，这是为何？"

舒大学士与颜尚书赶紧起身，面露惶恐。皇帝摆手说道："天下士子皆如此，如今还有这等陋风，朕不怪尔等，尔等也莫要自疑。朕只是想告诉你们，天下正朔、士子归心会带来许多好处，各郡路多得良材贤吏，便在言论上也会占些便宜。"接着他望向大儿子斥道，"朕知道你在想什么，但如果出兵之时能少些抵抗，能让你治下将卒少死几个，难道你不愿意？"

大皇子无言以对。皇帝又说道："一马车的旧书能为朕多招揽些周游天下的士子，能为朕惜存无数将士的性命，朕赏范闲这个座又有何不可？"

众人总觉得有些古怪，似乎陛下是刻意向天下示宠，而且为什么范尚书没有代子辞座？不过庆国生于战火之中，国民对于一统天下有压倒一切的狂热与使命感，陛下既然将范闲此次出使带回来的书与一统天下的大势联系在一起，谁还敢多说什么，遂纷纷起身连道圣上英明。

马车与天下能有什么直接的关系？范闲谢过陛下赐座，满脸平静，心里却在苦笑，不明白皇帝老子为什么非要将自己搁在笼里蒸这么一遭。

红色绒布拉开，露出那张阔大的地图。地图重新改制过了，庆国黄色的疆土不停向着东北方延伸，势头十分迅猛，身下身后除了那些荒原胡地，已经尽归己身。东北方的北齐看上去依然是个庞然大物，却完全处于守势。

范闲看着那张地图，听着不停传入耳中的讨论，在心里叹了一声。此时身处庆国的权力中心，他才第一次感受到庆国强悍的行事风格与狂野的企图心，然而北齐犹有实力，海棠与那位小皇帝也有野心，战乱一起，天下黎民不免又要受苦，却不知何年何月才能太平。

他不是悲天悯人的和平主义者，但对战争之类实在是兴趣乏乏。

皇帝在与几位大臣商议政务，间或听到几句大江堤防，又议及年入还有那些小诸侯国的岁贡，范闲一概不知，自然不会多发一言。众人有意无意间就将他遗忘在了御书房的一角，所以他才有闲暇心思，看着那张明显经过改良后的地图，不停地发呆，做着墨氏门徒的叹息。忽然一个词蹦入了他的耳朵里，他眉头微挑，心想皇帝将自己留下来，果然不是给个凳子、赏个脸面这般简单。

"诸位卿家都知道，内库名为内库，却牵连着诸多要害。"皇帝说道，"这些年内库搞得何其难堪，新历三年的时候疏浚南方河道，又遇北方降寒，朕下旨内库向国库调银，哪里知道……广惠库竟然连银子都拿不出来了！"

广惠库是内库十库中专司贮存钱钞的库司，金银却放在承运库中，皇帝这话有语病。但不论怎么说，承运库与广惠库都是长公主与户部方面共同管理，虽然这十年户部不敢说半句话，范建还是赶紧起身请罪。

皇帝根本不正眼看他，继续说道："新政无疾而终，但朕决意在内库上做做文章，不求回复十几年前的盛况，至少每年也要给朝廷挣些银子回来。"他的声音并不高，语气也不如何激烈，蕴含的威势却极深沉，"云睿回了信阳，总归要个大臣来做这件事情，你们有什么好人选报与朕听听。"

御书房内这几位大臣与皇子都知道，这不过是个过场，京都里早就知道，陛下挑的人选正是此时坐在后方的范闲，陛下先前"借车发挥"扶范闲上位，也是先给臣子们通个风，不要在这件事情上乱说话。

众人知道内库的情形远没有皇帝所说的那般糟糕，每年由江南各坊输往北方的货物少说也要为朝廷挣几百万两银子，如果不是内库支撑着，庆国也没有足够的财力拓边开土，不禁对范府生出一些羡慕与忌惮。不过既然陛下如此不满，想来不管是谁接手内库，每年都要头痛上缴的银钱数目。

想到此节，众人的心思淡了些许，纵是如此也没有人愿意主动提名范闲——这是脸面问题。范建也不好提名自己的儿子，一时间御书房内安静无声，气氛竟变得有些尴尬。皇帝没有说什么，拿起茶杯浅浅啜了一口，眼神微寒。

"儿臣举荐……"

"儿臣举荐……"

御书房内的沉默竟是同时被两人打破，而同时发话的二位一位是太子，一位是二皇子，大臣们不由好生吃惊，心想这是怎么回事？二皇子看了太子一眼，歉然一笑说道："太子既然有好人选，臣洗耳恭听。"

皇帝看了他一眼，没有说什么。太子身为东宫之主、将来庆国的皇帝，自然是当仁不让，说道："父皇，儿臣推荐范闲。"

御书房里的人都清楚，东宫拉扯范闲不遗余力，更何况这种顺水人情自然是做得的。不料皇帝没有马上表态，反而问二皇子道："你准备荐举何人？"

二皇子羞涩地一笑，说道："儿臣也是准备举荐……范闲，范大人。"

御书房里依然安静，皇帝意味深长地看了范闲一眼。范闲面色不变，准备起身应对，不料皇帝根本不给他这个机会，淡淡地说道："既然你们兄弟二人都认为范闲可以，那就是他了，秋后拟旨意，不用传谕各路郡州。"

年前范闲与林婉儿成婚，宫中就议定了这件事情，但今天在御书房中提出通过，记录在册，此事才算成了定局。想到范家父掌国库，子掌内库，几位大臣不禁生出了些怪异的感觉。这等圣眷，这等荣宠……再看太子与二皇子都争着交纳范闲，烈火烹油不过如是，然而这真的好吗？

范建与范闲父子二人起身谢恩，连称惶恐。皇帝没有理会他们，看着两个儿子问道："既然定了，朕这才来问你兄弟二人，为何同时属意范闲？"

太子略一思忖后道："儿臣只是有个粗略的想法，范尚书大人为国理财，卓有成效，范闲是他家公子，想来在这方面也应该有些长才。"

二皇子也笑着说道："儿臣也是这般想法。再说内库多涉金银黄白之物，总需得一个洁身自好的大臣理事才是。儿臣妄言一句，如今官场之中，贪墨成风，小范大人才华横溢，乃文学高洁之士，由他理着内库必然合适。"

"噢？"皇帝面色不变，"道理倒是勉强通，可还有别的原因？"

太子与二皇子都觉着有些摸不着头脑，心想父皇莫非是借机考较自己。箭在弦上，不得不发，太子硬着头皮说道："二哥说得极是，加上内库监察向来是监察院的分内之事，范大人既然是监察院提司，行事也会方便许多。"

最小的那位三皇子可能觉得有些奇怪，嘻嘻笑着稚声稚语道："太子哥哥，依你说的，这个范闲岂不是自己监察自己？"

小孩子说话可以放肆，旁人也只会以为是童真之语，这无心之语却直指太子先前言语的错漏处。众大臣不敢言语，太子面色微愠。好在二皇子此时又苦恼道："父皇，儿臣实在也想不出来了。"

皇帝没有责备太子，反而盯着他的眼睛说道："那为何先前你要保举他？"

御书房内众人见陛下明明自己属意范闲，却偏要找两个儿子的麻烦，实在是觉得圣心难测，只好将嘴闭得紧紧的，生怕惹出什么祸事来。

范闲身为当事人更觉不安，便听着二皇子略带一丝不安说道："其实……还有一个原因，那是因为儿臣……与范大人私交不错。"

陛下静静看着自己的二儿子，忽然大笑起来："千条万条，只此一条足矣……这内库是什么？是皇室之库，既然要范闲打理内库，他自然要与皇室足够亲近才行，范闲既然在太常寺做过，这一条亲近便已足够。"

太子在一旁听着，不由得在心里叹了口气，心想老二果然厉害，居然猜到了父皇想要的答案，自己怎么就慢了一些？

大军初回，边界初定，今日议事比往常久了些，竟是过了午饭的时辰。

皇帝看了看天时，让众人留下来一起用膳。范闲今天头一次吃御膳房弄出来的东西，也没觉得哪里出奇，不过是些青菜鱼鸡，让他舒服的是，与皇帝一同用膳不像自己想象中那般难受，吃饭前也不需要再次磕头。

太子与二皇子先前的话语全都落在了他的耳朵里，他再看榻上中年男子时，心里不禁多出一丝警惕与寒意——皇帝的恩宠基于某个荒谬的事实，但他并不认为一个帝王会拥有多少这种难得的亲情。

太子与皇子们老老实实地侍候陛下用膳，然后去偏殿用饭。饭桌之上不谈国事，皇帝与大臣们说着谁家井水沏茶极佳，某州西瓜大如巨石，如何如何，有人提到庄墨韩辞世，众人的声音都低了些。除了舒大学士与颜行书，这些庆国的高官甚至是陛下启蒙时都曾经背过庄大家的经策。

这顿饭吃得比范府家宴还要轻松许多。范闲没听那些谈话，夹了一筷子长长的上汤豆苗正往嘴里送，忽听着陛下说道："范闲过来。"

范闲一怔放下筷子，有些依依不舍地瞥了一眼香喷喷的上汤豆苗，脸上堆出明朗的笑容，快速走到了矮榻旁，看着那张清瘦却英气十足的脸颊，眸子里恰到好处地扮演出一丝激动与黯然，拱手行礼。

大臣们不知道陛下喊他过来做什么，有些好奇地竖耳听着。陛下笑着看了他一眼，说道："还记得那日在流晶河畔的茶馆里，朕曾经许了你什么？"

范闲没有料到皇帝竟然会在这些高官面前将那次巧遇的事情说了出来，一笑应道："臣那日不知是陛下，冒犯了圣驾，实在是罪该万死。"

吏部尚书颜行书仗着三朝元老的面子，捋须笑道："原来圣上与小范大人在宫外曾经见过。"

皇帝陛下商讨国是的时候不怒而威，此时却又十分随和，呵呵一笑将当日的事情给众臣子讲了一遍。范建暗道荒唐，再次请圣上恕过犬子冒犯之罪，其余的几位大臣却是暗中嘀咕，难怪范闲如此深受圣宠，原来竟有这等奇遇，这小子的运气未免也太好了些，又不免好奇陛下究竟许了范氏子什么。

"朕曾经说过要许你妹妹一门好婚事。"皇帝看着范闲的目光十分柔和，竟是带了一丝天子绝不应该有的自诩之色，"靖王世子这门婚事如何？"

此时，范闲的心头比吃了黄连还苦，脸上却满是感动之色，跟着父亲连连拜谢。几位大臣笑说陛下河畔偶遇臣子，便成就了一段姻缘，实在是千古佳话云云。

说话的声音传到了隔壁厢正在用膳的几位皇子耳中。大皇子皱了皱眉，太子微微一笑，觉得自己拉拢范家的决策颇为英明，下意识里去看二皇兄的脸，却发现这位脸色不变，依然如这些年里那般慢条斯理——甚至有些古怪缓慢而连绵不绝地咀嚼着食物，不由得在心里微嘲想着，真是做作极了。

范闲在余晖之中迈出宫门，看着新街口处骑在马上的那位世子，生出极大烦恼，脸上却露着久别重逢后的喜悦，全然不见内心深处的真实情绪。

其时夕阳西沉，黑夜将临。皇宫外的广场一角与新街口相通的街头，顺着长街望过去，隐约可以看见一眉有些羞答答的弯月正悬在天边。李弘成翻身下马，打量了一下面前这个漂亮得像个娘们儿似的朋友，忍不住笑着说道："我看你的脸上透着层层红光，艳彩莫名，想来今天得了不少好处。"

范闲笑着应道："数月不见，这头一句话便是打趣我。你堂堂靖王世子，京都里排第五的年轻公子哥儿，何苦与我这么个苦命人过不去。"除了四位皇子，年轻一辈中数李弘成的身份最为尊贵，范闲将他排成第五位公子哥儿，如果是一般交情不免显得轻佻，搁在他二人中间却是显得极为亲热。

李弘成微微一怔，心想这家伙往常向来懒得理自己，温柔笑中总带着一丝隐藏极深的孤寒，怎么今天却转了性子？他忽然想到那门婚事，哈哈一笑道："圣上如此宠你，朝议后特意将你留了下来，这种苦命谁不羡慕？"

这时藤子京迎了上来，说道："少爷，老爷先前说，让我跟着你。"

李弘成笑道："怎么？范大人是担心我将范闲灌醉了不成？"

范闲在一旁说道："那你便跟着吧。"

说话间，范府的马车驶了过来。李弘成让王府的长随牵过马来，问道："怎么？你还是只愿意坐马车，不肯骑马？"

范闲说道："又不急着赶时间，骑马做什么？"

李弘成叹道："如果不是京中百姓都知道你能文能武，单看你行事只怕都会瞧不起你，以为你只是个手无缚鸡之力的无用书生。"

庆国尚武，年轻人都以善骑为荣，范闲却是反其道而行之，有车坐的时候坚决不肯骑马，这个怪癖早已传遍京都上下。

范闲笑着说道："骑马颠屁股。"

靖王府的长随护卫加上范府的护卫下人，合成了数十人的队伍，拱卫着一匹高头大马和一辆黑色不起眼的马车往城东的方向缓缓驶去。

京都没有宵禁之说，暮时依然有不少行人在街上，看清楚了马上那位英俊青年，又看清楚了马车上的方圆标识，便猜到了车中人的身份，不由纷纷驻足观看，有些胆子大的狂生更是对着马车里喊着"范诗仙，范诗仙"。

去年的殿前夜宴已经在京都百姓的口中传了许久，此次北齐庄墨韩的赠书之举，更是在监察院八处的有意助推下变成了街知巷闻的佚事，范闲的声望更进一步。待后来，那首"知否？知否？"诗仙重新开山之作流传开来，百姓们才得知小范大人居然敢在北齐上京，当着无数北齐年轻贵族的面，光天化日之下情挑苦荷大宗师的关门女徒。庆国百姓每思及此，只觉得心头发热，浑似此事比庄墨韩的赠书更加光彩——瞧见没？你们当圣女一样供着的海棠，在咱们小范大人手中，还只是一朵待摘的花骨朵！

范闲给庆国京都百姓长了脸面，自然京都百姓也要给小范大人长脸，沿途不断有人向范闲行礼，偶尔也会有些面露赧色的姑娘家微福而拜。

世子为范闲安排接风的地方，还是在一石居，就是范闲初入京都时，曾经发过风骨之评的那间酒楼。

两端街口的王府护卫收了回来，守在了酒楼的门口，同时早有伙计领着范府的马车与众长随去了别处。

李弘成发现几个穿着寻常服饰的密探占据了酒楼四周的要害处，猜到是贴身保护范闲的监察院人马，只是连他也拿不准是几处的人，不由叹道："吃个饭都有监察院给你看门，出使则有虎卫给你保镖，这命苦的。"

二人拾阶上了三楼，两扇屏风一隔，并不大的圆桌摆好了几碟精美的"凉开口"，范闲也不与他客气，坐到凳子上才解释道："虎卫是支给使团的，这不一回京就收了。至于监察院……出了牛栏街那档子事，你以为院里还敢放心让我一个人在京都里逛？"

说到此处，李弘成佯怒道："你也不够意思，闷声作气做了监察院的提司，看牛栏街后监察院紧张的模样，想来那时候你就已经是了……若不是刑部上闹了一出，我竟还要被蒙在鼓里。"

牛栏街杀人事件的时候，范闲还没有一夜诗狂，他其实也是在暗中套话——不只是他，二皇子也始终没有完全想通，圣上为什么如此信任范闲。

范闲也不解释，就着热毛巾擦了手，便开始喝酒，直说出去久了，竟忘了京都酒水的滋味。李弘成心知对方不会向自己解释，也不再多言。

不一时，头巡菜上齐，知道世子爷与小范大人有话要讲，掌柜知客伙计们都知趣地退了下去。范闲拿筷子尖划拉了一道鱼腹送嘴里吃了，咂巴了几下，一口酒送下，显得享受至极。李弘成打量着他，取笑道："放着一品熊掌不吃，尽和一条鱼过不去，还是脱不了你的狭窄格局。"

范闲脱口而出："熊掌我所欲也，鱼，我所欲也，二者不可得兼，舍熊掌而取鱼也。"

听他说得有趣，李弘成笑着问道："为何？"

范闲哈哈笑着回道："你不明白，纯是当年读书读迂的问题。"

接风宴本不应该如此冷清，但范闲昨夜已经派人传了话，请世子念及旅途辛苦，千万莫要整一大堆人来陪着，世子也隐隐知道，因为那首小令范闲后院正在起火，所以没有喊歌伎相陪。二人本就相熟，讲些北齐的见闻，说说闲话，饮酒食菜，清淡却又适意，范闲做回七分真实的自己，吃得极为舒畅。

几通急酒过后，世子不堪酒力，微恼道："听闻你在北齐喝酒，一喝就醉，怎么跑我面前却成了酒仙？"

范闲精研药物，体内真气霸道，岂能被几杯水酒灌倒，上回在北齐与海棠饮酒之所以醉了，全是因为他想发泄一下多年来的郁闷，刻意求醉而已，这时听着李弘成的话，笑道："你一大老爷们儿，我在你面前醉了有甚好处？"

李弘成忽然面露向往，问道："那位海棠姑娘……真的貌若天仙吗？"

范闲一口酒喷了出来，幸亏转得快，只是喷到了地上，连声笑骂道："莫非你今天请我吃饭，为的便是这句话？"

李弘成的醉意起来，指着范闲那张清秀的面容，说道："范闲，你这次出使，也不知道遇着什么事，如今看你这张脸都有些不同。"

范闲下意识摸了一下自己的脸颊，问道："有什么不同？"

李弘成想了想如何措辞，半晌后大笑道："以往的你也如现在一般带着浅浅微笑，看着让人想要亲近，但总是隐着一丝隔膜，似乎不愿旁人离你太近。而如今你的笑容没有那丝刻意的纯，只是让人心安，眸中清明，不论是言谈还是做派，都像是一块被打磨了的璞玉，温润无比。"

范闲笑了笑，心想这大概便是山洞一夜给自己带来的变化吧，自己终于想明白了一些事情，从内心深处开始将自己视作这个世界的一分子，开始为自己的将来做真正的谋划，发乎内，形诸外，自然有变化。

"我知道，今天宫中定了你掌内库。"李弘成似乎有些醉意难堪，"将来你手掌里可得漏些汤水给我。"

虽说是玩笑话，以他世子的身份说出来已是给足范闲面子。范闲有些诧异，看了他两眼："你家世袭王爵，理这些事作甚？难道陛下还能亏欠了你家。"

李弘成面露嘲弄之色说道："你也知道我花销大，虽说庆余堂也有位掌柜在帮王府理着财，有些进账，可是哪里够……父亲虽是陛下的亲兄弟，但这些年不愿意做事，入宫都极少。一个闲散王爷，自然孝敬的人就少了。我碍于身份也不好与那些知州郡守们打交道，自然会有些手头不趁的时候。"

范闲有些意外，说道："这话放在外面说，断是没有人信的。"

李弘成冷笑道："空有亲贵之名，屁用都没有。你也甭不好意思，内库终归是朝廷的，该你捞的时候千万可别客气，这些年姑母理着内库，太子不知道从中得了多少好处。被你整倒的老郭家抄家的时候，就抄了十三万两白银出来。内库亏空？你若去梧州的太子行宫瞧瞧，便知道这些民脂民膏去了哪里。"

范闲知道这话是专门说给自己听的，漠然想着五竹叔说得对，这个世界真没有一个人值得相信。北齐之行，他多有感触，想碰上友情难得，所以明知道李弘成是借接风的名义代表二皇子向京中宣告与自己的亲密关系，依然没有拒绝，却料不到这位世子会当着自己的面撒这么大一个谎。

李弘成的亲信一直暗中理着流晶河上的所有皮肉生意，虽说这生意并不光彩，配不上他的身份，却在源源不断地为他输送着大批银两——这件事情极为隐秘，如果不是范闲去年夏天曾经派人查过那个叫作袁梦的红倌人，只怕连监察院二处都不知道这件事情——也难怪他敢当着范闲的面哭穷。

范闲清楚，二皇子并不见得是看上了内库的银钱，只是东宫在内库里做了许多手脚，他可能是打算借着范闲从这条路上将太子掀下马来！

他也明白，世子这番话假中有真，确实有些王公贵族过得并不是那般如意，就连自己，如果不是有书局撑着，家中另有位国库大管家，只怕也会要到处伸手——没有人孝敬，难道只靠朝廷的那点儿俸禄？

宴已残，酒已尽，范闲拍了李弘成两下，见他没有反应，也懒得再理李弘成是真醉还是装醉，扶着酒桌站起身来往外走去。

一石居木门已开，初秋夜风轻拂，一位穿着朴素的中年人却不知道从哪里冒了出来，诚惶诚恐地对范闲行了一个大礼。范闲略略偏身，眉头微皱，心想李弘成既然将这楼子都包了，门外都有护卫，这人是怎么进来的？

那人见他疑惑，赶紧应道："在下崔清泉，一石居东家，请范大人安。"

原来是一石居的东家，估计是过来拍马屁，范闲笑了笑准备说几句话打发掉，忽然觉得这个姓氏有些耳熟，挑眉问道："崔？"

崔清泉小意赔笑道："正是，长辈们本想自请前来拜谢大人在北方调教二公子的大恩大德，但担心小范大人不喜，便命小的今日好生侍候大人。"

范闲面无表情地点点头。他知道崔族是在京中颇有根基的名门大族，行商北方，在上京跪在雨夜中向自己乞命的崔公子便是他们的人，想来是崔氏知道得罪了自己，千方百计地想圆了此事。

崔清泉很识趣地没有上前，双手递了一个盒子过来，说道："是支矮山参，不怎么大补，用来醒酒是最好的，已经洗净，生嚼最佳。"

范闲点了点头，藤子京在一旁接了过来。

穿过长街的马车上，范闲掀开膝上的盒子，发现哪里有什么矮山参，竟是厚厚一叠子银票，皱眉一翻，发现竟足足有两万两！

藤子京坐在他的对面，瞠目结舌地说道："这崔家好大的手笔。"

范闲也有些吃惊，联想着今日出宫入宫一路所受礼遇，不由叹了一口气，虽然两世为人，心性较诸一般人要坚毅得多，但此时如此真切地感受到了权力所带来的好处，不禁也有些惘然——不过崔氏这钱算是白送了。

车至一条僻静街巷处，月儿将至中天，银光柔淡，范闲下了马车，让众人先散了。藤子京知道他身边一直有监察院暗中保护，没有多话。

他对着阴影处招了招手，一个监察院的密探悄无声息地走了过来。此人叫作邓子越，是启年小组招的第一批人，算得上是范闲的贴身心腹。

范闲望着他说道："让院里查查吏部尚书、钦天监监正、左副都御使，与崔氏门下的那些产业有没有瓜葛。"

邓子越霍然抬首，有些不安："提司大人，无旨不能查皇室。"他在监察院中的品级极高，隐隐知道这三位大臣的背后，都是二皇子。

范闲挥挥手："只是几个大臣，暗查而已，你惊惧什么？"

邓子越知道自己的表现让提司大人不满意了，赶紧应下。

范闲看着他，提点了一句："王启年懂得什么该问，什么不该问，你既然接了他的任，就要学会这一点。"

说完这句话，他把那个盒子扔进了邓子越的怀里。邓子越不敢打开，抱在怀里，跟着范闲往前走去，鼓足勇气问道："大人，小的今后与院中联络如何走？"他也不知道这句算不算该问的话。

"不要经过正式途径，会记册，你直接找一处的沐铁。"

范闲说道："另外这盒子不是给你的，是给你们的。"

京都的夜晚比北齐上京的夜晚要清静很多，庆国人还没有习惯所谓盛世年华，夜里大多数时候还是愿意在家里待着。当然，那些流晶河上的花舫不算。

范闲负着双手，在夜色中缓步前行。邓子越抱着盒子落在他身后数步。忽然他停下了脚步，对着身前身后那些黑暗处招了招手。隐藏在黑暗中保护他安全的那些监察院密探，有些不知所以地现了身。

"全京都的人都知道你们在我身边，何必还要刻意留在黑暗里。"范闲说道。

邓子越苦笑着解释道："朝官们不喜欢看着监察院的密探在街上，百姓们也多有畏惧之感……只怕对大人影响不好。"

范闲明白他的意思，笑着说道："在房顶上走，难道不怕影响别人睡觉？"

众下属面面相觑，依着提司大人的意思来到街上。王启年受命组建启年小组的时候，也很用了些心思，找的都是些合用之人——这些人以往在院里不怎么受重视。如今启年小组跟着范提司在院中可谓是春风得意，不论是去八大处还是别的衙门交接公务，对方总是恭恭敬敬，而且每月除了俸禄之外还有很大的一笔津贴，这让他们深觉跟着提司大人实在很幸运。

时近中夜，气温渐低，邓子越赶前几步，将一件黑色风衣搭在了范闲的身上，然后退回到自己的位置。一行人继续向前，保持着一段距离，沉默而同步地将范闲护在正中，银光如雪，黑衣如墨。

第三章

独一处

第二日，范闲就去了天河大道旁的那个建筑——监察院，一路往里走去，一路有监察院官员向他低身行礼。

"提司大人早安。"

"范提司早。"

他一一含笑应过，脚下未停，向院后的那个房间走了过去。推门而入，然后发现八大处的七个头目已经到齐了。

范闲拱了拱手，七位头目赶紧起身回礼，尤其是四处的言若海看着范闲更是面色喜悦，带有感激，想来这两天在家中与言冰云父子和睦，心情不错。

陈萍萍坐在长桌尽头的那张轮椅上似笑非笑地望着他。他坐到陈萍萍右手边的那个座位上，有些意外的是没有看到老师。猜到他在想什么，陈萍萍双手轻轻抚摩着膝盖，用微尖的声音说道："他到江南快活去了，我也管不住他。"

范闲笑了笑，压低了声音，眼视前方，说道："什么时候你也出去玩？"

陈萍萍看了他一眼，说道："那得看你什么时候有能力接班。"

监察院极少有这种会议，恰好范闲来的两次都碰着了，当然这两次会议与他也都有扯脱不开的关系。听取了范闲北齐之行的汇报之后，众官员都放下心来，只要北面的密谍网络没有遭到致命性的毁灭，其他的都无所谓。

范闲提名王启年暂时处理北方一应事务，众人没有异议，因为范闲身为提司有这个权力。再说王启年在院中的资历也足够久，如果不是当初他自己不争气，只怕如今也是一方头目，现在他机缘巧合跟了范提司，范提司让自己的人向上晋一级，不算什么出格的举动。此外，北面那摊子实在是个危险的买卖，看看言冰云的遭遇就知道了。接下来宣布的院内人事安排却有些出乎众人的意料——院中官员一直以为，一处朱格自尽后空着的位置，院长大人没有喊人接手，是准备小言公子回国之后接任，没有想到院长大人竟是让言冰云接了四处头目——如果他到了四处，那一处归谁？言若海大人呢？

陈萍萍有气无力地抬了抬眼帘："若海在院子里待久了，有些生腻，自请辞去四处职务，明日发文去吏部，在京中谋个闲职，养老吧。"看模样，他并不是很高兴言若海的自请去职，但言若海这一年里天天忧心儿子的死活，竟是真的有些厌倦了院中的生活。而且监察院八大处头目看似品级不高，却是手中握有大权，就算是各部侍郎也不敢轻易得罪。朝廷不可能让言家同时出现两个头目，为了给儿子腾位置，他也只有主动退出。

"一处的位置空了这么久，总要有人打理才是，沐铁……"二处头目摇了摇头，"忠诚自然无二，但如今只会拍马屁，能力还是弱了些。一处是最关键的地方，总掌京中官员监察，总需要有个得力的人才行。"

其他的几个头目也纷纷点头称是。一处是八大处里最光鲜的位置，他们既然不会像言若海那样急流勇退，自然都想更进一步。陈萍萍转头看了脸上犹有狐疑之色的范闲一眼，说道："今日起，一处不设头目，由范提司全权管理。"

这话说得轻，落在众人的心中却是极重。众人顿时将心中那点儿争权夺利之心全数驱散，和谁争也不敢和范提司争，他本来就是自己这些人的上司，明显将来是要接陈院长班的大人物，此时兼管一处，谁敢多话？

众人心头也自凛然，提司之权本就少有限制，如今范闲兼管一处，那一处的事务也不再需要院里亲手安排，反而是其他的部门都要配合一处——换句话说，范提司就是一处的君主，他说什么，一处便要做什么！

范闲有些吃惊，说道："院长大人，我做这个提司已经很勉强了，从来没有经手过具体事务，贸然打理一处，只怕对院务……没什么好处。"

陈萍萍一句话便定了调子："把一处给你，就是为了让你长些经验。"

会议结束后，众下属纷纷向范闲道喜，只是监察院比朝堂上的官场风气要好些，他没有听到太多不堪入耳的马屁声。

言若海专门留了下来，向范闲道谢。范闲有不为人知的惭愧，笑着说道："我与冰云一见如故，再说都是院务，我实在也没出什么力。"

言若海见他不居功，对这位年轻的贵人更是欣赏，微微一笑，拍了拍他的肩膀，说道："过几天请范大人来府上坐坐。"

范闲没有拒绝，因为他也好奇沈大小姐如今在言府里是什么模样。

当房里没有别人后，陈萍萍的脸色变得有些难看，训斥道："胡闹台。冰云这孩子心性沉稳，绝不会将那个女人带回京都，想来这都是你的主意。"

世人皆惧陈萍萍，范闲在他面前却总是嘻嘻哈哈地扮演一个晚辈的角色，乱叫了一通冤枉之后说道："这和我可没关系，那位沈大小姐一人使团，便始终待在大公主的车驾上，我总不好强行拖下来杀了。"

陈萍萍眯着眼睛说道："回京途中，我一直让黑骑跟着使团，如果不是你示意，那个女人怎么可能单骑闯入使团？"

范闲不知从何解释，半晌后叹息道："总不是一段孽缘。"

陈萍萍打心里无比疼爱这个年轻人，也舍不得多加责备，转而呵斥道："为什么你要让启年小组亮出行迹？"

范闲知道这事瞒不过对方，早就想好了应答，微笑着说道："因为我想让院子变得光明正大一些，老缩在黑暗里，惹那么多人害怕咱们，没那个必要。"

"光明正大？"陈萍萍沉默了很长时间，"你有这个心思，也算是好的。"

范闲替他将膝上的毯子往上拉了拉，轻声说道："慢慢来，不着急。"

"只争朝夕，如何不急？"陈萍萍瘦削的脸上没有一丝表情，光滑无须的下颌让他脸上的皱纹显得愈发地深，"你要记住，我比肖恩小不了多少。"

范闲默然，从面前这位老跛子的身上嗅出某种灰灰的气息，强自收敛心神，将出使途中一些隐秘事报告了一下，只是没有泄露自己曾经与肖恩在山洞里做了一夜长谈、自己已经知道了神庙的具体位置。

"司理理什么时候能入宫？"陈萍萍问道。

其实范闲思考的是自己什么时候才能接触到司理理的那个弟弟，便随口应道："我与某些人正在进行安排，对北齐朝廷来说这不是什么大事，应该不难。"

陈萍萍转而说道："一处的位置本来是留给言冰云的。只是没有想到言若海居然年纪轻轻就想养老了，言冰云一直在他父亲手下做事，对四处非常熟悉，留在四处也是个不错的选择。只是一处扔给了你，你多用些心。"

范闲眯着眼睛说道："有什么需要我注意的？"

陈萍萍面无表情地望向他的眼睛："其实陛下一直希望你把一处重新拾起来，京官多在机枢，不看紧点儿，让他们与皇子们走得太近，总会有些麻烦。"

范闲很是恼火，腹诽宫中那位，你儿子们闹腾着，凭什么让我去灭火？

陈萍萍用枯瘦的手指轻轻敲了下轮椅的扶手。他的手指指节突出，就像竹子的节一样。范闲听着咚咚的声音，才知道扶手中空，与竹子一般，生出奇怪的联想——这位庆国最阴森恐怖的老人，难道与风中劲竹一般有气节？

"你这次在北边做得不错。我也知道你让王启年留在那里，是准备接下来想做什么，不过陛下一天不发话，你就一天不能动手。"

"您也知道我年后就要接手内库，如果不在接手前把这条线扫荡干净，接手那个烂摊子，做不出成绩，怎么向陛下与天下交代？"

陈萍萍看了他一眼，说道："崔氏替长公主出面，向北方贩卖货物，你如果把这条线连锅端了，有没有合适的人接手？"

范闲以为他有什么好介绍，赶紧摆出洗耳恭听的模样。

陈萍萍摆摆手："我也希望你能将内库牢牢掌控在手中，要知道这院子如今能够在三院六部之中保有如今的地位，与内库也分不开干系。"

范闲问道："这是个什么说法？"

陈萍萍缓声解释道："监察院司监察百官，就不能与这些部院发生任何关系，监察院所耗经费极大，但这么多年，没有一个铜板是从国库拨出来，所以不论是户部还是旁的部都无法对院里指手画脚，这便是所谓的独立性。"

范闲明白了："监察院的经费俸禄，都是直接从内库的利润中划拨。"

"不错。这是当年你母亲定的规矩，为的就是院子与天下官员们撕脱开来。内库越有钱，监察院就越不用求人，就越能自行其是。"

陈萍萍冷笑道："从十五年前那场流血开始，陛下不知道弄了多少次新政，老军部改成军事院，如今又改成枢密院，又重设兵部。这些名目上的事情，改来改去，看似没有什么根本性影响，实际上却已经将这些衙门揉成了一个大面团，而监察院之所以始终如初，靠的就是所谓独立性，所以说内库与监察院本就是一体两生的东西。你父亲那想法实在幼稚！要掌内库，你必须手中有权，牢牢地控制住这个院子！而要控制住这个院子，你就要保证这个院子的供血！不要小看钱这个东西，这个小东西足可以毁灭天下控制最严的组织。"

范闲苦笑道："这还不是陛下一句话。"

"所以你要争！"陈萍萍寒意十足地盯着他的眼睛，"将来如果有一天，宫中要将监察院揉碎了，你一定要争！如果监察院也变成了大理寺这种破烂玩意儿，咱们这庆国……只怕也会慢慢变成当年大魏那种破烂玩意儿，明白吗？"

当天范闲就去了一处正式走马上任，一处衙门并不在监察院那个方方正正的灰黑色建筑里，而是在城东大理寺旁的一个院子里，衙门口庄严肃然，门口那块牌子却险些让范闲喷了充当马夫的藤子京一脸口水。

"钦命大庆朝监察院第一分理处"。

范闲顿时产生了一种时光混流的荒谬感觉，以为自己是来到了另一个时空中、某个以油田著称的城市的检察院门口。

他事先也没有和沐铁打招呼，院里公文还没有下发，一处的监察院官员们并不知道今天会来新的头目，门房处的人看着那辆马车直犯嘀咕，心想那位年轻人笑得乱七八糟，莫不是个傻子？那真是白瞎了那张漂亮脸蛋儿。

范闲领着邓子越和几个心腹往里走，他没有穿官服，邓子越几个人还是穿着监察院的院服，那个门房不清楚他们身份，问道："几位大人有何贵干？"

范闲微微一怔，脑子转得极快，心想自己第一次贸然闯进监察院的时候都没有人拦自己，那是因为没有闲杂人等会跑到监察院去闲逛——这个门房来拦自己，心想这个一处难道平时有许多官员来串门子？

他自然不会理会这个门房，直接向里走去，邓子越将手一拦，把那个门房推开，带着几名下属跟了上去。

进了衙门，范闲才发现一处果然与众不同，各值房里竟是空空荡荡，正当值的时候却是一个人都没有。他有些疑惑，到了偏厅寻了个椅子坐下，隐隐听到衙门后方传来阵阵喧哗声。

启年小组里也有原一处的吏员，今日恰好有一个跟着范闲当差，此人姓苏名文茂，赶紧跑到签房去寻当值的官员，不料竟是没有找到。幸好他是一处的老人，找不到人还能找得到茶与热水，赶紧泡了杯热茶，端到了范闲面前。

邓子越瞪了苏文茂一眼,意思是说怎么半天没找个人出来?苏文茂站在范闲身边,一脸苦笑,哪敢回应,实在是没有想到堂堂监察院一处,现在竟变成了一般闲散衙门。范闲也不着急,手捧着茶碗轻轻啜着。

门房探头看了一眼,发现这几位大人只是在喝茶,估摸是等人,也懒得再理会。没过多长时间,范闲喝了两口茶,有些不耐烦,起身走到一间值房里,开始翻检那些蒙着薄灰的案卷,心情越来越糟,脸色越来越难看。

有几个一处官员说笑着走进了衙门,提着大竹筐子,筐中用冰镇着鱼,看样子还挺新鲜,路过范闲一行人时正眼都没有看一下,只是有一位忽然瞥见了苏文茂,大笑着喊道:"老苏,你今儿怎么有空回来坐坐?"

苏文茂满脸尴尬,看着角落里范闲的手势,只得赔笑说道:"今儿个提司在院里述职,我左右没事,带着哥几个来逛逛。"一路北上,启年小组知道范闲的手段厉害,他是半个字都不敢提醒这些曾经的同僚。

那人拍了拍手掌,喊其余人先将那筐鱼拎进去,一脸羡慕地说道:"老苏你如今可是飞黄腾达了,跟着那位小爷,这今后还不得横着走?"

苏文茂斟酌着措辞,小意地回答道:"提司大人要求严明,我可不敢仗着他老人家的名头,在外面胡来。"

那人哈哈一笑,说道:"不谈那些了,反正这些好事也轮不到咱们一处,走走走……"他同时招呼着邓子越那几个同僚,"既然来了,就不要先走,院子里那会要开多久,大伙儿都清楚,先随我进去搓两把也好。"

邓子越将脸转到一边。那人见他不给面子,脸上也露出尴尬之色,心想不就是抱着了范提司的大腿吗,神气什么?

恰这时,范闲走了出来,满脸温和地问道:"这位大哥,先前看你们装了一筐鱼,中午准备吃这个?只怕我们要叨扰一顿。"

衙门里光线暗,那人没有看清楚范闲面貌,只知道是位年轻人,呵呵笑着说道:"那可舍不得吃,待会儿大家分了带回家去。"

"噢?看来是挺名贵的鱼,不然也不会用冰镇着。"范闲说道。

"那是！"那人斜了邓子越一眼，面露骄傲之色，"南方八百里加急运来的云梦鱼，大湖里捞起来的，鲜美得很，不用冰镇着早坏了，这京都城里，就算是那些极品大臣想吃也不是件容易的事。也就是军部有这个能耐，亏得咱们是堂堂监察院一处，不然哪里有这等好口福。"

"原来是军部送过来的。"范闲微微一笑。他知道京里的各个衙门平日里肯定会想尽办法讨好一处，只是没有想到就连枢密院也这么下功夫。

那人一拱手道："不说了，诸位既然是等提司大人散会，那就稍坐会儿，我先进去把自家那条鱼给抢着了，再出来陪几位说话。"

范闲说道："我有件事情要拜访沐大人，只是没找着人，请兄台帮个忙。"

那人看了他一眼，笑着说道："我当是多大事，我去通报，你们等着。"

那人笑嘻嘻地往后院走着，离开范闲几人的视线后脸色却立刻变了，一路小跑进了衙门后方的一个房间，一脚将门踢开！

房内数人正坐在桌上将麻将子儿搓得欢腾，被他这么一扰，吓了一跳，不由高声骂了起来。坐在主位上的沐铁更是面色不善，一颗青翠欲滴的麻将子儿化作暗器扔了过去，骂道："奔丧啊你，几条鱼也把你馋成这样！"

那人哆哆嗦嗦地说道："沐大人，处里来了位年轻人。"

沐铁皱了皱眉头问："什么人？熟人就带过来，我可舍不得手上这把好牌。"

"不熟。"那人战抖着声音说道，"不过苏文茂也跟着，我估摸着……会不会……那位小爷来了？"

沐铁悚然一惊，拍案而起，指着他鼻子骂道："你……你说话要负责任！"他吓得站起身来原地绕了几个圈，颤声问道，"真是提司大人？"

"估摸着是。"那人满脸委屈，"当着他的面，我可不敢认他，假装不识，赶紧来通知大人一声，若真是范提司，您可得留意一些。"

沐铁满脸惊慌，赶紧吩咐手下撤了牌桌，重新布置成办公的模样，一路小跑带着那人往衙门前厅赶去，嘴里还说着："风儿啊，记你一功，回去让你婶婶给你介绍门好亲事……娘的，这提司大人怎么说来就来了，幸亏你反应机灵……真不愧是咱们钦命监察院一处的！这情报伪装工作没有丢下，很好，很好！"

被他叫作风儿的那官员，将手上的冰水往衣衫上抹，哪里高兴得起来。

待跑到前衙的时候，沐铁的脚步已经放缓，确认气息匀称后才缓步踏出门廊，也不正眼去看偏厅里坐着的人，沉声说道："不知是哪位大人非要亲见沐某一面？这么大的架子，难道不知道一处事务繁忙？"

苏文茂见着以往的同僚，总有几分照看之意，眼珠子一飞，使了个眼色。沐铁早就知道来的是谁，此时只是做戏，假意被苏文茂提醒，狐疑着回头去看身后，便看见了那位年轻人。

"您是？"他皱着眉头，走近了一步，忽然间大惊失色，唧唧两声，干净利落地单膝跪了下来，"下官沐铁参见提司大人！"

范闲面无表情地看着他，没有一丝配合他演戏的兴趣。

沐铁一脸惊喜，说道："大人您来一处怎么也不说一声？"

范闲唇角浮起一丝笑意。沐铁看着这丝笑意，心却凉了起来，他很清楚小范大人笑得最甜的时候，也就是最可怕的时候，声音也不自禁地低落了下来："这个……大人，那个……下官。"

范闲还是没有说话，只是微笑地看着他。沐铁深黑的脸上，无由出现一抹惊悔，也不敢再多说什么，只是重新跪了下去。

沐铁是一处主簿，朱格自杀后一处的事务基本上都是由他在主理，而且对范闲向来恭敬，范闲不愿羞辱太过，说道："偏厅太脏，不适合待客。"

沐铁松了口气，对身旁的那个风儿斥道："快让人来打扫！"

"案卷就这么搁在厅里，不合条例。"范闲继续。

沐铁一蹦老高，高声喊着后面的一处吏员们出来。几个人懒洋洋地走了出来，却看见他正老老实实地站在一位年轻人身边。众人不识范闲，却都是搞情报出身，马上猜到了这位年轻人的身份，唬了一跳，赶紧各自忙了起来。不一时工夫，偏厅就被打扫得干干净净，案卷被归得清清楚楚，看来监察院一处，仍然保留了他们本来应有的快速反应能力。

"给你半个时辰，除了今日在各部各司各府里有院务的人、那些身份不能泄露的人，我要见到一处所有的职员。"

沐铁弯腰凑到他的耳边说道："一处比较特殊，大部分人在各大臣府里，名录保存在院里，不能调阅，大人如果要查看，需要一处报告和院长手令。"想到范闲的身份，他顿了顿又道，"您是提司，不需要院长手令，但还需要一处的报告，待会儿我就写去。"

范闲说道："不用，从今天起我兼管一处，要写报告我会让人写。"

沐铁身子一僵，本以为范提司只是来巡查，没料到竟是要兼管一处！

范闲在椅子上坐了下来，伸出手去。沐铁醒过神来，赶紧将茶碗递到他的手上，垂头丧气地说道："我这就去。"他知道这位小爷不好糊弄，而且自己的前程全在对方手上，只好认真做事，希望能减少一些恶感。

"这是小事，你不要亲自去。"范闲收回手，喝了口茶，发现已经冷了，不由咧了一下嘴。沐铁赶紧伸手准备去换。范闲盯了他一眼，将茶碗放在身边干净无比的桌子上，说道："你跟我进来，有些事情和你说。"

沐铁赶紧安排手下去通知一处官员们，跟着范闲去了后院，看着范闲迈步进了自己刚出来的那个房间，心里又是一阵紧张。

范闲挑了挑眉，看着门槛下的那颗翡翠麻将子儿，说道："果然是监察院里权力最大的衙门，居然麻将都是翡翠做的。"

沐铁汗流浃背地说道："是假翡翠，不敢欺瞒大人，这是大前年内库新制成的货色，像翡翠却又摔不碎，当时给八大处每处分了一副，一处这副一直摆在衙门里，没有人敢私拿回家。平时……没什么院务，所以偶尔会玩一下……卑职惭愧，请大人重重惩处。"

范闲摇了摇头，说道："那个待会儿再说。我只是有些失望，堂堂监察院一处，隐匿痕迹的功夫却是做得如此不到家，先前你们就是在这里打的麻将？既然都收了，怎么门槛下还有这么一颗？"

沐铁抹了抹额角的汗，知道这是先前自己用来砸自家侄子的那颗麻将子儿，那些没长眼的下属收拾屋子的时候竟将这颗遗忘了。

"你说说你这官是怎么当的？院务荒弛也罢了，没事打打麻将也不是大罪……"范闲在桌上重重拍了一掌，斥道，"先前看着那筐鱼，才知道你们竟然敢收各部的好处，你还要不要命了！"

沐铁赶紧跪在他的面前，心里却想着一筐鱼也不是什么大事。

"是不是觉得一筐鱼并不算什么？你要知道院子里的规矩，尤其这一处监察京中百官，你与那些朝臣们玩哥俩儿好，将来还监察个屁！"

范闲看着面前跪着的这位官员，有些失望与意外，不只是对自己即将接手的一处，也是对面前这个人："整个京都，你是第一个知道我真实身份的人……"

沐铁心头一黯。去年调查牛栏街的时候，他冒昧前往范府问话，知道了范家公子就是传说中的提司，本以为是一次难得的机遇，自己可以少奋斗许多年，没想到最后却是便宜了王启年那个半小老头儿。

"这一年你也帮了我一些事情。按理讲应该多走走我的门路，但你没有，我很高兴。只是没想到你竟然变了这么多，从当初那个拍上司马屁都有些别扭的老实人，变成了如今只知道浑噩度日，学会了变脸的老油条官僚，我很失望。"

范闲淡淡说出的"我很失望"这四个字，让沐铁对自己更加失望——他知道虽然自己不如王启年与提司亲近，也没有指望能单独负责一片行路，但一年时间自己从七品佥事提成从五品主簿，用屁股想也是范提司大人的面子。他深吸了一口气，不再辩解，沉声道："请大人看下官以后表现。"

范闲注意到他将卑职换成了下官，腰杆也挺得直了些，眼中露出赞赏之意，说道："这样就好，不是所有人都有捧哏的天赋，别老念记着王启年的做派。你做回当初那个一心查案的自己，本官自然不会误了你的前程。"

风雨之后又是晴，晴后又是风雨。范闲问道："说说，这一处怎么烂成这样了？别处无不谨慎自危，兢兢业业，别说打麻将，出个恭都是紧跑慢赶，还得行路无风……看看你这儿！跟菜市场有什么区别？"

沐铁此时已豁了出去，要抱紧小范大人的粗腿，也不避讳什么，说道："提司大人，一处变成这样，属下自然难辞其咎。只是这一年多来，一直没有个正牌大人管理，下面的人也不服我，难免有些问题。"

范闲对这件事情很清楚。当初的一处头目朱格暗中投靠信阳方面，将言冰云的情报漏了出去，直接导致言冰云在北方被捕。后来朱格事败，在院务会议上当场自杀，这是监察院自建院以来发生的耸动人心的案件。自那天起一处便一直没有主管，一方面是陈萍萍想等言冰云回国，二来是因为这个位置敏感。

"就算没有大人管理，但条例与各处细文一直都在，为什么没有人做事？"

"大人说条例俱在……但要做事，总要院中发文才行啊。没有头目说话，我们这些普通官员，总不好自己寻个名目就去各侍郎学士府上蹲点去。"

范闲怔道："难道二处这一年都没有送情报过来？"

"送倒是送了。"沐铁看了他一眼，"可是依照庆律，三品以上的官员我们没有资格自行调查，总要请旨，至少也要院长下个手批。"

范闲无奈道："三品以上你们暂时不能动，三品以下呢？"

"大人，不敢瞒您，一处名义上是院里最要害的部门，实际上却一直最是无用。原因很简单，二处三处只和情报、毒药、武器这些死物打交道。五处六处司责保卫，七处只和犯人打交道，八处只和书籍打交道。八大处里只有一处与四处是与官员们打交道，四处的精力主要在国外和各郡路之中，那些下面的官员，哪里敢较劲？随便觅个由头，就将那些县令撤了，谁敢说二话？"

说到这里，沐铁的脸上不自禁地带了一丝自嘲："也就是咱们一处，看似风光，实际上打交道的对象都是朝中大臣，论身份他们比咱们尊贵，论地位更不用提——京官们看在钦命大庆朝监察院一处的牌子上对咱们示好那是自然，六部有好处都不会忘了咱们一份，但真要较起劲来……他们也不会怕咱们。"

范闲心想这不对啊！前世哪里听过这么窝囊的锦衣卫？——"三品以下，你有立案权，独立调查权，他们怕你才会讨好你，怎么还敢和你较劲？"

沐铁苦笑道："那些官员是三品以下，但他的老师呢？大人们的门生故旧遍布京中，就像一张网，有的案子就算咱们查出证据来，也没法往上报。"

范闲眯着眼睛问道："为什么？"

"很简单，一处的兄弟也要在京都里生活。"沐铁叹了口气，"虽说俸禄比一般的朝官要高不少，但家里的亲戚总还要寻些活路，在各部衙门里觅些差使。就算不和这些官员打交道，比如去卖菜吧，如果你查了京都府的一个书吏，京都府尹就有本事让你这菜摊摆不下去，而你还挑不出毛病。至于那些与宫中有关系的更是正眼都不会看我们，就像灯市口检蔬司的戴震，众所周知的贪官，可我们却不能动手……为什么？因为宫中的戴公公是他的亲叔！朱大人自……畏罪自尽之后，一处的这些官吏更不会轻易去得罪京中官员，谁没有个三亲四戚？都在官场上，总要留个将来见面的余地。"

接着，沐铁又惭愧地说道："不怕大人动怒，下官这一年里也是存着个明哲保身的念头，除了院中交代下来的大案子没有查过什么，实在是京都居，大不易啊。"

范闲沉默了一会儿，说道："以后就这样和我说话。整风，首先整的就是不务实事，只知逢迎上司之风。"

沐铁听着"整风"这词新鲜，却无来由地一阵害怕，赶紧向大人请示。

范闲面无表情地说着，沐铁面露崇拜地听着，又害怕自己忘了，于是磨墨奋笔抄写着……不知道过了多久，终于听到邓子越轻轻敲了敲门，禀报道："大人，人齐了。"

监察院一处，除了京郊各路留守的人外共有三百一十名成员，除却今天在查案子的以及埋在各大臣府上的"钉子"，能来的基本都来了，理好衣装，肃然而立，在后院等着提司大人训话。虽然不是军人，但齐刷刷的黑色，看着还是极为养眼，有一种雨天苏格兰场的感觉。

范闲发现一年多的散漫并没有完全磨掉这些人身上的肃然气息，还能嗅到监察院应有的阴郁味道，比较满意地说道："今日起，我便是你们的主官。"

小范大人要来一处任主官？众人吃惊之余，更多的是高兴。朱格死后，一处在京中的工作难以开展，在院中也多受白眼，如今有了小范大人领头，谁还敢推搪误事？京中的各部衙门，只怕暗底下递来的好处会更多。但范闲接下来的话，却让众人感到一阵寒意。

"本官知道你们这一年是怎么过的。从今以后，再也不能这么过。"说了这句简单的定论，他重新坐回到椅子上，看了沐铁一眼。

沐铁站起身来，咳了两声，极有威严地看了众下属一眼，说道："今天召集大家前来，主要是提司大人履任之初，有些话要交代，本官受提司大人委托，讲几句话，主旨都是提司大人拟定的，请诸位同僚认真听。"

院间众吏肃然聆听。

"今天，我想讲一点关于我们一处的作风问题。"沐铁皱起眉头，一副苦大仇深的模样，"为什么要有监察院？为什么要有我们一处？因为朝廷里有欺瞒陛下、压榨黎民、阴坏庆律的贪官污吏存在。陛下要明察吏治，百姓要安居乐业，庆律的尊严要得到维护，所以，要有一处。"

众吏愕然，心想沐大人向来擅长办案实务，什么时候也会做这得官场文章？只是陛下、百姓、庆律三座大山压过来，谁也不敢说什么。

"我们是一处，我们是陛下的耳目，如果我们要做到耳聪目明，为陛下分忧，就要做到步调一致，兵精马壮，令行如山！若非如此，监察京中百官，便成了空中楼阁……如今我们一处存在什么问题呢？陛下的指示自然是英明正确的，一处的工作也是有成绩的，这一点，提司大人先前也是大力赞许过的。"沐铁话锋一转，阴寒无比地说道，"……但是！最近这一年里，一处出了不少问题，我身为代管主官，当然责无旁贷，明日便会自请处分。但从今日起，一切违反监察院条例的事情不准再做！

"不准私自或以一处名义接受朝廷其他部司的礼物及一切可折算成银钱的好处。

"不准以任何理由拒绝接受任何举报。

"不准以任何名义与任何部司的相关官员有日常接触，如办案需要宴请，必须事先申报，并且人数不得少于三人。

"加强事务化工作的条理性，加强……

"严格贯彻监察院条例及相关细则的执行。过去的一年里，诸位同僚若有什么不妥之处，请于十日之内向本官说明，一概既往不咎。"

……

沐铁滔滔不绝地说着，下面的吏员们紧张起来，他们不知道这是所谓的"整风运动"，只听出来如果范提司真的用狠心去做，以后只怕再也难挣到什么好处，而且说不定要把京官得罪干净，因此脸上不禁流露出为难与恼火的情绪。

饶是如此，众吏员依然没有窃窃私语，没有出言反驳，没有像六部中的官员那样没个官样儿，依然用极强的控制力站得稳稳当当——陈萍萍一手调教出来的监察院，从根基与本质上讲始终是这天下最铁打的密探队伍。

沐铁的发言完了，范闲站起身来，将双手负在身后，微笑着说道："有什么意见，这时候当面说出来。"

一片沉默。监察院的普通密探、普通调查人员，与范闲这位天之骄子间的身份差距太大，没有人敢当着他的面反驳什么。

　　范闲眯眯笑着引蛇出洞："集思广益嘛，院长大人让我来一处，也是对各位同僚的器重。大家也知道本官忙碌，一般衙门请我去，我还懒得去呢。"

　　众吏的心情稍微放松了些，传闻中这位提司大人笑里藏刀，不过此时还真没看出来。而且对方出身高贵，又是天下闻名的大才子，怎么会真的精通监察院这些阴秽事，此时暂且应了，日后再说，于是纷纷行礼道："谨遵提司大人令。"

　　沐铁隔得近，看得见范闲眼中的那一丝寒冷，以为他是不满意下属们的态度，心头着急，赶紧对着站在前排的风儿使了个眼色。

　　这人也姓沐，是他的远房侄子。

　　沐风儿见到叔叔使眼色，以为是要自己站出来反对——他哪里敢对堂堂提司大人说个不字！心里害怕不已，双腿连连战抖，最后还是念及叔叔一直以来的恩德，将心一横，将牙一咬，说道："提司大人，虽说一处司职监察京中百官之职，但人情来往在所难免。谁家都会有亲戚，像卑职的大舅子，眼下就在行马监做事，如果我与他日常不来往，倒也可以，只是怕家中悍妻……"

　　这话看似俏皮，但没有人敢笑出声来，谁也不知道为什么沐风儿今天的胆子会这么大。范闲心里高兴，面色却是阴沉一片，寒声斥道："你当院中条例是坨狗屎，由你怎么糊脸上！细则中早说得清楚，三代以内亲眷经申报登记后，不在此列，你偏要这般说，莫不是有些什么不妥事？沐铁，做事。"

　　沐铁叹了一声，拖着侄儿满脸哀怨地去挨板子了。范闲冷冷的目光扫了众人一圈，说道："还有什么要说的没有？"

　　有吏员忍不住问道："提司大人，查案是我们应做之事，但若遇着贵人恐吓，如何？家中遇着官员刁难，如何？宫中的公公们发话，如何？"

场间一片沉默,一处办案,最怕的就是碰见与宫中有关系的官员,因为监察院再强势,也依然只是宫中养着的打手。

范闲静静地看着那人,说道:"报我的名字。"

"报我的名字",这五个字掷地有声!谁敢刁难恐吓你们,管他是大臣还是权贵,只管报我范闲的名字!如今的范闲,左手握监察之权,右手握天下之钱,确实有底气说出这样的话,就算是宫里的那些贵人,又有谁敢冒着得罪他的风险来欺负他的属下。

那个官员在自己刻意打压沐铁之后还敢站出来说话,范闲有些欣赏,他放缓了语速说道:"还有什么看法,一并提出来,我不加罪。"

那人其实已经没什么好说的了,这时又硬着头皮说道:"下属以为私人不受钱物,是理所应当之事。但以一处名义收些无妨,一方面与六部各司将关系搞好一些,将来查案也方便;另一方面这些钱物分散之后,也算是贴补一下。"

范闲看着院中众人,知道这些人也是心疼这些银钱,便面无表情地说道:"论起俸禄,你们比同级的朝官要多出三倍,虽然你们不如那些朝官有外水儿,但这本来就是建院之初高薪养廉的本意,没什么好抱怨的。"

苏文茂大着胆子说道:"监察院向来承受官员的反噬百姓的白眼,一处的处境又比较特殊,朝廷又不肯多些贴补,所以才……"

范闲举手止住他的话,望向场间这些监察院的密探与吏员,等场间的气氛被压得寂静无比,他才一字一句地说道:

"不要问朝廷为你们做了什么,要问问自己为朝廷做了什么。"

苏文茂闻言一愣,稍加咀嚼,发现这句话看似简单,竟是大有深意,不禁生起了一丝愧意,一丝敬佩。是啊,一处这些官员们在为自己打算的时候,有没有想想朝廷建立监察院究竟是为了什么呢?头前出来说话的那位官员,也愣在了原地,这么多年来监察院的教育熏陶、陈萍萍的训诫,让他回到了最开始踏入监察院时的精神状态。他心头一热,握紧右拳喊道:

“一切为了庆国！”

“一切为了庆国！”

这是场间所有人进入监察院第一天就必须记住的宗旨。范闲看着场下的情景，欣慰地笑了起来，轻握右拳，在心里说道：“一切为了生活。”

第四章

黑与白的间奏

　　天空一片阴暗，整个京都笼罩在阴沉肃杀的氛围中。秋高气爽已经不见，那些连绵了三四天的寒冷雨水，冲刷着民宅上方瓦檐里的灰尘，将地面上的青石板道冲洗得干干净净，同时也带来了庆历五年秋天的第一道寒意。

　　范闲坐在新风馆二楼，目光透过窗外的层层雨帘，看着街对面的一处衙门。再往那边过去一些就是大理寺的衙门。两个衙门比较起来，一处这边要显得清静许多，但是进出的监察院官员面色沉稳，再不似当初的那种模样。

　　整风已经进行了一些天。当然，范闲并不认为仅仅靠喊几句口号，将条例重申一遍，就能把所有人的心思收拢回来，自纠自查与调查一直在进行，在无情地革除了一些人的职司，同时更加铁血地将有些官员送到七处受审后，一处的风气终于得到有力的扭转，整个衙门开始高效地运转起来。

　　他不习惯在衙门坐堂，直接在一处对门的新风馆包下一个临街安静的房间，天天坐在这里吃些小食，打发一下时间。桌上摆着一格蒸屉，约莫两个手掌大小的蒸屉里放着独一个包子，这个包子薄皮大馅十八个褶，个头也确实不小，白生生的面里飘溢着一股鲜美味，让人看着就眼馋。他对着包子轻轻地吹了一口气，用筷子将包子褶汇聚成的龙眼拨开，露出里面的新油肉汤来。他拿了一管麦秸，偏头问道："喝不喝汤？"

"烫。"

范闲笑了笑，用筷子将那眼戳开，挑出里面被汤汁泡了许久已然入味的肉馅，用小碟子接着，放到身边那人的碗中，哄着说道："大宝最乖，这汤烫，肉可不烫，不过还是要多吹吹。"

大宝很听话，鼓着腮帮子，对着碗里的肉拼命地吹着——呼！呼！呼！

林若甫辞官归乡，林府便冷清了起来。范闲在北齐的时候，大宝大部分时间都是在范府里待着。他回来后好些天没有发现大宝的身影，有些疑惑，问了婉儿才知道大宝被送回了林府。范闲有些不高兴，虽说旁人看在自己的面子上对林府肯定不敢刁难，但那些府里的下人是最能刁钻使坏的角色，如今林府只有婉儿的几个远房兄弟照看着，怎么能放心？

偏偏他接任一处之后，连着忙了许多天，趁着今儿个下雨，京都无事，他让邓子越将大宝从林府里接了出来，尝尝新风馆最出名的接堂包子。

"别吹了，可以吃了。"范闲笑望着自己的大舅哥。

不知道为什么，智商像个小孩子一样的大宝特别听范闲的话，低头一口将那团肉馅吞了下去。看他那猴急模样，范闲不禁想起猪八戒吃人参果的模样，又笑了起来。

邓子越坐在另一桌，看着这一幕心里有些异样的感觉。启年小组三十几个人分成四班，贴身保护范闲。他接了王启年的职司后，更是寸步不离，这些天范闲做了些什么他最清楚，心想提司大人还真是一个让人看不清楚的人物——以大人的身份，对自己的痴呆大舅哥如此上心，令人有些意外，有些佩服。

楼下噔噔响起一阵脚步声，邓子越醒过神来，握住腰畔朴刀，双眼盯着楼梯处。来的人是沐铁，这些天他在处里负责纠查，审核有疑点的下属，不仅要慰勉大家保持士气，还要处理范闲暗中交代下来的任务，竟是忙得连逛楼子的时间都没有。只见他双眼深凹，黑黑的脸上现出一种不健康的灰暗。

沐铁掀开头上的雨帽，解开雨衣，随手扔在房间门旁的角落里，然后又取出一个圆筒，筒子不知道是什么材料制成的，可以防水，抽出来的纸卷一点没有被打湿。

范闲接过纸卷细细审看，眉头渐渐皱了起来，脸色也阴沉了下来。回京之初，他便让邓子越去查与二殿下有关的那几位大臣与崔家有没有关系，后来这个任务直接给了沐铁，也算是对他的一次考验。纸卷上没有什么得力的证据，是他意料中事，对方的手脚一定会做得极干净，只是有些过于干净。难道崔家身为大族，这些年里竟然没有对吏部尚书、钦天监上供？

事有反常必为妖，范闲问道："所有的都在这里？"

沐铁点了点头。

范闲又问道："二处那边有没有问什么？"

沐铁摇了摇头："二处很配合，而且只以为是院令，不知道是提司大人的意思，大人放心，保证没有人知道。"

"二处那边也没有什么情报？"范闲这时才发现自己手里还抓着筷子，知道这是心里实在紧张这件事情，遂自嘲地笑了笑，将筷子搁到蒸屉边上。

他如今最大的敌人就是远在信阳的长公主，谁也不知道她哪一天就会回到京都。他必须确认在太子与长公主渐行渐远后，是哪位皇子有问题。

沐铁语气依然恭谨，却多了一丝自信："对于京中的监察，二处虽然司责情报工作，但来源还不如咱们一处，大人放心。"

范闲点点头，示意他可以离开了。沐铁离开后，他看着卷宗上密密麻麻的小字陷入了沉思。上面记载的都是崔氏这些年来的行贿对象，时间，缘由，朝中这些京官大部分都有瓜葛，偏偏没有二皇子那派的痕迹，这让他感觉很头痛。直觉有问题，却又无法从这些信息中找到真正有用的东西。

他很清楚，自己的长项在于刺杀、握权、造势——说到底，表面的温柔之下，他有的只是一颗刺客锋将的心，并不是一位善于御下，揉捏人心的皇者，也不是一位长于分析情报，判断方略的谋士——知其所短，用其所长，范闲是这样用人，也是这样分析自己的。想到在北齐上京城里的那次缜密计划，他叹了一口气，开始想念起看似滑稽，实则帮自己出了不少主意的王启年。当然，那个计划的真正操盘手是言冰云，范闲本打算回京后将他捆在自己的腰带上，谁知道陈萍萍让言冰云去了四处，想继续压榨小言公子成了件不容易的事情。

他看了一眼大宝，发现大舅哥正对着一碗杂酱面发起最后的猛攻，不由得笑了笑，拿起蒸屉里没了肉馅的白面包子皮，伸到他碗里胡乱抹了些肉酱，极快地塞进嘴中，大口嚼了起来。

大宝一愣，发现有只手从自己的碗里蜻蜓点水而过，过了一会儿才反应过来，他缓缓抬头看了一眼满脸得意的范闲，有些幽怨地摇了摇头，低下头继续吃面。

新风馆外面的雨还在哗哗地下着，雨势极大，落地之后绽成无数团雨雾，渐渐迷离了人们的眼睛，街道四周的建筑也朦朦胧胧的。

一股子寒意随着雨点降落在京都里，刮拂在新风馆门口的一行人身上，想从他们的脖颈处钻进去，借人取暖。范闲将风褛披在了大宝的身上，细心地系好系扣，确认寒风不会灌进去，这才放心地拍了拍他的肩膀，说道："闲闲要去做些事，大宝先回府去找婉儿玩好不好？"

大宝嚼着苹果，含糊不清地点点头说道："妹妹太凶……我……小胖玩。"

范闲明白他的意思，哈哈笑了起来，心里想着，如果这天下的官员臣子行商贩夫妓女诗人，都能有大宝这样简单，自己的生活会简单轻松许多吧？他小声地交代了藤子京几句，范府的马车便接着舅少爷回了府。

邓子越沉声问道："大人，这时候去哪里？"

"去言府。"范闲说道。

"我去调辆车来。"邓子越沉声说道。

范闲摇了摇头，反手将雨衣的帽子盖在了头上，就这样走入了长街的雨水之中，任由雨水击打在自己身穿的那件灰黑色衣服上。

监察院的官服很寻常，但也有特制的样式，比如雨天查案时，通常会穿着这种雨衣——衣袖宽而不长，全部用的是防水的布料，后面有一个连体的帽子，样式有些奇特，像风衣，又像是披风，雨水从天而降，落在这件衣服上会顺滑而下。当年舒学士第一次在京都看见监察院的这种衣服，大发雅兴，取了个别名叫"莲衣"，用的便是雨水从莲叶上如珍珠般滑落的意思。

但毕竟这种雨衣的样式有些古怪，与当前的审美观格格不入，所以哪怕有了莲衣这样美妙的名字，却没有在民间传播开来，依然只有监察院的官员探子才会穿这种衣服。如今京都的雨天，只要看见这种穿着一身黑灰色莲衣的人，大家都知道这是监察院的出来办事，都会避之若鬼地躲开。

范闲走入雨中，启年小组的人自然不敢怠慢，像那个月夜一般，分成几个方位，不远不近地拱卫着他，在寂寥少人的雨天长街上往前方走去。雨水冲击着衣服，长靴踏着积水，嗒嗒嗒嗒，几个人竟走出了沉默悍杀的味道。

言府不远，在雨里走了没一会儿，绕进一条小巷，穿出来往右一转，便能看见那个并不如何显眼的府门。想着这座府里的父子二人掌管着这个朝廷对外的一切间谍活动，就连范闲的神情也变得认真了很多。

言若海执掌监察院四处十余年，深得圣心，也深得陈萍萍器重，就算是六部的大人物们在他面前也不敢嚣张，但他的官位其实并不高。监察院官员的品秩都不高。为了行事方便，陛下用赐爵的手段将监察院官员的政治地位向上提了一大截。言若海几年前便是二等子爵，去年言冰云被长公主出卖给北齐，陛下为了安抚监察院，直接将言若海的爵位提成了三等伯爵。范建如今身为户部尚书，也只不过是位一等伯爵，以此就能知道圣上对于监察院的官员是何等的厚待。

不过言府的门口并没有换新的匾额，言府下面的小题还是写着"静澄子府"，没有换成"静澄伯府"。字也是黑字，不是金色，显得极为低调。

不过范闲清楚，除了封公的世代大臣，只有陛下钦命赐宅子的大臣才有资格在府前写着爵位，可见言府这宅子也是陛下赐的，真是想低调也低调不成。

言府执事见着这行人穿的莲衣，便知道是监察院里的官员，只是不知道是老爷的同僚还是少爷的朋友，赶紧下了台阶，用手遮雨，将范闲一行人迎了上去。

范闲掀开头上的雨帽，露出微湿的头发，问道："小言在不在家？"

执事正准备说老爷不在家，听着对方说话才知道是来找少爷的。再一看这位的清秀容颜，早猜出来是哪一位，赶紧恭敬地说道："提司大人，少爷在家。"

范闲点点头，将雨衣解了下来，搁在小臂上。那位执事赶紧接了过来，左手撑起一把油纸伞，说道："大人请进。"

执事知道少爷能从北面平安回来与范提司的关系匪浅，自作主张不通报便迎了进去。范闲也很自然地接受了。他的官阶在言氏父子之上，不需要客气。

这是他第一次来言府，有些好奇。但随着那执事的伞往里走着，也没有看见什么稀奇的地方，只是充足的雨水滋润着院中那座大得出奇的假山，让上面的那些苔藓似恢复了青春一般绿油油的。

假山之后便是内院，范闲看着远方廊下听雨的二人，挥手示意所有人都不要跟着自己。踏着石板上的积水，他尽量不发出一丝声音，走了过去。

景廊尽在雨中，柱畔石阶尽湿，廊下之地也湿了小半，廊下二人却依然不为所动，坐在两张椅子上，看着秋中的雨景发呆。

一位自然是刚刚返京不久的小言公子，另一位却是千里逃亡的沈大小姐。二人坐在椅上，没有开口说话，也没有互视，只是将目光投入雨中，似乎奢望由这不断落下的雨水织成的珠帘，能将两人的目光折射回来，投射到对方的眼中。

范闲发现言冰云的脸上依然一片冰霜，眸子里却比往日多了些温柔之色。沈大小姐似乎也从家破人亡的凄苦中摆脱出来，眼里有些羞意，又有些惘然。

这对怨侣不说话，不对视，当作对方不存在，情景实在是有些诡异。更让范闲觉得诡异的是，沈大小姐穿着丫鬟的衣服，脚下竟是被镣铐锁着。只见她拖着长长的铁链，铁链的尽头在房间里，看样子竟是被言冰云锁了起来！

范闲用了些时间消解掉震惊的情绪，在心里叹了口气，知道言冰云此时心情一定不像表面这么轻松，不然不可能没有发现自己在他二人身后站了这么久。

他轻轻咳了两声。

言冰云回头望来，便看见了那张可恶又温柔的笑脸，眼里生起怒意，不知道是因为被打扰，还是怨范闲把沈大小姐强行塞进了言府。

沈大小姐看见范闲，不知道该以什么心情相对，起身离椅，微微一福便进了房间。阵阵铁链的当当声，在雨天的行廊里不停地回荡着。

范闲在沈大小姐空出来的椅子上坐下，看了眼冷清的言府，带着些调笑的意味说道："本以为你千辛万苦才回京都，府上应该有许多道贺的官员才是，哪里想到雨天里，只有你和沈家姑娘相看对泣无言。"

言冰云很认真地辩解道："第一，我没有看她，想来她也不屑于看我。第二，是这天在哭，不是我在哭。"

范闲啧啧地说道："细品，真酸。"

言冰云面无表情地说道："父亲不喜欢和朝廷里的官员打交道，我在京都又不是提司大人这样的名人，府里自然会冷清一些。"

范闲摇了摇头说："我知道你去北齐之前是京中有名的公子哥儿，如今回国后，一定会升官，那些想巴结你言府的人怎么可能不上门？"

言冰云面无表情地回道："父亲养了三条狗，一直拴在府门前。"

范闲一怔，摸了摸微湿的头发，问道："入府时我怎么没有见着？"

言冰云说道："今日有大雨拦客，三条狗累了这么些天，休息一下。"

范闲一时无语。

"大人今日来访，不知有何贵干？"

听得出来，小言公子对小范大人刻意地想拉远距离，想来也是家教使然。范闲却不理这一套，直接从怀里取出那个圆筒，开筒取卷，扔在了他的怀里。

言冰云拿起来大致看了一遍，面色有些不自然地说道："大人还真的挺信任下属，只是这都是一处的案子，给我看已经是违反了条例。"

范闲微笑地看着他说道："不要以为你马上要接你父亲的班，就可以一直躲着我……你叫我大人，那就是清楚虽然我在一处，你在四处，但毕竟我是提司，真把我逼急了，我发条手令直接把你调到一处来，降了你的职，你也没处说理去……所以不要讲那么多废话，帮我看看这些情报才是正事。"

言冰云大怒道："哪有把人拖入你那潭浑水的道理！大人若再用官威压我，我找院长大人说理去！"

范闲看着廊外的雨丝，嘲笑道："你尽管说去，老跛子听你的，就算我输。"

言冰云将闷气咽了回去，寒声地说道："你想知道什么？"

"一个大题目。"范闲站起走到他面前，看着他那张寒美的脸庞，一字一句地说道，"我要你给我查清楚，二皇子与崔家之间有没有什么关系？"

言冰云的脸上没有任何震惊与畏惧的神情，沉默片刻后说道："在上京我就知道你要对付崔家，但从来没有什么二皇子与信阳方面有关系的风声。"

言冰云自然清楚范闲对付崔家是因为长公主，而他查崔家与二皇子的关系自然也是要针对长公主，可不明白他为什么会把二皇子牵涉进来？

"直觉。"范闲说道，"对付信阳的事情，打一开始我就没有瞒过你，因为在这件事情上你我是天然的同盟。至于二皇子……我在北齐这半年，他太安静了……而且我最近在一处才知道，这位不显山不露水的二殿下竟在朝中有这么大的势力，很多官员都与他来往极密。"

范闲认为二皇子安静得有些不寻常，是因为他以前世的经验判断，在皇权之争中，具有先天优势的太子只要什么都不做，基本上就可以保证自己的将来。这一年多的时间，没有了长公主的影响，太子确实也在这样做。二皇子则不一样，如果他将来想登上大宝，就一定要做些什么。

安静的狗可能会咬人，但安静的皇子一定无法成为皇帝。

言冰云深深地看了他一眼："看来大人还是决定要掺和到皇子们的斗争之中。"

范闲摇了摇头说："不，我只是在做准备，以防将来被他们的斗争害得自己连间房子都没得住了。"

"大人……是太子那边的人？"言冰云有些无理地直视着范闲的双眼，问了这样一个显得有些愚蠢，过于直接，没留丝毫余地的问题。

范闲微微一怔，脸上多了丝笑意，摇头说道："不是。"

言冰云沉静片刻后也渐渐笑了："原来大人……是陛下的人。"

范闲没有承认，但知道对方肯定会帮自己——言冰云如今还在疗养，自己给他这么一件"好玩"而且"刺激"的事情办，不怕他不上钩。

言冰云又低头极为细致地将那个案卷查看了一遍，蹙眉道："一处的京中侦察做得虽然不如当年，但还算不错。只是这种大轮廓的事情不能单从京中情报着手。情报需要互相参考，这些资料已经是成品，价值不大。我知道沐铁那个人，对于单个案子他很有办法，但这样的大局面他根本无法掌控。"

范闲很随意地说道："所以你拢总。"

言冰云有些意外，问道："大人如此信任我？"

范闲直接问道："你要多长时间？"

言冰云平静而自信地说道："我下月回四处，月底前给你消息。"

"有没有什么需要帮忙的？"

"如果这件事情闹大了，我不想当替罪羊。"

"放心，我最喜欢羊了。"

说着，范闲哈哈笑了起来。他高兴的不仅仅是二人似乎又找到了在北齐上京的默契，开始同时筹划一些事情，更高兴的是，他知道如果言冰云一旦接手调查，那么今后便只能跟着自己走。二皇子与信阳的关系要查，但能把小言抓到自己的班底中来，却更为重要。

"对了。"言冰云忽然说道，"我想……向大人求一支兵。"

范闲好奇地问道："你一直在休养，难道暗中也在查什么？至于求兵，言大人手下的四处那么多精兵强将，你用得着向我求？"

廊外的雨下得更急了，啪啪啪啪打在石板地上，似乎想要冲出无数的麻点来。庭间的树木喝饱了水后，低垂着叶子，开始害怕急雨的暴虐。言冰云的眉头闪过一丝忧郁与担忧，说道："南方有连环命案，横贯几个州府，刑部十三衙门死了不少人也没有抓到那个凶手，案子经陛下口谕转到了院子里。"

范闲点点头，他是个博闻强识之人，记得自己二人在北齐上京的时候就曾经收到过院中的密报，只是当时并没有怎么在意。

言冰云说道："这是四处的事，没有想到接手之后，连续死了十三个密探却没有抓到那个凶徒的蛛丝马迹。据回报得知，凶徒是个强悍的武道修行者，只是没有办法确认是几品，估计至少在……九品之上。"

范闲也很意外。天下承平的今日，一位武道修行者拥有九品以上的实力，荣华富贵乃至极势都是唾手可得。可以像燕小乙一样成为庆国的大将，也可以像北齐何道人一样成为朝廷编外的刺客好手。就算他爱好自由，最不济也可以去往东夷城，平时偶尔帮东夷城的商团做幕后强者，闲时去四顾剑的剑庐与同修们切磋一下技艺……这些都是既富且贵又有地位的选择。连环杀人？是准备强奸还是抢劫？一个九品高手，断断然不需要做这些事情。他喃喃地说道："也许是个变态杀手……只是喜欢杀人的快感。"

言冰云没有听懂"变态"的意思，说道："四处折损太大，需要朝廷高手出手相助。但你也知道，京都里的这几位九品强者官阶都在我父亲之上，院里开不了口，陛下也不会同意，我只能向大人你借兵。"

范闲说道："一处也没有这种高手……家里护卫只有两位七品。"

言冰云说道："我要借的是……高达，还有他手下那六把长刀。"

"我们倒是心愿一致，都想把高达留在身边，结果呢？"范闲无奈地说道，"都是痴心妄想罢了，宫里的人哪能随便借给我们。"

"这个我不管。"言冰云说道，"如果将来高达被调到大人手下，还请大人借我四处用几天。"

范闲知道言家在京中别有门路，心想莫不是对方听说了什么？难道高达那六把刀真要归了自己？想到这种好事，他忍不住笑了起来，应承道："承你吉言，若真有这天，借你使使也好。再说说，最近和沈大小姐过得如何？"

提到这事，言冰云又变成了冰块儿，寒声道："大人请自重。"

"自重个屁！"范闲笑骂道，"你搞根铁链把她捆着，那倒是让她自重了。不过你也就和头前说的南方的杀手一样……变态了。"

雨一直下，气氛不算融洽，在同一个屋檐下，范闲得意地张牙舞爪，言冰云气得不会说话，他猜到"变态"不是好词，恼道："当初如果不是你把她留在使团，我现在会被折腾得没有法子？"

"你把她扮作丫鬟也不是个长久之计，何况我看你没必要用铁链子锁着她，有你在这间宅子里，估计沈大小姐舍不得到别处去。"范闲继续刺激他。

"那大人有何办法？"言冰云冷笑道，"北齐大公主在京都待了没几天，居然就能使唤着大皇子来府上给我压力，让我好生待她。她可是沈重的女儿，齐国通缉的要犯，如今是杀又杀不得，放又放不得，能怎么办？"

这时，房里隐隐传来哭泣声。范闲才知道原来大皇子也知道了这件事，遂正色道："如果真不方便，我将沈姑娘带回府上。"

言冰云沉默许久之后，点了点头。

一行人出了言府，队伍里多了一辆从范府调来的马车。范闲没有再在雨中散步的雅兴，坐在车厢里，看着不安的沈大小姐，微笑着安慰道："沈小姐放心，住些日子，等事情淡了，我再将你送回言府。"

他查二皇子是基于自己与长公主之间的死仇，也基于某个永远不会宣之于口的隐晦理由，事情太大，如果手中没有握住某些东西，实在是不敢全盘信任言冰云。信任，更多的时候是一种利益关系——带走沈大小姐，便是一种制约。

他看着窗外的雨街叹了口气，一年前的那个雨夜他打开了那只箱子。想到那夜的如癫似狂，再联想到如今自己的阴暗乏味，便明确了那个事实——自己还没有来得及改变这个世界，这个世界已经很深刻地改变了自己。

车至灯市口，雨渐小，人渐多，前面似乎有些拥挤，马车慢了些。长街上，一辆马车赶了上来，与范府马车并成一路，一只丰润的手臂带着鹅黄色的衣袖伸出窗口，掀开范府马车的帘布，同时响起一声惊喜的呼喊："师父！"

范闲举手示意已经拔出刀的邓子越住手，望向那辆马车，有些意外对方半年不见，居然还记得自己师父的身份。叶灵儿睁着明亮的眼眸，吃惊地望着车厢里的沈大小姐，问道："师父……这又是被你骗的哪家姐姐？"

范闲没好气地说："知道是师父，也不懂得说话时尊敬些。都快要当二皇妃的人了，这大雨天的还在外面瞎逛什么？"

他已经开始怀疑二皇子在牛栏街杀人事件中充当的真正角色。那天是二皇子设宴，虽说事后查出是司理理向长公主方面投的消息，由长公主安插在宰相府里的那位文士暗中与婉儿二哥谋划的杀局，但他始终没有对二皇子放松警惕——湖畔度暑与太子的巧遇是对方安排的，习惯算计的人不可能像现在这般干净。

所有人都以为长公主支持东宫，他当初也这般想。但如今细细想来，以长公主变态的权力欲望，支持一个正牌太子对于她来说又有什么意义？他与李弘成在一石居吃了顿饭，发现一石居的后台老板是崔家，崔家的后台是信阳，几个珠子一串，证明不了什么，也说明不了什么，但他坚信自己的直觉。而如果二皇子真的和长公主是一条线的，他只好说一声——抱歉。但对眼前这位明年开春就将成为二皇妃的女孩儿，范闲没有太大的抵触情绪，连面上的表情都遮掩得极好。他与叶灵儿的初次见面并不愉快，但婚后她常来府上找婉儿玩，几次接触，他反而有些欣赏这个眼若翠玉般清亮的漂亮小女生，因为她身上带着一股与一般大家闺秀不一样的洒脱劲。只是他有些受不了，叶灵儿总是当着婉儿的面一声一声地喊他师父，喊婉儿姐姐，生生把自己喊老了一辈。

马车里的叶灵儿兴奋地说着："师父，回来了怎么不去找我玩？"

"师父，你这是要去哪里？"

"师父……"

范闲揉揉太阳穴，听着那一串的话语，叹道："悟空，你又调皮了。"

叶灵儿睁大眼睛，惊异地问道："啊？"

范闲在湖畔教了叶灵儿一些小手段，实际上是偷学了叶家的大劈棺，偏偏对方把师父从去年叫到了今天，这让他有些不好意思。他问道："现在去哪儿呢？"

叶灵儿应道："我要去你家见婉儿。"说完这句话，看了一眼他身边的沈家小姐，哼了两声，没有再说什么。

范闲喜欢她的洒脱，却不喜欢她洒脱之余多出的骄纵，冷冷看着她没有接话。他摆出师父的谱儿，叶灵儿却极吃这套，撇嘴说道："别生气，知道你如今是监察院的红人，想做坏事也不至于带到大街上来。"

范闲没有说什么，穿着雨衣下了车，邓子越几名启年小组成员也赶紧跟了上去。叶灵儿才知道他们不是路过，而是专门来灯市口办事。

灯市口检蔬司戴震，每天的工作就是等着下属将城外的蔬菜瓜果运进来，然后划定等级，分市而售，与此同时还处理着内廷与各大王府公府的日例用菜——只是一棵芹菜不值什么钱，一百棵芹菜就值些钱；一个鸡子儿不值什么钱，但一百个鸡子儿却足以在一石居里换顿好酒席。

检蔬司算不上衙门，没品没级，甚至连主管衙门都没有——可能是因为官员们觉得送菜捞不到什么油水，没有怎么注意。范闲却清楚这种现象的产生，与这些年里时而推行，时而半途而废的新政脱不开干系。

戴震身为检蔬司主官，这些年里安安稳稳地赚着鸡蛋青菜钱，以为只有他自己知道这些不起眼的东西里夹杂着多少好处，时常半夜在被窝里偷着笑，最疼的那房小妾天天撺掇着他去叔叔那里求个正经官职，他都没有答应。美啊，卖菜卖到自己这份儿上，也算是千古第一人了——戴震一直这样想。但今天他美不起来，也笑不起来，就在这一场秋雨中，监察院一处的官员们直接封了他那间小得可怜的衙门，还堵住了大通坊的账房。

——大通坊里全是卖菜的贩子，京都三分之一的日常用菜由这里提供。

戴震铁青着脸赶到了账房里，看着那些监察院官员，拍了两下脸颊以让笑容显得更温柔些，说道："原来是一处的大人们来了，秋深了，坊里多了些稀奇的瓜果，哪天得去孝敬一下……"

一处今日查案打头的是沐风儿，知道今天的行动是范提司的手笔，哪里敢有半点马虎。他望着戴震冷冷地道："戴大人跟我们走一趟吧。"

监察院官员早已熟门熟路地封存了账册，开始按照名册里的人名点出那些人来，往马车上押。秋雨还在下，戴震的心愈发地凉了，赔笑着问："我哪里敢称什么大人，沐大人莫不是误会了什么？"

说完这句话，他习惯性地往沐风儿的袖子里塞了张银票。沐风儿有些可怜地看了此人一眼，心想难道对方连范提司主掌一处这件事情都没有听说？此时两名监察院官员走上前，毫不客气地一脚踹在戴震的膝弯里，将他踹倒在地上。监察院官员从腰后取出秘制的绳索，在他的双手上打了个极难解开的结，动作异常干净利落。

戴震手腕剧痛，又羞又怒，忍不住喊道："你们这是做什么！"

沐风儿说道："奉令办案，请戴大人配合。"

戴震慌了，眼珠一转，高声喊道："救命啊！监察院谋财害命！"

爱看热闹的庆国人围了过来，只是畏惧监察院的威名，不敢靠得太近，看着平日里趾高气扬的戴大人如此狼狈，不禁心下惴惴。戴震暗中养着的打手，却是借着这声喊哄闹起来，拦住了监察院众人的去路。

戴震手被绑着，脑子转得极快，知道监察院出手向来没有收手的时候，便拼命地号叫道："监察院谋财害命！"他很是心慌，一时间想不出什么辙，只好揪着"谋财害命"四个字瞎喊，希望宫里的叔叔能尽早得到消息，在监察院将自己关入那可怕的大牢前，想办法捞出来。

看着被挑动情绪的民众围了上来，沐风儿皱了皱眉头，从怀中取出文书，对着民众将戴震的罪行念了一遍。

京里的百姓平日里骂官府极多，其实又最是相信官府，而且谁都知道戴震手脚不干净，只是人群易乱，众人在雨夜里围着，想要退散却不容易。

沐风儿远远瞥着两辆马车旁边，几个穿着雨衣的监察院同僚把范提司围在中间，在大雨中冷漠地注视着这边，心头一阵慌乱，喝道："带走！"

戴震知道监察院的大狱实在不是官员能去的地方，拼命地哭喊起来，涨红了脸，号哑了嗓子，像泼妇般耍赖，躺在地上，硬是不肯起来。他的那些心腹也起着哄围了上来，虽不敢动手，但不让沐风儿把人带走。

雨天里，叶灵儿的声音突然响了起来：

"你们监察院现在做事也实在是有些荒唐，这光天化日的，与那小官拉拉扯扯，成何体统！这百姓们看了去，朝廷的脸面往哪儿搁啊？"

范闲说道："官员不要颜面，朝廷也就不用给他们颜面。你别看这官儿小，一年可以从宫中用度中抠下五千多两银子，从大通坊里捞的好处更是不计其数。"

叶灵儿的半边身子探出车窗，雨水打湿发丝，听到这话才知道，原来这么小的官也能贪这么多的银子，不由兴趣大作。

这个时候，沐风儿一行人终于十分辛苦地从检蔬司里杀了出来，来到了范闲的身前。戴震被他们从雨水里强行拖了过来，情形好不凄凉。

那些打手也围了过来，知道这两辆马车代表的力量与权势，不敢造次。那些京都百姓看着范闲与邓子越等人的装扮，下意识退远了些。

戴震还真是泼辣，身上的官服被污水染透，头发散在微圆的脸上，看上去狼狈不堪，犹自恨恨地骂道："你们这些监察院的，吃咱的，喝咱的，还没捞够？……又想抓本官回去上刑逼银子！"

四周的百姓听着他的话，露出恍然大悟的神色。

范闲看着雨水中不停蹬着腿、像临死挣扎的猪一样的戴震，不急着封他的口，监察院在天下士民心中早就是那个阴暗无比的形象，戴震再多骂几句，也不会影响大局。今天只是打一只小猫，想看一看下属们办事的能力。

他看着沐风儿面无表情地问道："为什么不选择半夜去他家中拿人？虽然今天下雨，你也知道大通坊里人多，很容易出乱子。"

沐风儿怔住了，心想条例新细则里您写得清清楚楚，今后办案尽量走明路，所以才选择当街拿人，这怎么又成了自己的不是？——如果换作以前，监察院要拿哪位官员，当然是深更半夜，去他家里逮了就走。

范闲没有等他辩解，接着说道："就算你要白天来，也可以封了账房之后马上走人……你们那些手段留着做什么用的？还念什么公文罪行，你以为你是大理寺的堂官？我是不是还得专门请个秀才跟着你们宣谕圣教？"

沐风儿暗下叫苦，心想戴震是小人物，但靠山够硬，乱上手段怕有后患，而且提司大人是位大才子，谁知道手太黑了，您会怎么想？

这时候戴震还趴在雨水里号哭，被泥水遮着的眼看见沐风儿在对谁禀告，便知道那是监察院里的大人，不免有些害怕。他没认出范闲，却认出他身后那马车里的叶灵儿——叶灵儿身为京都守备独女，自幼喜欢在京都街道上骑马，不认识她的老京都人还真没几个。于是，他拼命地哭号道："叶小姐为下官做主啊……"

叶灵儿看了一眼范闲，哪里还敢说什么。

戴震知道今天完了，终于使出了撒手锏，高声大骂道："你们知道我叔叔是谁吗？敢抓我！我叔叔是……呜！"

邓子越知道大人不想听见那个名字，横起一刀扇在了戴震的嘴上。沐风儿从怀里掏出一根两头连着绳索的小木棍，粗鲁地别进了戴震的嘴里，木棍材质极硬，生生撑破了戴震的嘴角，两道鲜血瞬间流下来，话自然也说不出来了。

四周民众惊呼一片，范闲充耳不闻，对沐风儿说道："我不管他叔叔是谁，我只管你叔叔是谁，做事得力些，别给沐铁丢人。"

沐风儿羞愧地应了一声，将满脸是血的戴震扔回马车上，回身带着属下抓了几个隐在围观民众中的打手，根本不给对方任何反抗的机会，直接就用院中常备的包皮铁棍，狠狠地将他们砸倒在地。

看着动手了，民众畏惧地叫嚷着四处散开，然又在街角处停下了脚步，回头好奇地望着。暴雨中，穿着雨衣的监察院探子挥着棍子，面色阴沉地殴打着地上的那些大汉，也许是这么些年监察院的积威，那些大汉竟是没怎么敢还手。

场面有些血腥。

范闲看着远方那些看热闹的民众，不易察觉地摇了摇头，却令人意外地没有回自己的马车，而是将帽子一掀，直接坐进了叶灵儿的车厢。

叶灵儿受了惊吓，心想你一个大男人怎么钻进我的车里来了？范闲看着叶灵儿潮湿的头发，取出一块手绢递给她。叶灵儿接过来擦了擦自己的湿发，嗅着手绢上的淡淡香气，以为是婉儿用的，有些不安，接着又问刚刚发生的究竟是什么事情？

范闲将戴震的所作所为讲与她听了。叶灵儿好奇地说道："这么点儿小事，还值得你亲自跑一趟？"范闲说道："这京都的水深着呢，戴震卖菜贪的可不少，他有这么大的胆子，就因为他亲叔叔是戴公公。我今天亲自坐镇，是怕手下动作太慢惊动了老戴。我不出马，一处拿这宫里人有什么办法？"

叶灵儿睁着那双明亮的大眼睛，说道："爹爹说过宫里的事情最是复杂，叫我们兄妹尽量别碰，师父……你的胆子真大。"

"不过是个太监罢了。"范闲心想太监本就没有人权。

叶灵儿不赞同地摇摇头，说道："不要小看宫里的这些公公，他们都有主子，你落了他们面子，也就是不给宫里那些娘娘们面子。"

范闲微笑说道："我不喜欢婉儿去宫里当说客，但如果那些娘娘找我的麻烦，我也只好请她进宫去吵几架了。"

两辆马车离开了灯市口，没多时便回了范府。藤子京一直在门外候着，范闲吩咐他让媳妇儿把沈家小姐安置到后街的宅子，然后领着叶灵儿往府里走去，却没忘了将叶灵儿手上的那块手绢求了回来。

手绢是偷海棠的，他不舍得送人。

戴公公是淑贵妃宫中的红人，叶灵儿就要成为二皇妃，等于说淑贵妃是叶灵儿未来的婆婆，叶灵儿也就是戴公公的半个主子——范闲与叶灵儿说那么些闲话，为的就是这层关系，手绢舍不得送她，能用的时候还是一定得用。

这雨在京都里连绵下了一天，暮时终于小了些。得到了消息的戴公公气急败坏地从宫里赶了出来。淑贵妃文采了得，时常替陛下抄写奏章，连带着他也有了往各府传圣旨的要差，范闲受封太常寺协律郎时，传旨的便是他。如今他违例出宫，也没有谁敢说句闲话。

戴公公站在检蔬司门口，看着一地狼藉，听着那些人的哎哟惨叫之声，气便不打一处来。只见他满脸通红，指着侄子的那些手下尖声骂道："早就和你们说过，京里别的衙门可以不管，但这监察院一定得要奉承好了！"

有人捂着被打肿了的半边脸，哭着回道："祖宗爷爷，平日里没少送好处，今儿大爷还递了张银票，那个一处的官员也收了，谁知道他们还是照抄不误。"

戴公公气得浑身发抖，尖着声音骂道："是谁敢这么不给面子！哪个小王八蛋领的队？我这就去找沐铁那黑脸儿……居然敢动我戴家的苗尖尖儿！"

他是宫里的太监，监察院管不着他，确实有说这话的底气，恼羞成怒的他坐着轿子去一处要人。虽说侄儿不成器，这些年还是送了不少银子来，总不能眼看着他被监察院整掉半条命去——京都老人谁不知道监察院那种地方，进去之后就算能活着出来，只怕也要少几样零件儿！

轿子来到一处衙门的门口，戴公公却动了疑，多了个心眼，先让自己的小跟班进去打听了一下。不一会儿工夫，小跟班儿出来在他的耳边低语了几声，戴公公的脸色马上就变了，盘桓许久之后，一咬牙道："回宫！"

浑身带伤的那个打手，看着老祖宗的轿子要回宫，顿时慌了神，顾不得这是在一处的门口，直接喊道："老祖宗，您可得为咱们主持公道啊！"

戴公公果然不愧是出身江浙余姚的人，嘴上功夫极佳，一口痰不偏不倚地吐在那人的脸上，骂道："咱家是公公，不是公道！"

今天亲自领队的人，居然是小范大人！戴公公这时候才想起来圣上已经将院里的一处划给了范提司……只是，小范大人为什么瞧上了自己的侄儿？戴公公清楚，自己的侄儿就算贪，比起别的京官来讲只是一只小蚂蚁，难道范闲只是想练兵以及做笔开门买卖，由此他不由想到自己甚至淑贵妃！

想到范家如今熏天的权势，戴公公不禁浑身发冷。后几日，他觑了个机会，在淑贵妃的面前提了提这件事情，想着能把侄儿捞出来，至少打听一下风声。不料淑贵妃不知道从哪里提前知道了此事，对他侄儿戴震的所作所为清清楚楚，非但没有理他，更是将他重重责罚了一通。这时候戴公公才醒悟，小范大人早就断了自己的后路，惊惧之下，舍了这张老脸，到宜贵嫔宫中一通讨好，这才通过柳氏的关系，悄无声息地向范府递了张薄薄的银票。

另一边，负责审理此案的沐风儿也在挠头，他看着没有转去天牢的戴震，心想这个泼辣货色让自己在范提司面前丢了大脸，范提司却下令不准用刑，这可是为什么？他手里摸着腰带中才发下来的丰厚银两津贴，不免犯了嘀咕。

范闲让一处抓戴震，正是因为对方身后有那位太监头子。

戴公公都服了软，那些官员又敢做什么？此后数日，监察院一处在黑夜里破门而入，悄无声息地将不少官员请回院中。突如其来的整肃行动，给京都带来了一阵寒风，大臣们以为又要像春闱案一样，掀起一场大风波。但渐渐地又发现并不是这么回事，监察院查处的官员品秩都很低，没有各派里的要紧人物。

官员们发现这场风波没有涉及要害，只是些零碎的敲敲打打，提着的心又渐渐放回腹中，心想小范大人只是新官上任，借这三把火立威而已。

火势虽然不大，总有人担心被波及，最近这些天，柳氏成了范府里最忙的人。那双往日里喜欢毫无烟火气递过一张银票的手，如今开始极有香火气息地收银票，这些银票她自然全部转给范闲，范闲拣了大部分发到处里，又将剩下的部分送到了言府。从古至今，从范慎的世界到范闲的世界，钱财始终都是收抚人心，以及安抚人心的无上利器。一处官员的干劲高了许多，成功接触过尚书夫人手指的各派官员们，也心安了不少——送钱的，收钱的，各自安慰。

事务已经步入正轨，范闲今日没有去新风馆，而是坐在自家书房里翻看着手中的案宗——案宗是沐铁归纳的，文笔虽不精致，胜在条理清楚。

戴公公的那位侄儿交了一大笔罚金后，侥幸从监察院里全身而回，没有移往刑部或是大理寺，只是检蔬司的官儿自然是当不成了。依道理讲，监察院查检蔬司的案子，他不仅要掉乌纱帽，连那脑袋都保不住。不过范闲有些欣赏戴公公的知情识趣，帮自己减少了很多麻烦，而且叶灵儿默不作声进宫帮自己说了话，却又代传了淑贵妃的一句求情话——这个人情自然是要卖的。

史阐立看着书桌对面自己那位年轻的"门师"，有些坐立不安。春闱后，他的三位好友侯季常、杨万里、成西林已经外放为官，在各郡都做得不错——林宰相在朝中多年，各郡路州里门生遍布，这些人如今都把眼睛瞄着范闲，对于范闲的三位"得意门生"，自然是要多加照拂。四人中只有他榜上无名，无法在仕途一展身手。范闲临去北齐之前给他留了封信，让他等着自己回来。不料范大人回来之后却马上接手了监察院一处的事务。史阐立实在不清楚，自己能够帮门师做些什么。想到友朋已为一方之牧，自己却只能坐在书房里抄录一些案宗，纵使他性情极为疏朗，也不免有些失落。

范闲抬起头看了他一眼，笑着说道："是不是觉着太闷了些？"

史阐立苦笑着说道："老师年纪比我还要小几岁，学生也要磨砺些性子。"

范闲心想如果是侯季常在这里，肯定会站起身来回话。如果是杨万里，说不定早就忍不住心中疑问，质问自己为什么私放重犯？只有史阐立不急不躁，却又不会言语乏味，自己将他留在身边，看来是个不错的选择。

他将桌上的案宗递了过去，问道："你有什么看法？"

这些公文史阐立这两天已经背得烂熟，老实说道："学生实在不明白老师……大人此举何意。如果真是要打老虎，也不至于总盯着这些耗子。"

范闲笑着说道："只是给一处的猫们找些事做，练练手，将来真做大事的时候，也不至于太过慌张。"

史阐立假装没有听到"大事"二字，请教道："在朝为官，自然要为圣上分忧，为朝廷做事，但看大人这些天行事，虽然抓小放大，却还是得罪了一些人。"

"得罪人是监察院必有的特质。"范闲解释道，"监察院不是公器，而是圣上的私器，我们只有一个效忠的对象，所以不论是从宫中的角度，还是监察院自己的角度出发，都必须要做得罪人的人……一处深在京中，被这京都繁华绊着，根本丧失了当初陛下的原意，不够强悍，不够阴狠。陛下让我来管一处，自然是想要一处回到最初那种敢得罪人的角色。"

史阐立再也无法伪装什么，回道："陛下是想大人……做一位孤臣。"

"不偏不党，陛下想我成为第二个陈萍萍，只是……"范闲叹道，"我去院长大人府上拜访过，豪奢至极，但那份刻到骨子里的孤耿实在非我所喜。"

史阐立明白了他的意思，愁苦地说道："可大人如果虚与委蛇，圣上天目如炬，自然看得清楚，怕是对大人的前程不利。"

范闲笑了笑，没有说什么，心想皇帝老儿一般情况下应该不会动比老虎更毒的念头。史阐立也明白自己说的话多了，转了话题说道："一处如今查案回复过往传统，开始在夜里逮人，大人却一直不肯遮掩消息……学生实在不赞同。"

范闲感兴趣地问道："为什么？"

史阐立稍一斟酌后说道："监察院乃是陛下的特务机构，之所以能够震慑百官，除了庆律所定的特权之外，更大程度上是因为它的神秘感和阴……黑暗的感觉。世人无知，对越不了解的东西越觉得害怕，大人如今刻意将一处的行事摆在台面上来，只怕会削弱这种感觉，让朝野上下看轻了监察院。"

范闲承认他说的有道理，回道："我知道你不赞同一处新条例里面的某些条款，比如发布消息。我也承认如果监察院一直保持着黑暗中噬人恶魔的形象，对于我们的行事来说，会有很大的方便。"

史阐立有些意外门师会赞同自己的看法，心想莫非是您不甘心世人视己如鬼，想扭转形象？

范闲接下来的话，马上推翻了他的想象："我不在乎世人怎么看监察院……但你要清楚，我现在兼管的只是一处，而不是整个院子。一处身在京都，除却那些扎在王公府上的密探之外，所有的事情根本没有办法藏着。京都官员多如走狗游鲫，众人间有千丝万缕的联系……既然没有办法维持一处的神秘，那我干脆亮明了来做，也许还能多一些震慑。但是，我只要求查案的结果光明呈现，并不要求过程也是如此，中间用什么样阴暗的手段，我都可以接受……你应该清楚，我并不想成为一位圣人。今天起，但凡一处查办的案子，在案结送交大理寺或刑部之后，你都要写个章程，细细地将案子的起由之类说清楚，然后公告出去。贴公告的地点我已经选好了，就在一处与大理寺之间的那面墙上。"

立时，史阐立瞠目结舌支支吾吾地说道："这……这……这不合规矩吧，既不是刑部发海捕文书，也不是朝廷发榜，监察院……也要发公告？！"

范闲没好气地回道："不是监察院，是一处！先前不是说了要光明一些吗，难道你准备让我写本小说去卖？"

史阐立一听喜悦地应道："这样最好，可以解民之惑，又可以稍稍保持一下一处生人勿近的感觉……而且大人开了家书局，办起来最是方便。"

这话把范闲气得不行，起身往外走去，史阐立小心地跟在他身后，忍不住问道："老师，那学生这便是开始在监察院当差？"

范闲叹了口气，知道这天下的读书人终究还是不愿意进入阴森无耻的特务机关，便拍拍他的肩膀说道："我与父亲说一声，暂时挂在户部，改日再论。放心吧，没有人会指着你的后背说你是监察院的恶狗。"

第五章

奏章惊城

"用黑暗的手段，达成光明的结果？"

范闲不是委屈自己的圣人，虽然很愿意为庆国的子民们做些事情，稍微扼制一下官场腐败的风气，如此至少可以保证南边那道大江的江堤不至于垮得如此迅雷不及掩耳，但一处的整风更多出于他的私心。他顶着个诗仙的名号，如今更被视为新一代的文人领袖，但也没办法完全冲掉监察院的黑暗。他让一处光明些，只是因为一个良好的名声，会在将来帮自己很大的一个忙。

今儿是个大晴天，园子里隐隐有几位姑娘正在闲话，秋后的蚂蚱在青草里玩命地蹦跶着，树上的知了在最后的时光拼命地叫唤，掩了那些女子的声音。大宝在院墙那里捉蚂蚁，范思辙那家伙没上族学，却也没在家中。

范闲眯着眼睛看了看，发现叶灵儿今天又来了，不禁暗暗叫苦。这丫头自觉帮了他一个大忙，最近这些天老来府上玩，毫不客气。待他发现叶灵儿身边坐着的是那位羞答答的柔嘉郡主时，心里更苦，十二岁的小姑娘变成了十三岁……可还是小姑娘，他可不想被小姑娘的爱慕眼光盯着。

最近这些天他拒绝了好几次李弘成的宴请，言冰云还没查清楚，他得先躲着。柔嘉也得躲着，他轻点黄草，悄无声息地越墙出了府。

来到京都深正道那间王启年花了一百二十两银子买的宅子，范闲坐在最里面的屋子里，舒服地伸了个懒腰。这里才是他最隐秘的老巢，除了启年小组和陈萍萍外，连家中的人都不知道他时常在这里办理公务与私务。

邓子越神色郑重地将两个竹筒放在桌上，立刻退了出去，他知道自己还不如王启年那般受到提司大人的信任，很自觉地出了屋。

竹筒的颜色很相近，都是燕山脚下的出产，封口处用的火漆也很相似，都很完整，应该没有动过。竹节上的隐秘记号让监察院负责传递情报的密探们知晓，这两封极隐秘的信分别属于北方系统里两个独立的路线。

范闲拿起竹筒，确认没有人打开过，火漆上王启年那一手颇有潘龄神韵的书法确实不好冒充，他这才放心地打开竹筒，取出里面的两封信。

一封信是司理理写的，一封信是海棠写的。

司理理没有送来什么值得重视的情报，她按照范闲与海棠的计划皈依了天一道，但入宫的努力暂时没有收到成效。而上京城中，沈重家破人亡除了重重打击了后党势力，并没有引起太大的反响。上杉虎一直被圈禁在家。信末说北齐国师苦荷已经回到了上京，一直闭关不出，虽然没有人敢怀疑什么，但司理理却觉得那位绝世强者一定是受了伤。

范闲若有所思，这个天下能让苦荷受伤的只有那两三位大宗师。海棠的信里面，却是根本连那位大宗师的半个字也没提——他与海棠是互通有无的关系，自然也不指望她能说什么，只是关心祥瑞的那件事情安排妥当了没有。

他想了想，开始提笔回信，催促海棠履行当时的约定，这对于海棠来说只是顺手办的一件事情，对他却有极重要的意义。在给司理理的回信之中，他只是抄了李清照的一首小词以示慰勉，并没有多说什么。

这些天范闲思考最多的还是若若与李弘成的婚事，不在于世子人品如何，双方的政治立场有没有冲突，最关键的只有一个点，妹妹喜不喜欢？若若已经表明了态度，不喜欢——他像所有的兄长一样，对处于青春期的女生有些摸不着头脑的怒气，心想莫非你不嫁人了？更多的却是发自骨子里的保护欲，既然妹妹不喜欢，他就要着手破了这门婚，这是很简单的道理。

这不是小事，甚至可以说是范闲从澹州来到京都之后遇见的最麻烦的事。圣上指婚，门当户对，根本没有可以阻挠这门亲事的任何理由。所以他只有从两个方面出发：一，盯住二皇子那边，时刻准备将对方搞垮，拖累李弘成，到时候再要求其退婚，也许可行。二，从若若这边出发，给出一个连皇帝都无法轻忽的利益诱惑，让若若暂时远离京都。前一个手法，不知道会闹出多大的动静，后一个手法又过于虚无缥缈，连范闲自己都没什么信心。

"一将功成万骨枯，难道自己要搞一出一婚破除万骨枯？"他自嘲地笑了笑，心想到时候如果真的不成，也只有麻烦五竹叔带着若若丫头天涯流浪旅行去，想来陛下也不可能因为这件事情，就真的把范府满门抄斩了。

叶灵儿与柔嘉郡主走了，范闲喊司祺去倒茶，支开这位与思思一般、在秋天里却一直对自己发着春怨的大丫鬟，问道："最近宫里有什么风声？"

林婉儿坐在窗边对着天光刺绣，听到这话，有些诧异地抬起头问："出什么事了？"

时已近暮，天光入窗后散作一大片并不如何清亮的光线，范闲看着婉儿蹙紧了的眉心，有些心疼地说道："这光线不好，绣什么呢？"

婉儿的脸色有些发白，许是昨夜没有休息好的缘故，她微微一笑，将手中的绣品藏到身后，说道："绣好了再给你看。"

范闲有些歉意，春初离开京都后，他对婉儿的用心便弱了些，不是说他是位喜新厌旧之人，只是有太多的事情羁绊着他的心思，让他无法分心。

林婉儿问道："宫里很安静，没有什么特别，怎么想到问这个？"

范闲苦笑着说道："你那无情的舅舅让我去管一处，还不知道要得罪多少官员。那些官员们的真正主子都在宫里住着，自然要多关心一下。"

婉儿微微一笑，说道："都知道陛下宠你，那些娘娘们当然只会说你的好话。"

婉儿在宫里的地位比范闲当初想象的还要高，与公主没有任何区别，范闲将来执掌监察院，皇宫也是他无法触及的所在，婉儿就是他最可靠的耳目与密探。

范闲笑道："我面圣不过数次，也不知道这宠字从何而来，如果说陛下宠你倒是可能，对于我……不过是爱屋及乌罢了。"

林婉儿笑了笑，说道："淑贵妃这些天对你赞不绝口，宜贵嫔你也知道和咱们家是亲戚，怎么也要偏着你说话。皇后如往常一样清清淡淡，其他的那些妃子在宫中连说话的资格也没有，我也就没去记。"

范闲相信妻子的判断，淑贵妃说自己好话，不外乎是自己卖了她一个小人情，几句话而已，又不用花什么银子。

"宁才人那边有什么说法？"范闲问道，"我与你大皇兄争道的事情，应该早就传了到宫里。"

林婉儿笑道："宁姨才懒得理你，她素来最疼我，说你与大殿下是两个小兔崽子胡闹，将来她要一边打五十大板。"

范闲故作惊慌："宫里的板子可不好受，你可得帮为夫多美言几句。"

林婉儿懒得搭他的玩笑话，啐了一口又说道："你自己爱得罪人，没来由总让我替你善后。"她从身后取出那方绷紧了的绣底儿，嘻嘻笑着又说，"提司大人没有话问了？那就请退下吧，别耽搁我做事。"

"也不知道是什么要紧事。"范闲笑了笑，正准备离开，却又想起自己先前遗忘的那个大人物，又略带一丝犹豫问道，"见着太后了吗？"

林婉儿的手微微一顿，点头道："见着了，她没有说什么。"

深居宫中的太后才是宫廷的真正掌权人，奇怪的是，范闲进过几次宫，都很不巧地没有机会拜见。上两次夫妻二人进宫，太后也称病不见。而婉儿自己进宫，太后却是喜欢得很，将她抱在怀里心肝儿宝贝儿地叫着。太后对于范闲明显的疏远之意，让婉儿有些不解，更多的是不安。范闲在心里冷笑一声，知道那位老人家终究是猜到了些什么，却也不怎么害怕。

林婉儿欲言又止，然后又问道："你与二皇子之间……？"

范闲微笑着回道："无事。"

林婉儿看着他说道："灵儿今天讲给我听了……我知道如今你的公务有些为难处，只是二哥……二殿下眼下看着柔软随和，其实性子拧倔得很。你既然不得已要查他，若还像如今这般顾忌太多，怕是不妥。"

范闲看着妻子担忧的脸，微笑着点点头说道："我也没料到，你小时候竟然给二殿下取了个诨名儿叫石头。"

"他看似随和，认准了的事情却不会变。"林婉儿担心地说道。

范闲信奉夫妻之道在于诚的说法，如果重生一次，对于枕边人还要多加提防，这等人生未免凄惨了些，所以并没有将自己查二皇子的事情瞒着妻子，于是安慰道："也是为他好，眼下朝臣们似乎都迷了眼，看不明白陛下死保太子的决心，现在没有人扯他一把，等他真正爬到了竿子上面，再想下来就不容易了。"

林婉儿没有继续这个话题，笑着说道："也不知道你这心是怎么生的，竟是比旁人要多出几个窍，一脑子的弯弯拐拐。"

我比比干多一窍！范闲差点儿脱口而出，他深知自己只是一个演员，在政治上幼稚得很，唯一可以倚靠的就是自己的冷血无情还有表面温柔。他笑道："哪里敢和你相提并论，你可是从宫里逃出来的仙子。"

林婉儿啐了他一口，笑道："你还真当宫里这般难堪？"

范闲笑着说道："前贤曾言，这世上就数妓院与皇宫，一片倾轧黑暗，委实不是人待的地方。"

林婉儿闻言有些不悦。范闲想到如此说法，确实没有顾及她的感受，认真道了声歉。林婉儿想了想，反而生出些感动，她生母是当朝长公主，生父是宰相，但世间女子有几人出嫁之后，能够得到丈夫如此尊重？

她摸了摸范闲的脸，说道："宫里确实不是你想象的那般，舅舅不贪女色，几位主子在面上也都过得去，你往日里说的那些小说中的手段没有人敢用，太后在那儿盯着的呢。谁要是敢坏了天子血脉，老祖宗断容不得。"

范闲听到这句，心中大定。林婉儿笑着说道："陛下御内极严厉，争宠？本就没有宠，怎么去争？皇后又不怎么管事，所以那些娘娘们啊……只好将心思都放在了牌桌上，争口气也是好的，其实和一般王公家中没什么两样。"

范闲一愣，还真没想到皇宫里竟会是这样一派和谐的景象，那岂不是自个儿前世时看的那一堆宫怨文都没了用处？他有些自嘲地挠了挠头，嘿嘿笑道："难怪婉儿你的麻将打得这般好，连范思辙那小怪物都只能和你打成平手。"

一听到打牌，林婉儿的脸上顿时散发出一种异样的光彩，还真吓了范闲一跳。他走上前去细细察看，才发现这道光彩隐若流华，却是敛之于内，莹玉一片，名目叫作：返璞归真高手之光。

林婉儿眼波流转，横了不正经的相公一眼，说道："只是手痒了，相公天天见不到人。不过运气不错，总算是抓着小叔子这个牌桌上的天才。这些天范思辙也不知道死哪儿去了，天天在牌桌上抓不着人，陪他妈打牌那尽是受罪，看她那恭敬客气的模样，倒像我是她的婆婆。"

范闲刮弄了一下她尖尖的小鼻梁，笑道："哪有你这样说话的？"他顿了顿然后又说道，"柳氏自然不是你的婆婆，你在府中也别太横了。"

林婉儿幽幽地说道："我是那等人吗？再过些天要赏菊，依往年的规矩，宫里的贵人们都会去西山。不过不知道今年会怎么安排我们，去是一定要去的，只是看怎么去，估摸着再过些天宫里会有公公过来传谕，你别忘了这事。"

"赏菊？"范闲知道秋高气爽之际，京都人都喜欢去园中赏菊，没想到皇族也有这个爱好，自己自然是要去的。只是想到最近做的事情，那些老一辈的狐狸们，这时候会不会就像赏菊一样注意自己的一举一动？

没有注意到他的情绪变化，林婉儿问道："最近没得牌打，菊花又未开，总是无聊，婚前你答应我的书……什么时候写出来给我看？"

范闲哪还有精神去抄《石头记》，求饶道："奶奶您就饶了小的吧。"

他不敢待在房里厮磨，急急推门躲了出去，进了自己的书房。

与妻子的对话虽然家常，却得到了有用的信息，范思辙这些天的动静确实有些奇怪，他隐隐有些担忧。接着又想到《石头记》的问题，北齐皇帝将消息封锁起来，自己承他的情，总要抄一章寄过去才好。

坐了不到片刻，天光还没有暗去，言冰云如约而至。

"人我已经逮了，不知道有没有帮助？"范闲问道。

前一阵子的"打老鼠"没有触及京都官场根基，却在大量案件的掩护下悄悄靠近了二皇子暗中的势力。监察院试探性地拘了两个官员，言冰云认为那两个官员品阶虽低，却是查证二皇子与长公主之间关系的重要人物。

言冰云指指他面前的案卷："已经得了。"

"这么快？"范闲懒得再看案宗，直接问道，"结论？"

言冰云说道："你的判断没错。信阳每年往北齐和东夷城走私的数目极大，表面上亏空是由东宫太子那边造成，实际上最大的一笔数目都是经由明家给了二皇子，用来收买朝中官员，结交各路封疆大吏。"

范闲皱眉道："明家？崔氏的姻亲明家？"

"正是。"

"这么大一笔数目，怎么从内库调到二殿下手中的？"

"当然不能走京都的线，是从江南那边绕过去，中间由几家皇商经手之后分散，再由二殿下统一支配。"言冰云看了他一眼，"过程很复杂，写在案宗里，大人有什么不明白的地方直接看就好了，说比较复杂。"

范闲没有理会他对自己能力的质疑，一时间陷入沉思之中，过了一会儿忽然说道："我要进宫面圣，你要不要跟我一起去？"

言冰云直接应道："下官不去，而且这件事情……真的需要揭开？"

范闲反问道："长公主与二皇子做得如此隐秘，我们却轻易查了出来，难道你以为宫中不知道？咱们那位陈院长能不知道？"

"宫中就算有所警惕，手上也没有实据。"言冰云低下眼帘，"别忘了朱格一直是长公主的人。大人如果真的将这案子揭开……京都必将大乱。"

他说得很冷静，范闲却从话语的背后听出一丝冷酷——能这么快查出来，除了监察院恐怖的资源之外，有很大的程度依赖于言冰云的能力。然而很明显，他不愿意自己查的案子让一向表面太平的庆国朝廷因此大乱。

归根结底，言冰云并不是忠于范闲，而是忠于陛下，忠于庆国，忠于监察院。

范闲看了他一眼，问道："你知道压下这件事情，意味着什么吗？"

言冰云摇摇头："我只知道这件事情如果被掀开，您夫人一定最为难。"

范闲回京后的行动，就是逼着那位或许另有打算的皇帝陛下在最短的时间内，继续剥夺长公主手中的权力。沉默片刻之后，他说道："我尊重我的妻子。但不会因为她的为难，而放缓自己的脚步。"

言冰云不解地问道："这正是下官不明白的地方，大人，您究竟想做什么？"

范闲起身走到书房窗边，看着缓缓沉下的夕阳。

庭院一角，一位妇人正在打理着灌木的枝叶。

"朝廷现在缺银子，南方的大江常年失修，今年堤防溃决，淹死了几十万人，虽未亲睹，但想来……应该很惨。到哪儿去弄银子赈灾？家父这些天一直在愁这个问题。本朝与历朝历代不一样，一年国库所收竟有极大份额由内库调拨而来。内库是陛下的库房……实际上你我都清楚，那是当年叶家女主人的遗泽，也就是凭借着这些产业产生的源源不断的银子，才能支撑着庆国。"他眯着眼睛继续说道，"长公主爱玩弄权谋，这些年内库的银子逐渐四散到官员们的手中。说句不好听的，这是在用陛下的银子挖陛下的臣子。银子都耗在了内耗与官员身上，这天下需要银子的地方又到哪里去求？"

"银子只是银子，怎么用却是个大问题，与其放在官员们的宅子里发霉，不如我们把它们逼出来，填到河里去吓水鬼。所以我急着查崔家，免得长公主殿下与那位似乎只喜欢读书的二殿下把咱庆国的银子都慷慨地送光了。当然，这件事情揭破后，陛下大概不会严惩自己的亲妹妹，但就像上次赶她出宫一样，碍于议论，总要好好查一查内库，也会打醒一下二皇子。至于我……陛下盛怒之余，大概会嫌我多管闲事，将我一脚从监察院里踢走，贬得远远的。到时候……希望陛下能让我回澹州就好了。"

言冰云微微偏头看着他，神情怪异，仿佛今天才认识他，问道："可是大人您明年就会接手内库，到时候再查，岂不是名正言顺之事？"

范闲笑了笑，像说别人的事情："咱庆国也没有余粮啊，能早一天堵住内库外流的银子，南边那些遭灾的民众就能多几碗粥喝，旁的事情可以等，可是饭一顿不吃，会饿得慌。"

言冰云盯着他，似乎想看清楚面前这位究竟是自己原先以为的权臣，还是位大慈大悲、不惜己身、不惧物议的大圣人。

"我不是圣人。归根结底也是在为自己考虑。明年接手内库，就是断了信阳方面的财路，她拿什么去支持皇子？她能允许这样的事情发生？内库暗地里的亏空怎么办？难道要本官接着，然后愁白了头？"

"他人食剩的盛筵，本官不愿去捧这破了沿口的食碟！"

"内库是座金山，也是盆污水……长公主有太后宠着，我呢？身为外臣去掌内库，本就是遭罪的事。我倒是怀疑，陛下是不是准备让我去当长公主的替罪羊？将来一查内库亏空的事，我有八百张嘴也说不清楚。

不错，我不甘心，所以要抢先把我丈母娘的洗脚水泼在她自个儿身上！"

如果陈萍萍或者范建听见他这时候的说话，看见他这时候的表情，一定会竖起大拇指，暗赞此子年纪轻轻，演技却已至炉火纯青之境，外臣？外你个大头鬼！言冰云却哪里知道幕后的惊天秘密，听着范闲自陈私心，更加感佩，觉得这个自己一直看不顺眼的小范大人，竟然是位……直臣！遂感慨道："为何大人起初没有坚拒宫中的提议，内库确实……太烫手了。"

范闲自嘲笑了笑："说来你或许不信，还真的是想为天下百姓做些事情。"

言冰云外表依然冰冷，心却有些热，起身对范闲行了一礼，用稳定的声音从下属的角度出发给出建议："这个时候动内库很不合算。看大人这些天的计划，说不定还要史阐立写一篇公文贴在大理寺旁边的墙上，让天下人都知道长公主和京中的官员从内库里得到了多少好处……那也没有用处。至少对今年的灾民来讲没有用处，内库流出的库银不可能在短短的一个月内收回，不说陛下能不能下这个决心得罪大部分的官员——只说贬谪的官员多了，朝廷运作起来就会有问题——赈灾的事情不能耽搁。"

范闲问道："那依你的意见？"

"暂时把这个案子压着……尚书大人久掌国库，一定有他自己的办法，想必不会误了南方的灾情。大人在北齐安排的事情也需要一段时间的准备。越冬之后，院中与王启年南北呼应，首先拔掉崔氏，断了信阳方面分财的路子，然后借提司大人新掌内库之机，查账查案，雷霆而行。"

"这是持重之道。我只是担心王启年在上京时间太短，没有办法完全掌握北边的力量，拔崔氏拔得不干净。"

言冰云略微一顿后，干脆应道："下官……可以出力。"

范闲面色不变，心头暗喜："你怎么可能再回北边？"

言冰云应道："我手下的那些人不需要盯着做事。"

范闲盯着他的眼睛说道："我会尝试着掌握越来越多的权力，然后用这些权力来做一些我愿意做的事情，在这个过程中我需要很多人的帮助。我希望你能配合我……当然，不仅仅是这一次以及明年春天的那一次。"

言冰云明白他的意思，沉默一会儿，然后低头，抱拳，行礼，离开。

"好能忍的小言公子，居然一直没有问沈小姐现在如何了。"

范闲面无表情地看着窗外夕阳下那剪了一半的灌木，叹息了一声，官场之上果然是步步惊心，谁能想到自家府里居然还有宫里的眼线。

他在刑部正式表露监察院提司的身份后，一处在范府的密探知趣地表明身份退了出去，如果不是有五竹叔，他根本注意不到那个种花的妇人。

他不是圣人，也不是纯粹意义上的好人——对付长公主连带着那位不知深浅的二殿下，只是因为他与信阳方面早就有了解不开的死结。造成这种死结的根源——内库是他重生以后最不可能放弃的。内库便是叶家，里面承载的含义由不得他不去守护，不论是谁想挡在这条路上，都会被他无情地踢开。但他对言冰云所说的话也并不全是演戏，就像很久以前他曾经对妹妹说过的话一样。

——人的一生应该怎样度过？爱自己，爱妻子，爱家人，爱世人，爱吾爱以及人之爱。这不是受了大爱电视台的熏陶，而是纯粹发乎本心的想法。

浑浑噩噩、荣华富贵、欺男霸女是一生。老老实实、委委屈屈、朝不保夕是一生。领兵征战、杀人如麻、一统天下也是一生。他也是个贪图富贵、享受权力、爱慕美女的普通雄性动物，但两生为人，让他能够比较准确地掌握住自己想要的东西，所以他认为潇潇洒洒，该狠的时候狠、该柔的时候柔，多亲近些美人，多挣些钱，多看这个美丽世界里的景色，这才是光辉灿烂的一生。

在保证生命以及物质生活的前提下，他并不介意美好一下自己的精神世界。但世界要美丽，首先必须要让生活在这个世界上的人能够笑起来。如果说他还保持着当初那个澹州少年的清明厉杀心境，或许他会自由幸福许多。什么内库天下百姓都不会让他有多余的想法，但是庆历四年春那一丝多余的好奇心——对未婚妻的好奇心，让他陷入了爱河，陷入了家庭，并且越来越深地陷了进去，再也无法在这个世界上自由地阿巴拉古——这个事实告诉我们，身为一个男人，结婚太早了，总是一件很愚蠢的事情。

这天下午，监察院提司范闲与监察院四处备选头目言冰云在范府进行了一场关于内库、二殿下、民生的谈话。这场谈话的内容很快便通过庆国最隐秘的渠道，分别送到皇宫的御书房与陈萍萍的桌子上。

陈萍萍的反应很简单，他直接写了一个手令，将自己统辖全院的权限暂时下放到范闲那里，也就是说在他收回这个命令之前，范闲可以名正言顺地调动监察院这个庞大而恐怖的机构中所有力量。而御书房内，庆国至高无上的皇帝陛下看着案上的报告，只是点了点头，没有做任何表态。

皇帝陛下很欣慰范闲这些天的所作所为，既然这天下的官民们都认为监察院是自己的一条狗，这只狗就一定要有咬人的勇气与狠气，却又不能逢人就咬。他让范闲去做牵狗的人，就是想看一下范闲的能力究竟如何。

九个月前与陈萍萍的那次谈话之后，皇帝默认了范闲接掌监察院的事实，日后总要让那孩子知道自己的真正身世，想来也会满意这种安排。

皇帝更欣赏今天下午范闲与言冰云的谈话中自然流露出来的那种情怀，实在是像极了当年的那个女子……他清瘦的脸上闪过一丝欣慰的笑容，而且谈话中范闲对于自己的忠心是可以看见的。

他看了一眼身前的太监，道："洪四庠，你看这……范闲如何？"

洪太监微微佝身，苍老的脸上没有一丝情绪上的波动："过伪。"

皇帝笑了笑，没有说什么。他不觉得范闲可能是在演戏给自己看，老五在南方，京中应该没有人能察觉到自己的安排才对。

"陛下应该怎么处理？"洪老太监问的自然是二殿下与长公主的事情。

皇帝面无表情地说："戏还没有开演，怎么能这么快就停止？"

碍于太后的身体，一向讲究忠孝之道的他不可能凶猛地去掀开这幕下的一切，毕竟李云睿对庆国功大于过，毕竟老二是他的亲生儿子。直至今日他才真正地相信了陈萍萍的话，年轻人会有些鲁莽，也会表现出足够的能力与魄力。不说范闲，就是那位叫作言冰云的年轻官员，似乎自己也没有给予足够的重视。

宫女们点亮烛台退了出去，御书房内一片安静。皇帝静静等着范闲的奏折。如果范闲真的猜到了自己的心思，并且甘心按照自己的安排去做一位孤臣，那么最迟今天夜里，他就应该将查到的情报，送到自己的桌上来。而如果范闲真的依了言冰云的意思，将这件事情压了下来……皇帝皱了皱眉头，就算范闲是从朝廷的稳定考虑，那也是身为天子不能允许的欺瞒。

吱呀一声，御书房的门开了，一个太监捧着两盒奏章走了进来。皇帝向来勤勉，批阅奏章要持续到深夜，这已经成了皇宫中的定规。

皇帝看见最下方那个密奏盒子，唇角露出了温和的笑容。他打开监察院的专线密奏盒子，开始仔细观看范闲进入官场以来所写的第一篇奏章，密奏。

许久后，他将这篇奏章放到烛火上烧了，轻轻咳了两声，提起朱笔，在一张白纸上写下两个字，又封回到密奏盒中。

与很多势力包括范闲暗中猜测的不同，他根本不在乎下面的儿子与妹妹会怎么闹腾，因为谁都无法真正地了解到，这位帝王的雄心与自信。

对于范闲的表现，皇帝十分满意，他清楚范闲并不是站在东宫的立场上在打击二皇子，所以当他看到一份奏章后，清瘦的脸上顿时显露出怒意与鄙夷。

都察院御史集体弹劾监察院提司兼一处头目范闲营私舞弊，私受贿赂，骄横枉法！

一张张奏章，就像是一双双挑衅的眼睛，盯着皇帝陛下阴沉的脸。

整座京都最早知道都察院集体弹劾当朝红人范闲的不是旁人，正是范闲自己。皇帝还没有看到那些奏章的时候，范闲就知道了这件事。

沐铁规规矩矩地坐在范闲对面的椅子上，说道："昨天夜里都察院左都御史赖名成牵的头，下面要有确认程序，所以今天才送到处里来。"

监察院一处负责暗中监视百官动向，御史们联名上书这么大的动静，如果一处的官员还不能马上查到，范闲肯定会立刻进行第二次整风。他点点头，弹了弹手上的纸张，好奇地问道："就这些罪名？"

沐铁发现提司有些不在意，劝道："大人，不可小视，毕竟……"

范闲抬起头来看了他一眼，目光里带着一丝戏谑，说道："是不是觉着本官这些罪名都是真的？"

御史奏章上写得清清楚楚，范闲执掌一处短短一个月，收受了多少人提供的多少银两，私放了多少位嫌疑人，纵容手下当街大施暴力。后一件事情只是与朝廷脸面有关，前两件事情却是实实在在的罪名。那些经由柳氏递到范闲手中的银票总是有据可查，而那些已经被监察院一处逮了进去、接着又被放走的官员也不可能瞒过天下人。

这些罪名足以令任何一位官员下台。

范闲揉了揉有些发涩的眉心，说道："咱大庆朝的都察院御史言官，两张鸭子的嘴皮，一颗绵羊的心，吃软饭的货色，什么时候变得如此不畏权贵了？难道是说本官如今权力不够大？身份还不够尊贵？"

监察院一直瞧不起都察院，沐铁硬生生地将笑意憋了回去。范闲真不明白都察院的御史为什么有胆子平白无故来得罪自己，难道他们不怕圣上不高兴？

沐铁知道他在想什么，解释道："大人，这是都察院的惯例，他们一向针对监察院行事，庆律给了他们这个权力。陛下又一直压着咱们，所以隔些日子，那些穷酸秀才总是会挑咱们院里的毛病，只是……想不到他们居然有胆子直接针对大人，而且用的罪名竟是如此之重。"

范闲将手指伸进茶杯，蘸了几滴冰凉的残茶，细细涂抹在眉心上揉着，那丝清亮让他稍许冷静了一些。

都察院是一个很特殊的机构。在前朝的时候，都察院是朝廷中最高的监察、弹劾以及建议机关，长官为左、右都御史，下设副都御史、佥都御史。又依地方管辖，分设监察御史，巡按州县，专事官吏的考察、举劾。

庆国的都察院远没有前朝的风光，撤了监察御史巡视各郡的职司，审案权移给了刑部与大理寺，别的职司都被转移到了监察院里，如今只是天子耳目风纪之司，空剩下一张嘴，却没有什么实际的权力。

当官的是什么人？是男人。男人最喜欢什么？除了美人儿就是权力，所以说如今的都察院御史对抢走了自己大部分权力的监察院——这个畸形的庞然大物，有着很多羡慕与敌意，加上怀念很久以前都察院的荣光，便仗着自己风闻言事的特权不时上章弹劾监察院官员。不过有老跛子看着，御史们已经安分了许久为什么会忽然发难？

监察院的独大并不代表都察院对朝政丧失了影响力，所谓众口铄金，三人成虎，堂堂长公主也会被几千张"言纸"逼出宫去，可以想见一二。都察院御史大多出身寒门，极得士子拥戴，往日上书总会引得读书人群相呼应，就算最后没有查出结果，被弹劾的对象也很难再堂堂正正站在朝堂之上。

范闲脑子一转就知道了问题所在，看来监察院暗中调查信阳与二殿下的风声已经透了出去。他记得清楚，在刑部想打断自己双腿的前任左都御史就是长公主养的小白脸儿，而自己不喜的那位大才子贺宗纬如今也在都察院中。

当天夜里，送往宫中的密奏便有了回音，范闲看了那个金黄绵帕裹着的盒子一眼，摇了摇头，掀开一看，里面只有一张白纸，白纸上写着两个字：

"安之。"

范闲姓范名闲，字安之。

如今的他自然知道这字是当年皇帝陛下亲自为自己取的，不由微微皱眉，心想皇帝这究竟是什么意思？

"不能安。"范闲对沐铁说道，"来而不往非礼也，那些自命清廉的御史既然奏我贪赃枉法，那就查查他们。"

沐铁有些意外，应道："陈院长吩咐过，对都察院的奏章就像听狗叫一样，别去理他……为了广开言路，陛下没有给监察院缉拿言官的权力。"

范闲呸了一口："这次不止在叫唤，都已经张着嘴准备咬我了，还顾忌什么朝廷脸面。我让你去查，查出问题来自然不会自己出手，扔到大理寺与刑部去，就算陛下压着不受……本院一处外面那张墙是做什么用的？"

监察院的人早就等着这一天，沐铁闻言很是兴奋，精神百倍领命出府，自去安排密探开始侦查都察院那些御史们的一应不法事。

第二日，范闲好好地在家里打了一天麻将，赏了一天的好雨，浑没把御史们的参劾当回事，倒是知道消息的婉儿、若若有些着急。直到御史参劾范闲的消息传遍整个京都，中书将参劾的奏章抄录后送到了范府，范闲才假意始知此事，满脸惊愕，一脸怒气，晚上却依然睡得极香甜。

第三日一大清早，范闲就出了府，依照规矩，被御史们参劾的官员必须先放下手头的工作，上折自辩。范闲却没有依规矩做事，施施然去了新风馆，领着一家大小对那鲜美无比的接堂包子发起了一阵攻势。

此事在京都引起了轩然大波，谁也不知道这位当朝红人会选择什么样的手段反击。此次御史集体上书明显是有备而来，将参劾的罪名咬得死死的，连这个月里出入过一处的官员都查得清清楚楚。谁料到，他没有对御史们发起攻击，反而对肉包子发起了攻击。

第四日，连续了几日的阴雨终于停了，范闲领着一家大小去郊外赏菊，抢在世人之前，去用手指亲近亵玩初开的一朵朵小雏菊。

数日过去，按理说陛下应该下旨了，不管是准备敲醒这一年里走红太快的小范大人，还是痛斥多事的都察院御史，总要有个态度。朝议的时候，吏部尚书颜行书终于忍不住心中的好奇，小心翼翼地问了一句，哪知道皇帝陛下只是从鼻子里嗯了一声，根本没有什么反应。场面就这样尴尬地僵持着，都察院那些御史们的一脸正义肃然也渐渐化作了尴尬，筹划着再次联名上书，并且准备在朝中文官队伍里广拉同年，同时要将太学的学生也发动起来。

皇帝是在等范闲的自辩折子。他本打算随意糊弄几下，把这事糊弄过去算了，何况任何一位盛世帝王都很擅长这种"和稀泥"的本事。没想到范闲却一直不管不问，摆出一副问心无愧的模样四处游玩，直接将这道考题怼了回去。

范闲想得很阴损——你这个当皇帝的不是想让我咬人吗？那总要为我保驾护航才行，如果现在只是这种小事就要自己灰头灰脸，那将来真动信阳，收拾了长公主，你还不得把我丢给太后去当小菜吃！

如果是一般的宠臣、文臣，断没有范闲这样的赌性。所谓圣心难测，天威无常，臣子要是恃宠而骄，谁知道哪天陛下就会记起你坐了他的马车，一刀把你斩了，都没处说理去。但范闲知道自己不是一般的臣子，皇帝却不知道他知道，所以这事就有趣了，很方便他试探皇帝究竟能为自己做到什么地步。

御史集体上书后的第七天，范闲坐着马车来到皇城外，启年小组将他护在正中，众人黑灰色的衣服，冷漠的面色，挺拔的身躯，无不昭示着他的身份。

宫门处的官员们看着这幕画面连连摇头，且不说最近的这些风雨，只说将这些密探放在明处来保护自己，范闲就是监察院的第一人，真是嚣张至极。

今日朝会，陛下特旨召范闲入宫旁听，所有官员都知道今天要谈什么。一些与范氏交好的文官过来寒暄几句，借口天气转寒，又躲到了宫门洞旁。

御道两侧有五六位穿着绛红色官服的官员，与范闲这一行穿着黑色官服的监察院官员对峙而立，目光却穿透了彼此的队伍，射向远方的城郭，视而不见。

那些穿着绛红色官服的官员正是都察院上书参劾范闲的那些御史。范闲面无表情地看着他们，说道："一个个长得跟猪似的，居然还是清官？"

邓子越在他身旁低声说道："都察院御史大多出身寒门，最重名声，这是他们唯一可倚之处，连门房收个礼饼都要小心翼翼，确实极难查出什么。"

范闲叹道："官员不贪，天下有难啊。"

邓子越苦笑，心想提司大人的"妙语"实在是有些荒唐。

范闲明白这个世界上最难得的就是清官，他也相信一处的调查能力，眼前这几位一定是真正的清官。但他更明白这个世界上最可怕的就是清官们一拥而上，来当你的敌人！——想到这点儿，他不由得好生佩服自己那位年轻貌美的丈母娘，竟能使动这些不贪不腐的清官。

他在这边暗叹的时候，殊不知对面那几位都察院御史看着他，也在心中暗叹不已。范闲这些天的所作所为，明明无不表现了他隐藏在诗仙外表下的实质是个贪官，更是位长袖善舞的权臣，自己这些人掌握的证据足够多了，可为什么陛下一直没有发话？他们并不担心陛下会因为祖护范闲而对自己这些人大加重惩，一方面是他们深信陛下乃是位明主，另一方面，御史大夫行的何事？就是铁肩担道义，铁骨上明谏，即便死了又如何？只求白骨留余香！

但他们这几天确实不顺，首先是在朝中的串联没有任何效果，不论是哪个部司的官员一听他们的来意，面上依然礼貌，却是死活不肯与他们联名上书。而且士林舆论也没有发动起来，那些往年在市井之中大肆批评朝政的才子们，一听说他们要参劾的是范闲，竟是连连摇头。

最让御史们窝火的还是太学里那些年轻人的态度，去太学想要说动学生的那位御史竟是被轰了出来——根本没有人相信堂堂诗仙、庄墨韩的指定接班人、户部尚书家的公子、年轻读书人的心中偶像、无数闺中少女的梦中情人，会没品到去贪图这么点儿银子！

"一万三千四百两，只是一点儿银子？"

或许都察院御史们真是穷惯了，这是他们最想不通的一件事情。

忽然一阵晨风拂过，众官精神一振，紧接着却是面色一变，看着天边驾着晨光飘过来的那团雨云，躲进了宫门洞里。那些禁军侍卫与小黄门们也不敢让这些权高位重的大人挨了雨淋，没有阻拦。

秋时京都常变脸，风后便是雨，一场秋雨肃肃然地落了下来。由细微而至淋漓，竟不过数息时间，皇城前的那一大片青石坪顿时被打湿，显出一片厚重的乌黑色来。

范闲一行与都察院御史一行人站在雨里，竟是一点儿反应也没有。范闲眯着眼睛看了看对方，忽然开口说道："赖御史，躲躲雨去吧。"

他招呼的是都察院左都御史，正三品的高官赖名成。赖御史冷冷地看了他一眼，说道："小范大人在这雨中淋着，莫非以为就能洗清自己身上的污浊？今日面圣，本官定要将你参劾到底！"

范闲回道："若宗室亲贵枉法，不知赖大人是否还有今日的及时雨气。"

左都御史赖名成气得不想说话，将袖子一拂便往宫门处走去。他身后那几名御史对视一眼，竟是啪的一声直直跪到了雨地上！

"玩跪宫门的把戏？"范闲对这些人又是可怜又是好笑，叹息道，"人生一世，不过'邀名'二字，真不知道朝廷养你们这些人有什么用。"

跪在雨中的御史们怒目回瞪，范闲视若无睹，掀起雨帽遮在头上，说道："本官是黑的，不论怎样洗都是黑的。诸位大人是红的，被雨一洗却黑了。"

雨水从他身上的监察院官服上滑落，莲衣光滑不渗水，黑色还是那股阴郁的黑色。御史的官服被大雨浇湿，颜色却渐渐重了起来，与黑色逐渐靠近。

御史们看了眼身上的衣服，任由雨水冲打着自己的脸，沉默不语。

　　等所有的朝政大事议完之后，皇帝陛下似乎才看见了左都御史赖名成与范闲两个人，随后让太监将二人召上前来，冷冷地说道："当着朝中众臣的面，说说吧。"

　　赖名成朗声道："臣所言已尽在奏章之中，请陛下速速查缉此案！"

　　皇帝转头望向范闲："为什么你的自辩折子一直没有递上中书？"

　　范闲恭谨地回道："臣没有写折子。"

　　皇帝怒斥道："何等狂妄！都察院御史参劾百官，似你这等骄横不理的，倒是第一人！莫要以为你家世代忠诚，你这一年来于国有功，朕便舍不得治你！"

　　范闲知道皇帝是因为自己一直默不作声而发怒，是因为自己将考题怼给他而发怒，赶快请罪道："臣实在不知要写辩罪的折子……臣知罪。"

　　陛下面色稍霁，说道："念你初入官场，范建又公务繁忙，陈萍萍也不会教你这些，便饶了你这一遭。今日便听听你如何自辩，如何向满朝文武交代。"

　　范闲面露为难之色，半晌之后才迟疑开口道："臣……实在不知如何自辩。"

　　陛下的脸色阴沉起来，一字一句地说道："那你就是认罪了？"

　　范闲说道："臣不认罪！臣不自辩，是因为都察院所参之事荒唐无由，臣丝毫不知其情，更不知所谓贿赂枉法牵涉何人，根本不知从何辩起。"

群臣哗然，谁也想不到范闲竟是宁折不弯的性情，至此都不肯自辩一二。吏部尚书颜行书将脸一黑，准备说些什么，抬眼却看见列在自己前方的那几位超品大员都闷不作声，才想明白事情肯定不会这么简单。

枢密院正使秦老将军的花白胡子在殿风里荡着，老眼微眯，似是睡着了。秦老将军的儿子、枢密院参赞秦恒闭着嘴，毫无初春时提议范闲出使北齐的勇气。

军方保持沉默是应有之义，一方面他们与监察院的关系良好，另一方面这是朝堂上的事情，他们没有道理说话。但文官之首的舒大学士也是一脸恭谨，像是没有听到殿前这番对话，几位尚书更是都成了泥塑的神像。

颜行书暗自揣忖，心想确实没有必要为了远在信阳的长公主得罪范闲这个爱生事的小黑狗，于是也闭了嘴，学起了沉默是金的做派。

没有大臣出言训斥范闲，皇帝陛下的脸色却没有缓和，眸子里闪过一道寒光，对范闲说道："你不自辩，那就听听赖卿如何分说吧。"

赖名成领旨上前，将奏章中关于范闲的道道不法事全数念了出来，一笔一笔真是清清楚楚。范闲心想这位左都御史果然不愧姓赖，居然把什么事都赖到自己头上了，一处那些小兔崽子上个月索的贿银，和自己能有什么关系？

都察院所参之事中首当其冲的便是宫中戴公公涉嫌为其侄戴震检蔬司事发，向监察院提司范闲行贿银两。众大臣的表情有些古怪，心想小赖怎么还敢把事情扯到宫中？另一方面又在鄙视范闲，这大好的机会居然只收了老戴一千两银子？这朝堂上站着的前辈们谁有那个心思收这些小钱？

此事涉及宫中，皇帝陛下却是面色不变，直接喊侍卫去传淑贵妃宫中的戴公公来殿上对质。众官心知这等查案的法子实在有些胡闹，但都好奇这事到底会怎么了局，所以没有出声劝阻。

不一时，戴公公上殿，心下惴惴之余也是好生纳闷，心想自己送银票只经了宜贵嫔的手。那位主子性情开朗，但向来口风极严，与范提司又是拐着弯的亲戚，怎么也不会将自己卖了，可为何都察院会知道那一千两银子？

先呼万岁，再喊冤枉，戴公公撅着屁股老泪横流，对着皇帝陛下不停磕头，力陈绝无此事："陛下向来严禁宫中奴才们与朝臣相通，老奴胆子小，更不敢违例。说到这位小范大人，奴才确实听说过他的名字，因为……"

他可怜兮兮地看着皇帝陛下："全天下人都知道范诗仙的大名，奴才虽是个残废，但也是庆国的残废。听说小范大人出使北齐，为圣上增光添彩，心里也自然高兴，日常闲谈中免不了会提到小范大人。可是，奴才连小范大人的面都没有见过，又怎么可能行贿？"

赖名成冷冷地问道："戴公公真没有见过范提司？"

戴公公跪得膝盖生疼，心里早已经将这个多管闲事的御史骂了无数遍，听到问话后骤作恍然大悟状："想起来了，去年送圣旨去范府的时候，曾经见过小范大人一面，不过当时是传旨，进门即走，如果这算见过……也只有这一面。"

他接着号哭着对天发誓道："万岁爷啊，老奴真的只见过小范大人这一面，如果我还见过他，让我肠穿肚烂，不得好死，下辈子还做公公。"

这誓发得够毒，陛下怒骂道："说的什么狗屁话！"

赖名成沉默了会儿，说道："行贿之事也不见得双方一定要见面……戴公公，本官问你，你是否有位远房侄儿叫戴震，在灯市口检蔬司做个小官？"

戴公公不敢隐瞒，点了点头。

赖御史对陛下行了一礼，将监察院一处在灯市口查案的事情说了一遍，然后盯着范闲冷冷说道："敢请教范提司，这位戴震如今又在何处？"

范闲想了会儿，答道："此案已结，这名叫戴震的小官吐出赃银后，已经夺职，如今的去向，本官却是不知。"

赖御史寒声说道："好一个不知！明明是你受了戴公公贿赂，私放犯官。那戴震在检蔬司六年，不知道贪了多少银子，提司大人一句不知，一个夺职，只是收了些许银子便将他放走，真不知道这其中有何等样的玄妙。"

范闲不慌不忙，有条不紊地应道："院中查实，戴震六年里一共贪了四百七十二两银子，依庆律第三则之规定，数目在五百两以下者，夺职返银，加处罚金，并不需要移送刑部。此案审结，戴震除官，罚银千两，不知道赖御史以为本官如此处治有何不妥，有何玄妙？"

戴震的案子是监察院查的，至于他到底贪了多少，还不是范闲的一句话。赖御史气急反笑道："四百七十二两？范提司莫不是欺朝中百官没长眼睛？"

这话就说得极重了，范闲低头看着脚下的金砖，声音淡淡地说道："当然，戴震经手还贪了些青菜瓜果之类，依例也应该折算成现银。如此说来，的确是院中办事不够细致，赖御史提点得有理，本官在此谢过。"

赖御史见他一味胡搅蛮缠，大怒喝道："岂有此理！那戴震这六年里少说也贪了四千两银子！民怨沸腾至极，范提司一力为其瞒护，究竟意欲何为！"

朝堂上很安静，只听得到这位御史大夫怒意充盈的逼问。

范闲抬起头来，用略带寒意的目光看了这位御史大夫一眼，往前轻轻踏了一步。

赖御史看见他那张俊美面容上的寒意，下意识地退了一步。

范闲盯着他的双眼，忽然开口一字一句地说道："意欲何为？民怨沸腾？"

他深吸了一口气，嘲讽着说道："敢请教赖御史，你身为都察院御史，身负风闻议事之责，既然你口口声声说戴震贪了这么多银两，民怨沸腾极大……那这六年里，都察院怎么没有一篇奏章提及此事？难道你才是真正想瞒护其人罪行的官员？民怨沸腾，你怎么不提请京都府尹捉拿归案！"

他骤然发怒，朝堂中众臣都为之一怔。范闲不给赖御史说话的机会，继续寒声说道："本官执掌一处不过月余，便查出戴震贪赃之事。赖御史这六年里久知戴震民怨极大，却是不言不语，当个哑巴！监察院查了案子，倒成了不是，都察院的御史大人们整整当了六年哑巴！……如今却说我监察院贪赃枉法！"

范闲对着龙椅上的皇帝揖手一礼，回身怒意十足地质问着赖御史："我倒想请教大人，您究竟意欲何为！"

连环炮一样的逼问，当场就把这位左都御史打蒙了，他知道自己先前说了一句错话，结果被范闲抓住了把柄——如果承认都察院对戴震贪赃一事并不知情，那范闲强说戴震只贪了四百多两银子，也不可能再翻案套。如果都察院御史明知此事，为什么六年里没有一丝动静，偏在监察院查案后，跳将出来参劾查案之人，这便成了都察院眼红监察院，诬攀虚构罪名的有力佐证。

众大臣看赖御史的目光有些不善，看着范闲的目光却有些佩服。范闲当廷挖洞，赖御史当廷跳下，这份功力与准头难得，哪里像一位入官场不过一年的年轻人！众人心中暗叹，这范闲是诗也写得，架也打得，如今官也会做，真不知道范建这个老钱篓子的命怎么会这么好，养了这么好的一个私生子出来。

赖名成双唇直抖，对陛下跪了下来，沙哑着声音禀道："臣职行有亏，请陛下严惩。但范提司枉法一事陛下不能轻纵，由大理寺细细查探，定有所得！"

皇帝早已听得不耐烦了，道："好了，你堂堂左都御史不知道一个送菜小官的贪赃枉法事也是正常，有什么好惩的。只是记住了，日后莫要再在朝堂之上夸大其事，用民怨来说事……朕不是北魏或北齐的皇帝，莫邀清名。"

邀清名？赖名成又羞又怒，死也不肯接受这种名声，咬着牙跪在地上不肯起身，连连叩头，砰砰声在宫殿里响着，不一时额头上就已经现出了血青。

皇帝有些厌恶地看了他一眼，挥手让侍卫将他叉了下去，然后又对范闲说道："你身在监察院，律法所定特权极大，日后行事要更小心，不可丢了朕的颜面。"

难得找到了这么一个和稀泥的机会，英明的陛下当然不肯放过，挥手止住了范闲的请奏。太监知意，高声宣布散了朝会。

范闲在心里叹了口气，知道皇帝不可能在这件事情上表现得太偏向自己，心里感到有些不满足。大臣们却是深切感受到陛下对于他的回护之意，在向皇城外走去的道路上，纷纷上前表示安慰。范闲正在应对，瞥见父亲佝着身子、老态十足地往广场上走去，赶紧上前去搀扶。群臣在后方看着这对父子不由得连声称赞，父子同朝为官，父慈子孝场景现于宫中，实在是一段佳话。

范尚书发现胳膊一紧，侧头看见是儿子来扶着，不由苦笑着叹了一口气："安之啊安之，你怎么就不肯安分一些呢？"

范闲也是满腹委屈，正想说些什么，却有位小太监悄悄跑了过来，传了陛下的口谕，便拉着他一路小跑地往后宫赶去。范建神情复杂地看着儿子的背影，忽然间觉得这小子虽然常年扮着冷静稳重模样，这小跑起来却依然显出了骨子里的跳脱，与宫中庄严压抑的气氛实在有些不合。

有同僚从后方来了，范尚书的眼神顿时古井无波，微微一笑，与群臣一路出了皇宫。今日的雨早就歇了，皇城前的地却是湿的，那几个都察院御史已经浑身湿透，依然倔强地跪在地上。面色愤怒的左都御史赖名成下了朝会，也直挺挺地跪到了那几人前方，还将自己的乌纱帽取了下来抱在左胸。

看着这一幕，诸位大臣才知道事情依然没有完，舒大学士上前劝慰了几句，发现没有效果，只好摇着头离开，别的大臣也赶紧坐车回府。

他们知道这件事情会越闹越大，还是躲远一些比较安全。只有范尚书在这一行人面前稍站了片刻，吩咐府上护卫取来伞具，守候在旁，因为谁都不知道稍后还会不会下雨。

被小太监领着一路小跑，穿过几道宫墙，来到御书房外，小太监累得气喘吁吁，范闲真气微运，也让面色变得红润了一些，然后才进了御书房。

他依着小太监的指点，小心翼翼站在软榻旁。没过一会儿，书房旁的一道布帘微动，换好了常服的皇帝走了进来。看着面色沉稳，眸子里闪过一丝激动的范闲，陛下挥了挥手，示意他不要过于拘礼。于是范闲就真的没有下跪行礼，他接过小太监端过来的绣墩儿，老老实实地坐了上去。

御书房比那日要清静许多，只有皇帝与他两个人，气氛有些诡异。范闲神情平稳，心下有些忐忑，猜想只是猜想，虽然陈萍萍的言语和这一世以来的诸多细节都是证据——但如果皇帝真将那个猜想挑明的话——自己该怎么办？当他越来越觉得皇帝准备戴上慈父的面具时，却被忽如其来的一句话打醒了。

"范闲，你不缺钱，为何贪钱？"皇帝陛下冷冷地看着他问道。

范闲才知道自己有些自作多情，更知道自己通过柳氏收受银票的事情根本不可能瞒过眼前这位陛下，他站起身来认真地说道："万岁，因为臣执掌监察院一处，所以要收银票。"

"噢？"皇帝有些好奇地听着他接下来的话。

"要真正监察官员首先就要融入官场，以往监察院一处清水冷铁油盐不进，虽然可以依靠庞大的密探系统对京官做出有力的监察，但就像是雾中看花，总是看不清楚，对于文官系统中最要害的那些交易始终无法摸清楚。要监察官员，便得自己变成官员。万岁也知道臣久居澹州……"

范闲察觉到皇帝听见这句话时有些细微的反应。

"……入京之后，变化实在太大，臣当初只是位词臣，如今却要接手监察院，不安之余，亦常思量自己与官员们有隔膜，极难融入朝廷之中。"

不等他往下说，皇帝就明白了他的意思，挥手冷漠问道："如果你真是一只白鹤，就算用墨汁将自己染黑了，也骗不了那些乌鸦。这些手段实在是有些幼稚，只要你忠心为国，还有谁敢为难你不成？莫要忘了朱格的前车之鉴，他起初何尝不是想扎进京中官场，不料一头扎了进去，却再也无法起身。"

范闲知道皇帝是在重复地提醒自己要做一位孤臣，心头略有反感，面上却没有丝毫反应，嘿嘿笑着说道："万岁，今儿个朝上就有人为难臣……"

一旁持着拂尘的太监心头一颤，心想就连太子在陛下面前都是恭敬中带着一丝畏惧，哪有人像范闲这般说话的？而且这话说得不合身份，有些恃宠而骄的意思，就算陛下再如何喜爱这位年轻的臣子，只怕也会发脾气吧？

出乎他的意料，陛下没有动怒，反而微笑看了范闲一眼，说道："朕确是想还你一个公道，只不过这是你与你家长辈的事情，朕也不想多管。"

范闲一惊，才知道皇帝很清楚都察院上书与信阳方面有关，那为什么他依然要压着自己不动手？他有些不甘，正想再上点儿眼药水的时候，忽然看着皇帝揉了揉眉心，幽幽地说道："朕，有幅画像让你看看。"

范闲的心头立即涌起无数念头，他突然想起一句话——

陈萍萍说过，母亲留下的唯一一幅画像就在皇宫里！

此时御书房的门被人推开了，那位与范闲相熟的侯公公满脸焦急地走了进来，对陛下轻声说了几句什么。范闲耳力过人，听得清清楚楚，不由大感惊讶，心想都察院的御史们这次下的本钱也太大了吧？

皇帝的脸色微显阴沉，看了范闲一眼，说道："跪宫门，摘乌纱？这是谏朕昏庸啊？那朕就昏庸一次给他们看看。传朕旨意，都察院御史攀诬朝臣，妄干院务，荒废政事，不思悔改，邀名妄行，着廷杖……

三十！"

范闲第一次看见皇帝真正发脾气,才明白天子一怒,千里流血的意思,不自禁地感觉到了一丝寒意。廷杖三十,那些御史就算不死,也要丢掉半条命了。

也是这几位御史的运气太差,皇帝陛下正准备做那件大事的时候,却被他们打断了情绪,如何能饶!

神华门外,玉水河畔,拱桥之前,湿石板上,几名御史大夫被剥去了官服,摁在地上挨打。廷杖重重落下,又缓缓举起,每一起落之间,便会带起血水数丝,雨水数蓬,场面好不血腥。

听到消息的文官有些赶了回来,看着这凄惨的场面,好生心急,想要入宫进谏,待他们望向宫门处被派来观刑的范闲,眼里多了很多忌惮——今日虽然是都察院先生事,但陛下竟然为了范闲动用了停了数年的廷杖!官员们对范闲在陛下心中的地位终于有了一个清醒的认识。

范闲站在侯公公身边,眯着眼睛看着眼前的这一幕,对那些御史大夫没有半丝同情,面上却是露出不忍之色,说道:"公公,喊你手下人下手轻些。"

侯公公低眉顺眼地说道:"小范大人心肠好,先前您就交代过了,老奴哪敢不遵,您别看这时候打得惨,其实是没伤着筋骨的。"

范闲的目光往下一扫,看见这位太监双脚脚尖向外张开,知道这是"用心打"的暗号,轻轻地叹息一声,便不再管这件事情。

左都御史赖名成被皇帝留了一丝颜面,魂不守舍地跌坐于地。他没有受刑,感觉落在下属身上的杖就像一记记耳光抽打在自己的脸上。

范府家丁手执雨具,看着这位御史大人,眼里满是嘲弄的神情。范闲走了过去,带着怜悯之意看着赖御史说道:"这件事情,你何苦牵涉其中?"

赖御史不知道范闲究竟知道多少内情,只好怔在原地。

范闲叹了口气,死活求着侯公公暂时停了杖责,单身入宫去向圣上求情。他不是看不得血腥，也不是想放这些御史一马，只是当着朝中百官他必须这样做。

皇帝老子想借这场廷杖将他推到所有文官的对立面上，那可不行，他辛辛苦苦攒了两年的好人品，要是被几廷杖打没了，那真是亏大了！

车厢里一片昏暗，年轻人的唇角泛着淡淡的笑容，有些为了不刻意而展现出的刻意，有些微羞的味道。他那淡淡散开的眉尾就像庆庙里的壁画一般，流露出古意与尊贵的天然感觉。他轻声叹道："我想不明白很多事情，比如为什么要查我，难道他不知道我是真的很欣赏他吗？"

他轻轻捏了一下腰间的香袋，嗅了嗅渐渐散出的丁香花气息，轻轻将脑袋靠在马车柔软的厢壁上，半闭着双眼："再就是，我欣赏他是很自然的事情，父亲习惯了马上的生活，为什么却如此看重他的文名？"

没有人接他的话，所以他依然陷没在那种荒谬的不真实感中。

"为什么？"

"为什么？"

带着一丝微微羞意的笑容从他的脸上渐渐敛没，他轻轻将手指挪离香袋，放到自己的鼻端搓了两下，似乎想将指尖残余的香气全数保存下来。

"这不通。"

"但是没办法啊。"年轻人叹息着，扭头看了一眼摆在身边的那串青色葡萄，忽然伸出手拎住葡萄的枝丫，面无表情地将葡萄扔了出去，"父亲太爱他了。"

"比爱我更爱。"

他有些神经质地扯动嘴角笑了笑，想到宫里那位太子，想到信阳的姑母，然后挥挥手，对身边那个卑躬屈膝候着的御史说道："求和。"

御史贺宗纬没有参与到这次的行动之中，他愕然抬首，看见二皇子眼中闪着一丝厌倦的神色，半晌没有说出话来。

都察院的御史被打得肉骨分离，鲜血淋漓，这自然成了最近京都里最轰动的新闻。宫中新出的那期报纸轻描淡写地将当时的情况报道了出来，邸报上则是写得清清楚楚。陛下通过这件事情，再次强调了监察院权威，更重要的是，再一次强调了他对于那个叫作范闲的年轻人的回护之意。

御书房中有座，监察院中有位，御史参他则有陛下廷杖给的面子。范闲，这个本来就已经光彩夺目的名字，如今在金色的内涵之外，更多了一丝厚重的黑灰边沿，让绝大多数官员不敢正视。

听说是这位年轻的提司大人长跪御书房外，苦苦恳求陛下停了廷杖，那几个御史能活下来全亏他不计前嫌的求情。而侯公公也很随意地透露出去，之所以没有三杖就将御史打死，也是小范大人的请求。

范闲没有承认，对廷杖一直保持着沉默。这样的态度反而让他获取了更多的理解与支持，毕竟是他保留了那几位可怜御史的性命。原本就站在他这一方的士林才子与太学学生们，更是觉得自己果然没有看错人。

庆国民间一直认为监察院就是陛下的一条狗，直到这件事情之后，或许是因为范闲的名声太耀眼，人们才开始正视这个隐藏在黑暗中的机构，对监察院——至少是一处的印象开始逐渐扭转。

皇家的赏菊会还有好些天，范闲坐在自家庭院里，一边猜测婉儿绣的究竟是什么，一面在想范思辙这个小混球最近这些天到底在玩些什么，偶尔也会想想那个与自己极相似的二皇子是不是唇角依然带着那丝微羞的笑容。

"少爷。"藤子京禀道，"依您的意思，沈小姐已经搬进园子里来了。"

范闲点点头，说道："她这些天有没有什么异样？"

藤子京应道："情绪有些低落，别的还好。"

范闲说道："替我发个帖子，请言府上的那位老少大人来府上吃个饭。"

"要通知老爷吗？"藤子京看了他一眼，小心地问道。

范闲笑了起来："这是自然。父亲大人如果知道能和言若海一桌吃饭，只怕会很是高兴。"

藤子京应了下来，忍不住说道："那个叫贺宗纬的御史大夫又来了，少爷今日还是不见？"

范闲的眼神透着冷气，不知代表着怎样的情绪。他当然知道贺宗纬这个人，初入京都的时候便在一石居里与他有过对话。当时这位京都大才子依附于礼部尚书郭攸之独子郭保坤，也不肯放过与自己结交的机会，极热衷权力。至于他为什么现在会成了御史大夫，范闲对其中的隐情清楚得很，知道对方代表的是那位，自己连李弘成都避而不见，想来二殿下也有些无可奈何。

"见见。"范闲站了起来，院里准备的事情也差不多了，见见对方表达一下自己的态度，也不算不宣而战。

贺宗纬在前宅书房里已经等来了很长时间，脸上没有半点不耐烦的神色，见范闲到了，赶紧站起身来，拱手行礼道："见过小范大人。"

范闲挥挥手，说道："又不是第一次见，客气什么。"

去年春后那段日子里，贺宗纬时常来范府拜访，或许是想走范家的路子，没承想被范闲瞅出他对若若的那么一丝想法。他非常不喜欢这人隐藏极深的性情，干净利落地划清了界限。来了几次没人搭理，贺宗纬也只好知难而退。

贺宗纬见书房里并无他人，直接说道："下官因前事而来。"

"前事？"范闲眉尾微微挑起，看了贺宗纬一眼。

贺宗纬脸色黝黑，一看就知道幼时家中贫寒，但这些年的京都生涯，官场半年的挫磨让他多了点稳重，稍许除了些才子的骄傲气息。尤其是那对眸子异常清明，满脸毫不刻意的正气，令人心生可亲，落在范闲眼中却是虚伪至极。

"什么前事？"范闲眯着眼睛，笑着问道，"本官不是很清楚。"

贺宗纬黝黑的脸上现出一丝不容人错过的忠厚笑容："并无什么前事，下官口误了，只是替二殿下带了一盒云雾山的好茶过来。"

范闲看着身前那个看似普通的盒子沉默不语，自己如果收了这礼，便等于是扯平了前些天御史的那件事情，在二皇子看来范闲没吃亏，反而在皇城前得了一个大大的面子，应该会愿意息事宁人。

"贺大人口误，我倒想起来了一件前事。"范闲看着贺宗纬微笑着说道。

贺宗纬的心头一震，觉得这位一入京都，便将自己这些所谓才子的光彩尽数夺走的年轻贵人……怎么与二殿下的眉眼、神情如此相像？

"大人所指何事？"贺宗纬有些不安地问道。

范闲面无表情地说道："本官春天离开京都前往北齐，几月后却发现京都里的事情已经变了许多，竟连我那位岳父大人也被人逼得养老去了。"

贺宗纬舌根有些发苦，嘴张着却说不出话，知道自己最怕的事情终于发生了。

范闲微笑着说道："贺大人应该知道吴伯安是谁吧？"

贺宗纬强打精神："是老相爷家的谋士。"

范闲一挑眉毛，说道："贺大人果然是有旧情的人。今年春天，大人与吴伯安的遗孀一道进京，不知道那位吴夫人如今去了何处？"

贺宗纬一咬牙，站起身来，拱手行礼乞道："范大人，学生当日心伤郭氏旧人之死，因此大胆携吴氏入京。不错，相爷下台与学生此举脱不开干系，只是此事牵涉庆律国法，学生断不敢隐瞒，还望大人体谅。"他不奢望范闲能真的谅解自己，仗着自己如今与二殿下交好，强颜说道，"大人尽可针对贺某，只是二殿下一片真心，还望大人不要拒绝。"

范闲看了他一眼，淡淡地说道："本官乃是朝廷之官，自然不会针对某人，只是范某也只是位寻常人，总会记着一些私怨。"

贺宗纬恨恨地看了他一眼，知道议和已然成了镜花水月，心想相爷下台虽与自己有关，但那是自己身为庆国臣民的本分，用些手段又如何？难道你们翁婿二人就不会用手段？这般想着，他起身一礼便准备拂袖而去。

范闲忽然走上前，一脚端在对方的腰窝子上！

一声闷响，贺宗纬难堪无比地倒在了地上。他是名人，如今更是都察院的御史大夫，爬起身来，指着范闲恨道："你……你……敢打我！"

"端的便是你！你自要来府中讨打，我自然要满足你。"

范闲又是几拳下去，不敢将对方打死，已是将贺宗纬揍成了一个大猪头。

贺宗纬这才想起范闲出道的时候便是以黑拳出名，赶紧连滚带爬地往府外跑去，只是出房之时，又挨了范闲的一记飞腿，外加茶盒飞镖一枚。

范闲看着那厮狼狈身影，才觉得心情好了些，啐了一口，骂道："把我岳丈大人阴倒了，还跑府里来求和，狗日的，这不是讨打是什么？"

藤子京苦笑着说道："少爷，这事若传出去，只怕老爷的脸上不好看。"

范闲耸耸肩，说道："不过是打条会叫的狗而已，还不是为了给他主子看。"

数月前范闲还在北行使团时，便得了院中的邸报，对岳丈大人下台的过程了解得清清楚楚，在已死的肖恩的帮助下，对当时局势判断得也非常准确。

吴伯安是长公主安插在相府的谋士，去年夏天挑唆着林家二公子与北齐方面联手，想在牛栏街刺杀范闲，最后却惨死在葡萄架下。事后吴伯安的儿子在山东被宰相门人折磨至死——没人知道这是陈萍萍埋得最深的那个钉子袁宏道的所作所为。吴伯安的妻子被信阳方面安排进京，巧妙地经由贺宗纬之手，住进了一位都察院老御史的旧宅，开始告起御状。

真正将林相爷掀翻的是一场很没说服力的谋杀——在京都大街上有杀手意图刺杀吴伯安的妻子，似是相爷想要灭口，却异常不巧地被二皇子与靖王世子联手救了下来。此事被捅到宫中，林若甫只好黯然地离开了京都。

范闲就是从这件事情开始怀疑二皇子与靖王世子，也是从那一天起，他开始思考二皇子与信阳那位长公主之间的真正关系。

活动了一下筋骨，他觉得精神好了许多，转身向后宅走去，口中说道："这事不要告诉父亲，想来那个贺宗纬也不好意思四处传去。"

贺宗纬被打自然不好意思对外说，但二皇子依然知晓了，越发不明白范闲如此嚣张究竟凭的是什么。他在朝中看似没有什么势力，实际上在信阳长公主的帮助下已经获得了不少朝臣的效忠。以往并不觉得范闲会是什么威胁，如今看来，这范闲明明是个文心绣腹的大才子，怎么却变成一个蛮不讲理的家伙？难道监察院这个机构对于一个人的影响真的有这么大？但他还是认为这只是意气之争，范闲痛打贺宗纬一顿之后应该安静下来，所以只是写了封信去信阳。

信阳离宫内，老树正迟缓而沉默地剥离着枝叶，片片微黄的树叶在白纱中飘着。这时，一只手伸到空中柔柔地接住一片树叶，手上的青筋有些显眼，淡淡地在白玉般的肌肤里潜行，就像玉石中的精神，十分美丽。离开京都一年的李云睿像少女般娇憨地打了个哈欠，将手中的枯叶扔到了地上，抬臂轻撑着下颔，眼眸微微一转，流光溢媚，问道："袁先生怎么看？"

出卖宰相林若甫、投身信阳的谋士袁宏道，面无表情，眸子里却恰到好处地现出一丝惘然："二殿下乃天之骄子，未免轻敌了一些。"

长公主笑道："范闲不过是个年轻人，称之为敌，袁先生过于慎重了。"

袁宏道苦笑道："姑爷不是一般人，北齐之事虽然未竟全功，长公主妙算亦未全盘实现，但他巧妙居中，手不沾血，挑得北齐皇帝暗纵上杉虎刺杀沈重，如此人物哪里能用鲁莽二字就能形容？"

长公主从榻上缓缓直起身子，华美宫服外露出的背颈白皙无比，像天鹅一般美态尽现，轻声道："这小子没将肖恩救出来也罢了，最后还

127

阴坏了沈重。北齐镇抚司指挥使的位置还空着，下面的锦衣卫不敢做主，出货的渠道都阻了。"

一直静立在旁的黄毅柔声道："眼下正在与北齐太后商议，只是北齐那位年轻皇帝最近很是强硬，硬是顶住了太后任命长宁侯为镇抚司指挥使的旨意。"

长公主冷笑一声，说道："北齐那老太婆也真是个蠢货，任意挑个不起眼的心腹就好，非要自己的兄弟，当自己的儿子是傻的吗？"

袁宏道提醒道："北齐之事暂且不论，不知道京里的情况会怎么发展。"

袁宏道来信阳不久却深得长公主信任，黄毅颇为不喜，强压着内心深处的酸意，说道："京中小乱一阵后应该会平稳下来，想来陛下也不愿意自己亲手挑的监察院接班人，与自己的亲生儿子发生不可调和的矛盾。"

袁宏道冷笑道："老夫不知道陛下如何想的，只知道那位小范大人是个不肯吃亏的主儿，这次都察院御史集体参他，他自然要想办法报复回来。"

黄毅顾不得他的神色，反驳道："难道他还敢把事情闹大不成？"

长公主微笑着说道："袁先生说得有理，本宫不该急着让都察院去碰那个小家伙，他的性子倔着呢，我那女婿啊……真是个爱闹事的人。范建那老货给他取名安之，想来真是有先见之明，知道我女婿安静不下来。我那好女婿肯定会再咬老二两口。写信让老二求和，不论受了多大的伤，都求和。"

她这一笑，离宫顿生明媚，就有如这秋天里的雨丝一样，润泽着每一处空间，让黄毅愣在原地不知如何言语，就连袁宏道也有些失神。

京都秋夜的怀抱里，监察院一处的密探开始行动起来。

钦天监监正是个不起眼的职位，但在某些特殊的时候——比如有颗流星落下来了，比如月儿被狗吃了等等，他都要负责向陛下解释。

他的解释有时候会造成很严重的后果。

很少人知道他是二皇子的人。

嗖嗖声响里，十几个黑衣人跳进了钦天监监正的府中，等到护卫反应过来的时候，他们的老爷已经被这些黑衣人捆成了粽子！

这些强贼并不离开，反而点亮了院中的灯火。

满院灯火之下，护卫们看着那些黑衣人的衣服，根本不敢动手。

亲自领队的沐铁冷冷地看着场间的人们，说道："监察院奉旨办案。"

说完这句话后，监察院一处的官员们将钦天监监正拖出府去，塞进了马车里，片刻便消失在夜色中。接着，监正府内响起一片哀号声，灯火也渐渐熄了。

庆历五年秋，小太监洪竹抱着厚厚的一叠文书，半佝着身子，向着西角门小步跑去，有些小的脚尖踩在微湿的地上，不带半分迟疑，身上的淡蓝衫子下摆已经掀了起来，免得绊着了脚。他的右手横放在那叠文书之上，宽大的袖子将文书遮得严严实实，生怕阴云挤出几滴雨水，打湿了这些文书。

跨过门槛，依着交接规程与屋里的太监们对了遍册名，洪竹这才放下心来，认真地在表上画押，将怀里的文书递了过去。

在以往，中书并不重要，因为有位宰相总领六部。现在林若甫黯然归乡，中书省的地位一下子突显了出来。陛下提了几位老臣入中书议事，将议事地点设在皇宫角门，方便联络。如今在中书负责朝廷大事的是舒大学士及几位老臣。

微寒的秋风从宫前的广场上刮了过来，洪竹搓了搓手，哈了口气，安静地站在门外，等着几位老大人的回章，竖着耳朵听着里面的动静。

间或有官员从他身边走过，都很客气地点头示意。洪竹知道自己的身份，对每位官员都微笑回礼。那些宫里派来服侍老大人们的小太监看见他，请他去偏房躲寒。洪竹对这些小太监没那么多礼数，自矜地点点头，却依然坚守在门外。

他今年不过十六岁，便在宫里有了这么一点点小地位，就是因为他的差事是宫里极重要的一环，而他能做这个差使就是因为他姓洪。

宫中一直在流传他或许与洪老公公是什么亲戚。

洪竹摸了摸自己下唇左边生出的那个小火疖子，有些恼火。这几天监察院逮人逮得厉害，文臣们奏章上得厉害，中书里吵得厉害，自己宫里宫外一天几趟跑着，竟是急出了火，心想回宫后，一定得去小厨房里讨碗凉茶喝喝。

"这是监察院的院务，陛下将这奏章发还回来，不知道是什么意思？"

"或许……"接话的声音显得很迟疑，"陛下觉着范提司最近有些过火？"

此时，一道愤怒的声音响了起来："何止过火？他范闲便明着借手中公权打击异己！短短十天竟是抓了五位大臣，深夜闯府掳人，这哪里像是朝廷的监察院，简直是土匪！"

另一个不赞同的声音响了起来："范提司做事光明正大，这五位大臣被捕之后，第二日便有明细罪名贴在大理寺外的墙上，京都百姓都清楚无比。颜大人这话未免有些过了，监察院一处做的就是监察吏治这种事情，和打击异己有什么关系？我看啊……还是那五位大臣处事不正，才有此患。"

"那为什么上次都察院参他之后，监察院便突然多了这么多动作？"

"如果是打击报复，为什么小范大人对于都察院没有一丝动作？"

"那是因为陛下英明，严禁监察院参与都察院事务！"

"那请教颜尚书，钦天监与都察院的御史又有什么关系？范闲如果是想报复，为什么要去捉钦天监的监正？"

吏部尚书颜行书一时语塞，半晌之后才寒声地说道："不论如何，总不能让监察院再将事态扩大了，像他们这么抓下去，难道要将朝臣全部抓光？"

那人嘲讽说道："尚书大人尽可放心，三品以上的大臣，监察院没有权力动手。"这话里隐含的意思有些阴毒，暗指颜行书立身不正，才如此愤怒于监察院查案，只是监察院的权力也有上限，三品以上的大员是动不了的。

颜行书愤怒的声音马上传到了门外小太监洪竹的耳中："真是荒谬！难道你们要眼睁睁地看着监察院从此坐大？"

最开始说话的那人开始充当和事佬，在一旁温和地说道："尚书大人莫要动怒，小秦也莫要再说了，监察院只能查案，非旨意特准不能判案，这几位大臣……有罪无罪，总须大理寺审过再说。只是陛下的意思很清楚，咱们总要有个意见。"

被称作小秦的那人说道："院务乃陛下亲理之事，秦某身为臣子不敢多论。"

颜尚书一听，大怒道："老夫以为，此风断不可长，若纵由范闲胡乱行事，难道我大庆朝还要再出一个陈萍萍？你们确定受得了吗？"

守在门外的洪竹踮着脚尖，将门内的对话听得清清楚楚，唇角泛起一丝冷笑，心想陛下与陈院长大人的关系岂是你们这些文臣所能相比。正想着，便看见枢密院参赞秦恒满脸冷笑地推门而出，就赶紧上前说道："秦大人，奴才急着回宫，什么时候才能拿到？"

秦恒今年三十多岁，是枢密院正使秦老将军的亲生儿子，去年与北齐作战他便是当时的庆军统领。资历本来不足以入中书省议事，但秦老将军自上次廷杖之后一直称病不朝，陛下特旨命他入中书省参议，算是给秦家的一份恩宠。

秦老将军称病不朝，本来朝臣以为是看不惯范闲的嚣张，洪竹今日听着秦恒竟是处处维护范闲，不免有些犯嘀咕。秦恒看了这个小太监一眼，笑了笑，说道："由他们吵去，最后也没谁敢逆了陛下的意思。你呀，别老在这儿偷听，反正给你十八个胆子，你也不敢当笑话说给别人听，何苦自己闷着。"

洪竹低眉顺眼地笑了笑，看着这位朝中最当红的将军消失在恭房的入口处，有些不明所以地摇了摇头。

没过多久，中书省的商议或者说吵架在舒大学士的调停下终于结束了，众大臣很委婉地在文书上写下自己的意见，请陛下对此事要慎重一些。落马的五位大臣品秩虽然不高，但所谓物伤其类，大臣们对监察院还是有些警惕。

洪竹抱着这些文书，将淡蓝色的宫服掀至腰间，用袖子遮在文书上，踮起脚尖，拱起屁股，一路向着宫中小跑而去。

由西华门直至御书房的道路全在众人眼里、大内侍卫保护之下，不虞有人敢乱来，洪竹跑起来是格外放松得意，一路上有宫女眉眼含情地柔声请安，他也没空理会，那些小太监讨好的眼神也是视而不见。跑到御书房外，洪竹平复一下呼吸，低眉顺眼地推门而入，小心翼翼地将文书轻轻搁在书案上。

皇帝陛下拣了一份看了，眉头皱得愈发紧了，冷声道："这些庸才！舒芜也只知道呵呵哈哈，颜行书倒有几分胆色……嗯，秦家的小子倒是不错。"

洪竹哪敢听这些，悄无声息地站在一旁，心里紧张得厉害。

皇帝挥了挥手。

洪竹如释重负，退出了御书房，今日的差事就算完了。他沿着青石子儿路绕了几个弯来到太极宫的一侧，偏厢里几个太监正在嗑瓜子，见他来了赶紧请其入座，有的还笑嘻嘻地问道："今儿个又有什么稀奇事？"

洪竹面带不耐烦地说道："天天还不是听那些老大人们吵架，哪有什么新鲜事。"

太监们赶紧恭维道："小洪公公天天来往于御书房与中书之间，咱大庆朝的要紧事都是您眼皮子底下发生的，自然不觉得新鲜。"又有人凑趣道："那是，如果要说咱这大庆朝的要害，全被小洪公公捧在怀里。"

洪竹再如何骄傲，这点儿警惕还是有的，他正色道："胡说什么？我不过就是个奴才！"

太监嘿嘿笑着说道："除了陛下，咱庆国官员士绅谁不都是奴才……您可不知，就连小的在外面给宫里置办绣布，旁人听说小的与您交好都会另眼相看，都说这京都里，除了尚书府上那位小范大人，就数您这位小洪公公了。"

洪竹伸手平了平额前的那缕飞毛，笑了笑没有说什么，他知道自己与那位名动天下的小范大人不是一个层级上的人物。但拍马屁的话人人爱听，人们把自己与那位相提并论，他心中难免有些得意。

一个人影儿从偏殿门外走了过去，几个小太监赶紧住嘴，洪竹瞧清楚了那位是淑贵妃宫中的戴公公，也不禁心头一颤。直到戴公公走远了，一位小太监才往地上啐了一口，似是觉得刚才的沉默有些跌份儿，恨恨道："戴公公早不比当初，亏得我先前还没回过神来，像他如今这般落魄，我们何必理他。"

洪竹心中一动，问道："戴公公怎么了？"

那位小太监眉飞色舞地说道："前些日子御史参小范大人扯出了戴公公，虽然最后陛下将御史打了廷杖，戴公公也是被好生责罚了一通。如今陛下夺了戴公公宣圣旨的差事，听说就连贵妃娘娘都准备将他撵出宫去哩。"

又有人讨好地说道："戴公公当红的时候对咱们这些小的又打又骂，如今他失了势，还有谁愿意去理他？跌到烂泥里的秋叶哪比小洪公公这等新鲜的枝丫。"

洪竹听着这阿谀奉承的话越发不堪，越发粗俗，皱着眉头随意说了几句便赶紧走出偏殿。他往前赶着，终于在后宫门前看见了戴公公的背影，赶紧跑上前去，讨好地说道："戴公公，远远瞧着便是您，赶紧来给您请安。"

戴公公有些意外地看了他一眼，这些天宫里这些小王八蛋们越发无礼，洪竹最近在御书房做事，眼看要红起来，更让他觉得奇怪。洪竹也不说事，只是用一句一句恭维的话，将戴公公哄得极为高兴，这才分了手。

看着消失在后宫深处的戴公公，洪竹唇角露出一丝得意的笑容。旁人都以为戴公公会失势，他却不这么认为。戴公公既然与小范大人有关系，一定能重新站起来——洪竹对戴公公没有什么信心，对范提司却有无比的信心。

　　他最近天天都能听到御书房与中书省的议事，知道那位小范大人如今红到什么程度。监察院一处十天之内捕了五位大臣，那五位大臣虽然都是三品以下的官员，但小范大人需要何等样的魄力，而他的身后又站着何等样的靠山——他清楚地知道，小范大人的靠山……就是皇帝陛下！

　　洪竹摸着自己唇边那粒快要喷薄而出的青春痘，无比羡慕宫外那位世人瞩目的小范大人，心想都是年轻人，怎么层次相差就这么大呢？如果能通过戴公公的关系依附到这位小范大人的身边，那就太美了。

莫道前路无

范闲笑眯眯地坐在新风馆里，右手拿着筷子搅着浑身红透、上有肉酱、诱人唾沫的面条，左手拿着沐铁呈上来的案宗在看。自己准备得充分，一处拿的证据极实在，就算送到大理寺或者刑部去审也应该没有什么问题。

这次行动开始之前，他当然先请示了父亲和那位老跛子，两个老狐狸都选择了默认，范闲便知道了他们的态度。

这是必须做的事，他一定要让二皇子痛起来，要让他以后听信阳方面话的时候更慎重一些，给自己减少一些麻烦。不过二皇子的反应有些出乎他的意料，贺宗纬被赶出府后，竟是没有再派人来求和，也没有着手进行反击，整件事情里透着些古怪，他甚至觉得对方抓着某张王牌，正等着在某个时候打出来。

"望月楼是个什么地方？"范闲问道。

沐铁的脸上露出一丝淫荡的神情。范闲笑骂道："你这么大年纪了，乖乖回家抱孙子，别想这些事。"沐铁苦着脸道："望月楼是京都这一年里新起的青楼，背后有位大人物，最近动静有些大，似乎有人暗中筹划什么。"

流晶河是靖王世子李弘成的势力范围，他如今和二皇子暗中交锋，但还不想这么快就和李弘成撕破脸皮，想了想之后问道："多大的大人物？"

沐铁说道："这个楼子有些邪气，什么事都敢做，几个月就逼死了好几个女子……看京都府的态度，背后的人物……应该是位皇子。"

范闲微微挑眉，心想这望月楼的背后不知道是太子还是二殿下，近期那位大皇子天天在军部里与人比武，陛下的赏赐又厚，暂时没有银钱方面的需要。

他对沐铁说道："找个时间你去探一探，如果这间青楼是皇子用来联络京官的地方，你想办法塞几个人进去。"

沐铁摇摇头："那里管得紧，又是新开的，一时很难塞人进去，而且监察院只负责监管百官，对民间的商人着实没什么好办法。"

范闲有些恼火地说道："院子管不了妓女，但总能管管妓女的衙门！"

今天靖王过生日，什么外客都没有请，只请了范尚书一家。这等情分摆在这里，范闲再怎么不想见李弘成，也必须要走这一趟。

走入靖王府，范闲最先想起的就是一年半前，自己在王府湖边背了老杜的那首诗，然后才有了后来的夜宴，庄墨韩的吐血，北齐的赠书——诸多事由，似乎都是从眼前这座清静而贵气十足的王府开始的。

他忽然想起那一马车的珍贵书籍，自己赠给太学后，还一直没有机会去看一眼。正想着，李弘成正迎了上来，手里拿着一碗王府外的酸浆子。范闲闷声叹了口气，接过来喝了，笑着说道："你知道我就馋你们府外这一口。"

他第一次来靖王府的时候曾经晕轿，全靠这碗酸浆子恢复精神。李弘成嘲笑道："你如今手握监察大权，怎么不把我府外那贩酸浆的贩子抓回到你家去？"

范闲听出话里的锋芒，苦笑一声："便知道今天逃不了这难，你一碗酸浆过来时我就觉着奇怪，原以为你得一拳头砸过来。"

李弘成哼了一声，与他并肩往王府里走去，说道："你还知道我心里不痛快。不只我不明白，老二也不明白，你不是太子的人，何必理会这些事情？"

范闲说道："你当我乐意四处得罪人？还不是那位逼着。"

说完这话，他指指天上厚重的秋日垂云，指尖秀直，似乎有说不尽的无奈。

"我傻？"靖王世子看着他的眼睛说道，"烦请你告诉我，我真的是个傻子。"

范闲如他所请，认真地说道："我觉得从某些方面来讲，你真的是个傻子。"

李弘成说的，是范闲那个向天指着的指尖。

范闲说的却是对方非要掺和到皇子们争权的斗争之中。

王府里秋草齐整，并无凄美之感，像微黄的毡子在道路两边铺开。范闲知道这是喜欢园艺的靖王辛苦所得，他指着那片草地说道："瞧瞧，这才是人生。"

李弘成道："你若想伺候园子，我让老二给你在江南圈几千亩地。"

范闲摇着头说："说过了，最近这些事不是我的主意，你又不信。"

李弘成有些不确定，心想如果真不是范闲发狠，而是陛下的想法，那就有些不妙，难道陛下对于老二的宠爱已经不如当初？

范闲说道："当然我也有私心，你应该清楚我对老二没有什么好感。"

李弘成不解地问道："打你入京开始，我与老二对你都算客气，不敢说全心全意，至少也比东宫那边亲近些才对。"

范闲笑了笑，没有说什么。

靖王的寿宴还没有开始，二人没有去王府后园，而是直接去了书房，送茶的下人退走了，书房里只剩了他们两个人。

他盯着李弘成问道："客气？让都察院对我出手就算客气？"

李弘成微微一怔，苦笑着说道："都察院……那是姑母的意思，你也明白那是为什么，谁让你一回京就开始暗中查姑母与老二的那些事。"

范闲沉默了一会儿，最终没有将牛栏街那事挑明，转而说道："先前说过我有私心。内库里的钱都被他们两个拿走了，你让我明年去接手空壳？"

李弘成说道："怎么说你也是姑母的亲女婿，她就婉儿这一个女儿，难道还会真把你逼上绝路？退一步吧，大家各自相安总是好的。"

"退一步也成。"范闲看着他认真地说道，"我只是有些担心你。我知道，你之所以站在老二那边是觉得将来他如果做了皇帝，肯定要比东宫那位出息些，他性子看似温柔，你以为王府会在他接位后过得舒服些。但你想过没有，你我今天这样老二老二地叫着，他真当了皇帝不会记得这些？"

李弘成笑了笑，说："得亏这话是从你嘴里说出来的，不然我以为这是很拙劣的挑拨。"

"你就当我多事……春天的时候在流晶河畔就和你说过，你不要牵涉到这些事情里来。"范闲看着李弘成的眼睛，"我知道你的本事，可你碍于靖王的身份，就算手下有万千脂粉，却无一兵一卒。不是狂妄自大，你的力量还远不如我，怎能在这些皇子之间周游如意。"

不待李弘成回话，他站起身来说道："或许你会在心底嘲笑我，但陛下既然已经动心，老二将来不会有太多好日子过，你能保持些距离就保持一些。说这些不是为了别的，只是为了若若。"

李弘成默然，轻声说道："你不了解老二，他其实也是被逼的，再说我与他情谊在这里，哪能如此轻易地放开手。"

听他竟如此说，范闲摇了摇头，没有再说什么。

寿宴开了，靖王端坐首位，长须微飘，一身富商打扮，不像王爷，也不像花农，却有些像江南那些闲得无聊、富得发愁的盐商。看见自己儿子与范闲并肩走了进来，靖王哈哈一笑，挥手道："你给老子我坐在旁边。"

范闲天不怕地不怕，就怕靖王说脏话，只好苦着脸坐了过去。这时他发现婉儿正在身边笑着望向自己，妹妹却在婉儿身边安静地坐着。想到先前自己无耻地用若若的名义稳住李弘成，不禁打骨子里鄙视自己。他端起酒杯向靖王敬了一杯，又向坐在对面的父亲、柳氏敬了一杯，算是应了迟到之罚。

寿宴并无旁人，就是李、范二家，但长辈在桌，不论李弘成还是范闲都有些拘谨，一桌丰盛的好菜竟吃得没有什么味道。酒过三巡，靖王有些不乐了，把酒壶一端，对着范建说道："你在家怎么管孩子的？是不是天天骂三喝四，凶得不行？怎么你在这儿，范闲他们几个都不敢说话了。"

范建拈了块鹿尾嚼了，不紧不慢地说道："总比你管得好，至少本官不会当着子女的面说脏话。"

"我干你娘的！"靖王骂道，"你不要当着我闺女的面说我坏话！"

柔嘉郡主听着父亲大骂脏话，看了一眼范闲，又羞又气，觉得好生丢脸。

范建听着这话，将脸一黑，反骂道："自己掌嘴去。"

婉儿嫁入范家以后第一次看见两家人坐在一处，听着公公居然让靖王自己掌嘴，不由倒吸一口冷气，赶紧拉了拉范闲的衣袖。

范闲却是瞧惯了，不怎么在意，说来奇怪，父亲平日里持身谨正，也就是在靖王面前才会流露出当年夜卧青楼日折枝的风流潇洒气来。靖王听见范建要自己掌嘴，正准备骂什么，忽然想到自己说的话，不由哎哟一声，苦脸一笑，竟是抬起右手，在自己的脸上扇了一下，这一掌啪的一声有些清亮。

范建不依不饶，拿着筷子指着他的鼻子骂道："儿子都快娶媳妇儿了，也不说修修你的口德！"

靖王觍着脸说道："失言失言。"他瞪着双眼将这些晚辈扫了一遍，又恶狠狠地说道，"刚才那话，谁也没听见。"接着又极为尴尬地咳了两声，对身边的范闲问道，"范闲啊，我姆妈在澹州过得怎么样啊？"

林婉儿这才想起来为什么公公敢让舅舅自己掌脸，于是笑了起来。

范闲心想，你们长辈吵架何必牵扯自己，便将奶奶近况略说了些，不外是身体康健之类。这时忽想到一事，说道："您反正在京都无事，弘成也是闲着，要不然明年找个时间咱们一起回澹州玩些天？那儿的茶树是极好的。"

李弘成心中一惊，心想范闲你这招真绝！

靖王看了范闲一眼，知道他是什么意思，笑眯眯地说道："这主意好，我明儿就进宫和皇上说去……不过你是去不成的，明年你得去江南吧。"

范闲神情略显诧异，说道："为什么要去江南？"

靖王瞪圆眼睛，回道："你平日里聪明得很，老二那小子都在你手上吃了不少闷亏，怎么这时候却糊涂起来？明年你要接手内库，不去江南怎么接？"

范闲更加糊涂，紧接着问道："接手内库为什么要去江南？"

靖王并不理会他，望向范建说道："你这儿子究竟是在装傻还是真傻？"

范建瞪了范闲一眼，说道："本以为这小子没有大智慧总有些小聪明，今儿个才知道，原来他连小聪明都没有。"

林婉儿笑着说道："相公又不知道内库三大坊都在江南……舅舅，您喝您的酒去，老对着这些无趣的事说什么呢？"

靖王险些被一口酒呛着，笑骂道："女生外向，果然如此，再怎么我也是你亲舅舅，怎么嫁人后就尽帮着他们范家说话？"

林婉儿笑着说道："我看舅舅您也疼我家相公，何必老说我。"

坐在下手的李弘成连连叹息，看着坐在父亲身边的范闲，看着父亲望着范闲笑眯眯的眼神，心里酸意大作，与二殿下一般好生不爽快，心想怎么自己的老爹都这么喜欢范闲，这到底是谁的爹啊？

酒席折腾到最后，几个晚辈一通敬酒祝寿，终于让靖王喝高兴了，说话也愈发地荒唐起来，一时间说两家联姻之后，若若得赶紧生个娃娃；一时间又说，等柔嘉再大个两岁，干脆也嫁给范闲，免得白白便宜了别人。若若根本不敢回话。李弘成面色宁静，眸子里带着一丝情意，扫了未婚妻几眼。

听靖王的话，范闲心里很是紧张，回道："柔嘉怎么能给我做小，王爷您这酒真是喝多了。"

柔嘉小姑娘极幽怨地看了闲哥哥一眼。靖王酒气冲天，骂道："这京都里一水儿的王八，嫁给别人我能放心吗？什么身份？不就是我闺女，难道还配不上你？"转过头来又对着婉儿问道，"晨儿，你有意见没有？"

林婉儿笑应道："我没什么意见，只要舅舅您能说动太后，这事就定了。"

靖王听见"太后"二字，酒醒了一半，骂骂咧咧地说道："这事得想想办法，柔嘉性情太过柔弱……不嫁给范闲岂不是把位子空给了北边那个女的，不划算不划算。范闲生得这么漂亮，便宜了北边的那个母老虎，实在是不划算。"他望着范建醉醺醺地问道，"北边那个女的叫啥名儿？"

范建也喝多了，打了个酒嗝，略带一丝自矜地说道："海棠，北边圣女一般的角色，苦荷国师的关门弟子，也不知道怎么就瞧上了我这不成才的儿子。"

此话一出，满桌子人都笑了起来，柳氏忍不住掩住了嘴，范思辙与李弘成二人笑得最是夸张。范闲却是席上最难的那个人，脸色不变，轻轻将婉儿掐自己腰的小手抓住，左手举杯，温和地笑着说道："喝酒喝酒。"

"那个海棠……"靖王忽然说道，"只怕不是苦荷的关门弟子了。"

"说来真是奇怪，那位海棠姑娘……"范建看了自己儿子一眼，继续说道，"是有史以来最年轻的一位九品上高手，北齐人还一直说她是天脉者……苦荷还有什么不满意的，居然要重新开山收徒。"

世子李弘成也知晓此事，皱眉说道："莫不是北齐的阴谋？"

靖王骂道："阴个屁的谋，收徒弟是阴谋，难道苦荷吃个饭也是阴谋？

你不要天天想着这些事情，当心累散了心！这么大的人了，一点儿出息都没有。"

听到这话，李弘成闷头不吱声了，范思辙在一旁心有戚戚焉地与他碰了一杯。

范建不愿看靖王训子，说道："虽不可能是什么阴谋，但苦荷闭关数月，忽然说上悟天意，要重新收两位女弟子，还说什么天降祥瑞，还真是怪了。"

靖王慎重地说道："四大宗师是人间最顶尖的人物，咱们知道的三位中叶流云是不收徒的洒脱人，四顾剑剑庐大开，造就了东夷城的诸多九品高手。苦荷国师以往收过四位徒弟，每一位都是惊才绝艳之辈。"

范闲开始时听着他们说海棠便有些紧张，后来才知道自己当初安排的事情终于开始，心中放松了不少。又想到狼桃那噬魂般的弯刀，他轻轻地点了点头。

靖王继续说道："这三位大宗师已经多年没有开山门了，这时候苦荷突然又要收徒，实在是天下的一件大事，咱们这些人虽不在意，对天下的武道修行者来说实在是个好机缘。如果一旦能够拜在苦荷门下，武道精进不论，也可以与天一道形成良好的关系……如果咱们庆国哪位子民有拜在他门下的机会，我想陛下也会乐见其事。"

酒席散后，柳氏去后宅和那些妇人们说话。年轻人去湖边迎风散酒，范思辙却是倏的一声没了踪影。靖王与范尚书二人在僻静处闲聊。

"范闲最近……太猛了些，你压一压他。"靖王两眼清明，范尚书一脸恬静，哪里像酒桌之上的两个老酒鬼。范建轻轻嗯了一声，说道："这孩子当初入京后便说过，我不可能完全掌控他。"靖王冷哼一声说道："你我不掌控，难道丢给那个老跛子掌控？那老跛子肚子里一腔坏水儿，鬼知道他在玩什么。"

范建笑道："别忘了陈萍萍也是你们府上的老人。"

靖王冷笑道："由你们折腾去，反正那件事情之后我的心就淡了……

142

范闲这孩子真是不错，只担心陛下将他压榨得太厉害，将来不好收拾。"

范建叹了一口气说道："你也知道，这件事情我没有发言权。"

靖王冷笑道："我那哥哥就喜欢看这种戏，真是恶心。范闲的看法很正确，老二没什么机会，偏偏这朝中大多数人都还看不清楚。"

范建看了他一眼，说道："弘成和二殿下走得近，你得说说。"

"我那儿子和我不一样，总不甘心学我这样窝着。"靖王叹了口气，没有继续这个话题，"我看老二是读书读迂了，干他娘的，婉儿她妈是个疯婆娘，居然和她在一起折腾，哪能不出事？我那儿子也是个蠢货……干他娘的！"

范建微微一笑说道："淑贵妃是陛下的女人，你不能干。至于世子的娘……你干起来名正言顺，这个我不阻你。"

"弘成他妈都死了多少年了……你也好意思开黄腔。不过也好，当年你天天在青楼泡着，还以为你真转了性。"靖王望着四周熟悉的景色，说道，"小时候咱们仨都在这宅子里长大的，姆妈抱大了哥哥，又抱大了我，却顾不上管你这个亲生儿子，那时候你身上都脏成什么样了。"

范建想起了幼年的生活。那时候的诚王就是当今天子的父亲，比现在的靖王还远远不如，只是一个既无权势，又无野心的小王爷。自家是范族的偏支，母亲来王府做奶妈，不知道承受了多少族人的冷言冷语。

"谁也想不到后来的情况会变成这样。"他微笑着说道，"我想，母亲现在在澹州也应该很骄傲才是，抱大了这么几位。"

"我们三个打架的时候，我和你总是一起打哥哥，却总是打不赢他。"靖王冷冷地说道，"虽是孩子时候的事情，但他下手之狠，你应该清楚。"

靖王敢说兄长的不是，范建却不愿说陛下的坏话，笑着说道："谁让那时候陈萍萍总帮着陛下，陛下年纪比你大，陈萍萍力气比我大，我们自然打不过。"

靖王感慨着说道："是啊，所以我根本不想打了，只求平安就好。这次查老二，只是陛下缺钱用了，却让孩子们去冲锋陷阵，心也太狠了些。"

范建身为户部尚书，当然知晓如今国库里的情况，说道："不怪陛下，实在是钱缺得厉害，四处都需要银钱使着。太后娘娘在位，陛下也不好对长公主逼得太凶。范闲既然愿意当这把刀，想来应该有把握。陈萍萍虽然脾气愈发古怪，也不会让范闲吃亏，咱们别管这事。"

靖王看了他一眼，半晌后才微恼着说道："你啊，还是和以前一样，什么心思都埋起来，连对我也不肯说个实在话。"

范建笑了笑，没有说什么。

靖王寿宴结束之后，范家人分坐几辆马车回了府中，范闲发现弟弟又不见了，恼火道："他又跑哪儿去了？你们当嫂嫂姐姐的，能不能多看着他点儿？"

林婉儿吐了吐舌头，与范思辙研究一下麻将她是乐意的，管孩子？她自己还没完全脱了孩子气。她悄悄摸了摸小腹，心想怎么这么久了就是没有动静呢？

若若比婉儿还要小两个月，性情反而沉稳些，范思辙一直都受她的管教，只是几个月前宫中传出指婚的消息，她紧张之余对弟弟的关注少了很多。听兄长语气有些不快，她知道这是在说自己，委屈地应道："知道了。"

范闲也知道自己这脾气发得没道理，哪有让一个十六岁的小姑娘天天当家教的道理，赶紧安慰道："别生气，我也就是一说。"

三人入了屋，小丫鬟赶紧上茶，范闲挑了一个小白瓷的盅儿喝了，问道："思思和司祺呢？"

婉儿笑着说道："她们两个和我们一起去的王府，总得让她们先歇歇。"

范闲笑道："到底是大丫鬟，比一般人家的大小姐都矜贵些。"

婉儿听他这话，忽然想到一件事情，好奇地问道："那袭人……是思思吧？"

范闲一口茶喷了出来，连连摆手："这都哪儿跟哪儿呀。"

若若在一旁说道："思思性情像晴雯，讨人喜欢。"

范闲心想得亏还没抄出红楼第七十七回，晴雯可没好下场。在思思与司祺的问题上他很犯难——他与思思自幼一道长大，感情较主仆深厚很多。可要收思思，婉儿带过来的大丫头司祺也得收，这可怎么办？

他与思思有感情基础，与司祺……也就是当初夜探别院的时候，天天下迷香的交情，怎么也很难想象和那丫头在一张床上躺着。只是思思如今年纪也大了，再不做个决断，将来只怕不好嫁人。

难解决的事情先放着，范闲对婉儿使了个眼色。婉儿知道他们兄妹有事情要说，起身离房，支开了在堂下服侍的下人们。

"知不知道我最欣赏你哪一点？"范闲倒了杯茶给妹妹。

范若若白玉般的手掌一翻，轻巧无比地将发簪取了下来，松活了一下头皮，轻轻摇了摇头，黑瀑般的秀发一下子泻到了肩头的白衣上。

她将手指伸进茶杯里蘸了些茶水，放在自己的眉心上揉了揉，苦恼地说道："哥哥，我都快愁死了，你不要再取笑我。"

蘸茶揉眉心以清神是范闲的习惯性小动作，如今若若也养成了这个习惯。只是范闲喜欢冰凉残茶，若若喜欢温热微烫的新鲜茶水，兄妹二人终究不一样。

"不是打趣你。"范闲叹道，"今天靖王府里两家大人说着亲事，我装成若无其事已经很困难了，你是当事人还能面不改色，实在了得。"

若若性子清淡，在婚事上能保持冷静却别的原因，她望着兄长微笑着说道："哥哥不在家的时候有些慌，哥哥在家就不慌了，一切有哥哥。"

三声哥哥像三座大山压在范闲身上，他苦笑着说道："陛下指婚，王爷乐意，父亲高兴，世子虽有些花名，却也是京中最优秀的年轻人，这门亲事想退还真不容易。"

若若抿着唇说道："反正……我全听哥哥的。"

范闲想了想，认真地说道："你应该记得司理理这个人吧？"

范若若有些意外地点点头："那个想杀你的女人。"

"不错，我总觉得她与这世间女子有些不一样，不论她的所作所为是否正确，但至少她敢想自己所想，做自己愿做……离开北齐上京的那天，我问过她这是为什么，司理理说也许是因为她自幼家破人亡，不得已逃亡天下，颠沛流离，所以比一般的世间女子要多走了些路，多经历了些事。"

范若若轻声说道："哥哥曾经说过，行万里路，读万卷书，这都是对人生极有益处的事情。"

"不错，这也是为什么我愿意出使北齐。只是读书何时都能读……"范闲看着妹妹漂亮的眼睛，说道，"但在世间走走，看看不一样的风景，于人生却是极难得的事情。尤其对你们这些官府小姐来说。"

范若若自嘲道："除了小时候在澹州住了一年，妹妹这一生行得最远的路也不过是苍山，像哥哥说的雾渡河、北齐人物、草甸风光，自然是没福看了。"

"想看吗？"范闲盯着她的眼睛问道。

范若若略有迟疑，片刻后用力地点了点头。她的成长过程中一直有范闲"毁人不倦"的教导在起作用，和一般的官府小姐大为不同，每每思及哥哥描述过的世间景致与人生百态，她的心便有些蠢蠢欲动。如今的庆国女子出嫁前还可以在京都四周逛逛，出嫁后却是长锁府中，即便出游也是不得自由……她一想到自己也可能就这样无趣地度过一生，心中便是老大的不愿意，老大的不甘心。

范闲看着若若的眼神拿定了主意，既然自己在妹妹心上开了一扇窗，让她看见了外面的景色，那就有责任帮她开一扇门，带着她走出去。他轻声说道："我会想办法将你送走。一切都在筹划中，今天看着靖王与父亲的反应，才知道这件事情确实可行，不像我最初以为的那般不可能。"

若若冰雪聪明，立刻猜到了兄长的意思，震惊地说道："难道……哥哥要我拜入苦荷大师门下！"

范闲摸了摸她的脑袋，温柔地笑道："醒过神来了？"

若若满脸的不可思议与震惊，喃喃说道："这怎么可能？"

"为什么不可能？"范闲眉梢一挑道，"苦荷既然用了天降祥瑞这招，又不以疆域为限，我妹妹乃出名的才女，做他徒弟是给他面子，他还敢不收？"

范若若知道这是玩笑话，有些不自信地说道："我不会……武功。"

范闲说道："万道相通。作诗打架没甚区别，大宗师当然明白这个道理。"

范若若忽然想明白了一件事，似笑非笑地望着他："那天降祥瑞怎么办？"

范闲笑着说道："过些天在家里厨房逮条鱼，往里塞个纸条。"

范若若微笑着说道："这事……只怕是哥哥预先就安排好的吧？"

范闲嘿嘿一笑："不瞒你，在北齐的时候就开始安排了。如果你愿意嫁弘成，这事便没必要继续，如果你不愿意，那就这么办。"

范若若调笑道："看来那位海棠姑娘与哥哥的关系……果然不错啊。"

范闲没法辩解，像这样的大事，他与天一道的关系浅了当然做不到。只是他为了此事还付出了别的极大代价，不然怎么可能让一位堪比帝王之尊的大宗师配合自己演戏？只是他不愿让妹妹担心，没有说明白。

他再次问道："想不想去北齐读读书，旅旅游？出国留学很舒服的。"

范若若低头想了很久很久，似乎考虑到什么重要的事情，始终没有点头，半晌后才抬起头来，闷闷不乐地说道："可是父亲怎么办？"

范闲说道："有我在京都孝顺着，你安心玩两年再说。"

"可是……这样就真能退了婚事？"范若若有些不确信。

范闲说道："苦荷的脸面比北齐小皇帝大。陛下不会说什么。而且你拜入苦荷门下，名义上也只是将婚事延后两年，靖王府那边好交代。"

范若若还是有些不确信："没这么简单吧？"

世子、朝争这些麻烦事范闲当然不方便告诉妹妹，不然以妹妹表面冷漠、内心温暖的性情，听说自己为帮她"破婚"要折腾出这么多事来，只怕她真会一咬牙嫁了。他迅速想了个主意，大义凛然地说道："关键是你才十六，十六啊！小丫头片子都没发育成熟，这就嫁人？这是赤裸裸的迫害！"

范若若羞得不行，捶了他一拳头："当哥哥的怎么说话呢？"然后壮着胆子反驳道，"再说嫂子嫁给你的时候，还没满十六岁吧？"

范闲捂额无语。

"如果能离开京都去天下看看，我是真的很高兴。"范若若眼里充满了对自由的憧憬，"只是一想到要离开你，我就觉得有些慌乱，有些害怕。"

范闲笑着说道："傻孩子，每个人在学会真正的自立前总是会害怕的，就像我们小时候第一次学会走路时那样。"

范若若掩唇笑道："是吗？可是听澹州那边的人说，哥哥小时候学走路比别人都快，而且一学会走路就开始到处跑，根本都不怕的。"

范闲心想，我是怪胎，一般人可学不了。他伸手摸了摸若若的脑袋，关切地说道："好了，我只是问问你的意见，既然你愿意，这件事情就交给我办吧。你是我独一无二的妹妹，当然也要成为这个世上独一无二的女子。"

范若若很感动却没有答应，离了房间，走在寂静的后园里，抬头看了一眼天色。天上的厚云被风儿轻轻推向东面，露出一片浅灰色的天空与那轮似生了毛刺般的灰太阳，瞅着有些不爽利。她伸手从齐整的冬青树顶上抚摩而过，想到明年有可能去异国他乡，可以摆脱京都黏稠的空气、那些小姐们的无聊诗会、那门自己不想要的亲事，心里一阵欢快，接着却是突如其来的一阵空虚。

她的手指下意识一紧，被叶刺刮得有点儿痛，想到师父说过自己一定要珍惜这双手，便闪电般地将手缩了回来，心想去不去北边还是等师父回来后再说吧。

"你和若若在说什么呢？"婉儿看着小姑子走远了，轻手轻脚地走进房来问道。范闲神秘兮兮地应道："……不能说。"婉儿气结，坐在梳妆台前，伸手拿起梳子开始梳头发。范闲笑眯眯地走上前去，接过梳子帮她梳理，梳子的木齿在妻子的长发上滑过，毫无滞碍，十分顺畅。

范闲随意地说道："你和妹妹的头发都挺好的。"婉儿嘻嘻笑着回道："全靠相公在澹州做的那套家什，洗头发方便，自然保养得好。"范闲不信，凑近去闻闻，发现果然是一股子淡淡的清香，并无异味。婉儿恼了，假打了一下："由此可见，你平日里与我亲近的时候都没用心。"

范闲在她身后站着，视线穿过她微微敞开的领口，看见了一抹白嫩，心头一荡，调笑着说道："亲近不见得用心，用眼也是可以的。"

林婉儿听出相公话里的意思，微微一羞准备起身，却被他搂进了怀里。范闲将脸埋在她胸前的柔软中，深深呼吸，含糊不清地说道："最近这些天总觉得自己极渴望什么，却一直寻不到源头。"

林婉儿以为他说的是那事，羞得挣扎起来。范闲抱紧她，柔声说道："不要使小性子，和妹妹说的事情暂不能和你说，将来自然让你知道。"

林婉儿睁着好奇的双眼："这么谨慎？"

范闲苦笑道："算是天下第一大胡闹还差不多。说起来思辙最近神出鬼没，你也是神神秘秘，到底在绣什么呢？"

林婉儿有些紧张地说道："本想看你最近表现如何，再看给不给你。"

范闲笑道："反正是给我的，郡主娘娘赏了吧。"

林婉儿嘟着肉嘟嘟的嘴巴："不给。"

范闲脸上坏笑渐起，双手在她柔软肉腻的腰间摸索着，拨捻揉搓，一阵慌张的尖叫之后，婉儿终于败下阵来，气喘吁吁地从怀里掏出个物事，扔在范闲的脸上，说道："给你，快放我下来！"

一阵香风扑面，一张巾帕遮脸，范闲松了双手，扯下来一看，却是呆住了。那是一方绣帕，上面绣着一对鸳鸯，正在碧波里游着。布是好布，这是宫里的贡品，江南织造呈上来的世间极品。线是好线，不论或金或黄或红或绿，都能瞧出这线的质地，想来也是苏州府精选用物。意头也是好意头，鸳鸯成双，碧波荡漾，水上一枝垂桃，正绽着三两朵粉粉的花儿。

只是这针线功夫实在是……不咋地啊！

那针脚前后跳跃着，线旁密密麻麻的小孔证明绣者曾经悔了无数针，纵使这般，绣出来的线条依然歪歪扭扭，生生将这一对应该神态安憩的鸳鸯绣成了模样可笑的怪水鸟，愣将那几朵粉桃绣成了后现代解构主义的色团！那一波碧水其实只是几道平直的水纹线而已，绣得倒是不错，只是怎么却用的是黄线？

难道这绣的是一幅黄河变形水鸟团？

范闲看了又看，终于忍不住大笑起来。

笑声传遍了整座宅子，有自知之明的婉儿早已羞愧地躲到小姑子的房里，听着这等羞辱自己的笑声，恶向胆边生，壮起英雌胆，踏步回到房中，又腰伸出兰花指，指着范闲的鼻子喊道："不准笑！"

范闲看着妻子气鼓鼓的样子，更是笑得乐不可支，在椅子上像个不倒翁般前仰后合。林婉儿又羞又恼又想笑，冲上前来，便去抢范闲手中的绣帕。范闲哪肯给她，一把攥住收回怀里，正色道："这是你给为夫绣的第一件东西，既然送了，可不能再拿回去。"

林婉儿自幼在宫中长大，有嬷嬷与宫女服侍着，哪里做过女红。想到她为自己绣了块方巾，针线活粗了些，其中蕴着的情意着实让他十分感动。

他看着对方手指尖上的红点点，心疼地对着她的白葱指尖吹着气，说道："下次别绣了，我绣给你吧，在澹州没事的时候，也曾经学过几天。"

林婉儿无比温暖，听着这话却是郁闷到了极点，嘟囔道："嫁了个相公，却生得比自己还漂亮，你居然还会女红，这么细心……"她把嘴一瘪，快要哭了出来，"范闲，你还要不要我活了？"

范闲捏了捏她软乎乎的脸蛋儿，笑眯眯地说道："这样就不活了，那京都这些千金小姐都要集体自杀去，和谁比不成？相公我武能破将，文能作诗，豪迈时能大闹官场，文静处能安坐绣花……我是谁？我是不世出的天才啊。"

听着他自吹自擂，摆出一副恶心的自恋模样，林婉儿破涕为笑，一指戳中他的眉心，说道："瞧你这个得意劲儿。"

范闲眉梢一挑，说不出的犯贱："能娶着你，当然要可着劲儿得意去。"

林婉儿忽然一愣，伸手便往他怀里摸。

范闲伸手护住自己的贞操，说道："说好给我了，还抢什么？"

林婉儿眼中忽然闪过一丝得意："不是抢我这条，是抢你那条。"

说话间，她从范闲怀中掏出一条花头巾来——他离开上京的时候从海棠的头上偷的那条，说道："既然你要我那条，这条就给我保管吧。"

他这才知道妻子忍着指痛也要绣这块手巾的原因，虽然他与海棠没有什么男女之私，但此时呈堂证物在手，他根本不知如何自辩，只好讷讷道："婉儿你误会了，以往与你说过，那海棠生得极没特色，你相公我怎么会瞧上她？"

林婉儿哼了一声，说道："当初你天天夸我，我就觉着奇怪，但只是以为你嘴甜、会哄人而已，后来才从若若嘴里知道原来你真认为我长得……漂亮，可见你的眼光本就与世人不同，谁肯信你。"

范闲佯怒道："谁敢说我媳妇儿生得不美？"

林婉儿正色道："别打岔。"她一挥手中那块海棠的花头巾，得意地说道，"这块归我，你没意见吧。"

范闲苦笑道："没意见，没意见。"

林婉儿嘻嘻一笑，往屋外走去，临到门口时忽然回头说道："你要么把那位海棠姑娘收进屋来，要么就断了这心思，男子汉大丈夫，天天揣着个手帕当念想，一点儿担当都没有，连我都替你脸红。"

范闲老脸微红，忽然想到一件事情，问道："婉儿，我记得你是才过的生辰，那咱们成亲的时候，你应该满十六了吧？"

林婉儿好奇地睁着大眼睛，点了点头。

范闲安下心来，说道："那就好。"

第二天，范府外的马车中。

史阐立颇为不安，老师今天唇角带笑，看上去十分阴险，不知道心里在盘算着什么，如今京中很不平静，难道他还不想收手？

范闲看着手中的绣帕上面的变形水鸟，有些无语，抬头看着史阐立与邓子越询问的目光才回过神来，说道："去抱月楼瞧瞧……本官家事不顺，要去散散心，顺便和楼里的姑娘们切磋一下绣花的技艺。"

抱月楼的姑娘们不绣花，经营的是绣花针生意，所谓只要功夫深，铁杵磨成针，姑娘们的功夫想来都很不错……

范闲一行在一处换了辆普通的马车，叮叮当当地来到西城，停在一座三层木楼前。伙计出来领马收缰，动作利索，又有打扮清爽的知客将几人迎了进去。

范闲在眉毛上动了一点手脚，又在左颊照思辙的模样点了几粒小麻子，极巧妙地让容貌变了些许，在一个信息并不发达的社会里，相信没有几个人能猜到他就是如今京都里赫赫有名的范提司。

抱月楼是木制建筑，一般的木制建筑要修到三层以上，就会压缩楼层之间的间隔，以保证木楼的稳定。抱月楼的楼距却很高，甚至站在楼前都可以清楚地看到楼后的那片天光。

范闲知道这楼的木头一定是北面运来的上佳良材，往楼里走去，看似无意摸了摸门旁那个极大的柱子，确认了自己的判断。

天时尚早，一楼大厅里已经坐着不少客人，迎面约莫丈许方圆的小台上，有位衣着朴素的姑娘正在弹着古琴，琴声琤琤，足以清心。

范闲愈发觉得这妓院不简单。三人随着知客上了二楼，择了一张桌子坐下。他坐在栏边的位置，目光微垂，发现栏杆用青彩金漆描着仙宫画面，心想这新开的楼子连细节处都做得如此精致，幕后东家必然不凡，沐铁的判断可能是对的，极有可能与那几位皇子有关。

抱月楼确实透着一丝古怪，古怪来自清雅与不合式。没有龟公迎着，没有老鸨涂着脂粉来哄着，甚至都看不到几个露胸披纱的艳媚女子，怎么也不像是座妓院。范闲入京后涉足过几次声色场所，却是头一遭遇见这种格局。

此楼临街而立，楼后却是一方湖泊，湖作狭长之形，正是京都有名的瘦湖。瘦湖两岸修着许多间独立的小院，隐在秋树之中，偶露白灰院墙，极为雅致。范闲的眼睛极利，早瞧见小院后的暗沟隐隐染着丝脂粉腻红，便知道里面住着许多位姑娘，方知前面只是迎客的酒楼，真正开心的地方却是在那些小院之中。

如同访名山一般，需有雾遮于山前，才能最大限度地激起游客的探幽之情。这抱月楼的三层木楼，便像是云雾将那些小院隐在了后方。

这间妓院的经营者果然极有来头，如果可以收买，而且手上没有那几条妓女的人命，范闲也许真有兴趣请他去内库帮忙。

对青楼这种营生，范闲一直抱着很纯粹的态度，嫖客就是嫖客，妓女就是妓女，一个是出钱的，一个是出肉的，就算在五花肉的外面包上三百张诗篇，也不能抹煞这件事情的本质。他看了湖畔的庭院几眼，忍不住摇了摇头，有些煞景地想着，那些清雅庭院的泥土下究竟埋着多少柔弱女子的尸骨？

他有些走神的时候，史阐立已经点了几样酒菜。不一时，两个十三四岁大小的小厮端着食盘过来，将那些精致的瓷盘轻轻搁在桌上，没有发出一丝声音，果然训练有素。盘中食物做得也极为诱人，一道山茶虾仁散着淡淡的清香，几朵微黄透亮的油花安静地漂在一小钵鸡汤煮干丝面上，一道家常的油浸牛肉片上面抹着三指宽的青白葱丝儿，另几样下酒小菜也做得很漂亮。

眉清目秀的小厮给三人斟上酒后，史阐立挥手让他们退下。范闲微笑看了他一眼，欣赏这个门生的自然洒脱，当着自己的面敢于拿主意。

邓子越是启年小组的负责人，心忧提司安全，在这样一个不知敌友的所在，所以一直有些放不开，有些拘谨。酒过三巡，史阐立终于忍不住皱了皱眉头，压低声音问道："陈公子，我们今天究竟是来做什么的？"

今日范闲用的化名是陈公子，随陈萍萍。

"当然是来尝试一下京都最奢华的享受……"确认四周没有人偷听，他轻声说道，"沐铁跟我说这个地方当然有他的意思，他不敢说明，必有隐情。"

史阐立摇了摇头道："虽然我也可怜这些青楼女子，但是……卖笑生涯，天下常见，庆律允许，大人又何必置自身于危地之下。"

范闲拈了片薄可透光的牛肉片送入口中缓缓嚼着，半晌后说道："这抱月楼一个月便害了四个女子性命，下手之狠，可不常见。"

史阐立问道："刑事案件由京都府处理，监察院只司监察官员一责，根本没有权力插手此事，大人……想来另有想法。"

邓子越饮了些酒，胆子也大了些，说道："要查的便是京都府尹渎职之罪。而且……"他望了范闲一眼，得到许可之后压低声音说道，"这个抱月楼的真正东家，监察院一直没有查出来，所以才觉得古怪。"

史阐立很是吃惊，心想监察院密探遍布京中，各王公府上都有钉子，耳目众多，实力惊人，只用一月的时间就能将二皇子与信阳方面的纠葛查出来。抱月楼只是一个妓院酒楼，监察院居然查不出它的真正东家！

范闲知道他明白了自己的意思，面无表情地回道："这东家居然能让八大处都感到棘手，看来院子里有人在为他打掩护。"

监察院最厉害的地方就在于专业性与系统的组织构成，自身极难出现大的漏洞，没想到朱格死了没两天，监察院里又开始有人为皇子们出力，这才是范闲最担心的。他是监察院的提司，怎么能容许有人在自己的一亩三分地里撒野！所以他一定要看看，看看是谁敢把筷子伸进了自己的碗里。

"那学生该做些什么？"史阐立虽然性情沉稳，但毕竟是个读书人，头一回做这么惊险刺激的事情，难免有些紧张。

范闲对他说道："你手无缚鸡之力，既然带着你，那自然只是随意看看。"他拍拍史阐立的肩膀，"顺便用公款招待你一次。"

史阐立听懂了老师的意思，脸都红了起来。范闲有些意外，笑道："你与侯季常交好，难道以前没有逛过楼子，没有几个相好的姑娘？"史阐立惭愧地说道："学生无能。"范闲笑道："在这种地方，无能这两个字眼是不能随便说的。"

天色向晚，夕照映湖，化作一长道斜斜的印子。抱月楼就像变戏法般，在极短的时间内悬上了无数彩灯，将整座楼子照得流光溢彩，灯影倒映在楼下的湖面上，有若繁星入水，竟是比夕阳之景还要夺目许多。

灯起人至，抱月楼迎来了它一天中最热闹的时辰。不少车轿停在楼前，客人们大都穿着常服，却自然流露出自矜气息，看来都是些官员，身旁则多是富商模样的人陪着。范闲可以用监察院公中办案的银子给史阐立谋福利，不过朝廷官员们还是习惯了吃大户，既安全又有面子。

范闲坐在栏边的阴影里，看着明亮的地方，瞧见了几个略熟的面孔。那几位高官直接入了包厢，没瞧清楚陪着的是些什么人。不多时，楼里的人越来越多，那些穿着抹胸、顾盼生媚的女子们开始在楼间行走，一时间热闹非凡。

史阐立看着别处的热闹，又看着自家桌上的残肴冷酒，心想如果这家楼子的老板知道老师在这里，只怕又是另一番光景了。

范闲笑着说道："待会儿风流快活的时候记得套套话，不用问什么东家，只问这些姑娘的日常见闻，越琐细越好。"

邓子越这才相信大人是来暗查，而不是借旨嫖妓，不过套话查根这种小事情轮不到自己这种层级的官员出手，更不用说大人了。

楼下湖畔那些小庭院的灯已经逐盏点了起来，如朵朵金橘。

邓子越挥手唤来小厮，说道："给我们爷安排一下。"

小厮伸手接过指头粗细的金子，微微一沉，大惊之下才晓得这三位竟是豪客，赶紧通知了知客。知客先生赶紧过来，极委婉地表达了对先前招待不周的歉意，领着三人往楼下走去，一路小心引着，一路聊着，想打探他们的来历。

史阐立与那知客笑着说话，只说己等是江南来的秀才，慕名而至，头一次来，不知有什么好耍的玩意儿。知客笑道："三位爷，在咱这抱月楼，只有您想不到的，没有咱们做不到的，想玩什么都行。"

说话间，他偷偷瞥了一眼范闲。他当然看得出来这位陈公子才是三人中的主要人物，只是看这位陈公子的气度，根本不听自己的介绍，也不屑看自己一眼，估摸着是哪位江南大员家的公子才对。

抱月楼设计极巧，楼下一转便到了湖畔，那些有莺声燕语传出的庭院近在眼前，两方世界由那草间的几道石径联了起来，互不打扰。

三人在知客的带领下进了一处庭院，便有数位佳人迎了上来，语笑嫣然，轻纱曼舞间，牵着三人进了房间，就像是迎候归家相公一般自然。

室内一片温暖，角间放了一个暖盒，在这初秋的天气里，硬生生加了些春暖。一角的木几上搁着盆假花，花瓣全由南丝所绣，精美异常。

阵阵腻香扑鼻而入，范闲皱了皱眉，旋即微微一笑，对看着一个丰满女子身上满脸尴尬的史阐立说道："放松些，你家中又没个母老虎。"

他解开外面的袍子，旁边的女子手脚利落地接了过去，温婉地说道："爷才用的酒菜，这时候是听听曲儿，还是……再饮些？"

范闲坐到软榻之上，说道："再置桌席，唱曲的也要，你先给我捏捏。"

那女子面露喜色，感激地说道："爷真是体贴。"赶紧将他的外衣收拾好，让小使女斟了茶小心分放在三人的身前，还端了几盘京都难得一见的时鲜果子，这才半跪着爬上软榻，一双柔荑轻轻搭上范闲的双肩，轻重如意地缓缓捏着。

范闲知道在这儿花费得越多，服侍自己的女子得的好处也就越多，感觉着肩上的力道，心想这抱月楼的服务确实不错，再看了一眼侧方依然有些扭捏不安的史阐立和一脸严肃的邓子越，不由得摇了摇头。

给范闲揉肩的女子越伏越低，两团温软直接抵着了范闲的后背。范闲忽然想到自己还没问这位姑娘的姓名，甚至连对方的容貌都没认真看一眼，不知怎的，竟有些惊讶于自己的冷静无情，沉默稍许后问道："姑娘怎么称呼？"

"妍儿。"那女子的双袖搭在范闲胸前，柔软的胸脯慢慢蹭着范闲的后背，声音柔媚至极，微热的气息都吹到他的耳孔里。

范闲忍不住笑了起来，伸手极煞风景地挠了挠耳朵，解释道："怕痒。"

他自然知道妍儿是个假名，奇怪的是，这女子确实是个美人，如此姿色难道在这抱月楼里只算普通，可以用来随便招呼自己这些"无名之辈"？便在室内春色渐泛之时，唱曲的姑娘已经进了屋。范闲一看那个姑娘的脸，心情更是微异，暗想居然连她也被抱月楼抢了过来？

入屋唱曲的姑娘叫桑文，乃是京都出名的唱家，往时等闲权贵想见她一面也是不容易。范闲认得她，是因为一年多前，在避暑庄与婉儿、若若一家人度夏的时候，桑文姑娘曾经应婉儿之邀在山庄里唱了一晌午的小曲儿。

其时清风自湖面来，范闲身旁坐着几位姑娘，这真是他重生之后最美妙的一段辰光。这位桑文姑娘唱的曲子里有一句"忽相逢缟袂绡裳"，恰好应了范闲与婉儿在庆庙初见之景。让他印象特别深的是，当时还抄了一段汤显祖的妙词给她，桑文靠此词在京都声名更盛，只是依着范闲的吩咐没有透露他是作者。

桑文入屋之后，微微一福，面无表情地在下角坐了下来，怀中捧着一个类似于琵琶的乐器，轻声说道："几位公子想听什么曲子？"

"唱首《折桂令》吧。"

范闲知道对方没有认出自己，放松下来，靠在妍儿柔软的怀里，微闭双目，点了首最常见的曲子，心里琢磨，桑文这种身份的唱家怎么就被抱月楼得了又……随便派出来了？难道自己的身份被抱月楼的东家瞧了出来？

桑文眉毛细弯，说不出的柔弱，双唇没有抹朱丹，显得有些清淡，五官漂亮，唯一可惜的就是双颊略宽，脸显得有些大，嘴也比寻常美女宽了些许。只见她手指在弦上一拂，双唇轻启唱道："怎生来宽掩了裙儿？为玉削肌肤，香褪腰肢。饭不沾匙，睡如翻饼，气若游丝。得受用遮莫害死，果诚实有甚推辞？干闹了多时，本是结发的欢娱，倒做了彻骨儿相思。"[①]

① 元·乔吉《折桂令·寄远》。

歌声曼妙轻柔，唱到"气若游丝"那句时，范闲身后妍儿的呼吸声也重了些许，极为挑逗。他半闭着眼，发现唇边多了个酒杯，也不睁眼，知道是妍儿在喂酒，张唇喝了进去，只觉身周尽暖，浑觉着就这样放松一夜也是不错。

曲子唱到后几句，房间里的气氛却怪异了起来，范闲缓缓睁开双眼，看着似乎一无所觉的桑文，确认这位姑娘不是认出自己而是刻意冷淡，或许是在与抱月楼闹别扭——这支折桂小令全用日常口语，竟是生动地描绘了一位妻子因为丈夫远行不归的苦楚相思之情与隐隐愤恨。

曲简单，词简单，意思却不错，配得上桑文的身份，只是……此时众人狎妓夜游，她却唱了首这样的曲子，实在是有些煞风景。

妍儿姑娘看见范闲平静的表情，不知怎的竟有些害怕，赶紧又斟了杯酒送到他的唇边，柔媚无比地求情道："陈公子，桑姐姐可是京都出名的唱家，一般的公子哥可是见不着的，您看，让她再挑几首欢快的唱给你听如何？"

桑文没有料到这位抱月楼的红牌姑娘竟会为自己解围，有些冷淡的眼眸里多了一丝暖意，不想因为自己的抵触情绪而让妍儿吃苦，也知道自己的曲子选得不恰当，起身微微一福说道："都是桑文的过错。"

范闲哼了一声，没有说什么。屋内所有人都看着他的脸色，史阐立与邓子越二人更不知道大人准备做什么。不料他话锋一转，笑道："京都的风物人事果然与江南不同，首善之地，连小曲儿也劝人向善。"

众女听着这句玩笑话，松了口气，妍儿赶紧笑着应道："公子向善去了，那奴家还怎么讨生活啊？"

范闲笑着拍了拍她的腿，手指在妍儿修长弹绷的大腿上滑过，占足了便宜，便不让她揉肩了，并排倚坐着饮酒。

桑文恢复精神，微微一笑，又唱了一首《折桂令》："罗浮梦里真仙，双锁螺鬟，九晕珠钿。晴柳纤柔，春葱细腻，秋藕匀圆。酒盏儿里央及出些腼腆，画帧儿上唤下来的婵娟。试问尊前，月落参横，今夕何年？"①

曲罢时，范闲抢先赞了声好，诚恳地说道："好唱功。"

"这小令，原来竟是说妍儿的，春葱细腻，秋藕匀圆……"他的手毫不老实地顺着妍儿的手指小臂钻袖而入捏了捏，另一手轻抬着妍儿的下颔，"好一个美人儿，只是酒饮得少了些，没那腼腆的一抹红。"

他回望此时正坐立不安、面红耳赤的史阐立，取笑道："原来这句是说你的。"

众女见他说话风趣，忍不住掩唇笑了起来。妍儿甜甜笑着，端了两个酒杯与他碰了下便饮了个通杯，心想这位公子哥真是个调动场间情绪的高手，难道真像袁姐说的……竟是位官府中人？

夜深，早已蠢蠢欲动的邓、史二人被范闲赶去了侧屋。范闲心想邓子越或许还能保持灵台的一丝清明，不过他不是三处出身，想在这些妓

_{令·罗浮梦里真仙》。} ① 元·乔吉《折桂

160

女身上打探什么消息也不易。史阐立这书生只怕早已被那些姑娘剥光生吞了。先前饮酒时，他尝出酒中有微量的催情药物，知道是青楼常用手段，没有在意。

房内，桑文面容上带着一丝警惕，小心翼翼地看着榻上的这位陈公子，不知道宴罢曲终，他将自己留下来是什么意思。

妍儿也有些不自在，不论怎么说，自己也是抱月楼的红倌人，哪料到这年轻公子竟还不满足，竟想一箭双雕——楼里为了抢桑文过来花了不少心思，生生拆了一家院子，桑文是伎非妓，在京都颇有声名，说好绝不陪客人过夜。她堆起笑容想替桑文解说几句，不料范闲将她身子一扳，她无来由地体内一热，便绵软无力地伏在了他的怀中。

妍儿看着范闲脸上的淡淡笑容，心头一颤，觉得对方脸上那几颗麻子也不如何碍眼了，整个人透着一股温柔的味道，说不出的诱人亲近。

"先前劳烦姑娘为我揉肩，我也为你揉揉吧。"范闲温柔地说道，一只手在她的腰间轻轻滑动，一只手在她的太阳穴上轻轻揉动，不容拒绝。妍儿禁不住那稳定手指带来的安稳感觉，神识渐趋迷离，长睫微合，竟是缓缓地睡着了。

看着妍儿姑娘伏在这男子的膝上头颅一歪，便再没有动静，桑文惊讶地站起身来，掩住了自己的嘴巴，眼中满是惧怕神色。

"不要紧张，她只是睡着了。"范闲温和地说道，将服侍了自己半夜的姑娘搁在榻上，又细心取来一个枕头搁在她的颈下。

妍儿舒服地嗯了一声，不知在梦乡里做些什么营生。看到这一幕，桑文才放下心来，却依然满是警惕，时刻准备逃走。

范闲似笑非笑地看着桑文，伸出手指做了个嘘声的手势。

桑文眼前一花，下一刻对方便来到了自己的身边，她惊羞交加，扭头便欲逃走，此时却听到耳边低至几不可闻的一个声音："原来姹紫嫣红开遍，似这般都付与断井颓垣……姑娘好生薄情啊，都不记得我了。"

她惊愕地看着这位"陈公子"，半晌后才从对方的眼眸中寻到了那抹难忘的清明与安宁。将眼前这张脸与去年夏天堂上那张脸对应了起来，她不由得张大了嘴，眸子里满是惊喜与酸楚交加的复杂神色，似乎有无数的话想要说。

范闲摇头阻止她开口，到床后在漆红马桶旁蹲下来，运起真气，指如刀出，撕下床幔，揉成一团塞进了中空黄铜做成的扶手后方的眼孔中。

抱月楼果然不简单，背后的东家不仅指望着这些皮肉生意为他敛财，也用心于床笫之间，淫声浪语之中收集京都达官贵人们白昼里绝不会宣之于众的隐秘，如果不是范闲细心，只怕很难发现马桶旁的扶手有什么古怪。

桑文将牙一咬，直挺挺地对着范闲跪了下去。

她为什么会跪，范闲猜到却不会说出来。他坐到椅上，随手扯了件薄被给榻上昏睡的妍儿盖着，说道："我问，你答。"

桑文会意，面带企盼从地上站起，小心地站到范闲的身前，却看了他身后一眼。范闲不想多花时间解释，还是说道："她醒不了，放心吧。"

桑文这才点了点头。范闲没有问桑文原来待的天裳间、抱月楼抢她过来花了什么手段，直接问道："你有没有契书在抱月楼手中？"

桑文确定小范大人有心助自己脱困，连声道："有，不过是他们逼……"

没等她把话说完，范闲继续问道："你今日被派来服侍我，楼中人有什么交代？"他冒充的是江南陈公子，哪有资格让桑文来唱曲。

在桑文看来只有这位京都最红的监察院提司才能帮助自己逃离这个可怕的青楼，才能帮被整垮的天裳间复仇。她毫不迟疑地说道："我偷听到她们怀疑大人是刑部十三衙门的高手来调查前些天的命案，所以派了妍儿这个红牌。"

范闲心想这抱月楼不知是怎的嗅出了味道，却猜错了方向。桑文看他的神情，连忙解释道："您身边那位随从身上有股子官家气息，那味道太明显。"

这说的是邓子越。范闲问道："你能猜到抱月楼的真正主人是谁吗？"

这话里用了一个猜字，是因为监察院有人在帮助隐瞒，桑文不可能知道那位东家的身份，但她长时间在楼中停留，应该能发现些蛛丝马迹。

桑文不清楚他这位监察院提司为什么会对这个感兴趣，仍然用心地回忆道："应该与尚书巷那边有关系。抱月楼的主人每次来的时候都很隐秘，那辆马车却很少换。车上没有徽记，但这两个月车顶上都能看见大树槐的落叶，这种树原产北齐，整个京都只有尚书巷两侧各种了一排。"

范闲看了她一眼，桑文解释道："我幼时在尚书巷住了许多年，所以清楚此事。"范闲继续问道："这楼里的主事姑娘姓什么？"

"应该姓袁。"桑文的回答又快又稳。范闲欣赏地看了她一眼，说道："姑娘心思缜密，可以入我院子做事了。"

尚书巷里住的不是尚书，而是一群开国之初册封的国公，如今陛下驭国极严，这些国公比较安分，却是正经权贵，在朝中颇有影响力。至于那位姓袁的主事姑娘，范闲浅浅一笑，很自然地想起弘成手下的那位袁梦姑娘。

得到了这些有用的消息，范闲又与桑文闲聊几句，从谈话中得知抱月楼果然实力雄厚，初夏的时候楼子才开张，极短时间内便扫平了京都几家敢与争锋的同行，背后的手段冷酷无比，不然桑文也不可能被强逼着入楼。

"过两天，我派人来赎你出去。"范闲不是怜香惜玉，而是信奉交易要平等的道理，院中人拿着名帖来抱月楼要人，想来抱月楼的东家总要给面子。

桑文在抱月楼里感觉朝不保夕，更曾眼睁睁看着从别家掳来的姑娘被楼中打手活活打死，时刻想着脱身，她与范闲有过一面之缘，一词之赐，但无论如何也没有想到去找他，毕竟二人的身份地位相差得太远。不料今日却得了这声承诺，不禁百感交集，泣不成声，对着他跪了下去。

范闲已经受了她一跪，不想再受第二跪，伸手去扶。

此时院外响起一声愤怒至极的暴喝——

"我杀了你！"

随着中年男子的愤怒吼声，房门被击得粉碎，一道身影破风而至，其势猛若惊雷，那蕴含着极大威力的一掌，便向范闲的胸膛上印了下来！

"不要！"桑文惊恐中看清楚那人模样，惊呼而起。

掌风如刀扑向他的脸庞，范闲侧身站着，右手从袖子里伸出，轻描淡写地递了出去。他这一掌看似缓慢，却是稳定带来的错觉，后发先至，轻轻拍在那只满是老茧、粗壮无比的掌上，轻轻一拍，却发出了轰的一声巨响！

那位偷袭者来得快，去得更快，竟是被范闲轻描淡写的一掌震飞，像一块飞石被投石机掷了出去一般！

已经破成碎片的木门再遭一遍打击，那人退势不止，竟是直接撞到了院门上，将那厚厚的木门砸了个粉碎，直接摔进湖里，惊起一大片水花！

范闲负手于后静立堂间，就像是先前没有出手一般。

桑文看着眼前这一幕，又是一声可不思议的惊呼，望向范闲的目光变得无比震惊，心想这么温柔和气的一位大人，怎么拥有如此雄浑霸道的功夫！

她来不及回味范闲的那一掌，提着裙裾，脸上挂着泪痕，便往院外冲去。

范闲负在身后的手上沾了些草泥，知道那人先前一直潜伏在院外的草地上，他微微皱眉，有些莫名地说道："刀王之流，果然都是鲁莽之辈。"

桑文在京都颇有名声，自然也有些痴心护花之徒，这些江湖人士敌不过抱月楼的手段，却想尽一分心力，让桑文不受污辱。那位武者应该是见曲终后桑文迟迟没有出院，心下焦急，又隔窗看不真切，误将范闲搀扶的动作当成了轻薄，才忍不住出手护花。

如此动静，自然瞒不住什么人了，范闲自嘲一笑，往院外走去，此时邓子越早已满脸戾气地站在了他的身边，史阐立估计还在醉乡之中。

范闲有些满意，不只满意邓子越的反应，更满意自己刚才的那一掌。

赴北齐路上的压力，与肖恩的缠斗，在上京外燕山崖上的拼斗，与海棠看似随意实则大有用意的交往，终于让自己修行的无名功诀与世人不同的经脉渐渐融合，武道修为已经到了很稳定可怕的程度。

水波未静，那名大汉沉浮不定，生死不知，夜色浓密，纵有灯光照着，也不能看清湖水里的血色。极短的时间内，抱月楼就反应过来，各处院落里重新响起了欢娱之声，湖里的那位大汉被人用网子捞了起来。

抱月楼的打手聚集到了湖畔，一位半老徐娘面带不安地走向范闲，连声道歉道："保护不周，惊着陈公子，罪该万死。"

面带惶恐，语道万死，眸子里却是一股子试探与寒冷逼人的神色。

范闲看着那妇人眼中一闪而逝的寒光，心知那个大汉是对方故意放进院中的，想来是发现自己堵住了房间内的偷听铜管，干脆把事情摊开。不过对方只以为他是刑部十三衙门的人，没猜到他的真实身份，不然阵仗一定不是这么简单。

昏迷不醒的大汉被拖到众人身前，那位妇人说道："听说楼中来了位谈吐风趣的陈公子，没想到陈公子竟还有一身惊人的武道修为。"

这就是赤裸裸的试探了，范闲却懒得回话，直接往院子走去。院门与房门都已经被击成了碎片，堂间的一切都看得清清楚楚。

那妇人眼中流露出狐疑之色，她们本来以为范闲三人是刑部十三衙门来暗查命案的高手，才用妍儿这个红牌姑娘来伺候着，想趁对方打听消息的时候反过来偷些消息。没料到这位高手竟是看穿了房中偷听的铜管设备，又发现桑文一直没有出来，怕发生什么事情，才安排了这个局。

本以为动静已经整了出来，双方便能说上几句话，讨价还价一番，哪知道对方竟是根本视己等为无物，就这般冷冷淡淡地走了回去！

妇人将牙一咬，满脸堆笑地走了进去，说道："抱月楼护卫不周，惊了客人春宵，今夜之资自然是由楼中负责，还请客人原谅一二。"

范闲面无表情地说道："好了，你们出去吧。"

见他不咸不淡地应着话，妇人反而心急起来，微笑着说道："公子何必拒人于千里之外？出门在外，总需要几个朋友。"

她认定对方是十三衙门的人，说话直接了很多。范闲不是拒人于千里之外，只是眼前这妇人没有与他说话的资格，遂回道："我不是来交朋友的。"

妇人瞧不出他的深浅，试探道："这院门已毁，烦请客人移驾。"

范闲似笑非笑地看了她一眼，坐回榻上，懒得再说话。邓子越沉声说道："我家公子不想再动，你们去摆几个屏风过来。"

院中的动静终于惊醒了史阐立，他系着外衣匆匆走来。院中那些衣衫微乱的姑娘却极有分寸地没进正堂，等在外间听那位妇人与范闲说话。

妇人眼波一转，看着榻上昏睡的妍儿姑娘，心头微动，佯怒道："这该死的妮子居然还能睡得着，冷落客人实是大罪！来人啊！给我拖下去打！"

范闲说道："这是你楼里的人，打死也是你自己的事。不过打死之前，再挑个模样俊俏的姑娘过来，记得，我喜欢丰满些的。"

这话很寻常，却透着刺骨的寒意，他竟是不把刚与自己有过肌肤之亲女子的死活放在心上。妇人周游世间，最擅观人，知晓自己若真的将妍儿在他面前活活打死，这位冷漠的陈公子只怕也不会皱一下眉头，不由大呼晦气，心想十三衙门何时出了这么位人物？

范闲不耐烦了，邓子越看着他的脸色，寒声说道："都出去！"

抱月楼要在京都做生意，那妇人也不能太过分，只得带着众人向院外走去。就在这时，范闲忽然说道："将那个大汉留下。"

妇人说道："这大汉自然要交给京都府处置。"

范闲终于如了她的愿，冷笑道："京都府管得，刑部衙门难道就管不得？"

妇人心中暗笑一声，心想你终于肯摆正架势了，却又听着范闲像使唤下人一般说道："这个叫桑文的我要了。"

抱月楼背后势力何其雄厚，妇人更知道大老板与监察院有些说不清道不明的关系，根本不怕刑部衙门，听着这句无礼的话，冷声嘲讽道："桑姑娘的赎身钱可贵着呢，这位公子……或者是大人，十三衙门虽不是清水衙门，但刑部能拿得出这钱来的除了尚书，也只有两位侍郎了，敢请教您是哪位？"

"哪位都不是，只是我喜欢听桑文唱曲，这几百两银子还是拿得出来的。"范闲此时便要赎桑文出楼，是因为对方已经知晓自己与桑文在房中有过交谈，若再让桑文留在楼中，只怕明天她就会变成瘦湖底下的一具尸首。

那妇人气极反笑，冷笑着连连道："好好好，敢情这位公子竟是拿官威来压本楼了，看来公子真是不知道这京都瘦湖水的深浅。"

"闲话少扯。"史阐立知道该自己说话了，配合着范闲的语气与话头，嘲讽着说道，"桑文又不是军中营妓，依庆律，只要有人出钱脱籍，你抱月楼便得应着，怎么，以为我们拿不出这几百两银子出来？"

连着两句几百两银子令妇人大怒，为桑文赎身少说也要两千两银子，这几个来闹场的人，居然说出这等可笑的数目。一时间，她被激得失了冷静，喝道："客人若是能拿一万两银子来，我马上让你把人带走，这大汉就当附赠的！"

一万两银子可以买十几幢民宅，可以供寻常百姓吃用几十辈子，就算放在富贾满地的江南，一万两银子也是个惊人的数目。妇人料定世上没有人会用一万两银子来买一个姿色寻常，只是歌声了得的歌伎。范闲却是不等她改口，将手一挥随意地说道："这便定了，快将契约拿来。"

此言一出，满座俱惊，就连守在那个大汉身边的桑文都流露出了不可置信的神色。那妇人更是大感荒唐，呆若木鸡一般站在原地。

啪！一声脆响，不知何时有位丽人来到院间，给了那妇人一记耳光，又对着范闲三人微微一福，说道："陈公子果然是位爱开玩笑的风趣人物。"

范闲不认识这位丽人，看着她如柳蛾眉，眸子里的柔媚，唇角绽出一丝欣赏的笑容，总感觉有些不舒服——这位丽人看似柔弱，实则骨子里透着一种无比骄傲的气息，根本看不起眼前自己这三人，想来是那位袁梦姑娘的得力干将。

"不是玩笑。"他敛去了笑容，说道，"一万两银子买人，就这么定了。"

丽人冷冷地说道："抱月楼出千两纹银为公子压惊，就这么定了。"

范闲看着丽人眉间那股子施舍与不屑的样子，带着嘲讽说道："今夜得趣，哪里来的惊？我只是要这桑文和那大汉，你们到底敢不敢卖？"

丽人想不到对方竟是如此不给面子，嘲弄道："难道公子还真拿得出来一万两银子？"此时已经不仅仅是桑文赎身的问题，也不是刑部查案的问题，而是双方比拼势力，丽人根本不相信有人会随身带着一万两的银票。

范闲没有说话，史阐立在旁说道："这个不需要姑娘操心。"

丽人寒声说道："原来……竟是专程来削我抱月楼的面子来了……就算你们今天将她赎了出去，只怕明天也会乖乖地将她送回来！"

这话的威胁意味十分重，范闲又怎么会在乎这些，用眼望着她轻声说道："我今夜给你一万两银票，只怕明天你要乖乖地给我送回来才是。"

那个丽人叫石清儿，是袁梦身边的得力助手。她本以为今夜只是来了几个查案的刑部官差，下属禀报这位陈公子气度不凡，武道高深，才准备与对方妥协——从九月开始，大老板便要求抱月楼安分些，但她万万没想到对方非但不接受，还威胁了过来！向来只有抱月楼威胁人，哪里有人敢威胁抱月楼？她被气得不善，盯着范闲一字一句地说道："你会后悔今天晚上做的事情。"

"赶紧拿契约来。"范闲说道，"被你们整得没心情了，准备回家。"

史阐立知道老师很不高兴，再过几天这家抱月楼估计就要关门。石清儿却不知道，冷笑一声，吩咐下属把桑文的卖身契拿了过来。

"现银交易，你有一万两银票，我就将人给你。"她盯着范闲的双眼，咄咄逼人地说道,"庆律里确实有赎良的条款,但我也不可能把桑姑娘摆在楼子里等你,如果这时候你掏不出现银,说不定待会儿就有旁的买家将她买走了。"

谁会花一万两银子买人?那个随时可能出现的买家只会是抱月楼自己。史阐立取过笔墨,写了份契结书,等着范闲拿银票出来。

石清儿盯着范闲,她这一世不知见过了多少富人,但即便是江南的盐商与皇商,也没揣一万两银票在袖子里的习惯。除非他们是准备在宴席上送哪位高官厚礼,她根本不信眼前这位年轻人能拿出一万两银票。

范闲没有什么动作。史阐立感到意外,石清儿唇角浮现出一丝果然如此的傲慢笑容。范闲笑了笑,对一直安静地站在身边的邓子越勾了勾手指。

邓子越俯身道:"陈公子,有什么吩咐?"

范闲说道:"装什么傻?我身上可没装那么多银子,这是向你借钱来着。"

邓子越面色窘迫,不清楚提司大人为什么如此笃定自己怀里揣着上万两银票,赶紧伸手入怀摸出了个荷包。荷包朴素,里面微鼓。

众人面面相觑,看着他从这个普通的荷包里掏心挖肺般地掏了一沓子银票出来,心疼地数了十张,递给了石清儿!

石清儿手里拿着整整一万两银票,看着范闲平静的脸,完全说不出话来!她震惊地想着,连随从身上居然都放着一万两银子,这到底是哪路神仙?

范闲没有理会对方,轻轻摸了摸一直昏睡着的妍儿姑娘,看似调戏一般。此时妍儿悠悠醒了过来,打了个哈欠,看来这一觉睡得不错。

"走吧。"

范闲起身往院外走去。邓子越扶起那位浑身湿透、生死未知的偷袭者,史阐立扶着那位心神受了太多刺激的桑文姑娘,随他走了出去。不一时便沿着瘦河畔的点点橘灯消失在抱月楼中。

石清儿手指用力，将那十张银票捏得发皱，终是舍不得这一大笔银钱，仔细收入怀中，望着他们的背影恨声说道："给我盯紧了！"

妍儿皱着眉头走上前来，有些昏沉，知道自己不是睡了一觉这般简单，看来那位陈公子果然是一位厉害人物。

石清儿一掌往她脸上扇了过去。谁也没有料到妍儿躲开了，问道："姐姐为何要打我？"石清儿斥道："让你来套话，结果睡了大半夜，没用的东西！"

妍儿看了看四周，猜到发生了什么事情，冷笑着说道："我是没用，但姐姐如果真的能干，怎么会让人把桑姐姐带走了？这事儿您可要向袁大家交代。"

石清儿盯着妍儿那张漂亮的脸，轻蔑地说道："不要以为大老板喜欢你，你就敢在我面前放肆，我事后自然有解决的办法。"

抱月楼一共有两位神秘的老板，石清儿属于二老板派系，下手极为狠辣。据说妍儿是大老板喜欢的姑娘，下属们赶紧退了出去，生怕遭了池鱼之灾。

妍儿说道："别忘了大老板让你们最近安分些，少做伤天害理的事情。"

"伤天害理？"石清儿冷笑道，"在这京都里，我们就是天理。"

妍儿眉梢一挑道："今儿来的估摸着是十三衙门里的厉害人物。"

"狗屁的十三衙门。"石清儿眉宇间杀机隐动，"全京都能毫不心疼地拿出一万两银票来的人物没有几个，把刑部的青石板子全掀翻了、把那些烧火棍都撅折了，都揪不到几星银花花儿。那人指不定是哪位王侯家的世子爷。"

妍儿微微一怔，似乎没有想到那位陈公子有如此身份地位，再回想先前那位公子的"手段"，一时间竟有些恍惚。

石清儿啐了一口，骂道："小骚蹄子别滥发春情，当心大老板不高兴！"

妍儿听着这话也不害怕，冷笑应道："姐姐先前安排我来陪客人，难道就不怕大老板不高兴？"

石清儿冷笑着说道："你陪的那位陈公子马上就要变成死人，有什么干系？"

妍儿眉尖蹙了起来，幽幽地说道："又要杀人？"

"就算顾及他身份，暂时不杀他，也要把那个姓桑的婊子杀了！"石清儿冷笑着说道，"也怪他们运气不好，今天二老板的那帮小兄弟都在楼中玩耍。"

妍儿不知道二老板的身份，却知道二老板的那些小兄弟的背景何其深厚，何等样飞扬跋扈、胆大包天，心想就算那位陈公子是哪位王侯家的贵戚，今夜不会出大事，但他身边那些人还有桑文只怕是死定了，不由得叹道："总这般肆意妄为，哪天朝廷真的查下来，我们这些人只怕都没个活路。"

石清儿轻蔑地看了她一眼，不屑她的胆小，说道："有院里正当红的大人做靠山，有宫里的人说话，咱们抱月楼用得着怕谁去？"

出了抱月楼，桑文满脸泪痕对范闲行了大礼，范闲见不得这种场景，温言安慰了两句，赶紧上了马车，两辆马车沿着抱月楼前那条大街往光明处走去。

马车没走几步，就在一条长街上停了下来，范闲掀开门帘往前看去，毫不意外地看见一群执着火把将长街前后全数堵住了的人。

这些人只有十四五岁，还是些少年，苍白的脸色显示着不健康的生活习惯，身下的高头大马代表着他们的身份。远处的一些家丁伴当毫不在意看着这幕拦街的画面，应该是早已习惯了自己的主子们在京都的大街上行凶。

"车上的人给小爷我滚下来！"领头的那个少年满脸狰狞，眼里闪着兴奋的神色，似乎想到今天又可以杀几个人来玩玩，竟是十分快活。

第九章

抱月楼的东家

"抱月楼的反应很直接啊。"范闲赞赏了一声，又问，"什么来路？"

邓子越的面色有些凝重："这是京都最出名的游侠儿，为非作歹，无恶不作，而且多是国公王侯的后代，向来没有什么人敢管他们。"

"看来抱月楼不仅与弘成有关系，与这些国公关系也不浅。"范闲看着街道两侧掠过的黑影，知道潜伏在暗处的启年小组动了，忍不住摇了摇头。

庆国以武力得天下，当初随太祖打天下的将领后来解甲归田，安居京都，但毕竟功劳在这里，王公之爵封了不少，后几任皇帝也对这些王公颇为照顾。只是对于王府子弟们多有警惕，在科举与仕途上暗中做了不少手脚。

于是这些国公府到了第三四代，除了少数极有才能的，剩下的便是些废物。这些人正是十几岁的年纪，家世富贵，朝廷另眼看待，贪图享受，别无他事可做。年轻热血，便走马牵狗于庭，欺男霸女于市，说不出的嚣张无聊，往往一言不合便会拔刀相向，出手极其狠辣，毫无顾忌。

这些少年自以为己等颇有任侠之风，又养了一批京都里的小混混儿做打手，便将自己唤作"游侠儿"。但在范闲看来，这不过是一群渣滓纨绔罢了，也不知道祸害了多少妇人，手中绝了多少性命。

范闲比这些京都出名的少年大不了几岁，心性却要成熟许多，看见长街上的阵势，便回了车里不想露面，只把事情交给下属去打理。

那些老国公没什么实力，七拐八弯的亲戚关系实在复杂，就连范府与柳国公都是姻亲，这怎么扯脱得开？他不自己动手是最好的选择。

"给我把那辆马车砸了！"领头的权贵少年兴奋地大声喊着催马上前。

他身后很多少年怪叫着向范闲所乘的马车冲了过来，手里提着京都常见的直刀不停地挥舞，就像是一群嗅到了血腥味的小鲨鱼一般亢奋。

桑文怯生生地看了一眼，赶紧收回头来，攥着衣裙下摆，身子微微战抖，却没有发出惊呼。范闲看了她一眼，没有说什么，将车帘拉开一道小缝，看着那些骑马冲来的少年眼中的兴奋神情，像吃了苍蝇一般恶心。

这些年轻甚至有些稚嫩的眼眸已经被兴奋占据，更深处呈现出一种对生命的淡漠、对下贱者的蔑视、对血腥味的变态喜爱。

范闲自幼接触死亡，对剥夺他人的生命也不会觉得很恐怖，甚至很平静。但他很小心地让自己不会陶醉在杀人的过程之中。

他是一个很珍惜生命，很庆幸余生的人。而且堂堂监察院提司，居然沦落到要和一帮纨绔小混混儿当街斗殴，实在很跌份儿，所以他很不高兴。

一声呼哨声响起。

长街两旁的民宅上跃下数名黑衣人，冲进那群权贵少年中间，很快便将对方的队伍冲散。这些黑衣人自然是监察院的探子，出手很有分寸，只是向着对方的马匹招呼，那些少年纷纷落下马来。让范闲一行人感到惊讶的是，这些少年居然没有摔倒在地，虽有些狼狈却依然稳稳地站住了双脚，看来国公府的贵人们对下一代的武力教育还是较有成效。

"我×你妈的！给我砍了他们！"领头那个少年不过十四岁左右的年纪，眉眼间却尽是悍意，看见对方忽然多了几个人根本不惧，与同伴在京都横行久了，他哪里怕过人？手里拿着刀就往身边最近的一位黑衣人身上砍了过去，刀势尽为阴险狠辣。

这个监察院的探子知道这些少年的身份，看见对方胸腹处大开，竟是同归于尽的意思，不禁有些慌乱，侧身一避，左肩便被划了一道血口子。

那少年狂妄地笑道："这些人知道咱们的身份！兄弟们，尽情地杀吧！"

少年们横行街头惯了，心知朝廷的这些官差看在家里的面子上，不敢对自己下死手，而且自己的战力也颇为不弱，一时间竟是将启年小组搞得手忙脚乱。虽有些少年被启年小组的人打晕倒在了地上，但两方竟暂时成了均势。

刀剑之声在夜色笼罩的长街上不停地响着，那些执着火把的国公府下人们也靠拢了过来，他们的脸上带着鄙夷的神色，根本不怎么担心。

范闲看着这一幕，面色沉了下来。启年小组是自己的贴身侍卫，就算武力不如高达那批虎卫，对付这些权贵少年还是绰绰有余，只是这些监察院的探子给朝廷办事久了，对上这些所谓的"游侠儿"有些放不开手脚。明知道下属们是怕为自己惹麻烦，但看着自己的亲信打得如此窝囊，而那些少年如此嚣张，他便十分不爽，就像是前世的时候米兰被利物浦翻盘时的窝囊感觉一样！

"扯淡！"范闲走下马车，有些恼火地骂了一句，声音里挟着霸道至极的真气，瞬间传遍了长街之上的战场。

被分隔成几处的战团被这声惊得暂时停止，启年小组的成员趁着这个机会退到马车旁，已经有两个人挂了彩，鲜血从身上不停地流淌。他们不敢下手太狠，那些少年下手却是太狠，竟是刀刀朝着要命的地方在捅！

范闲面无表情地看着自己的下属，问道："和北齐人打仗的时候，怎么没见你们这么无用？"

下属们低着头，胸膛不停起伏着，心里好生不服气，心想这些小兔崽子哪里是自己的对手，只是……难道自己还能把这些国公的孙子们亲手宰了？

那些少年们正在嚣张地大笑，手里提着带血的直刀，看着车边的范闲等人，就像看着下一刻便要死去的小鸡仔。

"大人，对方的身份有些……但请放心，我们一定能处理得好。"邓子越也已经下了马车，看着范闲越来越难看的脸色，沉声解释道。

范闲气极而笑道："什么身份？我只知道这是一群拦路的小贼，结果你们居然还搞得自己受了伤，传出去不得被人笑死！"

"喂，那小子，说什么呢？"领头的那个权贵少年骑马逼近马车，眉间的戾气更加醒目，"把车里那个小婊子交出来，再让你这些没用的手下自断一条胳膊，今天就放你一马。"

范闲看了他一眼，又转过头来。

那个权贵少年喝道："你这小白脸！说你呢，快把人交出来！居然敢和抱月楼作对，想死啊！还是你想尝试一下咱们新近发明的巨棒之刑？"

那些少年齐声哄笑起来。

范闲理都不理，看着自己的下属继续说道："只要是敌人，出手就要狠，不管是外面的敌人，还是里面的敌人，这个道理难道你们以前没有学过？还是说觉得这段时间跟着我很轻松，以前学的东西全还给老跛子了？"

见他不理会自己，那个权贵少年气得不善，怒上心头，浑忘了抱月楼交代的事情，口里说着脏话，一马鞭就向范闲的头上抽了过来。二人相距有些远，马鞭不过数尺长，怎么也抽不到范闲的头上，应该只是作势恐吓罢了。

范闲抬起了左手。

啊的一声惨叫划破了夜空！

那个权贵少年的马鞭跌落在地上，他抱着自己的手腕，痛苦地不停号叫，一支黑色的弩箭竟是如鬼魂一般射出，生生刺穿了他的手掌！

鲜血滴答滴答地顺着那少年的手掌往下滴，四周的人都傻了眼。天啊，对方居然敢用弩箭！对方居然敢用弩箭射自己！他难道不知道自己这些人的身份吗？

这些少年平日里为非作歹，不少都曾经闹过人命，对生命缺乏应有的尊重，可以说是天性凉薄，被人用这种致命武器伤害自己还是头一遭，震惊之余却是生出了更多的狠劲儿，望向范闲的眼神就像在看一个死人。

"大人！"邓子越也是一惊，生怕提司大人动起怒来，将这群小兔崽子全杀了。真闹出这般泼天大的动静，为了庆国朝廷以及军方的安稳，提司大人再如何受圣宠，只怕也没有什么好下场。

范闲没有理他，收回左手，松开扣在机簧上的手指，目光在这些少年的脸上扫过，发现这些人年纪确实很小，最小的甚至不过才十岁左右。

那些有些稚嫩的脸上满是凶残的意味。

虽然凶残，毕竟还只是些孩子，难怪启年小组的人刚才下手会如此迟缓。

但就算是孩子，这般凶残也是不行。

他压下自己胸中的怒气，眯着眼睛，对面前的权贵少年们说道："拦路者死，你们谁还想做挡在车前的螳螂小胳膊？"

那支恐怖的黑色弩箭只是暂时镇住了这些无法无天的少年，片刻后他们便醒过神来，那个中箭的号叫道："还等什么，给我宰了他们！拉苍山填坑去！"

"你杀过人吗？"范闲忽然问。

那个少年怔了怔，尖声道："像你这种杂碎，老子一天要杀一个！"

二人对话间，那些少年已经冲了过来，满脸的亢奋与残忍。

范闲挥手止住属下拔刀准备砍杀的动作。只见他奇快无比地伸出右手，扼住了迎面一刀那个少年的手腕，手指用力，咔嚓一声，那少年的腕骨被捏碎了，只见他惨号着捂住手腕，倒在了地上。

他掠进另一个少年的怀中，双手搭在对方小臂上，以自己肩膀为支点，往下一摁，咔嚓一声脆响，就像沾了糖浆的红藕，这只柔弱的小胳膊从中断了。

他一个漂亮的回旋踢，却极阴险地将腿放低了些，横扫在一个扑来的少年腰间，力量极大，估摸着这个喷血而飞的少年要在家里躺几个月。

他往前踏了一步，左手一立，砍在来袭之人的颈部。

那人连哼都没有发出一声，就直挺挺地倒了下去。

长街上出现了一只游魂。

他行走在这些如狼似虎、满脸狠戾的少年之间，出手便会让一人躺下，街上，只能听得见一声接着一声的骨折之声，嚓嚓嚓嚓……这个世界上没有阎王，人们觉得这些骨折的声音，就像是索命的小鬼在无情而冷漠地敲打着更鼓。

那些轻蔑而暴戾的叫骂声已经没有了，一道恐怖的气氛随着少年倒地越来越多逐渐向外蔓延着，外围有几个少年已经偷偷地往夜色里溜走。

包括邓子越在内的启年小组都瞪圆了眼睛，眼里满是敬畏之色。

他们也可以将这些少年击退，但肯定没有大人做得如此干净利落，下手又狠又准，既让对方重伤难起，又不至于要了他们性命。

史阐立有些不忍看这些残忍的画面，桑文姑娘却是咬着下唇，眼里有些快意，她知道这些少年曾经做过什么事情，知道这是他们应付的代价。

看似很长的时间，其实只是片刻工夫，除了那些逃走的少年，剩下的人都被范闲用重手法断了骨头，凄惨地倒在街上，哎哟连连的惨呼声不绝于耳。

范闲看着这些流着血，捧着断肢，再也狠不起来的少年，揉了揉刚活动开的手腕，欣慰地想着，小时候跟费先生学的人体构造还没有完全忘记。他转身对邓子越交代道："以后这种情况，别再让我出手了……丢不起这人。"

然后他走到那个领头的权贵少年面前，温和地笑着问道："你是谁家的？"

这少年手掌上还穿着一支弩箭，看到了范闲的厉害手段，竟是毫无惧意，盯着他的眼睛厉声道："有种你就杀了我，不然就等着满门抄斩吧！"

范闲摇了摇手指，对他说道："第一，我不会杀你；第二，满门抄斩这种话只有陛下才有资格说，如果你下次再说这种话，说不定你家就被满门抄斩了。"

他没有兴趣再问什么，示意车夫将马车开了过来。

这时候那些在街头打着火把，为自家小主子助威，聊当麻木看客的下人们才敢走了过来。他们哪里还敢如何，赶紧在满地伤者里寻到自家主子，然后用大黑狗般的眼光，看着那辆缓缓行过的没有任何标记的马车。

范闲一行人上了马车，受伤的两个下属消失在黑夜中。他闭着眼睛养神，就像没有出手一般，车里其他的人见他沉默，也不敢开口。忽然，他睁开双眼说道："这事有些古怪，一个妓院怎么可能使唤得动这些小兔崽子？"

邓子越却在想着刚发生的事应该如何收场，那些少年都是国公府的后代，今夜被整治得如此之惨，待提司大人的身份被发现后，只怕会有些麻烦。

范闲说道："一群落魄公侯，理他们多余，关键是背后的人。"

邓子越请示道："接下来要做些什么？"

范闲说道："明天……你去抱月楼，把那一万两银子要回来。"

马车沿着安静的大街绕了几个弯，街畔民宅上发出一声尖锐却并不响亮的声音。邓子越说道："跟梢的几个家丁被打昏了，一路通畅。"

范闲点点头，说道："你们是王启年亲自挑的人，但履历我仔细看过，跟踪盯梢掩迹样样在行，怎么动起手来却全然没有监察院应有的威风？"

邓子越惭愧道："小组成员大部分是一处和二处的老人，王大人最擅长的就是跟踪，他挑的我们基本上也是侧重于这个方面。今天居然还要劳烦您亲自出手，实在是属下们失职，不过……请大人从六处调些人手，那是院里正宗的刺客护卫，北行路上您瞧过他们的能力，在武力方面实在比我们强很多。"

范闲不愿和那位"影子"打交道。他去看陈萍萍的时候遇见过那位影子刺客现身，对方一直沉默着，但明显可以看出这位监察院六处正牌头目，对自己这个曾经受学于五竹叔的家伙有非常浓厚的兴趣。

这种兴趣肯定不是断袖之类，而是打架的兴趣。所以他有些忌惮与六处打交道，而且论起武力，父亲暗中训练的虎卫似乎比六处的剑手实力更加强横。依照言冰云的推断，自己再过些日子就应该得到这批虎卫，何必着急。

"将抱月楼的所有不法事都查出来。"他忽然说道。

邓子越一惊，赶紧请示道："背后的东家？"

范闲想了会儿，摇了摇头："既然院子里有人在为他打掩护，我们先打外围，把抱月楼封了，那人自然会急。"

他猜到这座日进斗金的青楼一定与世子李弘成脱不了干系，首先是桑文说抱月楼的大娘姓袁，其次就是能够使动这些国公府的小崽子们。

而且李弘成与若若的婚事早已传遍天下，如果说二皇子那方面借此发挥，用自己的名义去压制监察院，也有这种可能。想到这种可能，范闲真的很生气，他不同意这门婚事，更不会允许有人利用这门婚事。

好好的一次公款嫖娼，最后仍然毫无新意地变成了查案与争斗，他有些恼火，看了一眼乖巧坐在旁边的桑文，说道："我让人送你去城外避避，案子结后再回来，不过你先写份东西将知道的事情都列个条陈。"

通过今夜的观察，他知道这位姑娘心思缜密，条理清楚，对调查抱月楼，甚至是以后自己的那些院务都会有极大的帮助。

邓子越不了解范闲对付抱月楼的深意，单纯以为大人是要出气，兼着查一下监察院内部有谁在为对方打掩护。史阐立想得多一些，说道："老师为什么不直接去问沐铁？他是一处代管头目，既然专程提醒了您，应该知道一些内幕。"

范闲闭着眼睛说："沐铁只提醒而不全部说清楚，那这件事情就一定与我……或者与我家有关联。他说一声就足够了，我没必要把他拖进来，而且这么件小事情我自己都搞不定，以后怎么在官场上立足？"

马车里陷入了沉默之中，气氛有些诡异，毕竟先前众人才看见范闲如游魂一般的狠辣出手，此时再看这位神情温和的年轻大人，感觉总有些异样。

去年牛栏街杀人事件后，范闲的武道天赋已为世人所知，但真正看过他出手的人却是少之又少。因为那些人基本都死了，今天这种场景实在少见。

范闲警告过沐铁不要老想着学王启年，当时邓子越也在一旁，但此时看大人心情有些不好，依然忍不住学起了前任，打岔道："大人，为什么先前在抱月楼里……您就笃定属下身上带着那么多银票？"

范闲懒懒地睁开眼，看了他一眼说道："上次崔氏孝敬的两万两银子在你这儿，你说担心手下们乱花钱，一人只赏了一百两，这是三千二百两。然后你给王启年那小老头儿家送了五千两过去，还剩下一万一千八百两。你是个节俭人，吃穿都有公中出，你连监察院三处彭先生儿子结婚也只送了五两银子的红包，事后还心疼地在我面前说了好几次，说要刹刹这种歪风邪气，这样看来，你一个月满打满算顶多用二两银子。你和王启年不一样，一直没有成亲，单身汉一个，这剩下的一万多两银票你能放哪儿去？你这么谨慎的一个人，当然不敢放在家中，自然是要随身带着的。不过节俭归节俭，你家旁边那个小寡妇，既然不肯收进门，该打的银首饰还是打几件，别让一个妇道人家老嘀咕你小气抠门，咱监察院可丢不起这面子。"

如此长的一段话让车厢里的几个人都笑了起来。邓子越窘迫地解释道："大人，这银子的事情，我向您禀报过后才分配的，一百两已经不少了。"

范闲笑道："这么抠门，怎么对王家这么大方？他现在又不是你上司。"

邓子越稍稍沉默之后说道："王大人……毕竟身在北齐，下属总想着，万一有个什么问题，他家里会比较需要银子。"

范闲没想到他会说出这样一番道理来，叹了口气，想着最近北齐的消息说司理理已经入了宫，心情有些复杂。监察院在外面为朝廷拼死拼活，这朝中的皇子权贵却互相倾轧，甚至还想把院子拖进浑水里，实在可恶。

"明天记得去抱月楼。"他对邓子越道，"去亮明你的身份！先前那女子说，我从抱月楼赎了桑文第二天要乖乖地送回去，然而对方竟然连夜来抢人……如此说到做到的敌人，我们要有些尊重，既然说了明天就要把这一万两银子拿回来，那就一定要拿回来。"

回到府里，婉儿看范闲的神情不对，问了几句。范闲也不瞒她，将今夜遇着的事情讲了一遍，当然公款嫖娼在这里自然成了借机查案，正大光明。

婉儿若有所思地说："这里面透着一丝古怪。"

范闲点点头回道："我也这么觉得。"

婉儿长居宫中，对于尚书巷的那些国公府也不甚了解，说道："明天去问问思辙他妈。柳氏自小在尚书巷长大，应该能有些风声。"

范闲心头一动，但很快便推翻了生出来的那个念头。他如今对柳氏有比较全面的认识，这位妇人始终将范府或者说是父亲大人的利益放在第一位，而且行事老辣稳妥，断不会在自己当红的时节来拖后腿。

"那些小孩恶名昭著，你虽然不惧，也要小心些。"

"不用担心我。小时候在澹州，我最想做的事情就是在街上痛打欺男霸女的纨绔子弟。"

婉儿伸手戳了戳他的胸口，笑道："澹州啊，你应该是最大的纨绔了吧？"

范闲没有接话，有些出神地说道："世界上最可怕的不是冷血的杀手，而是那些喜欢杀戮、不问缘由的少年，杀手杀人还有目的，这些少年只是……只是纯粹陶醉于这种刺激。要知道婴儿如果能杀人，那他为了一滴奶水就敢下手，因为那是他最本能的阶段，没有什么负罪感，什么都不懂。这些权贵少年们年纪越小，对朝廷天地越没有敬畏之心，做事就越狠辣，越胆大妄为……一旦松开了这道口子，就和今年江南的大堤一样再也堵不上了。"

长街事件惊动了很多人，负责京都治安事宜的京都府承受了极大的压力。那些横行于街上的小霸王，仗着家世向来行事毒辣，无法无天，这次拦街斗殴落了如此凄惨的下场，实在令人意外。

查案的京都府官差看到那些骨折筋断的少年伤势后，对那位下手的"陈公子"更是感到震惊——对方明显是没有将国公们放在心上，这是哪里来的狠角儿？

范闲的身份不可能瞒过京都所有人。当夜详细情节传出去后，京都府还没有查到那位陈公子究竟是谁，聪明人却从那些黑衣人身上嗅到了一丝熟悉的味道，谁都知道监察院的范提司身边一直有个叫作"启年小组"的亲随队伍。

"让袁梦回来吧。"二皇子温柔地说道，"得罪了范闲，不会有好日子。"

李弘成知道自己这位堂兄弟心机缜密，走到窗边幽幽地说道："谁也想不到范闲会去逛青楼，以他的性情肯定不会善罢甘休。"

二皇子伸手在身边小碟子上捉了颗干果，搓去果皮，送入口中缓缓咀嚼着："范闲查得越仔细，把抱月楼的罪证揪得越实在，这事情就会越有趣。"

李弘成回首望着他，淡淡地说道："从一开始你就是这般设计，只是……为什么要给范闲这个出手的机会？"

二皇子有些失神，半晌后才说道："因为我始终在寻找一个能与范闲和解共生的途径，抱月楼是最后的机会，如果他愿意伸出手来，我会很有诚意地握住……我想给他一次主动握手的机会。"

因为二皇子以及尚书巷那边的缘故，京都府对抱月楼做的事情向来睁一只眼闭一只眼。监察院却没有这方面的顾忌，他们没有权力调查民事案件，但借口查京都府渎职之事，从各个方面寻到了极多的相关信息。

范闲坐在书房里，看着面前的案宗，忍不住皱起了眉头。抱月楼共有两位东家，神秘得很，基本上没有几个人见过。

他知道这楼子的东家一定是位善于经营的高手，但在那些商贾手段之后，还有极黑暗手法——只是上个月就有四个不怎么听话的妓女失踪，现在想来早就死了。楼中的肮脏事肯定更多，什么变态的生意都接。

他的眉越皱越紧，心里越来越寒。不论前世还是今生，世界总是污秽的，只是庆国京都的天空，这种污秽更容易被摆到台面上来。权贵们倚恃着自己手中的权力地位，对庶民不停剥削压榨，抱月楼这样的地方在京都官场来说不是特例，更不是首例，而是所有达官贵人习惯的敛财手段。

对天下的贫寒者，卑贱者，不平事……以前范闲更多的只是做一个旁观者，冷眼看着这世界上的丑恶慢慢发生，或者下意识里不去思及这些——因为他不是救苦救难的观世音菩萨，他自己也从中获得了足够的好处与享受，作为一位既得利益者，作为权贵队伍里的一分子，理所当然只能选择沉默与接受。

沉默与接受不代表能够习惯，纵使他在这个盛着污水的酱缸里待得够久了。

一个抱月楼不足以改变他的理念。他或许会在力所能及的范围内做些好事，赎出桑文，打压一下抱月楼，让那些权贵们做事的时候能顾忌一些，调剂一下阶层之间的矛盾，但他不准备做出雷霆一般的反应。因为雷霆一般的反应意味着否定抱月楼所代表的一切，那就意味着要去挑战整个天下。这种逆天的事情只有叶轻眉曾经尝试过，而他的母亲……似乎……最后还是失败了。

但抱月楼又不仅仅是一间青楼这般简单，他已经嗅到了里面隐着的那些味道，内心深处生出一些非常不好的判断，所以他要亲自再去一趟。

一个阳光明媚秋高气爽的下午，邓子越再次来到了抱月楼。

看到他那张死气沉沉的脸，抱月楼的知客打手们都拥了上来，准备将他当场打成肉泥，但看到他那身死气沉沉的衣服，所有人都吓得退后了半步。

邓子越今天穿着监察院的官服，身份自然不同。抱月楼觉得自家身后也有监察院做靠山，当然不想发生什么误会，便恭敬地将他迎进三楼一间清静的房间。

房间里有一道帘子，看不清楚里面有些什么。帘外是一张青州石做成的圆桌，石清儿满面带笑地说道："原来竟是院里的大人，昨夜实在是莽撞了，早知晓是院里的大人，那桑文双手送上就是，哪里还敢收您的银票。"

说话间，她有意无意地往帘子里望了眼，却根本没有取银票的动作。

邓子越知道帘后一定有人，说不定就是抱月楼那位神秘的老板。他在监察院八年，从来没有做过倚权欺商的买卖，但是范闲逼着他今日一定要将那一万两银票夺回来，他只好再走一遭。见到石清儿的假意，他冷笑着说道："石姑娘好生客气，只是昨夜出了楼子便撞着几匹小狗，今日来问一下，这狗是不是贵楼养的？"

石清儿面色不变，心里有些担忧，昨夜以为对方是十三衙门的人，哪里想到竟是监察院，二东家的那些小兄弟往日里横行京都，竟是被对方打得如此之惨！

因为某个原因，抱月楼断然想不到那位陈公子便是范提司。但她依然不怎么将对方放在眼里，更不会将这一万两银票再吐出来，因为帘后坐的人给了她足够的信心。石清儿不屑地说道："这位大人说话真是风趣，监察院什么时候也管起青楼的买卖来了？这不应该是京都府的事吗？大人如果被狗咬了，当心得病，还不赶紧回家休息，干吗又来楼里照顾咱们的生意？"

邓子越见状，厉色说道："少废话！昨天的事情如果不给个交代，当心爷将你们这破楼子拆了！"他奉令前来抖狠，实在是有些别扭，但长年监察院工作让他的话语间自然流着一股阴寒之意，压迫感十足。

这时帘内有人咳了两声。石清儿将脸一沉，一掌拍到青州石桌之上，发狠骂道："不知道哪里来的泼三儿，竟然敢到咱抱月楼来榨银子！那契结文书写得清清楚楚，你们强行买走了桑文，难道还不知足？你若再不肯走，当心本姑娘将你衣服剥光了赶出门去，让整个京都的人都瞧瞧你的丑态。"

邓子越煞气十足地盯着她的眼睛，双耳却听着帘内的动静，他寒声地说道："看来贵楼真是准备与我监察院为敌了。"

一个青楼哪里有与监察院做敌人的资格，石清儿却出奇的毫不慌张，眯眼冷笑道："休拿监察院来吓人，六部三司吃这一套，我抱月楼却不吃这一套！"

"有种。"邓子越站起身来，看了帘内一眼，便准备离去。

"给我站住！"

帘内那人终于说话了，声音稚嫩，却自有一种居高临下的感觉。青帘缓缓拉开，神秘无比、从来没有见过外人的抱月楼东家终于出现在了世人面前。

邓子越望着帘内穿着淡黄衣裳的那个少年，感到无比的荒谬！抱月楼——京都最大最红最黑的青楼，每天开门迎来送往嫖客、夜夜淫声浪语的妓院，它的老板居然是一个……不满十岁的小男孩儿！虽然这个小男孩儿身份非同寻常，但忽然成了抱月楼的老板，实在是令他感到无比震惊。半晌沉默之后，他终于半屈膝盖，沉声行礼道："监察院直属主簿邓子越，见过三殿下！"

抱月楼的东家竟然是三皇子！

看见这位一直强硬无比的监察院官员服了软，跪到了二东家的面前，石清儿唇角一翘，发出两声鄙夷的冷笑。监察院再厉害如何？还不是陛下养的一群狗，二东家可是皇帝陛下的小儿子！

"这位……邓大人，您还有什么要说的吗？"她嘲讽着说道。

出乎意料的是，邓子越不等三皇子开口，便很自然地站起身来，满脸严肃地说道："本官奉大人令前来问话，姑娘还未回答，回去后我自然照此回禀。"

三皇子看这小官儿居然想就这么走了，一股子恼意冲进了大脑，拿起茶碗就掷了过去。当初范闲回京的时候，在城门处就瞧出这位三皇子年纪虽小，却颇有盘算，但毕竟还是小孩子，没得到意想当中的尊敬，自然勃然大怒。他走上前来，骂道："怎么就想走？怎么不查了？不是要我还你一万两银子吗！"

邓子越沉默不语，监察院再势大也不可能去和一位皇子争。不过范闲昨夜叮嘱得紧，邓子越身为亲信，怎么也不敢给大人丢脸，于是说道："银票之事自然有我家大人前来分说，三殿下，这种声色场所以后还是少涉足才是。"

石清儿愣了，心想监察院果然如传闻那般跋扈，居然连皇子的面子都不给！

三皇子年纪不过八九岁，但生于帝王之家，天生威势，头脑更不简单，只听他冷笑着说道："监察院什么时候成了叫花子？……表哥，你知道这人是谁吗？"

说话间，半拉开的帘子全部被拉开，里面竟是埋伏着一群打手，邓子越神色微凛，知道这些打手的实力，远非一般的混混儿可比。

这些打手的最前面站着两个少年，一个少年满脸狞狠之色，右手被包扎得实实在在，隐有血丝渗出，此人正是昨夜被范闲一弩箭射穿了手掌的那位。

邓子越没有理会这个少年，只是盯着他的旁边，脸色极其难看，甚至比先前发现抱月楼的东家是小小年纪的三皇子更要震惊！他看着那个微胖少年左颊上的几颗麻子，沉默少许后问道："少爷，您也是抱月楼的东家？"

这位微胖少年不是旁人，正是范思辙！

邓子越怎么也没有想到，提司大人要查的抱月楼，竟是他亲弟弟开的！

与骄横的三皇子相比，与那些跃跃欲试的打手们相比，范思辙的脸色苍白无比，眼里除了偶尔一露的灭口狠意，更多的却是发自内心深处的恐惧。

他望着三皇子怒骂道："你这个蠢货！知不知道他是谁？"

三皇子心想你就算是我表哥，怎么敢骂我？大怒道："你敢骂我！"

范思辙今天专门带人来瞧瞧，这些敢断自己财路的官孙子是十三衙门哪些不长眼的小角色，但怎能想到来的竟是监察院的人，心头一动，便知道这件事背后肯定藏着别的问题，他望着三皇子寒声道："你做出来的好事情！"

三皇子与范思辙是正经表亲，年初听人相劝后合伙开了抱月楼，一向顺风顺水，深知这位表哥实在是个商道天才，不明白为什么今日对方大反常态，稚嫩的小脸上满是茫然的神情。此时他心想监察院又有什么好怕的？自己是位皇子，而你亲哥是监察院权力最大的提司，谁敢得罪咱们？

范思辙在心底哀叹一声，望向邓子越问道："昨夜那位陈公子是不是……？"

邓子越看着他，内心深处不知怎的为范闲感到了些悲哀，便点了点头。范思辙一脸木然，似是惊呆了，心里却在极快地盘算，要不要把面前这位邓子越灭了口，自己赶紧从抱月楼里脱身，不然让哥哥知道了自己会有什么下场？

范思辙是个什么样的人？

其实他只是一个常见的权贵少年，拥有极好的家世，是京都很出名的小霸王。是那位在范闲初入京都时，带着满脸令人生厌神情，盯着他看的十二岁少年。当然，他也是一个有些头脑、知道约束自己的伯爵继承人。同时，他还是个常常在麻将桌上流露出天真好胜之意的小男生，也是一位经常捧着账本翻阅，生出一种自己都很难想象的狂热兴趣的天才人物。

一个人会有很多面，范思辙也不例外。天真是他，狂热是他，骄横是他，阴狠也是他，单拿任何一面来看他，都会失之偏颇。

他的父亲是当朝红人、户部尚书范建，他的奶奶是当今陛下的奶妈，他的亲生母亲与宫中的宜贵嫔是姐妹，他的姐姐范若若是京中最出名的才女，马上就要嫁给靖王世子李弘成。而他的哥哥，则是一代诗仙、圣上最宠信的年轻臣子、监察院集大权于一身的提司，天下读书人心目中的偶像。这样的家世，庆国开国以来似乎就没有出现过，这样的环境，会造就怎样的一个少年？

范闲入京前，范思辙就已经是京都出名的恶少，只是那时候年纪尚小，还没有找准自己的人生方向，不外乎是吃吃白食，抢些东西，纵马长街，扮个小霸王模样，而且有若若拿着家法在管着，并没有闹出什么大的事情。但是这种生活早就在他的根骨里，种下了胆大妄为的种子。而范闲入京之后，与若若联手将他整治得老实无比，另一方面，读书入仕的压力却因为范闲的到来而削弱了很多，范闲为他揭开了与一般权贵子弟完全不同的一扇窗。

范思辙终于明白了自己喜欢做什么，自己的将来应该做什么，他要成为当年的叶家女主人那种富可敌国的富商，将自己在经商方面的天才全部发挥出来。

坚定的人生目标，天才的算计头脑，与他一直拥有的权贵霸狠之气结合起来，便成就了如今胆大妄为的范思辙。

既然要经商，那做什么最赚钱？自然是"饮食男女"四字，澹泊书局在少年与庆余堂七叶掌柜的打理下逐渐向着天下扩张，但卖书所得并不大，再说这间书局总或多或少烙印着范闲的痕迹，他不在乎这点，但在乎自己能做出什么事业。恰在此时，宫中的三皇子，他的那位表弟也不甘心天天听太傅讲书，用一颗比同龄人成熟太多的脑袋，开始与范思辙商量弄点什么。一个十三岁，一个只有九岁，这样一个奇异的组合造就了如今京都正当红的抱月楼。

这两人的背景实在是太过特殊，这种看似幼稚的组合却带来了意想不到的结果，官府的阻力理所当然地成了助力。当范思辙"惊喜"发现李弘成与流晶河那边的青楼生意有极紧密的联系时，更是毫不客气地从李弘成手上"借"来了红倌人袁梦。

以范思辙的经营眼光，以袁梦对行业的了解，以三皇子的权势，不到两三个月的时间，抱月楼就扫清了整个京都行业，至于在这个过程里死了多少人、坏了多少良家女子清白，却根本不在他们的考虑范围之中。二人年纪虽小，但身为权贵谁会在意刀板上血肉的死活？而且少年横戾，行起事来更是无所顾忌，这正是范闲那夜与婉儿说话时最担心的一方面。

不过范思辙依然有所畏惧，所以抱月楼真正发端是在范闲奉命出使北齐之后的那个月，几个月过去，抱月楼已经稳稳在京都地面上扎了下来，他内心深处的担忧才少了些，心想以后就算兄长知道自己在做妓院生意，也木已成舟。但他万万没有想到的是，兄长出使北齐半年，朝中局势竟发生了如此重大的变化！

春天的时候范家与靖王家还关系密切，是朝官们眼中的二皇子党，范思辙并不认为自己与李弘成这位未来姐夫交往有什么不妥。可自打范闲回京后，令他目瞪口呆的是，自家竟然好像和二皇子杠上了！

身为大臣子弟，范思辙不以为自己开个妓院会让兄长生多大气，但天生的敏锐感让他清楚，如果兄长知道自己与二皇子走得太近，肯定会非常生气。所以从九月里，他就开始吩咐抱月楼的属下行事低调些，他也急着从这门生意里脱出身来，所以最近忙得屁滚尿流，但不知道老三那个小机灵鬼是受了什么人的指使，竟是一直躲在宫里，硬生生将事情拖到了今天！

范思辙在府中见过邓子越，知道此人是范闲的亲信，一瞬就打消了杀人灭口的念头，颤着声音说道："你回去吧，这件事情，我自己和他交代。"

邓子越看了他一眼，深深一礼，便离开了这间房间。

三皇子稚声骂道："就这么放他走了？这么个小官都敢欺到我的头上来！"

范思辙暗叹一声，神不守舍地坐了下来，手掌下意识地摩挲着青州石桌光滑的桌面，看了一眼那个叫石清儿的姑娘，忽然说道："妍儿在哪里？"

石清儿被眼前这一幕弄糊涂了，心想大东家怎么会怕监察院的官员？她不清楚这其中的复杂，强笑着说道："妍儿在后阁里休息，您要这时候见她？"

十三岁的范思辙眼中现出一丝只有成年人才会有的狠色，很快就下了决定，沉着脸说道："没事，一切照旧。"

他在心里快速盘算着应该怎样处理残局，父亲知道这件事情一定会打死自己，母亲当然疼自己，甚至可以说动宫里的宜贵嫔出面向哥哥说情……可是自己那哥哥连长公主的面子都不给，怎么可能被宜贵嫔说动？他心想还是只有去求姐姐和嫂子，只要这两人发话，大概哥哥不会对自己处罚得太狠。

"我有事先走。"范思辙冷冷地盯了一眼三皇子，知道这里面一定有古怪，便说道，"以后这楼子我就不来了，该我的那份儿你三个月内算清楚。"

三皇子嘻嘻笑道："有二哥和你未来姐夫撑腰，怕什么？"

范思辙理都不理他，对石清儿说道："如果你想活，那一万两银票你马上给对方送过去！"

石清儿畏畏缩缩地应了声，终于明白自己昨天夜里得罪了不该得罪的人。

抱月楼靠着湖那面的三楼包间里，范闲看着湖面上的舟儿、鸟儿、

190

人儿。手指轻轻在桌上叩响着，没花什么精神，就已经理清了所有的头绪。

这间妓院的老板是思辙和老三，那京都府自然不会查，监察院看在自己的面上也不会为难，说不定一处那些人还在怀疑这家妓院的真正老板是自己，哪里敢打小报告，帮着隐瞒还来不及！也亏得沐铁胆子大提了两句。

他苦笑一声，饮尽杯中残酒，思辙最近的行迹有些诡异，自己这个兄长确实不称职，还平白无故训了若若与婉儿一顿。却哪里想到，在这个男尊女卑的世界里，范思辙要在府外做什么坏事，她们身为姐姐和嫂子又如何能管得到？

二皇子那边的打算，他也非常清楚。

春天的时候，他与二皇子的关系还算不错。二皇子通过老三与思辙一起做这见不得光的生意，一方面是想多条财路，另一方面是想通过这间小楼子，将双方的关系拉得更紧密一些，当时瞒着自己说不定还以为是在卖自己人情！

前世曾经有过同嫖的真义，那同开妓院迎嫖客又是怎样的交情？双方如果真的有如此深切的利益关联，再想撕脱开就不容易了。

局势却在他回京后发生了微妙的变化，想来二皇子也很意外于此。在当前的情况下，本来是用来加深双方情谊的抱月楼却成了强扭瓜秧的绳子！

范闲想继续动二皇子，就必须考虑抱月楼的存在，范思辙在里面扮演了很不光彩的角色，仅凭监察院如今查到的证据就足够封了这间妓院，治范思辙的重罪！就算他凭范家势力逃了庆律，此事也会成为二皇子那边攻击的弱点，对自己以及范家来说都是很难承担的结果。

他现在在朝堂上站得如此之稳，除了神秘的身世，这两年谋取的名声也是很重要的原因。范家和三皇子合伙开妓院？对方赤裸裸地把污水泼到了彼此的身上，所谓一荣俱荣、一损俱损，一美俱美、一脏俱脏，便是如此。

范闲可以不在乎自己的清名，但必须在乎范思辙的命运，必须在乎父亲的态度，陈萍萍曾经无数次强调过，自己亏欠了父亲许多许多。而且目前看来，这件事情并不难解决，只要自己稍微释出一些善意，抱月楼的事情就会全盘被遮掩，自己有足够的时间处理范思辙与此事的关联，所要付出的……只是伸出手去握一下，这似乎是最简单，对双方利益最有好处的选择。

　　但范闲不会与二皇子握手，就算这只手代表的是和平，表现出足够的诚意，姿态也摆得足够小心翼翼。因为他可以容忍有人用自己的名声要挟自己，但不能容忍有人用自己的兄弟要挟自己。二皇子再如何机谋百出，依然忽视了很重要的一点，他总是习惯于从利益的角度去判断事情，从一位朝臣的角度去判断范闲，却忘了有很多事情早已超出了利益盈亏的范畴，而范闲比所谓的臣子要狂妄太多。

　　邓子越已经上了马车，离开了抱月楼。

　　范闲略感安慰，弟弟终究还没有坏到不可救药的地步，他负起双手，推门而出，走到那个房间的门口，轻轻推开那扇门。他看着房内诧异的众人，看着一脸震惊与害怕的范思辙，轻声说道："跟我回家。"

第十章

家法

抱月楼的护卫已经昏迷在门外，范闲一个人孤零零地站在房门口，面无表情地看着自己那个年仅十三岁的兄弟。

直到此时房里的打手和少年们才醒过神来，有人不识范闲身份，脸上现出紧张神色，那个右手受伤的少年认出此人就是昨夜的陈公子，尖叫一声，带着几个人就往上冲！范思辙来不及想什么，反手将自己手上的茶壶狠狠地砸了下去！

砰的一声脆响！冲得最快的、第一个经过范思辙身边的打手，头上挨了重重一记，闷哼一声就倒在了地上，头上冒出了血。

范思辙手中的茶壶也碎了，热气腾腾的茶水溅在他的手上、地板上、那人的身上，不停地散着热气。他惊恐地看着门口，握着半片残壶的右手忍不住微微战抖着，就连说话的声音都变了调："哥，你怎么……来了？"

大老板怎么反手把自己的手下砸晕了？众人震惊地望着范思辙，年纪小小的三皇子面露天真疑惑之色，望着范闲。有些脑筋稍快一点儿的家伙，终于想起了那声称呼——抱月楼如此嚣张，靠的就是监察院的范提司吗？难道门口这位年轻人就是自己的大靠山小范大人？

范闲眼帘微垂，问道："回不回？"

范思辙不及思考自己马上将要面临的下场，咬咬牙，胖胖的脸颊上赘肉微抖，半晌憋出极低落的一个字：“回。”

他低着头走到范闲的身边，就像个做错了事情的孩子。范闲偏头看着他，发现小家伙这两年长了不少，快要到自己的耳根了，在心底叹了口气，说道：“第一，你做错了事情；第二，你不是个孩子，所以不要在我面前装可怜。”

“是。”范思辙低声回了一声。

范闲寒冷的目光扫过众人，发现有几个是昨天夜里出现的权贵少年，只是逃得快没有受伤，另外还有几个人的脸有些印象。

“见过大表哥。”

“请大叔安。”

“闲爷爷。”

愁眉苦脸的抱月楼大股东小股东们，可怜地走到范闲面前行礼请安。听着这些人自报家门，范闲心里的愤怒与自嘲不停交织——这他妈的叫什么事，查案子最后竟查到了自己身上！眼前这些人说起来和自己居然都有亲戚关系，不是范氏族中的人，就是柳氏国公府的关系。

他压下怒意，拎着范思辙的衣领像拎着一只小鸡，走出了房间。三皇子似乎刚回过神来，露出甜甜的笑容，惊喜无比地叫道：“小范大人……大表哥！”

范闲回头望向这位年纪最小的皇子，温柔地微笑道：“三殿下，永远不要尝试在我面前扮演人小鬼大……我没有和你这种小屁孩儿说话的兴趣。”

满座俱惊，敢在公开场合骂皇子为小屁孩儿的人……范闲肯定是庆国开国以来的第一人！众人震惊于范闲的大胆，心想就算陛下再宠你，但你毕竟是位臣子，怎么敢对皇子如此不恭敬？三皇子也自愕然，气得嘴唇直哆嗦。

范闲笑得更加温柔：“这小嘴儿抖的，唱戏不错。”

三皇子险些气昏过去，但想到母亲说过，这位大表哥温柔微笑的时候就是心里不痛快到了极点的时候，千万别去惹他，这才咬着小牙没有接话。

抱月楼的知客打手们听到动静，才知道昨夜大闹抱月楼的陈公子就是如今正当红的小范大人，自然没有人敢上前生事，眼睁睁地看着，内中各自惴惴。

那些不了解情况的姑娘们却窃窃私语着，眉眼间带着兴奋，传播着刚刚收到的小道消息，被人像小鸡仔一样揪着的小胖子就是自家楼里最神秘的大老板？看模样不像传说中的阴狠角色啊？揪着大老板的漂亮年轻人又是谁呢？

范闲瞥见那个叫作妍儿的姑娘，姑娘眸子里有些担忧。

走出抱月楼门口，安静的长街两边各有一辆马车。

范闲的马车在西边，东边那辆马车上也没有标记，车帘微微掀开，世子弘成露出那张满是歉意、早没了平日笑容的脸，伸手向他打了个招呼。

日头正往西边移着，光线昏艳艳的让人好不自在，透过秋天里没了树叶的光枝，映在范闲的脸上，他似乎被刺了一下，有些烦躁地眯了眯眼。

藤子京不知道从哪里冒了出来，低声道："老爷知道少爷还有事情要谈，让我先把二少爷接回去。"

范闲点了点头，说道："待会儿还会有些族里的人进府，你让家中的护卫都打起精神来，一个也别让他们溜出去。"然后他看了一眼面色发白的范思辙，说道，"谁要是再敢偷溜出去，直接把腿打断！"

藤子京感受到少爷此时的火气，不敢大意，恭谨地应道："老爷发话了，这件事情由少爷您自己处理，今天闭府，等您回去。"

范闲点了点头，往李弘成乘坐的马车那里走去。范思辙在他身后哭丧着脸喊了一声哥，却得不到回应，只好老老实实地上了马车。

来到那辆车旁，范闲说道："这么急着接袁姑娘回流晶河？"

李弘成苦笑一声："没想到袁梦的事情也瞒不过你。"

范闲应道："你知道我是做什么的，这种事情想瞒过我，本来就是件难事。"

李弘成请他上马车。范闲摇摇头，瞧见宽敞的马车里除了那个浑身丰润、微低着头的袁大家，还坐着另外一个人。

那位高贵的人物正半蹲在座椅之上，用一种温和而诚恳的目光看着范闲。

范闲眼瞳微缩，马上恢复了正常，行礼道："见过二殿下。"

"春天的时候，你我之间并没有这般生分。"二皇子薄唇微动，清亮的眸子里流露着一种惋惜的神色，缓缓说道，"怎么忽然变成现在这副模样了？"

范闲笑了起来，回道："或许范某人有些不识抬举吧。"

二皇子默然，片刻之后说道："此处不方便谈话，范大人可否移驾详叙？"

范闲收敛了笑容，摇了摇头："急着回家收拾那不成器的孩儿，没有时间。"

"我只是路过而已。"二皇子微笑地望着范闲，说了一句大家都不会相信的话。

抱月楼的案子查与不查，与他都没有什么关系，如果范闲要查下去，终究还是范府自己损了脸面，丢了利益。如果不查自然是最好的结果，大家各自有一只手在同一个碗里夹菜吃，范家以后在官场上总要对他"包容"一些才是。

在内库有不保之虞的今天，二皇子自然很在乎这间青楼所带来的银钱，但与能否拉拢范闲比起来，银钱就真的只是件极小的事。

范闲叹道："查案子查到自家头上，让二殿下看了场热闹，实在丢脸。"

二皇子叹道："抱月楼的事情太复杂，除了老三那浑小子，有七成股是在范思辙的手上，你们毕竟是亲兄弟，能不管的事情还是放手吧。"

二人说话隐有所指，彼此心知肚明。

"他哪里有这么多钱去当大老板？"范闲摇头苦笑着。

"弘毅公家的两位孙子……也出了不少钱。"二殿下似乎好心提醒道。

弘毅公就是柳国公，范闲沉默了会儿，道："看来这案子还真不好查了。"

二皇子知道不查案就代表了范闲愿意暂时和平的态度，脸上的笑容显得格外真切："虽然大家身份地位不一样，其实都是在京都里捞生活的可怜人，你如今是府上的顶梁柱，总要为下面这些子侄们做主。"

"不瞒殿下，我也不是一位忠于律法的清官。"范闲盯着二皇子的眼睛说，"更何况殿下将所有细节都算得这么清楚，哪里还由得我不让步呢？"

二皇子心头一凛，因为他知道范闲向来不是一个会示弱的人。

果不其然，范闲面无表情地拍了拍双掌，只听得马车后方的抱月楼里顿时响起了一阵喧杂声，人仰马翻声，桌椅倒地声，楼里姑娘们的惊恐尖叫声！

李弘成面色微变，不知道范闲带了多少监察院一处的人手，说道："安之，说句实话，你就算把这事治成铁案，也不可能伤到我们，何必折腾呢？"

世子倒真是个直接的人，范闲这般想着，微微地嘲讽道："我乐意不行？"

见他依然拒人于千里之外，二皇子再有涵养，心头也渐渐凉了起来，盯着范闲的眼睛说道："不过是些小孩子们的事情，你不要太认真。"

范闲知道抱月楼的买卖远远不够打击一位皇子，更何况从明面上看二皇子和这家妓院一点儿关系都没有，从袁梦处顶多也只能牵涉到弘成，他面无表情地说道："思辙是我弟弟，该怎么管教是我的事。只是您也要管一下自己兄弟了。"

弘成终于忍不住摇头说道："安之，你不要误会，抱月楼的买卖确实是那两个小子在弄，袁梦过来帮忙我知道，可我与二殿下并没有插手。"

"有时候，不插手，只是看着这件事情发生，就是很妙的一步棋。"范闲似笑非笑地望着弘成，"而且我根本不相信范思辙有能力查到袁梦与你的关系。"

抄楼还在继续，抱月楼里一片鸡飞狗跳之声，二皇子微微挑眉，心想难道你范闲真的铁石心肠如此？为了维护自己的名声和打击自己，竟连亲弟弟与族中众人的生死都不管？范闲猜出他在想什么，自嘲地说道："殿下算无遗策，我是不敢查抱月楼的，毕竟我不可能亲手将思辙送进京都府去。"

只要双方能够保持目前的和平，范柳两家牵涉到抱月楼里的人就可以不用迎接京都府的压力，就连范闲自己都觉得二皇子这一手玩得漂亮。下一刻，沐风儿远远打了个手势，他知道没有找到账册，不由得挑了挑眉。

二皇子明白了他想做什么，微微一笑，心想抱月楼是范思辙开的，这件事情你怎么也洗不干净，如果你不想把事情闹大，就只有接受自己的条件。

范闲忽然说道："抱月楼会继续营业下去。殿下应该明白我的意思。"

二皇子内心深处生出了强烈的不安，他知道范闲这种不好控制的人，一定不会被这么一间妓院捆住了手脚，不知道对方接下来会有什么样的手段。

范闲话锋一转，说道："说来弘成这事做得不对，你自己在外面眠花宿柳，我不忍心告诉若若，指望你婚后能收敛些，结果你知道思辙做这些见不得光的生意，却不告诉我们。就算我当时出使不在京都，难道你就不能告诉若若？怎么说再过些天，你就是思辙的姐夫……你实在是令我很失望。"

二皇子他再如何精明，也听不出这句话的隐意。李弘成内心有愧，更不知范闲准备利用这件事情做些什么，达到什么目的。

二皇子有些担心被监察院真查到弘成与这楼子的关系，说道："可以让你的手下停了吧？监察院干涉政务，这可是陛下严令禁止的事情。"

范闲微笑着说道："殿下，我只是奉父命来妓院索回几个流连青楼的无用亲戚……当然，动用一处人手算公器私用。朝中大人经常喊吏员帮着搬家，我的这些下属只会打架，喊他们来帮忙抓几个亲戚，不行吗？"

他把这件事情扣在"亲戚"二字上，二皇子还真不好说些什么。

抱月楼里的声音渐渐平息，监察院一处官员揪出了七八个人，都是范柳两家的亲戚，和抱月楼的事情牵涉得极深。最后有个满脸戾狠的少年被打下台阶，浑身伤口，就是昨天夜里想杀范闲的那个。范闲看着那些满面惶恐、一脸颓败的亲戚，牙齿缝里透着寒气，厉声说道："都给我好生送回府上！"

他转身又对二皇子柔声说道："殿下放心，答应你的事情我自然会做到，但这些人我是要定了……庆律不方便，好在还有家法。"

二皇子心说你再怎么动家法，也不可能遮掩住范家持着抱月楼的股，便不会与自己撕破脸，由你自己出气去。没想到范闲接着说道："昨天夜里埋伏我的人，麻烦殿下带个话，以后在京都街上别再让我瞧见了，就这样。"

监察院的人撤走了，京都府的人前脚接后脚地来维持治安，一切似乎都回复了平常。范柳两家依然拥有着抱月楼多达七成的股份，范提司与二皇子在亲密地对话，似乎京都就要太平了。

二皇子看着范闲平静的面庞，难以自禁地生出一丝佩服、一丝赞赏，抱月楼的事情足以令大多数人愤怒，范闲却表现得如此平静，接受自己和平的建议也是毫不拖泥带水，实在是一位善于判断局势、勇于做决断的强者。

当他看着范闲熟悉的笑容时，更有些不安与亲切，总觉得对方和自己极相似，虽然对方是臣子，但心中依然有种强烈的冲动，想与对方深切地交谈一番。

"弘成你先走吧，我与范大人有些私己话想聊聊。"二皇子竟是毫不在意街上人群的眼光，从马车上走了下来。

范闲有些意外,对方身为皇子之尊亲自下车,自己似乎也只有听着了。李弘成略带歉意地看了他一眼,坐着马车驶离了抱月楼这个是非之地。

二皇子踩着锦鞋踏上街面,伸了个懒腰,在远处人群的窃窃私语之中,领着范闲走进了一间茶水铺,早有跟班清场,只有他与范闲两个人相对而坐。

范闲端起碗来喝了一口,有些意外地挑了挑眉头,抬眼看了他一眼。

二皇子笑着说道:"我知道你好这一口,每次去弘成府上,都会讨些酸浆子喝。"接着他温和地说道,"抱月楼的事情,想来范兄一定很恨我才对。"

范闲微微一笑:"我不是圣人。"

二皇子摇头道:"最初你弟弟与三弟商议做生意,我确实就知道了,还在暗中帮了一些……但你不要误会,那时候朝中都以为你范家与我交好,我自然也不可能是存着要挟你的念头,只是想为双方寻找一些共同的利益所在,让彼此关系更密切一些。谁知道如今竟成了下作手段,实在非我所愿。"

范闲事前就已经判断出对方的想法,并不意外,听他自己承认手段下作,一时却有些不知如何接话,说道:"殿下对于臣……还真是青眼有加。"

二皇子说道:"我一直很看重你,你应该很清楚……所以我很不明白,你为什么回京之后,要针对我。"

范闲笑了笑,说道:"我是位臣子,针对殿下能有什么好处?"

二皇子盯着他的双眼,缓声说道:"所以我要你告诉我原因……我知道你不可能甘心做太子的一颗棋子,真的不明白你到底是怎么想的。"

没有想到这位皇子竟然如此开诚布公、光明正大,范闲略感意外,脸上浮出一抹清明笑容,轻声道:"殿下真的不明白?"

二皇子看着他的双眼,轻轻摇了摇头。

范闲微微偏首,用指关节叩着木桌的桌面,忽然开口说道:"牛栏街。"

二皇子默然,半晌之后说道:"此事是我的不是。"

说完这话，他站起身来向着范闲深深鞠了一躬！

一位皇子竟然向一位臣子行礼赔罪！

范闲却没有露出二皇子想看到的神情，说道："殿下毕竟是殿下，臣子毕竟是臣子，攸关性命的大事，殿下或许以为你亲自开口道歉，便已经是给足了我交代，我身为臣子就应该感激涕零，大生国士之感？"

二皇子深吸了一口气，强行压下胸中已经多年没有出现过的愤怒情绪，寒声说道："小范大人要如何才能修补你我之间的关系？"

范闲说道："上一轮查案你清楚是为什么，谁让我那丈母娘老瞧女婿不顺眼，一会儿是刺客，一会儿是都察院的。我明年要接掌内库，少不得要和信阳方面起冲突，殿下如果肯应承我一件事情，我不敢担保有所偏向，但至少以后在京中，我会让监察院保持相对公允的态度。"

二皇子心头一凛，这几个月他的人被监察院盯得死死的，钦天监监正等人更是倒了大霉，范闲说可以让监察院改变态度，他哪里不会心动？

"提司大人请讲。"

"殿下如果能和长公主保持距离，我许你一世平安。"

二皇子断没想到对方竟然提出如此荒谬的条件。许自己一世平安？真是何其狂妄大胆之至！他终于忍不住了，寒声说道："范提司这是耍弄我来着？"

范闲说道："殿下有诸般不解，我也有诸般不解，这龙椅莫非就真的有这么好坐？殿下喜好文学，淑贵妃是雪一般的人物，怎么会看不穿这其中的关节？"

茶铺内静无一人，这番对话不虞被旁人听去，但听到如此赤裸裸的话，二皇子的心脏还是不争气地战抖了一下，这个世界上有很多事情是只能做不能说的，就比如自己对皇位的想法，谁知道这人竟轻描淡写地说了出来！直到这时二皇子才知道范闲的胆子究竟大到了何等程度，也越发不清楚他到底凭什么！

二皇子盯着范闲的脸，冷冷地说道："我身不由己，这把椅子想抢得抢，不想抢……还是得抢！不然你以为我不想去太学里修书？"

范闲盯着他的眼睛说道："难道有人逼你不成？"

也许是被他的大胆激起了血性，二皇子冷笑道："当然有人逼……从我十二岁那年起就说我贤德兼备，将来做个亲王委屈了。十三岁的时候就封我为王，十四岁的时候就在宫外修了宅子，表面上是将我赶出宫去，实际上是给我自由交纳群臣的机会！十五岁的时候，就让我入御书房旁听朝政之事……而在这之前，只有太子才能有这样的待遇！

"我不想争！但这些事情一件一件地做出来，我能如何？难道东宫会认为我并无夺嫡之念？太子当时年轻，看着我的眼神却是那般的怨毒……我们是亲兄弟啊！他不过十三岁的时候就已经想杀我了！就算我能说服太子，那皇后呢？她难道肯放过我？是那个人把我推到了这个位置上……"

二皇子的眼神像冰封着的寒火，令人不寒而栗："我要保护自己的母亲，我要保护自己的性命……怎么办？既然他想让我争，那我就争给他看！"

能逼二皇子走上夺嫡之路的当然只有皇帝陛下。范闲沉默了一会儿，说："或许他只是用你来当一块石头，一块用来逼迫太子成熟的磨刀石。"

二皇子望向茶铺外的街道，沉默片刻后说道："早就清楚了。同是天之骄子，谁会甘心做一块将来必碎的磨刀石？所以我要争下去，万一将来真的争赢了……能看到他后悔的样子，我会比坐上那把椅子更开心。"

范闲说道："如果有人想推你下河与人比赛游泳，你最好的反抗是拼死不下河，大不了回身和身后那人打一架……而不是下河去把比赛的对手掐死。"

二皇子满脸震惊地看着范闲："你这话……迹近造反了……"

范闲无所谓地摇摇头："殿下今天说的大逆不道之事……也不比我少。"

二皇子静静地看着范闲，半晌后忽然说道："帮我，范闲。"

范闲冷静乃至有些冷漠地摇了摇头。

"为什么？"二皇子不解地说道，"将来你总是需要选择一个人的。"

范闲和一般的臣子不同，根本不想做出选择，只是心惊于那位庆国陛下铁血无情的教育方式，并对此渐生警惕，他又说道："不要和长公主走得太近。"

二皇子自然不会答应他的请求。

范闲叹了口气，知道对方虽然心动于自己的力量，但依然更信任长公主。不过这样也好，以后自己在对付这位二殿下的时候，心肠会硬一些。他看着对方的眼睛说道："就算不发生抱月楼事件，我也会将你打落尘埃……"

二皇子露出戏谑的神情，觉得范闲的自大有些过界。范闲没理会他的眼神，继续说道："因为这或许是让你……和弘成活下来的唯一办法。"

听出他语气里的怜悯与鄙夷，二皇子霍然起身，冷冷地盯着范闲的双眼。

范闲平静地说道："殿下，永远不要以为自己能够控制一切。"

一切，自然也包括抱月楼。茶铺里气氛急剧降温，自铺外缓缓走来八个穿着一模一样的人，每一个人身上都带着极凛冽的杀气！

有人像是一把刀，有人像是一把剑，有人像是一柄开山的巨斧……一往无前。

二皇子微笑着说道："我看重你，不代表我必须需要你。"

"甘、柳、谢、范四大将军，何、张、徐、曹四大君子，传说中二殿下手中的八家将，原来生的就是这副模样。"范闲起身说道，"我手下那个启年小组可打不过殿下这八个人，所以就不喊出来现眼了……不过有句老实话还是得说。殿下，手下再多死士，对大势根本没有任何用处，不然陈萍萍早就当皇帝去了。"

哈哈大笑中，范闲丢下这句叛逆无道的话，便向茶铺外走去。出铺之时，他看似意态适然地穿过那八名二皇子最得力的家将，只是在甘谢二将之前微微耸了耸肩，在徐曹二君前挥了挥手，一道淡淡的气息，与八人体内蕴而未发的杀气一触即分，便瞬间沿着茶铺的木柱往上发散，与铺外的秋日下午阳光混在了一处，再也寻不到一丝踪迹。

二皇子微微皱眉，不知道为什么今天会忽然在范闲面前失了态，说出了许多一直隐藏在心底最深处的话。他深吸了一口气，清秀的面容上闪过一丝肃然，寒声说道："如果将来有一天，需要杀了他，你们需要几个人？"

谢必安缓缓将剑收回白色衣袖中，木然道："属下一人足矣。"

范无救一张黑脸，摇头道："八将齐出，都不见得能留下这位小范大人。"

二皇子心想这个范闲，还真是个看不透的角色。他旋即想到，经由抱月楼一事，对方至少在短时间内不会对自己出手，遂摇摇头不再多想。

范闲仔细用清水洗去了指间残存的淡淡迷香，有些失望，刚才那番谈话虽然诱出了二殿下的些许心声，却没有什么有用的信息，对他与长公主的安排还是没有了解。再说自己又不是知心大姐，知道这些事情，没有什么用处。

车到范府，他一跃而下，穿过角门，快步走到后园，对路上那些范柳家族成员视而不见。来到书房，他稳重地用双手推开房门，然后一脚踹了出去。

书房里一声惨叫！根本不知道发生了什么事情的范思辙，被这一脚踹成了一个圆球，狠狠地砸在了太师椅上，将椅子砸成数截！

范府庭院阔大，书房就有三个，这间书房靠着园子，是防备最松，也是下人能靠近的一间，骤闻得一声杀猪般的惨叫响起，园中众人不由悚然惊起。

一声惨叫后，书房里立马响起两声女子的尖叫。范若若与林婉儿花容失色，上前死死拉着范闲的胳膊，生怕他将范思辙再踹上两脚，那就会活活踹死了。

范思辙被藤子京领着老爷的命带回范府之后，急得像个热锅上的蚂蚁，好不容易才觑了个空，求思思姑娘偷偷给嫂子姐姐递个口信，请她们速速过来。姑嫂二人不知道发生了什么事情，进书房后听着范思辙连呼救命，还打趣了几句。这时候，眼见范闲那端心窝的狠命一脚，才知道事情肯定闹得挺大，顿时两张小脸都白了，略带一丝畏惧地看着范闲生气的脸。

"放手！"范闲的声音就像是被三九天的冰浸了一整夜般，冷飕飕地带着寒风，"刚发生的事父亲已经知道了，谁也别拦我，我不会把他打死的……"

范思辙趴在地上装死，偷偷用余光瞥了一眼，发现哥哥表情平淡，又说不会将自己打死，心里略松了一口气，不料接着却听到范闲的下一句——

"我要把他给打残了！"

说话间，范闲强行抽出双手，来不及找家法，直接抓住书桌上的茶碗，劈头盖脸地砸了过去，一声脆响，盛着热茶的茶碗不偏不倚地砸在范思辙的脑袋旁边！

热茶四溅，碎瓷四溅，范思辙哎哟一声，被烫得一痛，脸上又被刮出几道血痕子来。他再也不敢躺在地上装死，一跃而起，躲到林婉儿身后，一面哭，一面号道："嫂子……哥哥要杀我！救命啊！"

林婉儿看着小叔子一脸血水，吓了一跳，赶紧将其护在身后，把范闲拦在身前，急声说道："这是怎么了？这是怎么了？……有什么话好好说。"

范闲看见范思辙那狼狈模样，没有丝毫心软，想着他干出来的那些龌龊事，怒火更盛，喊道："你问问他自己做了些什么事情！"

范思辙想开口辩解，却觉胸口刺疼，险些吐出血来。哥哥刚才那脚端得重，一时间吓得半死，不知道自己会不会就这么死了，惊恐之余，大生勇气，跳将起来尖声哭号道："不就是开了个楼子！用得着要生要死的吗？……嫂子啊……我可活不成了……啊！"

一声气若游丝的惨叫后，范思辙就势一歪，往地上躺了下去，真真把婉儿和若若两个姑娘吓了一跳，赶紧蹲了下来，又是揉胸口，又是掐人中。

这时候范闲已经把今天的气发泄了些，看这小子装死，气极反笑，反手将书房门关上，面无表情地说道："这一脚踹不死你，给我爬起来。"

范思辙看着他的神情，哪里敢爬起来，躲在嫂子身后，盼着母亲能快些来到。

范闲坐到书桌之后，面无表情不知在想些什么。若若小心翼翼地递了碗茶过去，轻声问道："什么楼子？"

范闲寒声说道："青楼。"

婉儿和若若又是一惊，不过相较范闲的那一脚踹心窝，范思辙开青楼虽然有些荒唐，却也不怎么令她们在意，京中权贵子弟大多都有些暗地里的生意，皮肉生意虽然不怎么光彩，范思辙的年纪似乎也是小了些，但……至于下这么重的手，生这么大的气吗？

范闲从怀里取出监察院一处的抱月楼案宗，扔给了妹妹。

范若若接了过来，低头看着。

先前的一阵杂乱让她的头发显得有些凌乱，几缕青丝遮住了眼眸，看不清楚她的反应，但渐渐地，她的呼吸沉重了起来，下唇往嘴里陷入，牙关紧咬。

林婉儿好奇地看着这一幕，很想知道案宗上面写的是什么，又怕范闲趁着自己不在，真走上前来将范思辙活活打死，因此始终不敢挪动。

范若若缓缓抬起头来，眉宇间的冰霜之色更重，眸子里跳跃着怒火，望着躲在嫂子身后装死的范思辙，一字一句地问道："这些事情都是你做的？"

范思辙自小被姐姐带大，更为亲近也更为畏惧，慢慢地爬了起来，战抖着声音，无比惊恐地问道："姐，什么事情啊？"

范若若很是悲哀与失望，心想弟弟怎么变成这种人了？猛地将手上的案宗扔了过去，正好砸在范思辙的脸上，此时她的眼里泛着泪花，喝道："你自己看去！"

范思辙看了一眼安坐如素的哥哥，又看了嫂子一眼，捡起案宗看着，越看脸色越是难看——原来抱月楼做的事情，哥哥都知道了！

范闲从椅子上站了起来。范思辙尖叫一声，拼命地摆手，口齿不清地解释道："哥！这些事情不是我干的！你不要再打了！"

范闲冷笑着说道："杀人放火，逼良为娼，如果这些事情是你亲手做的，我刚才那一脚就把你踹死了！但您是谁啊？您是抱月楼的大东家，这些事情没您点头，那些国公家的小王八犊子敢做吗？"

范思辙颤着声音说道："那些事情是老三喊人做的，和我没关系。"

"范思辙啊范思辙。"范闲冷笑道，"当初若若说你思虑如猪，还真是没说错，你以为这样就能洗干净自己？！"

范思辙年纪不大，心思却是玲珑得很，知道哥哥听不进自己的辩解，愈发觉着冤枉，哭丧着脸号叫道："真不关我的事啊！"

这当儿他又看见了一个令自己魂飞胆跳的画面。

范若若从书桌下取出一根长不过一臂的棒子，递给了范闲。

范闲第一次来京都的时候，范若若就曾经用戒尺打过范思辙的手心。戒尺，便是范家的小家法，那大家法又是什么呢？

是一根棒子。

是一根上面缠着粗麻棘的棒子。

是一根打下去就会让受刑者皮开肉绽的恐怖棒子。

整个范府中有幸尝过大家法的只有一个人，那人曾经是司南伯最得宠的亲随，在户部里搞三搞四，结果惨被范建一棒子打倒，断腿之后，如今在城外田庄里苟延残喘，凄苦不堪。

范思辙小时候曾经见过那人的惨状，此时见范闲正在掂量那根"大家法"，顿时吓成了傻子，魂飞胆丧中竟是激发了骨子里的狠劲儿，一跳而起，指着范闲痛骂道："嫂子姐姐，你们甭听他的……哥……不！范闲，你也别做出一副圣人的模样，我就开妓院怎么了？我就欺男霸女怎么了？这京都里谁家不是这么干的，凭什么偏偏要打我？你当我不知道你是怎么想的？只不过你现在和二皇子不对路，我刚好牵了进去，让你被人要挟了……成，你失了面子、失了里子，怎么？就要拿我出气，要把我活活打死？"

他大声哭号道："有种你就把我打死了！你算什么哥哥！我当初做生意的时候，哪里知道你会和二皇子闹翻？这关我什么事，你又没有告诉过我！有本事你就去把老三打一顿，只会欺负我这个没爹亲没娘疼的人……算什么本事！你不是监察院的提司吗，赶紧抓京都府尹去，到宫里打老三去！去啊！去啊！"

啪的一声轻响，他的脸上挨了一记并不怎么响亮的耳光，他顿时醒了过来，傻乎乎地看着越来越近的范闲。范闲被气得不善，额角青筋一现一隐，重生以来近二十年，像今天这么生气倒还是头一遭。最关键的是他真心把范思辙当兄弟看待，谁知道对方竟会做出这等丢人的事来，还如此振振有词。

"你给我闭嘴！"范闲痛骂道，"你要做生意，我由你做去，你要不为非作歹，旁人怎么敢来要挟我？就算要挟，我是那种能被要挟的人吗？我今天要惩治你，不是为了别的，就是因为你该打！这件事情和宫里的老二无关，和老三无关。范思辙你要搞清楚了，这就是你的事情！小小年纪，行事就如此狠辣，我不惩治你，谁知道你还会给父亲惹上什么祸事！"

"老二老三算什么？我气的就是你，我恨的也是你，他们不是我兄弟，你是我兄弟！我查得清楚，你没有涉入那些事情里面，还算可以挽救，既然你把路走歪了，我就用棍子帮你纠正过来！"

话音落，棍棒落。大家法之下，范思辙股腿之间裤破肉裂，鲜血横溢，一声痛彻心扉的号叫迅疾传遍范氏大宅，惊着园中的下人丫鬟，吓坏了那些在园中候命的范柳两家子弟，自然也让有些人无比心痛。

惨叫声不停地回荡在园中，那股子凄厉劲儿实在是令人不忍耳闻。范思辙发狠的硬扛声，渐渐变成哭号着的求饶声，又变成凄楚的唤人救命声，最后声音渐渐低了下来，微弱的哭号声里，隐隐能听到十三岁少年不停地叫着妈妈。

"老爷！辙儿真的要被打死了！"满面泪痕的柳氏跪在范尚书的面前，抱着他的双腿，"您去说说吧，这也教训得够了，如果真打死了怎么办？"

柳氏今日再顾不得容颜气质之类，面色苍白，抱着范建的双腿哭泣道："您倒是说说话呀……辙儿年纪还小，怎么禁得住这般毒打！"

范建看着身前的女子叹了一口气。当年他虽已受封司南伯，但圣眷在暗处，不显山露水，国公孙女嫁给他这个范族旁支做小，不知道惊煞了多少京都人。婚后柳氏对他小意伺候着，体贴关怀着，硬生生将他从流晶河上拉了回来。不论从哪个方面讲，他对柳氏都有一份情，有一份歉疚，更何况这时候在那间书房里挨打的……也是自己的亲生儿子，他年纪也不小了，哪里会不心疼？但不管心里如何想，他的面部表情却保持得极好。他摇头训斥道："玉不琢不成器，子不教父之过，慈母多败儿……"

便在此时，远处书房里又传来了一声惨呼。范建的眉头稍一挑动，心头微微一抽，本来就已经有些颠三倒四的劝诫之语再也说不下去了。柳氏带着泪水的眼中坚毅之色流露了出来，将微乱的裙摆一整，反身就要离开书房。

"回来！"范建低声斥道，"范闲做大哥的，教训思辙理所应当，你这时候跑了过去，让那孩子怎么想？"

"孩子怎么想？"柳氏回过身来盯着他，"老爷，您就担心范闲怎么想，却不想我怎么想？我就这么一个宝贝儿心肝儿，难道您忍心看着他被活

209

活打死？"

她痛声哭道："不错，我当年是做过错事，可他从澹州来后我处处忍让，小意谨慎，生怕他不快活。依您的意思，我四处打点着京中贵戚，就怕拖了大少爷的后腿，怎么说他如今在京中的地位也有我的一分力。当然，我这个做母亲的做这些事情理所当然，也不会去他面前邀功……可……可如今这是怎么了？他怎么就忍心下这么重的手？……如果他是记着当年的事情……大不了我把这条命还给他好了！别动我的儿！我的儿啊……"

范建一股火气升上胸膛，斥道："范闲是个什么样的人，你还不清楚？他既然将那件事情丢开了，就不会再重新捡起来……思辙这件事情本来就做得太过，如果不给些教训，将来真把整个家门拖着陪了葬，难道你才甘心？"

柳氏不是普通妇人，知道抱月楼被抄是范家与二皇子之间的角力，哭着说道："本就不是什么大事，只不过把柄被二殿下抓着了，范闲才这么生气。"

她与儿子对于范闲的判断倒是极为一致。范建将脸一沉，说道："不是大事？刚才后宅书房送过来的东西你又不是没有看到，虽然不是他自己动手，但是与他自己动手又有什么分别？难道非要你那不成器的儿子亲手杀人才算大事？"

柳氏忍不住为儿子开解道："京中这种事情少……"没等她说完，范建拦住她的话头，冷冷地说道："不要继续说了。"

远处书房的惨号声渐渐低了下来，反而让柳氏更害怕惊恐，心想儿子是厥了过去还是怎么了？范建看着她的模样，忍不住叹了口气，再想到自己昨夜与范闲商定的事情，心情更是低落。这几个月里范思辙在京中整的事情，他不是一点儿风声没有听到，只是不怎么在意，总觉得小孩子家家能整出多大动静来？浑没料到，自己这个做父亲的竟低估了范思辙的能力与手段。

"让范闲管吧。"范建安慰柳氏道，"你应该明白这个道理，他越不避嫌地狠狠管，就说明他是真将思辙当作自己的骨肉兄弟。那孩子就算对着敌人都能微笑，今日如此生气，还不是因为他惯常疼着思辙？如果不是亲近的人，他一刀也就杀了，怎么会动这么大的怒？……咱们这个家将来究竟能倚靠谁，你比谁都清楚，想明白了这个道理，你就应该安心些。"

柳氏当然明白这个道理，范府如今声势太盛，已成骑虎，只能上不能下。范建毕竟年岁大了，不说离开这个世界，也总有告老辞官的那一天，往后不论她还是思辙究竟有何造化，这座府能不能保一世平安，还是要看范闲。但打在儿身，痛在母心，无论如何她也无法眼睁睁看着儿子继续吃苦。

范建摇了摇头，示意她跟着自己出了书房。柳氏大喜，急忙跟在后面，连身后几个拿着热毛巾的大丫鬟也顾不得管，摆手让她们退下。

下人们看着老爷夫人走得如此之快，略感诧异，想到先前传来的"杀猪声"，顿时恍然大悟。而后又开始不安起来，心想大少爷如此痛打二少爷，老爷夫人赶了过去，怕不是要闹将起来吧？范府这几年一直顺风顺水，连带着家风都极为严肃认真活泼，下人们极有归属感，实在是很不愿意宅子里会发生什么事。

柳氏迈着碎步，一脸惶急地往园子里走，恨不得插双翅膀飞过去，但总是不敢抢先。将将到了前宅与后宅交通的园门口，便听着园内又是一声惨号响了起来，无数的板子落在皮肉之上的声音，噼噼啪啪地响着，声声惊心！

柳氏心神早乱，骤闻此声，也没听明白是不是自己宝贝儿子在号，胸口一股悲郁气往上堵着，竟是嘤嘤一声，昏了过去！幸亏大丫鬟们没敢因为她斥退而离开，很守规矩地跟在后面，这才扶住了摇摇欲倒的她。

这间书房在假山旁的僻静处，是范闲在家中办理院务的地点，一向严禁下人靠近。此时却有三个人坐在里面。坐在书案后的赫然是那位刚赴四处上任的小言大人言冰云，坐在他下手的则是范闲的门生史阐立与一处主簿沐铁。

除了在园子里面监刑的藤子京和邓子越，这三个人便是范闲真正的心腹，言冰云的地位最特殊，与范闲有上下之分，又有淡淡朋友之谊。皱眉听着园子里噼噼啪啪的板子声，他摇头说道："该送到京都府去办的事，怎么就放在家里行了家法？与庆律不合。"

只有他才敢质疑范闲的决定。史阐立解释道："暂时不能闹大，送到京都府去，查出二少爷和宫里那位……大家就再没有转圜的余地。老师也只好和二皇子撕破脸皮打一仗，不论打赢打输，二少爷总没有好果子吃的，依京都府抓着的证据，不说判他个斩监候，至少也要流到南方三千里。"

沐铁有些尴尬地笑了笑，不敢应话，抱月楼的事情是他暗中提醒范提司，等于说范家二少如今的下场是他一手造成，提司对自己的表现十分满意，但谁知道范家人怎么想的？

言冰云不赞同范闲用家法替代国法的手段，但也知道目前只能如此，忍不住嘲讽道："提司大人……真真是水晶心肝儿的人物，家法狠狠打上一通，日后就算抱月楼的案子发了，他在宫里对着陛下也有了说辞……二殿下想穷究范府驭下不严，纵弟行凶的罪名，再无可能。"

史阐立知道范闲将这顿板子打得全府皆知，就是为了传出去堵那些言官的嘴，只是……范思辙犯的是刑案，这么解决肯定不行。言冰云看了他一眼，知道他在担心什么，说道："你就不要担心，他自然早有安排。"

史阐立心想这事和四处没什么关系，大人喊你来又有什么安排呢？

沐铁走到窗边，远远看着园子里板起臀颤、肉开血溅、哀号连连，纵使他是监察院官员，也不免有些震骇于范闲的心硬手狠。看着那些在板子下痛苦万分的范柳两家子弟，他忍不住轻轻摸了摸自己的屁股……

史阐立没有再想，开始在书案上抄写着即将要用的那些文书。

这边，柳氏醒了过来，正准备去找范闲拼命，一揉眼睛才发现园子里正在打的都是自家的那些纨绔亲戚，那板子下得极狠，血花溅得极高，少年们哀叫的声音极惨，但只要不是自己亲生儿子吃苦，她是一点儿意见也没有。

在她心里，自己儿子小打小闹是会的，但搞了这么些人神共愤的事情断然是受了坏人的引诱。这些娘家子侄、范氏族人自然就是罪魁祸首，她越想越生气，不听娘家亲戚求救的呼喊，对藤子京等家中护卫喝道："大少爷让你们打，就给我使劲儿些，不治好这些小兔崽子，怎么出得了这口恶气！"

进了书房，看见房角处趴在长凳上、下身赤裸的范思辙，看着他背后臀上的道道血痕，柳氏顿时乱了方寸，低声哭了出来，手指小心翼翼地抚过那一道道肿成青红不堪模样的棍痕："我的儿啊……"

一只手拿着手帕伸了过来，替她拭去眼角的泪痕。柳氏抬头一看竟是范闲……她咬着牙，没有露出怨恨的神色，依然止不住有些幽怨。

范闲已经回复了冷静，安慰道："没事，您让一让，我给弟弟上药。"

柳氏有些不舍地退到一边，看着范闲将药抹到范思辙的身上，范思辙已经被整治得上气不接下气，奄奄一息，有可能随时昏厥过去。范建往旁边一看，儿媳妇儿和女儿都在角落老老实实地站着，婉儿的眼里残着惊意，想来先前这顿打确实骇人。若若眼中带着泪痕，不是心疼弟弟，而是难过。他咳了一声，将众人的目光吸引过来，对范闲问道："安排得怎么样了？"

"依您的意思，思辙今天晚上就走。"范闲恭敬地说道，"已经安排好了。"

父子二人这番对话旁若无人，旁边的三位女人却听得怔住了，心想把范思辙打得这么惨都不足够，还要把他流放出京？

"老爷！您说什么？"柳氏无助地望着老爷，趴在长凳上半昏迷的范思辙已经从凳子上蹦了起来，不知道重伤的他哪里还有这么多精神，看来这流放出京对京都的权贵公子哥儿来说确实是件非常恐怖的事情。

范思辙看着母亲，泪珠子滚滚而落，被突如其来的沉重打击弄得失了声音，焦急地张着嘴，却什么也说不出来，只能拼命地摇着头，看着无比可怜。

"老爷！"柳氏终于忍不住了，像被砍断的木桩子样跪在了范建的身前，哭泣着求情道，"不能啊！不能啊！他可是您的宝贝儿儿子……您就忍心看着他被赶出家门？您就忍心看着他漂泊异国他乡，身边没个亲人父母？"

她以为范闲是想借抱月楼的事情将范思辙赶出门去，赶紧将若若拉进了战局，急着去拉范若若的手："快向你爹求求情，别把你弟弟赶出家门。"

范若若也没有料到弟弟要受如此重罚，被柳氏一拉顺势跪了下去，颤声道："父亲，弟弟受了教训，以后一定不敢了，您就饶了他这一遭吧。"

婉儿在旁边站着，有些心慌，也赶紧跪了下来。

范建一直保持着平静，直到儿媳妇儿要下跪，才赶紧扶了起来，对柳氏说道："思辙是一定要走的……而且你也莫要怨范闲，这是我的意思。"

柳氏难以置信地看着他，心想这是为什么？她清楚范建是一个面相温和实则颇有大将之风的男子，不然当初自己也不会一见倾心，非他莫嫁。既然这是他的主意，那是断然不会再改了。她颇为精明，将牙一咬，竟是回身对范闲拜了下去，求情道："大少爷，您就说句话，劝劝老爷吧。"

这时候能够让范建收回命令的人只有范闲。

范闲哪里好受她这一礼，避开后看了父亲一眼，征询他的意思。

范建冷冷地摇了摇头："他今日闹的罪过，如果被言官奏上朝廷也是个流放三千里的刑……我将他赶出京都，总比朝廷动手要好些。"

柳氏哪里肯信这话，以范府如今的权势圣眷，莫说杀几个妓女，就算再横行无道，肆意妄为，只要不是谋逆之罪，范建范闲爷俩也有本事压了下去，她哭泣着说道："老爷您怎么就这么狠心呢？……思辙……他才十三岁啊！"

"不狠心……才会闹成现在这副模样。"范建冷笑道，"十三岁？你不要忘了，范闲十三岁的时候，已经被逼着要杀人了！"

此话一出，满室俱静，不知道此事的林婉儿与范若若吃惊地望着范闲，而一直被这件事情捆住心智的柳氏悚然一惊之后，绝望地低下了头。

同行与远行

第十一章

　　范闲知道此时自己不方便再说什么，小心地将遍体鳞伤的范思辙抱了起来，退到角落里，然后吩咐妻子与妹妹将弟弟抬入内室。

　　"范闲，你待会儿过来一趟。"范建看了柳氏一眼，往书房外走了过去。

　　书房里就只剩下柳氏与范闲二人，一时间气氛有些尴尬，片刻后柳氏睁着失神的双眼，问道："真的要赶出京都？"

　　范闲叹了口气，走近她的身边，安慰道："您放心，父亲的意思只是让思辙暂时远离京都这潭浑水，在外面多磨砺磨砺……"

　　柳氏忽然开口问道："要走多远？"

　　"很远。"范闲看着失神的柳氏，心里说这样一位精明的妇人为了儿子乱了方寸，一时间竟有些羡慕范思辙那个小胖子，有些思念某个人。

　　"究竟多远？"柳氏尖声问道。

　　这时候范闲自然不会在意她的态度，温和说道："父亲昨夜定的，我本想劝他将思辙送往澹州躲一躲，但父亲担心祖母心疼小孙子……改成了北齐。"

　　"北齐？"柳氏心下稍安，北齐虽然遥远，但不是南蛮西胡之地，要繁华安全许多，而且两国目前正在蜜月期，关系极好。

　　范闲看着柳氏望着自己的求情目光，知道她在想什么，说道："您放心，我在北齐那边朋友多，会把他照顾好的。"

月儿从秋树的那头冒了一个小尖儿过来，比起范府的灯火要黯淡许多。园子里范柳两家子侄被尚书巷的马车接走了，那些亲戚看到自己儿子的惨状，心疼之余望向范宅的目光多了几分仇恨，但碍于范家爷俩的权势没人敢说脏话。

书房中，范闲站在父亲的身旁为他调着果浆子。今夜柳氏守在范思辙的床边，一步都没有离开，范尚书每夜必喝的果浆只好由范闲亲自调制。

"和父亲提过的那三个人已经送去了京都府。"他说的是抱月楼里犯了命案的家伙，"京都府是老二的人，估计他们想不到咱们真的敢往京都府里送。不过那三个人便是拿思辙的重要人物，估计夜里就会被老二的人接走。"

范建说道："不要瞒我，我知道你不会这么不小心。"

"我会处理干净。"范闲这次终于动用了陈萍萍赋予自己的全部力量，出动了六处的刺客，"只是估计族内会有反弹，可能需要父亲出面。"

范建知道他在担心什么，不过京都名门大族从来不会对族中子弟下手，安慰道："有什么好出面的？人我们是送到了京都府，和我们有什么关系？"

父亲的话，范闲听后那叫一个佩服，想了想后又说道："思辙……晚上就动身，我让言冰云处理这件事情，应该不会留下什么痕迹。"

范建道："当年我杀北齐人杀得太凶……你有把握？"

范闲知道他是担心思辙的安全，郑重地点头回道："王启年现在在上京，而且……我和海棠、北齐皇帝关系不错，思辙在上京待着不会有问题。"

范建叹了口气，鬓角的白霜今夜显得格外显眼。

"你以往对我说，思辙是有才干的，不见得一定要走读书入仕这条路，我觉得你有道理，只是没想到这孩子……十三岁就开始做这种事情。我十三岁的时候还在诚王府给当时的世子、如今的陛下当伴读，成天就想着怎么玩！"

范闲苦笑道："宜贵嫔养的那位老三才真是厉害，九岁当妓院老板，这事要是传了出去，被记在日后的庆史类稗抄上，真要流芳千古了。"

"宜贵嫔那里我会去说。"范建摇了摇头，"思辙还是太浮，一味阴狠，这次让他出去走走，见见世面，一是略施惩罚，也希望他能成器些。"

范闲叹息一声说道："我也有问题。"

范建摆了摆手，让他坐了下来，缓声说道："出事的时候，你又不在京都。"

范闲说道："信阳方面一直通过崔家往北齐走私，如今沈重死了，他们的线路有问题……思辙如果日后能在北边锻炼出来，有机会接手，我想给他安排一个大点儿的生意做。毕竟他喜欢这个。"

范建看着儿子欣慰地笑了笑，范闲如今的心思已算缜密，比起自己与陈萍萍这代人来说，只是少了一种狠辣而已。

"你准备什么时候动崔家？"

范闲笑着说道："应该是接手内库之后，大约在明年三四月份。"

范建点了点头，忽然阴沉着脸说道："不要给他们任何反弹的机会。"

这是范闲第一次看见父亲露出铁血的一面，心头凛然，沉声应是。

范建继续寒声说道："这件事情，你处理得不错……暂时忍让换取反应的时间，等思辙走后，你想怎么做就做吧，不要来问我的意见，只是有个人……"他继续说，"袁梦……是叫这个名字吧？此人行事泼辣，风格阴狠，过些日子等这件事情淡了，你把她处理掉，算是了结那几个案子。"

范闲不知道父亲痛下杀手是为了给范思辙出气，还是因为别的原因。

范建接下来的话表明了他真实的想法："为父当年长居流晶河，向来惜花，最厌恶的就是辣手摧花之人……更何况这个袁梦，本身还是楼中女子，居然舍得对同道下手，这种人我是断断容不得她在这世上的。"

范闲想起靖王时常调笑的事情，才记起父亲当初是位以青楼为家的花间娇客，那些风流韵事直到现在还流传在京都中，案宗里那几个妓女的惨死之状触着他的敏感处，难怪他会如此容不得袁梦。范闲借机说道："袁梦是弘成的人……您看……弘成与妹妹的婚事，是不是……"

　　没等他说完，范建摇了摇头："再看两天……陛下指婚，要慎重一些。"

　　范闲有些失望，更有些愤怒于父亲不将若若幸福放在心上的态度，心想难道若若还及不上青楼里的女子？随即起身离开书房，不多时去了另一间书房。

　　三人见他进来，起身相迎，史阐立递过墨迹已干的文书，说道："这是抱月楼那七成股份的转让协议，大人过目一下，待会儿让二少爷签了就成。"

　　沐铁说道："京都府对咱们送过去的几个命案要犯大为棘手，二殿下那边一位知客去了京都府尹的府上，商讨了些什么，还不得而知。"

　　范闲点了点头，说道："无所谓，反正我们这几天不会动手。"

　　沐铁皱眉说道："如果对方误判形势，以为我们要鱼死网破，让京都府发文来捉二少爷怎么办？"

　　范闲望着一直沉默着的言冰云，说道："有这位四处的大老板在这儿，范思辙往北边一送，谁还能找到他？"

　　一切安排妥当，范闲去到卧室，柳氏伏在床边已经昏睡过去。他小声将其叫醒，与她低语一阵，柳氏犹有泪痕的脸上渐渐露出决断之意，点了点头，接受了这个安排。也不知道范闲许了她一些什么，是怎样说服她的。

　　夜渐深了，秋园中虫鸣早无，若若陪着柳氏，范闲走到范思辙身边，望着他那张睡梦中犹咬牙恨着的脸，望着那几颗直欲喷薄而出、高声喊不平的麻子，忍不住摇了摇头。他先从书桌上取下印泥，从怀中取出史阐立拟好的文书，将思辙的几个手指在文书上面用劲地摁了摁。

　　看着雪白文书上的鲜红指印，范闲满意地点了点头。从此以后，范思辙手上持有的抱月楼七成股，就正式转到了某人手中，他与那间白骨为泥血为湖的青楼正式割裂。

婉儿知道范闲心情不好，扮了个鬼脸，却没有得到任何有效的反应，不免觉得自己有些没用，就叹了口气。范闲笑了笑，说道："这件事情和你无关，小孩子总是要出去闯闯才能成器的。另外，沈大小姐接回来了？"

"在西亭那边。"婉儿解释道，"小言公子已经去了。"

"好。"范闲喊小厨房的人做了些干粮，自己端了碗热粥，吹着气缓缓喝着，刻意给小言与沈大小姐一些重温旧情的时间，更重要的是给柳氏留一些与儿子单独相处的时间。

不多时，邓子越在家丁的带领下走了过来，对着他点了点头。

范闲也不让别人帮忙，独自走进卧室把范思辙抱到后院角门外，上了马车。范思辙依然昏昏沉沉的，柳氏抚摸着他的脸颊，他都没有醒过来。若若也是万般不舍地摸了摸他那厚厚的耳朵，婉儿的眼中也有分离的黯然。只有范建沉稳地睡了，似乎根本不在乎幼子将要远赴一个陌生的国度，不知道什么时候才能回来。

"你们先走。"范闲对言冰云说道，"这要麻烦令尊了。"

入夜之后，京都城门早闭，只有监察院才能悄无声息地送一个人出城。

言冰云缓缓地抬起头来，看了他一眼，问道："你不一起送送？"

范闲低着头说道："在松林包那里会合，我还有些事情要做。"

他用余光瞧得清楚，弟弟的眼角带着泪光，明显已经醒了，却不知道为什么要在柳氏的面前装昏。黑暗中除了启年小组，还有六处剑手待命，除非二皇子那边动用了叶家的京都守备力量，不然没有办法正面抗衡。

范闲站在马车下挥了挥手。马车缓缓动了起来，朝着京都外驶去，倚门而立的三位女子不由露出了戚容，柳氏更是忍不住低泣了两声。

没有任何标记的几辆马车行走在京都幽静的街道上，不知道言冰云用了什么手段，出城之时竟是无比顺利。车队踏上城外的官道，往西北方行了小半个时辰，前方小山上的矮矮林丛被月光照亮，便是到了松林包。

车队停了下来。范思辙忽然睁开双眼，眼里依然带着一种暴戾神色，不客气地说道："这一路流放，难道你们就不怕我跑了？"

车厢里只有他与言冰云两个人，言冰云冷冷地回道："你是聪明人，应该知道怎么做。范闲为了你动用了这么多手段，当然不仅仅是为了保你平安。"

范思辙压低了声音恨恨地说道："保他自己的名声罢了。"

言冰云面无表情地说道："保自己的名声，他就应该把你送到京都府去。"

范思辙心里明白是这么回事，却不肯认账，尖声说道："那是因为父亲不会允许他这样做！"

言冰云寒冷的眼神里多了一些不屑，说道："就凭你也敢揣测范尚书的想法？"

范思辙有气无力地说道："言哥，我哥是要……把我流放到哪儿去？"

"北齐。"言冰云回答道。

"啊？"范思辙面露绝望之色，直挺挺地躺了下来，却触到了后背的伤势，忍不住发出了一声惨叫。

言冰云说道："范闲的药虽然有效，但很霸道，你继续忍着吧。"他当初在北齐上京的时候，也被范闲这样折腾过一遭。

"我下手有分寸，看着惨，实际上没有动着骨头，你装什么可怜？"范闲寒着脸走上了马车。

范思辙看着哥哥脸上的表情，想到先前的惨事，吓得打了个冷噤。

"做什么去了？"言冰云看了他一眼，"时间很紧。"

范闲将背上的那人放了下来，丢在了范思辙的身边，车厢里立刻散发出一股淡淡的香气。范思辙看着那女子大惊失色，对范闲吼道："你把她怎么了！"

被范闲掳来的正是抱月楼那位红倌人妍儿。范闲嘲笑道："你的性情虽然阴狠，但还是继承了父亲的怜香惜玉……开妓院的时候怎么不怜香惜玉一把？"

凭他的迷药手段，抱月楼今日又是人心惶惶，悄无声息掳个妓女实在是很容易的事情，只是范思辙与言冰云都想不明白他为何这样做。

"她是你的第一个女人？"范闲问道。

范思辙犹豫片刻后点了点头，露出乞怜的神色，想求他放了妍儿。

"果然比我强，十三岁就开了苞……"范闲笑了一下，旋即正色道，"我知道你对她与众不同，她对你也有几分情意……虽然你年纪只够当她弟弟。抱月楼以后不会太平，她留在那里，我想你不会放心，我也不能将她接到府里，就算父亲允许，柳姨也要将她杖杀了。想来想去，你这一路北上，虽说是趟磨砺，但太过孤单寂寞对心性培养也没有好处，所以把她带来陪着你。"

范思辙和言冰云的脸上都满是不可思议的神色——流放出京，居然还带着位红倌人同行，这到底是流放还是度假？

"哥……你到底想做什么啊？"范思辙有些口齿不清地说着，惶恐地看着范闲那张平静的脸，竟连身体上的痛楚都忘了许多。

言冰云看着范闲，觉得好生莫名其妙，有些不知所指地摇了摇头，然后又拍拍范思辙的肩膀："你这哥哥，还真是位妙人。"

他下了马车，将车厢留给马上就要分开的兄弟二人。

范闲望着思辙说道："先前为什么不和你母亲告别呢？"不等他回答，又问道，"知不知道为什么，这次我会这么生气，而父亲和我决定把你送走？"

范思辙低下了头，思考片刻后说道："把我送走……一来我不用担心京都府办抱月楼的案子，就算是畏罪潜逃，家里也就可以放开手脚去与老二争一争。"

"不错。"范闲有些欣慰地发现，弟弟在自己的熏陶之下，也开始以老二老三之类的名称来称呼皇子们。

"二来……是对我的惩罚。"范思辙忽然抬起头来,忍着剧痛,哭兮兮地说,"可是我不想走啊……哥,北齐人好凶的,我在那边能做什么呢?"

"做什么?"范闲很认真地回答道,"当然是你最擅长的事情,做生意。"

范思辙怔怔地问道:"做生意?"

范闲说道:"我会给你留一千两银子的本钱,你到上京后有人接应你,但是……我不会给你额外的帮助,如果你能在五个月之内将这一千两银子的本钱翻到一万两的数目,我就真的认可你的能力,然后……"

不等他把话说完,范思辙忍不住喊道:"我又不是神仙!"

"这是你的问题。"

"一千两银子的本钱太少了!"范思辙羞道,"这生意做起来不丢死个人。"

"什么狗屁逻辑,我们兄弟两个开澹泊书局的时候,又花了多少钱?"

"呸!你有本事再去整本《石头记》给我卖,我担保能一千变一万。"

"想得美!那姓曹的被我逼稿子已经逼疯了……还到哪儿去整?"

这番对话令车里的气氛终于轻松了些。范闲看着范思辙那张胖乎乎的脸,忍不住叹了口气:"外面风大雨大,父亲吩咐我不能太照顾你,你自己小心。"

范思辙沉默着点了点头。

范闲又说道:"赶你出京,希望你不要怨我。"

范思辙摇了摇头,没有说什么。

范闲明白他的心里还是很不舒服,沉默片刻之后又说道:"其实你刚才说的,那两条送你出京的理由确实不假,但并非真正的原因。"

范思辙抬起头来,不解地看着他。

范闲轻声说道:"就算你留在京都又怕什么?难道我连护你这么个人都做不到?随便往哪儿一藏,等这件事情淡了……谅二皇子也不敢拿我如何。京都府敢查抱月楼的案子，难道他还敢当着咱们老范家的面大索京师？"

"你说是为了惩戒你，也只是说对了一小部分。"范闲望着一直昏迷中的抱月楼头牌，"一路北行或许会吃些苦头，但比起你做过的坏事来说这实在是小意思，如果我把你送回澹州，依奶奶的行事，恐怕你会更惨一些。"

范思辙有些畏惧地缩了缩头，牵动了后背的伤势也不敢哼一声，心里却在想着，那你为什么一定要将我赶到北边去？

"我没有想到你做事情胆子会这么大，下手会这么狠。如果你依然留在京都，旁人看在父亲与我的面子上总会有这样或那样的蜜糖来引诱你往最深的渊谷中走……你在外面经些风雨，或者对于你的成长来说更有裨益。"他看着范思辙轻声说道，"经商，自然要不择手段，但一定要掌握好度，过于阴狠，总容易受到反噬。为人一世，还是尽量往光明面靠拢。"

范思辙对于抱月楼的事情还是不怎么服气，在他看来抱月楼是他成功的象征，其中隐着的一些不法肮脏事实在不算什么，于是说道："这话说的，不明白的人瞧着了，还以为我这好哥哥和监察院没有什么关系，倒是太学里的书生。"

话里的嘲讽之意十足，范闲只是挑了挑眉头。他是监察院提司，手下那些密探们做的就是黑暗事。区区青楼，无论是在阴暗污秽的浓度上，还是在行事辛辣的程度上都有着天壤之别，也难怪范思辙会对自己的管教不以为然。

范闲微笑着说道："你是不是觉得我立身不正，用这些话说你……有些荒唐？"

范思辙看着他温柔的笑容，下意识里感到恐惧，自然不敢再说话，只是那两只黑眼珠却转个不停，显然就是这个意思。

范闲说道："我不是圣人，连好人都算不上。可就算是一个万人屠，如果他真的疼惜自己的家人，也会和我有一样的想法。做我们这行的，就算浑身渗着腥臭的味道，但依然想自己的兄弟清清白白，干干净净……或许是因为我们接触过人世间最险恶的东西，反而希望你们能够远离这些东西。"

范思辙听他不停地说"我们"，心有所疑。

范闲将肖恩与庄墨韩的故事讲了一遍，说道："肖恩这辈子不知道杀了多少人、做了多少恶事，但他仍然一心想将兄弟培养成为一位君子……事实上他成功了，庄墨韩没有让他失望，直到死前的那一夜依然令我感佩。你哥哥我虽然不才，但肖恩能做到的事情我也想做到。"

他像是要说服弟弟，又像是在安慰自己："做好人好，我也想做好人的。"

范思辙初闻这等惊天秘辛，半天没有说出话来，许久后才颤着声音说道："可是我一看庄大家注的那些经史子集就头痛，要我做一代大家难度太大。"

范闲被他的话气得笑出声来，骂道："就你这脑袋，读书自然是不成的。"

范思辙讷讷地说："那你说这故事……"

"好好做生意吧，将来争取做个流芳千古的商人。"范闲鼓励道，"商人不见得都如世人想象一般，世上有些商人走的是阳关大道，一样能成功。"

听完他的话，范思辙怔怔地说道："商者喻以利……挣钱就是了，怎么还可能流芳千古，阳关大道？就算做成了，还不是官府嘴里的一块肥肉。"

"有我和父亲，你正经做生意谁还敢将你如何？"范闲用柔和的眼神看着他，"而且你忘了叶家？在苍山上你说过，你自幼对经商感兴趣，是因为小时候父亲抱着你的时候经常和你提及当年叶家的故事，如果叶家那位女主人没有死，休说官府了，就连天下几个大国谁又敢把叶家如何……"

"青楼生意很挣钱的。"范思辙始终认为做生意还要什么脸面。

范闲说道："我问过庆余堂的大叶，他说当年叶家什么生意都做，就是不捞偏门。当然与叶家女主人的性别有关，她厌恶这些生意。但大叶还有一个解释，那就是偏门既然有个偏字，那么就算能获得极大利润，归根结底不是正途。就像是大江之畔的青青溪水，看似幽深不绝，却难成浩荡之势，你真要将生意这门学问做到顶尖，光在这些小河里打闹总是不成。"

或许是触动了内心深处的柔软所在，范闲越说越严肃："人活一世，做什么都要做到极致，当商人，那就不能满足于当个奸商，也不能满足于当皇商……商道犹在，你要做个天下之商，不但富可敌国，还要受万民敬仰。"

范闲说得天地悠悠，范思辙却有些头痛，无奈地看了兄长一眼，说道："叶家当年连军火都卖，帮着咱们大庆朝硬生生把北魏打碎了。北边那些百姓可不怎么喜欢。要说经商的手段，抱月楼……我不过用了些下作手段，袁大家不过杀了几个妓女，叶家那女主人却不知让这世上多了多少冤魂，哥哥，这话……"

范闲一时语塞，摆手止住范思辙的继续比较，说道："总之，欺压弱小这种事情，没什么意思。"

"哥哥，我是真的不想离开京都。"范思辙说道，"但我会好好的。"

他知道自己远离京都，抱月楼一事才会真正平息，二皇子才无法威胁范家。虽然范闲一直不承认这点，但看父亲的决定便知道自己确实给家里带来了很多麻烦。而且经过范闲的一番劝说，少年心中也生出一些冲动，人生一世，如果真能达到当年叶家女主人的境界——那该是多么有成就感呀！

范闲点了点头，附到他的耳边说了几句话。范思辙这才知道兄长的真实意图，一时间不禁有些呆了，内库、走私、崔家……自己有这个能力吗？

“去年我使黑拳打了郭保坤，京都府要拿我问案，可还记得？”

“记得。”

“今年春闱案发，刑部要拿我问案，可还记得？”

“记得。”范思辙疑惑地看了他一眼，心想难道是想提醒自己律法威严？可问题是这两件案子最后都不了了之，只是证明了在庆国这种地方权势依然凌驾于律法之上，这明显是个反面教材。

范闲说道：“这两次里，你都手执棍棒把官差打。虽说主要是因为你嚣张霸蛮，但你对我这相处不到两年的哥哥总是不差，我相信自己没有看错。”

范思辙恨恨地说道：“那你先前下手还那么狠！”

“一来是真生气。二来不把你打得惨些，怎么能让京都里的百姓相信咱们老范家家风依然严谨。”他看了一眼弟弟身边熟睡的抱月楼红倌人，“我清楚你的心很硬，不过该软的时候也可以软一下，或许你会发现生活有趣许多。”

范思辙毕竟年纪尚小，初涉男女之事，面露尴尬，脸色微红，应了一声。

马车微微一顿，二人知道到了分手的时候。范闲说道：“你对我一定还有怨怼之心，不过想来今后会了解我的良苦用心，父亲那面你更不要有任何怨恨。要知道这个世界上，除了父母兄弟，很难有人会真心对你好。”

范思辙黯然地点了点头，看着范闲走下马车的身影，想到今后的日子，不由心头一空，眼眶里泛起潮意，心里说不出的难受。

“哥，早些接我回来。”

看着消失在夜色里的马车，范闲有些恍惚，自己不是好人，为什么却苛求思辙做一个好人？或许自己先前的解释是对的，人与人之间的关系实在微妙。

当然，这两位没有机会实践给范闲看，不过他看过肖恩与庄墨韩这两兄弟的数十年起伏分合，深以为然，戚戚焉，戚戚焉。肖恩暗中为庄墨韩做了多少事，没有人知道，但他一直将自己隐在黑暗中，顾及兄弟的清名至死不相认，已经很了不起。庄墨韩在快要油尽灯枯，个人声望也已经到达人生顶点的时候，为了自己的兄弟脱困，千里迢迢来南庆构陷范闲，付出的代价更是难以想象，要知道那些信念才是他最珍惜的东西，甚至重于自己的生命。

巧的是，这两位当年的风云人物去世之前都是范闲陪在身边。

他看着远去的马车，心中一阵感叹，不知道思辙究竟会不会记恨自己，更不知道在遥远的将来，如果有一天自己像肖恩一样陷入黑暗之中不可自拔，思辙会不会像庄墨韩一样不惜一切来救自己。

夜风吹拂过京都外的山冈，他自嘲一笑，摇了摇头，心想以思辙的性子，顶多肯为自己损失几万两银子……如果这银子的数目再多些，恐怕这贪财狠心的小家伙就得多估量估量了。

言冰云站在他身边忽然说道："你真是一个很虚伪的人。"

范闲感兴趣地问道："为什么这么说？"

"你利用身边的一切人，却让人觉得你是为对方好……"

"你没有兄弟，不了解这种感情……我确实是为了他好，虽说手段可能过分了一些，而且效果不一定好。但没有办法，我的阅历能力只能做到这一步，至少将来我可以对自己说对于思辙的成长我尽了一个兄长的本分。"

"这正是我想说的第二点。"言冰云点了点头，"你还是一个狠心的人。北边的情况很复杂，你狠心将他逐出京都，让他失踪，断了别人要挟你的可能，想来这么绝的一招，就连二殿下都没有想到。"

范闲脸上没有什么笑容，问道："你觉得人这一辈子应该怎样度过？"

这是在若若、思辙、婉儿之后，范闲第四次向人提出奥斯特洛夫斯基的千古一问。言冰云微微一怔，说道："我想得很简单，身为监察院官员，忠于陛下，忠于庆国，富国强兵，一统天下。"

"一统天下？"范闲露出些许嘲讽，回道，"那有什么意义？"

言冰云怔住了，像他这样的年轻一代，生长在庆国力量快速扩张的时期，天生有这种想法，根本没有想过为什么要一统天下，也没有人会问。

"天下三分，中有小国林立，战争难免，百姓流离失所……既然如此，何不一统天下，永除刀兵之灾？"他试着理清了自己的思路。

范闲摇了摇头说："我从来不信什么天下大势，分久必合，合久必分的废话，一统数百年，一分又是数百年，如果分割的国度都没有一统天下的野心，又哪里来的战争？大一统不是消除战争、带来和平的方式，而是诱惑天下人投身于战争的果子。如果大家都不这么想，那岂不是天下太平？"

言冰云看了他一眼，嘲讽道："这是很幼稚的想法。"

"我也明白。"范闲叹了一口气，"但我活着的时候不想看见发生战争。一年里死在监察院手上的人大概有四百多个，而八月份大江溃堤估计已经死了几万人，如果战争真的开始，不过数月只怕就要死上十几万人。"

"矛盾就算暂时压下，也不可能持久，总有一天战争会爆发。就算你将来收集了四大宗师当打手，强行压下各国野心，可你死后怎么办？"言冰云问道。

范闲笑了笑说道："我死之后？我死之后，哪怕洪水滔天。"

路易十四最露骨的宣言终于让言冰云的脸色变了，他神情凝重道："刚才听着你的话，还以为你是一个藏在黑暗里的仁者，听着这句话才知道我刚才说的还算客气……你不仅仅是心狠，还是个极度自私的人。"

范闲说道："我不在乎这些评价。"

"那你这辈子准备怎么过？"言冰云难得与他讨论这些问题。

"我准备好好过。"范闲说了句废话，不等言冰云回应，又微笑着说道，"这次真是麻烦你们父子了。"要让范思辙神不知鬼不觉地穿越整个庆国，除了监管各郡路官员动向、掌握异国谍网的监察院四处监守自盗，还真无法做到。

"你是我的上司。"言冰云回道。

"这件事情我会向院长备案。"范闲明白他的想法，接着说道，"知道吗？上次使团离京，第一夜就是在我们脚下这个松林包扎的营。当时使团里有司理理这位红倌人，今天思辙被逐，虽然比我当时的状况要凄惨许多，但我也掳了个红倌人陪他，看来我们兄弟二人的旅途都不会怎么寂寞。"

言冰云很难适应范闲这种只在亲近的下属、朋友面前才会流露出来的无耻面目，转而问道："现在没什么担忧的了，下一步你准备怎么做？"

范闲微笑道："对方是皇子，难道我们还能把他杀了？"

言冰云面无表情地说："我看你好像没有什么不敢做的事。"

范闲回道："看来你还真了解我……不过不着急，先把弘成的名声整臭，再把老二手下那些人折腾折腾，接着就是崔家。我不会再管抱月楼，后面怎么做，你全权负责。反正在玩阴谋这方面，你的天分实在高出我太多。"

抱月楼还在继续营业。

有少数消息灵通的人士知道为了这间青楼，范家与二皇子那边已经闹了起来。但事后范府只是打了一顿热热闹闹的板子，没有什么太过激烈的反应，监察院也没有继续为难抱月楼，众人都以为这件事情就这样淡下去了。

在很多人看来这是很正常的结果，范闲再如何权势惊人、气焰嚣张，对一位正牌皇子，难免有许多忌惮。更何况范家二少爷经营抱月楼对于范氏的名声稍有损伤，捞的银子可不少，将这件事情压下去才是双方都愿意见到的局面。

普通的京都百姓不知内情，只看见监察院抄楼、听见范府里的板落如雨声，在他们看来这事却透着一丝古怪——什么时候监察院也开始管妓院了？范家究竟出了什么事？为什么横行京都街头的那些小霸王们忽然间销声匿迹?

　　不管知道这件事情，还是不知道这件事情的，都以为此事会和京都里常见的那些冲突一般，最终消失无踪，正所谓你好我好，大家好。

　　抱月楼里的主事、姑娘、掌柜们却不像外人看着那般轻松——监察院抄楼之后，大东家再没来过抱月楼，就像是失踪了一般。有传闻大东家是被禁了足，但没有准信儿，众人总是难以心安。二东家身份特殊，也不可能天天出现。

　　二皇子一派的人马也很不解，为什么范家把那些牵涉到青楼命案里的人直接送到了京都府? 梅执礼转职后，京都府便一直被二皇子掌控，对方肯定清楚这一点。如果范家准备撕破脸，拼着将范思辙送官也不肯受威胁，那为什么只传出了范二少禁足的消息，却没有看到监察院、范家有动手的迹象?

　　那些官员根本没想到范家行事如此果断决然，已将范思辙逐出京都，悄无声息地送往异国，监察院办事果然是滴水不漏。但隐隐的担忧仍然促使二皇子一派开始做准备，事到临头却又愕然发现，己方与抱月楼没有任何关系，非常清白，都不知道对方能抓到自己什么痛脚，那又从何提防范闲的报复?

　　这一日，风轻云淡，黄叶飘零，正是适合京外郊游赏菊的好日子。

　　离皇家赏菊日还有六天，京都里的官绅百姓纷纷携家带口往郊外去，加之又是白天，所以抱月楼显得格外清静。由于前途未卜，大东家失踪，往常精气神十足的知客们有气无力地倚在柱旁，瘦湖畔的那些姑娘们强颜欢笑，陪着那些好白昼宣淫的老淫棍。一些不知名的昆虫在侧廊下的石阶处拼命蹦跶，声嘶力竭地叫唤，徒劳无功地挣扎，等待着自己的末日到来。

　　伙计们有些心神不宁，拿着抹布胡乱擦拭着桌面。此前范思辙曾经下过严令，桌子必须得用白绢试过，确认不染一尘才算合格，哪会像现在这般糊弄。

忽然有一个人走了进来，这人眉毛极浓，就像画上去的一般，极容易被记住。曾经接待过他的知客顿时认了出来，怔在原地，根本不敢上前接着。

一个伙计奇怪地看了知客先生一眼，将手上的灰抹布利落地一搭，唱道："有客到……"尾音拉得哩哩啦啦，脆生生的极为好听。

那人摇了摇头，说道："让石清儿来见我。"

这回轮到伙计怔住了，心想这客人好大的口气，居然让石姑娘亲自来见他，而且还直呼其名？知客先生终于醒过神来，擦去额角冷汗，一溜儿小跑到了那人身前，恭敬地说道："大人，我这就去传。"

伙计领着此人上了三楼最清静的那间房。等到此人上楼，一楼的这些伙计知客们才围了过来，七嘴八舌地说个不停。终于有人想了起来，这位眉毛生得极浓的寻常读书人竟是那日和"陈公子"一道来嫖妓的同伴！

陈公子是谁？是抱月楼大东家的亲哥哥！是朝中正当红的小范大人！那来的这人，自然是范大人的心腹，只怕是监察院里的高官。

众人目瞪口呆，都知道这楼子把范大人得罪惨了，连带着大东家都吃了苦，今日对方来人，莫不是又要抄一道楼？这抱月楼还能开下去吗？

有人叹息道："我看啊，楼子里只怕要送一大笔钱才能了了此事……说来真是可惜，大东家虽然行事狠了些，但经营确实厉害。平白无故地却要填这些官的两张嘴，再好的生意，也要被折腾没了。"

有人见不得他冒充庆庙大祭祀的做派，嘲笑道："你这蠢货，咱抱月楼的大东家就是小范大人的亲弟弟，监察院收银子怎么也收不到我们头上来，难道他们哥俩还要左手进右手出？别忘了他们上面还有范尚书镇着的。"

来人是史阐立。他一位读书人却被赶到了妓院来办事，难免有些尴尬。石清儿见状，眸中现出异色，温柔地奉上了新茶，知道面前这位虽不是官员，却是范闲的亲信，便问道："史先生，不知道今日前来有何贵干？"

史阐立有些迟疑。

石清儿是三皇子挑中的人，和范氏关系不深，见对方迟疑却是会错了意，嫣然一笑道："如今都是一家人，莫非史先生还要……来……抄……楼？"

她说这个抄字，卷舌特别深，说不出的怪异。史阐立不喜此女轻佻，将脸一沉，从怀中取出一张文书，说道："今日前来不是抄楼，是来收楼的。"

收楼！石清儿一愣，拿起那张薄薄的文书只扫了一遍，脸色顿时变了，待看清下方那几个鲜红的指头印后，更是下意识里咬了咬嘴唇。片刻后，她终于消化了心中的震惊，睁大眼睛问道："大东家将楼中股份全部……赠予你？"

这真是难以置信的事情，抱月楼七成的股份是多大一笔银子，怎么就这么轻轻松松地转了手？石清儿知道其中情由一定不这么简单，说道："史先生，这事关重大，我可应承不下来。"

史阐立道："不需要你应承，从今日起我便是抱月楼的大东家，我只是来通知一声。"

石清儿将牙一咬："敢请教史先生，大东家目前人在何处？这么大笔买卖，总要当面说一说。"

史阐立一手好文字，前些天夜里拟的这份文书极为清楚准确，但他怎么也没料到，最后竟是范闲逼自己来当这个大掌柜，心头本就很不舒服，颇有作茧自缚之感。此时听到对方的话，不由搓火："难道这转让文书有假？休要啰嗦，待会儿查账的人就到，你莫想着离开，好好接着。"

石清儿猜到范家准备从抱月楼里脱身，但她等级不够，不知道内幕，袁大家又忽然失踪，只好拖延道："既然这抱月楼就要是您的了，我也是混口饭吃，怎么敢与您再争执什么……"她强行镇定下来，微笑着说道，"只是史先生应该清楚，这楼子还有三成股在……那位小爷手上。"

在她想来，只要三皇子的股份还在抱月楼里，范家便别想把事情推干净，可她哪里知道，范闲从一开始就没有从抱月楼里脱身的想法。

史阐立望着她笑一笑，老实说道："今日收楼本就要麻烦清儿姑娘转告那位一声，二东家手上那三成股份……我也收了。"

"好大的口气！"石清儿大怒说道，心想你范家自相授受当然简单，居然空口白牙地就想收走三皇子的股份，这是想找死吗！

此时史阐立终于进入了妓院老板的角色之中，有条不紊地说道："要收这三成我有很多办法，现在是给那位二东家一个面子，清儿姑娘要清楚这一点。"

石清儿冷哼一声："看来我还要谢谢史先生了，不知道……您肯出多少银子？"

史阐立伸出了一根手指头。

"十万两？"石清儿疑惑道，心想这个价钱确实比较公道，就算抱月楼将来能够继续良好地经营下去，十万两三成股也算是个不错的价位。

史阐立摇了摇头。

"难道只有一万两？"石清儿大惊失色。

"我只有一千两银子。"史阐立诚恳地说道，"读书人……总是比较穷的。"

"欺人太甚！"石清儿怒道，"不要以为你们范家就可以一手遮天，不要忘记这三成股份究竟是谁的！"

史阐立温和说道："姑娘不要误会，这七成股份是在下史阐立的，与什么范家、蔡家都没有关系……至于那三成股份是谁的，我也不是很关心。"

石清儿冷声说道："这三成股份便是不让又如何？"

"第一，抱月楼有可能被抄出一些里通外国的书信，具体罪名我就不清楚了。"史阐立认真说道，"第二，京中会马上出现一座抱日楼。本人拥有楼子的七成股份，自然可以将抱月楼所有的伙计、知客、姑娘们全部赶走，然后抱日楼重新招过去……清儿姑娘可以想一下，那座现在尚未存在的抱日楼，能在多短的时间内将抱月楼完全挤垮？"

石清儿面露强硬，不肯退步："第一点我根本不信，难道范家……不，史先生舍得抱月楼就此垮了？用七成股份来与咱们同归于尽？"

说到这儿，她面露骄傲之色："第二条更不可能，大东家当初选址的时候极有讲究，而且这些红牌姑娘们与咱们楼子签的是死契，怎么可能说走就走？"

史阐立摇头叹息道："清儿姑娘看来还是不明白目前的局势……你要清楚，我现在才是抱月楼的大东家，什么死契活契，我说了才算数。"

石清儿面色一变。史阐立站起身来，推窗远眺，微笑着说道："至于抱日楼的选址，不瞒姑娘，正是抱月楼的侧边，也是在瘦湖之畔。之所以本人过了这些天才来收楼，是因为前两天，我正忙着收那处的地契。"

石清儿瞠目结舌哑然无语。史阐立渐渐沉醉于狠辣商人的角色之中，挥手捞了捞窗外瘦湖上吹来的风，继续说道："至于同归于尽……如果贵方不肯退出，抱月楼七成股份虽然值很多银子，但还没有放在我的眼里。"

这确实是赤裸裸的威胁，看似简单，却让对方——三皇子根本应不下来。

抱月楼之旁的地确实被监察院暗中征了，用的什么手段不得而知。史阐立只知道收楼的每一个步骤都走得极稳，万无一失。小言公子果然厉害，如果三皇子不肯让，他一定有办法在十天之内让抱月楼倒闭，而且今后再无翻身的可能。

范闲要收抱月楼的消息，早就通过范府的途径，传入宜贵嫔耳里。如今三皇子天天被宜贵嫔揪着罚抄书，就算再心疼，也找不到法子来阻止情势的发展。

"姑娘你不知道这里面的渊源，就不要多想什么了。"史阐立看着石清儿有些惘然的脸，一时间读书人的天性发作，接下来说道，"我是一个极好说话的人，日后你依然留在楼中做事，尽心尽力，自然不会亏待你。"

石清儿却是一个死心眼的人，总想着要对二东家负责，虽然二东家只是一个小小年纪的孩子，但她想着这孩子的身份，总觉得这事荒谬得很——京都里霸产夺田的情况常见，但怎么会有人连皇子的产业都敢强霸豪夺？

"如果二东家传话来，我自然应下。"她咬着牙回道，"但账上的流水银子，你我要交割清楚，一笔一笔不能乱了！"

史阐立点点头，一直在楼外等着的收楼小组走进了楼里。石清儿的眼睛都直了——穿着便服的监察院密探依然还是密探，这群人来收楼，谁敢拦着？

这一行人里有位颏下留着长须的小老头儿，此时正对着抱月楼的环境布置经营风格大加赞赏。看着此人，石清儿更是倒吸了一口冷气，再也说不出话来，心想自己就算再尽力，也阻止不了范提司大人将三皇子的那份钱生吞了进去。庆余堂的三叶掌柜亲自出马，这抱月楼最后肯定会算成姓史……不，那个天杀的姓范的。

庆余堂的掌柜们向来只替内库把脉，替各王府打理一下生意，多年没有露过脸。但石清儿能从一个妓女辛苦万分地爬到顶级妈妈桑的地位，自然是个肯学习、有上进心、对经营之道多有钻研的人。她当然也知道这些掌柜的存在——庆国商人对叶家老人从骨子里尊敬仰幕，就如同天下文士看待庄墨韩一般。

她顿时断了在账面流水上玩小聪明的念头，上前行了个礼。三叶掌柜年纪只怕有五十岁了，胡须如染了白面一般，看着石清儿连连点头，面露欣赏之色。

史阐立见状，心里一怔。想到，老师派这么一个老色鬼来是做什么？

三叶赞道："这位姑娘……想必就是这间楼子的主事吧？老夫看这楼子选址、择光、楼中设置，无不是天才之选，实在佩服。姑娘若肯继续留在楼中，我便去回了范提司，实在是不用我这把老骨头来多事。"

石清儿窘迫地应道："老掌柜谬赞，一应皆是大东家手笔，与小女子无干。"

三叶掌柜面现可惜之色,叹道:"这位大东家如此天才……怎么却得罪了范……"幸亏他年纪大了,人还没糊涂,及时收了话,只是一个劲儿地摇头,四处打量,满是凌于孤峰不见高手的喟叹神态。

在这位浸淫商道二十年的老掌柜眼中,抱月楼虽然走的是偏门生意,但楼堂大有光明之态。楼后有湖,湖畔有院,伙计知客们知进退,识礼数,姑娘们不妄媚,不失态……恰是掐准了客人们的心思,实在是深得商道真义。

宫中没有消息出来,石清儿不敢对三皇子那份钱做主,但收楼小组已经进驻,自然要将账册拿出来。商家大多数都有两套甚至更多账本,但当着三叶掌柜的面,石清儿不敢玩手段,不过几炷香的工夫,抱月楼的银钱往来已经算得清清楚楚。而那折算成一千两银子的三成股份也暂时割裂开来,就等着三皇子那边开口,这座抱月楼便完完全全地成了史阐立的生意。

做完这一切,石清儿满心以为抱月楼今后的大掌柜就是庆余堂的三叶,不料老掌柜又坐着马车走了,不免有些吃惊。更让她吃惊的是,打门外进来的那位抱月楼新掌柜竟是位熟人!

"桑文?"石清儿目瞪口呆。桑文当初被范提司强行赎走之后便没了消息,竟是杀了个回马枪!

史阐立说道:"不错,桑姑娘今后就是抱月楼的大掌柜。"

石清儿勉强向桑文行礼,当初桑文因为冷淡与刚强受了她不少刁难,此时见对方成了抱月楼的大掌柜,她心知自己一定没有什么好果子吃,强行压下胸口的闷气,便准备回房收拾包裹去。

桑文也很不安,范大人对自己恩重如山,既然将抱月楼交给自己打理,自己一定要打理得清清楚楚,此时见石清儿有退让之意,心头自是一松。

史阐立却是皱了皱眉头,说道:"清儿姑娘,你不能走。"

石清儿冷笑道:"我与抱月楼可没有签什么文契,为什么不能走?"

史阐立有些头痛地松了松领口的布扣，说道："这生意我可没做过，桑姑娘是位唱家，姑娘走了，抱月楼还能不能挣钱……我可真不知道了。"

石清儿发现对方还有需要自己的地方，不由生出得意来，微笑道："若……"

史阐立抢先说道："范大人说了，他没有开口，你不准离开抱月楼一步。"

石清儿气苦，自己区区一个女子，就算与三皇子那边有关系，但监察院提司大人都发了话，自己哪里还敢说半个不字？这世上会为了一个妓女而与监察院冲突的官员，还没有生出来，就算是皇子也不会做出这种得不偿失的傻事。

"留着我做什么？"她有些无奈地问道。

史阐立说道："范大人……噢，不对，本人准备对抱月楼做些小小的改动，我以为清儿姑娘应该在其中能起到一些作用。"

石清儿一愣，抱月楼的生意极好，改动……自古以来青楼生意就是这般做的，难道说范提司真准备聊发诗仙狂，准备让天下的妓女们都不卖了？可问题是妓女不卖肉，龟公不拉客，那还是青楼吗？

史阐立不知道她心中的疑惑，按着门师的吩咐，一条一条地说着："第一，楼中的姑娘们自即日起，改死契为活契，五年一期，期满自便。第二，抱月楼必须有坐堂的大夫，确保姑娘们无病时，方能接客。第三……"

还没说完，石清儿已是疑惑地问道："改成活契？这有什么必要？"

史阐立解释道："大人……咳，又错了。本人以为，做这行当的，五年已是极限，总要给人一个念想。若总想着这一切都只能如此，那些姿色平庸些的又没有被赎的可能，姑娘们心情不好，自然不能好好招待客人。"

一听这话，石清儿讥讽道："五年契满，难道就能不卖了？谁来给她们脱籍？"

庆国伎妓不同册，妓者一入贱籍便终生不得出，除非被赎或者朝廷有恩旨。按先前说抱月楼签五年活契，五年后楼中妓女脱不了籍，还不是照样要做这个营生。这个问题史阐立没有回答，因为范闲说过他将来会处理。

石清儿又嘲笑道："至于郎中更是可笑了，楼中姑娘们身份低贱，没有郎中愿意上门，平日里想看个病就千难万难，怎么可能有大夫愿意常驻楼中？"

这时，一直沉默不语的桑文姑娘微笑着接道："提司大人说过，他在监察院三处里有许多师侄，请几个大夫还是没有问题的。"

石清儿苦笑一声，心想监察院三处是人人畏惧的毒药衙门，难道准备转行做大夫？愈发觉着那位范提司是个空想泛泛之辈，不屑地说道："即便有大夫又如何？姑娘们身子干净了，来的客人谁能保证没患个花柳什么的？"

这个问题也让史阐立有些头痛，他只好回道："这事儿……我也没什么好主意。"哪里是他没好主意，明明是范闲的产业化构想里遇上了没有避孕套这一天大难题。

"你先听完后几样。"他咳了两声，继续说道，"今后强买强卖这种事情是不能有了，如果再有这种事情发生……唯你是问。"

"雏妓这种事情不能再有。"

"抽水应有定例，依姑娘们的牌子定档次。"

"姑娘们每月应有三天假，可以自由行事。"

他不停地说着，不只石清儿变了脸色，就连桑文都有些恍惚。听着，听着，石清儿终于忍不住了："这么下去……抱月楼究竟是青楼……还是善堂？"

史阐立看了她一眼，说道："大人说了，你是袁大家一手培养出来的人，按理讲也该治你，但看在你出身寒苦的分上，给你一个赎罪的机会。你不要理会这抱月楼是青楼还是善堂，总之你要在桑姑娘的带领下安分做生意，若真能将这件事情做成了，逐步推于天下，将来天下数十万的青楼女子都要承你的情，算是还了你这几个月里欠的债，大人就饶你一命。"

他终于不避讳地将范闲的名字抬了出来。

石清儿默然无语，面露茫然。

其实史阐立也很茫然。难道自己堂堂一位秀才、小范大人的门生，今后再无出仕之日，只能留在青楼里，做个高喊楼上楼下姑娘们接客的妓院老板？

第十二章

京都府外谢必安

近几日下了一场秋雨，凄凄瑟瑟，生生将秋高气爽变成了冷雨夜。

抱月楼被范闲全盘接了下来，二皇子那边嗅到了一些不祥的味道，开始着手安排事宜。范闲却是比较悠闲，没有去新风馆吃接堂包子，而是去了太学，带着一帮年轻的教员，整理自己从北齐拖回来的那一马车书籍。

秋风稍一吹拂，本想在云里再赖一会儿的水滴终于坠下了来，稀稀疏疏的惹人生厌。从澹泊书局往北走一段路，就到了太学的院门口。

这里归太学和同文阁理着，庆历元年新政时设的几个衙门早就撤了。范闲举着黑色的布伞，行走在来往的学生中间，间或点点头与那些请安的学生打招呼。他如今的身份地位早已不同，但陛下并没有除却他五品奉正的职务，而且还曾经发过口谕，让他得空的时候来太学上课。他不喜欢做老师，也没有上过课，但来太学看看书，躲躲外面的风雨，是极愿意的。

第一天他来太学的时候，学生们很是吃惊，因为有将近一年他都没有在太学出现过。想到这位年轻大人如今在监察院任职，学生们不免有几分抵触和畏惧，远不如从前热情，直到发现小范大人还是如以往一般，又才重新活络起来。

来到太学给自己留的房间外，范闲收了雨伞，看了一眼外面阴沉沉的天气，忍不住皱起了眉头。他推门而入，房内有几位太学教员正在整理庄墨韩的赠书。对于庆国来说，这一车书籍有着极美妙的象征意义，陛下极为看重，太学方面不敢怠慢，抄录与保养的工作正在稳步推进。

看见他走了进来，几名教员赶紧起身行礼。

黑布雨伞放在角落里，开始往地板上渗水。房间里生着暗炉火炕，两下一烘，湿气顿重。范闲松了松领口，说道："太湿了不好，现在天气还不算寒冷，几位大人，咱们就先忍忍吧，将这炉子熄了如何？"

一位教员解释道："书籍存放需要一定的温度，太冷了也不行。"

范闲说道："还没到冬天，书放在屋内无妨，湿气重了却是不好。"

众人应了声便埋头继续工作，太学秉承庆国朝的风格，讲究实务，不好清谈，和北齐有极大不同。范闲刚坐回桌后，便被请了出去，说是有人要见他。走到太学正舍里，他有些意外地看到了舒芜大学士，上前行礼道："您怎么来了？"

林若甫下台后，朝中的文官系统乱成了一团，一部分隐隐地看着范闲，一部分跟着东宫，反而是二皇子因为多年经营与文名拥有了最多文官的支持。

舒大学士当年是庄墨韩的学生，名声极隆，依资历论在朝中不做二人想，只是因为他在北魏中的举，如今却在庆国当官，总有些不便。在庆历五年的动荡中，他阴差阳错获得了最大的利益，出任了同文阁大学士。

同文阁大学士极清极贵，在宰相一职被除，至今没有新任宰相的情况下，同文阁大学士在门下议事，实实在在进入了朝廷中枢，相当于一任宰执，就算范闲再如何势大，在他面前依然只是一位不入流的官员。当然，舒芜大学士也不会傻到真的将范闲看成一个普通官员，不然他今天也不会来找范闲了。

"范提司能回太学，老夫难道不能回来？"舒芜与自己儿子一般大小年龄的范闲开着玩笑，"这外面冷风冷雨的，你这年轻人倒知道享福，躲回了太学。怎么，嫌监察院的差使要淋雨？"

范闲不知道这位舒大学士所说是否有所指，笑了笑不知该怎么回答。

史阐立收了抱月楼之后，言冰云的行动开始逐步展开。首先用监察院的压力逼刑部跳过京都府，直接发出了海捕文书，咬死几条罪名，开始追查那位袁大家袁梦。不过这个袁梦还真能躲，在李弘成的掩护下，竟是不知道藏到了哪里。范闲不着急，发出海捕文书是为后面的安排做铺陈，袁梦越迟抓到反而越好。

就在前两天，京都里开始有流言传播开来，说刑部十三衙门正在追缉的妓院老板袁梦，其实是靖王世子李弘成的姘头！

流言很容易传开，更何况袁梦和李弘成本就有一腿，一时间京都里议论得沸沸扬扬，李弘成的名声就像是大热天里的肥肉，眼看着一天天就臭了起来。而李弘成与二皇子交好世人皆知，不一时又有流言传出，京中如今很出名的抱月楼，幕后的老板就是二皇子，刑部追查的妓女失踪案件和他脱不了干系。

这些传言说得有鼻子有眼，比如袁梦当年是流晶河上的红倌人，但除了世子却没有见她接过别的客人。又比如说某年某月某日，二皇子殿下曾经在抱月楼外与监察院的范提司一番长谈，虽不知道谈话的内容是什么，但范家第二天就将抱月楼的股份卖给了一个神秘的姓史的商人。

这些流言自然是监察院八处的手段，当初春闱案范闲被逼上位、最终成为天下士子心中偶像就是八处一手安排的。大庆朝文英总校处搞起形象工程来一套一套的，泼起污水来下手更是极为漂亮。

当然，流言传播的过程之中，京都百姓也知道了，抱月楼当初的大东家是范府的二少爷，范家的声誉受到了一些影响。不过毕竟流言的源头就在范家自己这里，随便抛出几个范提司棍棒教弟、老尚书痛下家法，大整族风，二少爷惨被断腿，满园里恶感惨号，范府毅然亏本脱手青楼的故事，便震得京都百姓一愣一愣，加上范家明面上与抱月楼已经没有了关系，传了一阵也就淡了。

控制舆论这种事情范闲极为手熟，当初凭五竹叔写几千份传单就能把长公主赶出宫，更何况如今对付的是稚嫩的二皇子。如今京都民间都以为二皇子与世子李弘成是抱月楼的幕后黑手，范府只怕有说不出的苦衷。

言冰云接下来的步骤是针对二皇子与崔家之间的银钱往来，具体的方法连范闲都不是很清楚。他信任言冰云的能力，根本懒得去管这一块儿。

舒芜大学士看了他一眼，担忧地说道："昨天京都府已经受理了抱月楼的案子……你家老二的罪名不轻啊，纵下行凶，杀人灭口，逼良为娼……"

范闲苦笑道："家门不幸，出了这么个逆子。"

舒芜摇头道："京都府如今还没有去府上索人，想来还是存着别的念头……小范大人，这'讼'字最是害人，刑事案没有太多的回旋余地，如果京都府真的审下去，这件事情惊动了陛下，那就不好收场了。"

范闲懂得他的意思，这是想劝他与二皇子能够和平相处。先不说朝廷颜面的问题，在这些大臣们看来，两虎相争必有一伤，范闲与二皇子都是庆国年轻一代极出色的人物，不论是谁在这场斗争中失势，都是庆国朝廷的损失。

当然，绝大多数人都不认为范闲有与皇子争斗的资格，虽然他是监察院提司。范闲也明白这一点，知道这位大学士劝和是为自己着想，有些感动，笑着说道："多谢老大人提点……想必老大人也已经见过二殿下了。"

舒芜点了点头，范闲从北齐回京后便一直和二皇子一派过不去，监察院抓了不少二皇子一派的臣子，他要从中说和肯定要先问二皇子的意见。二皇子倒是极好说话，很有礼貌地请舒大学士带话给范闲，愿意双方各退一步。

听了舒大学士的传话，范闲没有什么反应，二皇子小名叫"石头"，哪是好相与的角色。双方已经撕破脸皮，自己被逼将弟弟送到遥远的异国他乡，岳父被长公主和二皇子阴下台，这两件事情总要有个说法。更何况监察院一处的钉子发现，二皇子那边已经将抱月楼命案的三个凶手接回了京都，准备在京都府的公堂上将范思辙咬死。他请舒芜带话不过是为了暂时稳住范闲罢了。

范闲为舒大学士奉上茶，微笑着说道："这件事情和院子没有什么关系，和我也没有什么关系，我这些天守在太学里，就是怕有人误会。"

舒芜苦笑起来，劝道："何苦与他斗。就算这一次斗赢了那又如何？千赢万赢，总比不过陛下高兴。"

这话实在，范闲对老学士更生好感，虽然另有想法，还是温和地应道："您既然都说话了，那还有什么好说的，只要京都府给我范家留些颜面就好。"

离京都府衙三里地的御山道旁，秋雨不停地落着。

抱月楼妓女失踪之案已经开始调查，虽还没有挖到尸首，但京都府已经掌握了牵涉命案的三个凶手，只要将这三个亲手杀死妓女的恶徒捉拿归案，再拿到口供，便可以咬死范思辙为幕后主使人。如此一来可以对范家造成沉重的打击，另一方面也洗清了二皇子身上被泼的污水。

所以这三个打手实在是重要人物。二皇子直到今天也不清楚，当初范家为什么会将这三个人送到京都府，这岂不是给了己等一个大把柄？

直到范家卖了抱月楼，开始追查袁梦，锋头直指李弘成，二皇子才明白原来范闲只是用这三个打手来安自己的心，延缓自己的反应速度。他觉得范闲此举有些不智，只要这三个人在手上，你那个弟弟还能往哪里跑？

谁都知道京中那些流言是监察院放的，二皇子是真的怒了。而此时的李弘成虽然也是满腔郁闷，却无法去范府找范闲麻烦。因为靖王比他更加生气，动用家法打了他一顿，然后将他关在了王府里，正好避一避如今京都的风雨。

"好生看管，不要让人有机会接触到……"范无救是二皇子府上的八家将之一，对京都府的衙役沉声命道，"这件差使如果办砸了，小心自己的小命。"

御山道离京都府只有三里路，如果不是为了避嫌，他一定会亲自押送这三个打手，看着他们被关进京都府的大牢。

那些衙役紧张地点了点头，马车动了起来，范无救在秋雨中远远看着，一应如常，街上没有多少行人，只偶尔走过几个撑着雨伞、行色匆匆的路人。

忽然，那些路人向着街间冲去，雨伞一翻，从伞柄中抽出了染成黑色的尖锐铁器，异常冷静地刺入了马车中！

范无救大惊之下往那边冲去，只是他离马车有些距离，以那些人动手的速度，他根本来不及救人！

那些尖刺无比锐利，就像是刺豆腐一样，直接刺入了马车的厢壁，杀死了里面那三个抱月楼的打手。

路人们抽出尖刺，根本没有多余的表情动作，打着雨伞，走入了大街旁的小巷之中，直接消失在了雨天里。

鲜血从车上淌落，范无救才赶了过来，拉开车帘一看，便确定那三个人死透了，再也不可能活下来。如此干净利落杀死马车里的三人已经极难，更可怕的是，对方对自己这些人何时移送人证竟是清清楚楚，想来监察院在二皇子府上不知埋藏了多少钉子，才能将下手的时间地点，拿捏得可谓妙到毫巅。

这场暗杀因为设计得太完美，看上去才这般自然、简单，就像吃饭一样，并不如何惊心动魄。只有他这种高手才能从这种平淡的杀局里生出惊心动魄的感觉。根本不用想，他就知道下手的是谁，除了监察院六处那一群永远躲藏在黑夜里的杀手，谁能有这种能耐？他脸色越发苍白，心想刚才那几个路人如果暗杀的对象是自己，那自己能够活下来吗？

他这才知道，包括二皇子在内的所有人都轻视了范闲的力量，因为庆国新成长起来的这一代年轻人，根本不知道监察院如何可怕。他有些紧张地摩挲着袖子里的短匕首，第一次感到应该离开二皇子，救救自己为好。

"棋艺不精，棋艺不精，我下棋就是舍不得吃子儿。"范闲羞愧地说着。

范闲正在太学和舒芜下棋。今天早朝散得早，赈灾差不多结束了，舒大学士才有这么多闲工夫。下了两盘棋，他发现范闲这个聪慧机敏的大才子，竟然是个臭棋篓子，不由连声叹气，心想这种棋就算赢了也没什么乐趣。

"范闲啊范闲，我看你做什么事情都精明得很，怎么下棋偏偏这么臭？"

二人又闲话了几句朝廷里的事，范尚书在府里向来极少说这些，监察院的卷宗里也没有这些，所以范闲听着很感兴趣。

那些朝堂大事确实能够提供一些有用的信息，比如燕小乙在北边任大都督，不停伸手要银子，而南边要赈灾。范闲放下心来，只要陛下需要银子，明年内库就会是自己的，长公主玩得转阴谋诡计，说起做生意赚钱实在不咋的。

雨势稍歇，范闲没资格留大学士吃饭，恭敬地将他送出门去，便一转身回了那间房继续看书。直到众教员散后他也没有离开，捧着本书看得极入神。

他知道今天京都会发生什么事情，没怎么放在心上。那三个人本来就是死人，只是那些死去妓女的家人如今在京都府里告状，直指幕后黑手是范家。

但他不会再杀人灭口，他不是什么好人，也没有杀死苦主的狠心肠，而且他不需要做这些事情。如果不论身份，他身为监察院提司能够调动的资源和权力，远比二皇子强大，这场斗争如果没有意外，是他稳赢的局面。

只是世人却不知道这些。

唯一让范闲在意的是陛下的态度，如果陛下觉得这些小王八蛋们玩过家家不算什么，他就可以继续玩下去。他对陛下的心思揣摩得很准，二皇子不过是把磨刀石——虽然是用来磨太子的，但用来磨一磨将来监察院的小范院长，看看小范院长的手段与心思，也是不错的选择。当然如果范闲真的下手太狠，宫中只要一道旨意也就可以平复此事。至于陛下会因为这件事情动怒，他不怎么担心——大家都是王八蛋，陛下总不好亲此蛋而薄彼蛋。

没过多久，他悄无声息地离开太学，在一家成衣铺里脱去外衣，从掌柜手中接过一件样式寻常的外衣套在身上，然后翻帽遮住了自己容颜，消失在京都的雨中。

雨已经停了，天上的铅云就像是被阳光融化了一般，渐渐变薄变平，再逐渐撕裂开来。顺着天穹的弧度，向着天空的四角流去，露出中间一大片蓝天和那一轮获得胜利后显得格外新鲜的秋日。

阳光打在京都府衙门外面，有几抹穿进堂去，将堂上那面"正大光明"的匾额照得清清楚楚。

看热闹的人群围在京都府外，等着府尹大人亲审沸沸扬扬的抱月楼一案。这案子有背景，有凶杀，牵涉的人命是让人想入非非的妓女，发生在声色场所，满足了京都百姓好奇的诸多要求，是京都百姓最近最关心的事情。茶余饭后闲谈时，你若对此案没有几分了解，真是不好意思开口。那些马车行的车夫若对此案的始末不能一清二楚，更是没脸为客人赶车。

范闲伪装成路人，在人群中望向衙门，有种异样的感觉。京都府最近一两年的人事变迁与自己脱不了干系，只怕今次事罢这位京都府尹也要告罪辞官了。

以前的京都府尹梅执礼是柳氏父亲的门生，一向偏着范府，在郭保坤黑拳案中帮了范闲不小的忙。后来范闲在牛栏街遇刺，梅执礼身为京都府尹也受了牵连，被罚俸一年，留职查看。谁也没料到，第二年又出了春闱一案。几番折腾下来，梅执礼终于从这个位置上被赶了下来，放到了外郡做官。范府与梅执礼还偶有书信来往，所以范闲清楚他其实很高兴离开京都府这个万恶的衙门。

一大排贫苦不堪模样的人正跪在衙门里失声痛哭。这些人都是抱月楼死去妓女的亲人，哭声里夹着对范府的痛骂，口口声声地哭喊着请青天大老爷做主。

现任京都府尹田靖牧一脸正义，唇角微微抽动，眼眶湿润，似是被堂下苦主的悲情打动得无以复加，即刻下令衙役速去抱月楼捉拿相关嫌犯、现场勘验，又郑重其事地表白了一番为民做主的心愿。同时命人去范府请那位无恶不作的范家二少爷，却根本没有提到袁梦等人的名字。

范闲在人群中冷眼看着，看出田靖牧眼中的惊慌，想来对方已经知道那三个妓女命案凶手死了的消息。

对于那些苦主的叫骂声，范闲没有反应，毕竟是抱月楼害死了那几个妓女，自己和弟弟不过被骂几句又算什么？他只是怀疑这些苦主究竟是真的，还是二皇子那边安排的，监察院的调查结果还没有出来，他却不能什么都不做。

京都府的审案很乏味，这种戏码千百年来已经演过无数次，看热闹的百姓们依然津津有味，范闲已经将心思转到了别处。

自己的岳父，一代奸相林若甫最后黯然被迫下台，从根源上说是因为自己的横空出世，陛下圣心所致，具体的导火索还是当初那位死在葡萄架子下面的吴伯安。因为山东路的彭亭生授意整死了吴伯安的儿子，吴伯安的遗孀才会进京告状，然而又在途中被相府的人截杀，却凑巧被二皇子与李弘成救了下来——今天，二皇子会不会又来这么一道？

岳父下台，范闲并不怎么记仇，却记住了二皇子的手段。真正玩弄阴谋的高手绝对不会重复自己的手段，但他将二皇子看得透彻，对方喜欢蹲在椅子上摆出个莫测高深的模样，但这些天的试探，终究还是暴露了稚嫩的一面。

除了监察院的恐怖实力，范闲比二皇子更占优势的还在于，他这一世的年龄比二皇子小，实际上的阅历却不知道比他丰富多少。

不一时，京都府衙役带回了抱月楼如今名义上的主事人石清儿，又留了些人在瘦湖里寻找痕迹，只是没有直接证人，也不知道埋尸何处，哪里找得到？

埋在抱月楼里的尸首，监察院早已经取了出来，放到了京郊好生安葬，等案子了结后，再通知她们真正的家人。范闲看着跪在青石地板上的女子，猜想她会如何应对，是慑于自己的压力老实不说话，还是依旧不甘心想弄些事。

对这件事情，石清儿心里明镜似的。好在如今东家并不要求自己攀诬什么，也不要求自己为范家二少爷掩饰什么，只是照直了说。所以不等京都府尹用刑，她就将当初抱月楼的东家姓甚名谁、做了些什么事情交代得一清二楚。但在妓女命案这件事情上，她却一口咬死是那位被刑部通缉的袁大家袁梦指使打手做的，东家虽然知道此事，却不曾亲手参与。

田靖牧本有些满意这女子听话，但听来听去，发现她却是有为范家二少爷洗脱的意思。二皇子那边早交代过，这件事情断不能与袁大家扯上关系，于是他将脸一黑，将签往身前一摔，喝道："这妇人好生狡猾，给我打！"

京都府的衙役拿着烧火棍开始对石清儿用刑，石清儿知道监察院一定盯着这边，自己没了三皇子这个靠山，想在京都生活就得一条道走到黑，于是咬牙苦忍着疼痛，却是止不住发出惨叫声。她咿咿呀呀地唤着，痛楚里含着幽怨与不平，在京都府衙门的梁上飘来飘去，让围观百姓觉得好生不忍。

用刑过后石清儿还是头前那几句话，田靖牧脸色更加难看，准备再用酷刑，这时去范府索拿范思辙的官差却满脸挫败地回来复命。

衙役们去了范府，请出京都府的牌子闯进去搜了一番，但此时的范思辙只怕已经到了沧州地界，正在马车里抱着妍儿姑娘喟叹故土难离，哪里搜得到？他们准备多问几句，便被柳氏领着一干家丁用扫帚打将了出来。

听着属下受辱，田靖牧毫不动怒，反是暗自高兴，呵斥道："居然敢窝藏罪犯……这些权贵真是胆大包天！"

他拿定主意明天便就此事上一奏章，且看范府如何交代。

范闲毫不着急，他知道柳氏的手段，有她在家中镇宅，哪会处置不周？而且小言公子当年将整个北齐朝廷都玩弄在掌心之中，更何况是区区一个京都府。

果不其然，府外围观的人群一分，行来数人，领头的那位便是范闲第一次上京都府时的伙伴——范府清客郑先生，当年京都府赫赫有名的笔头。

郑先生有功名在身，不用下跪，对着府尹行了一礼便说道："大人此言大谬，京中百姓皆知我范府向来治府严明，哪里会有窝藏罪犯这种行径。至于二少爷究竟犯了何事，还需大人细细审来，我范府绝不偏私。"

田靖牧知道眼前这位清客是京中出名的笔头，他身边那个状师宋世仁更是出名难缠的讼棍。范家摆出这么个阵势，必是准备走明面，遂沉着脸喝道："既不偏私，为何还不速将犯人带上！"

寒秋天气，宋世仁将扇子一挥，嘲笑着说道："捉拿犯人，乃是京都府的差事，什么时候轮到旁人管了？"

田靖牧冷笑道："你家二少犯了事，自然要将人交出来……若不交人，难道不是窝藏罪犯？庆律上写得清清楚楚，宋世仁你还是住嘴吧。"

宋世仁却不听话，笑吟吟地说道："庆律有疏言明，犯家必须首先交人。只是大人，范家二少爷早已于八天之前失踪，叫我们到哪里找人去？"

田靖牧气极反笑道："哈哈哈哈……好荒谬的借口！"

宋世仁装作无奈地说道："好教府尹大人知晓，并非借口。数日之前，范府已上京都府举报，言明二少爷诸多阴私不法事。只是大人不予理会，当时曾言明二少爷已经畏罪潜逃，请京都府速速派差役将其捉拿归案。范尚书及小范大人，大义灭亲还来不及，怎么会私藏罪犯？"

田靖牧一拍惊堂木，忍不住骂道："范家什么时候来举报过？又何时报案范思辙失踪？本府怎么不知道这件事情！你休想将水搅浑了，从中脱身。"

"有没有……烦请大人查一查当日案宗，便可知晓。"宋世仁皮笑肉不笑地拱了拱手。

田靖牧惊醒过来，极老成地没有喊差役当场去查验当日案宗，而是寻了个借口暂时退堂。他与师爷走到书房中，将这几日来的案宗细细看了一遍，等看到那张记明了范府报案，范家二少爷畏罪潜逃的案宗时，险些气得晕了过去！

明明没有这回事情，怎么却突然多了这么一封卷宗！

京都府衙看管森严，就算是监察院动手也极难不惊动任何人，然而范家怎么有这么大的本事？田靖牧的脸色极其难看，心知肚明这是京都府有内鬼，只是一时间不能判断到底是少尹还是主簿做的。

等他再回到堂上的时候，已经没有最开始那般硬气。毕竟案宗在此，而且先前查验的时候京都府少尹与主簿都在自己身边，就算自己肯冒险毁了范家报案的案宗，也没有办法瞒下此事。如此一来，就算范思辙被定罪，范府已有首举之功，畏罪潜逃之事也没有刻意隐瞒——还怎么能将范府拖到这浑水里来？最不济陛下治范府一个治下不严的罪名，削爵罚俸了事，根本不可能达到二殿下所要求的结果！

他好生头痛，却不肯甘心，黑着脸望向那个讼师，恨不得吞了对方。

京都府暂时退堂,范闲知道事情妥了。范思辙从此成为畏罪潜逃之人,等自己将来真的大权在握,自然会想办法洗清,范府也终于可以轻身而行。至于史阐立,他在案发之后才接手抱月楼,京都府再不讲理也无法将他索来问罪。

范闲忍不住笑了笑,和身边一位看热闹的大汉讨论了一番案情,眼睁着那些苦主们在衙役的带领下去府衙后方一处地方暂歇。他微微一笑,与大汉告辞后跟了上去,用余光瞥了眼街角雨檐下那个像书生般的人物。

妓女的家人们满脸凄楚地往街角行去,将要消失在围观人群视线外时,横刺里竟是杀出了四五个蒙面大汉。那些大汉手里拿着明晃晃的直刀冲了过来!

一片惊呼尖叫声,那些看热闹的民众吓得四散逃开。

范闲站在一棵大槐树下面,眯眼看着这一幕,没有丝毫担心,反而对二皇子那方的实力有些看轻。对方果然施展出了同样的手段,行事实在是拙劣得很。上次栽赃宰相能够成功是暗合了陛下之意,陛下不愿意揭穿,你今天在大街上又来这么一手,难道不怕陛下耻笑你手段单一吗?

至于这些苦主的性命,他没有什么担心。

街口不知道从哪里冒出来一批路人,直接混入了战团之中,将那批命案苦主掩在身后,迎上了那些杀手。

又是路人,是范闲最喜欢的那些路人。

路人拿着监察院特备的刺尖,三两下工夫,便破了那几个刺客的防备,欺近身去,下手极其干净利落,出手风格简洁有力,竟似带着几分五竹的功底。

范闲知道这是因为六处真正的主办、那位影子是五竹仰慕者的关系。

二皇子的刺客其实身手也不错,但和六处的这些人比起来却是差得太远,稍一对战,便溃败不堪,想遁走却被那些路人如附骨之疽一般缠着,毫无办法。

当当几声脆响!这场突如其来的狙杀与反狙杀戛然而止,几个蒙面刺客惨然倒在街面上，身上带着凄惨的伤口，鲜血横流。

范闲对言冰云的安排十分满意，留不留活口无所谓，但绝不能让这些人在众目睽睽之下逃走。这些刺客身上肯定都带着监察院的东西，以便栽赃给自己。

这场狙杀的结果也在他的意料之中，皇子们养的死士，只能算是兼职的刺客，遇见六处的专业人士，自然会败得很惨。

这时奇变陡生！街角那个正在屋檐下躲雨的书生，忽然间飘了出来，杀入战局之中。只见他一拔剑，意洒然，剑芒挟气而至，真气精纯狂戾，竟是带得街上积水都跃了起来，化作一道水箭，直刺场间一位苦主！

如此强大的剑气竟是出自如此文弱的书生之手，场中几位伪装成路人的六处剑手一时不及反应，也不敢与这雨剑相混的一道白气相抗，侧身避开，尖刺反肘刺出，意图延缓一下这位高手的出剑。

嗤嗤数声响，尖刺穿过书生文袍下摆，带下几缕布巾，却根本阻不住他的剑，只听着噗的一声，那柄无华长剑已经是刺入了一位苦主的身体！

谢必安，二皇子八家将中最傲气的谢必安，曾经说过一剑足以击败范闲的谢必安，出剑必安的谢必安。

范闲第一眼就认出了屋檐下躲雨的书生是他，原以为他只是奉命前来监视场中情况，根本没想到以对方的身份实力，竟会如此不顾脸面地对一位苦主出手。此时大局已定，就算谢必安杀了那个苦主，又能如何呢？

谢必安在出剑前的一刹那就已经知道，既然六处的人在这里，栽赃的计划定然是失败了，他虽然狂妄却也没有自信能够在光天化日的京都街头，将那些常年与黑暗相伴的六处剑手全部杀死。但他依然要出剑，因为他心里不服，他眼睁睁看着自己手下被那些路人刺倒，而自己想要杀的苦主们却是毫发无伤。这种完全的失败让他愤怒起来，怒而出剑——

哪怕杀死一个苦主也是好的，至少能为二殿下在与范闲的斗争中挽回些颜面。而且只要这些妓女的亲眷死了一个，范闲与监察院总要花很多精力来做出解释。

他握着剑柄的右手感到一丝熟悉的回颤，知道剑尖已经又一次进入一个人的身体，会带走一个无辜者的灵魂。

他有些满意，甚至是嚣张地笑了笑，回剑看着那个苦主胸前的血花绽开，然后……他的笑容马上僵住了。

谢必安自信绝不会失手的一剑，确实刺入了那个苦主的身体，怪异的是剑尖入体的部位，略微偏了一寸，也就是这段距离，让他的剑没能直接杀死对方。

他失去了第二次出剑的机会，因为他面前的苦主就像是一只风筝一样，歪歪斜斜，却又极为快速地向着右手边飞了出去！不知道是什么样的力量，竟然能够凭空将一个人，牵引向了完全违反物理法则的方向。

谢必安下意识里手腕一拧，长剑护于胸前，霍然转首看去，却只来得及看见，刚赶过来的范闲收回了踹出去的那只脚！

"范闲！"

身为极高明的剑客，他第一时间察觉出了对方的气息，尖叫声中，凝聚了他全身力量的一剑，笔直而无法阻止地对着范闲的面门刺了过去。

范闲一脚救了那人一命，根本来不及抽出匕首，他看着迎面而来的寒光，感受着那股凛冽的剑气，感觉自己的眼睫毛似乎都要被刮落了一般！

他一抬手，嗤嗤嗤，连环机簧三声接连而起，三支淬着见血封喉毒液的弩箭逆着剑风，快速射向了谢必安的面门。

剑尖所指是面门，暗弩所向亦是面门。

两个人都没有比拼脸皮厚度的兴趣，范闲沉默甚至有些冷漠地一转身体，让那把寒剑擦着自己脸颊刺了过去，然后狠狠一拳击向了谢必安的胸腹。拳上挟着的霸道真气十分雄浑，如果击实，谢必安必要落个五脏俱碎的下场。

谢必安左袖一舞，即刻舞出了朵云。他勉强拂去两柄细小的暗弩，怪叫一声，横腕一割，左手化掌而出，拍在范闲的拳头上。

咔嚓一声脆响，他的腕骨毫不意外地断了！

"范闲！"谢必安狂喝道。

拳掌相交时，一道淡淡的黄烟从二人拳掌间爆了开来，他没有想到范闲占尽优势，居然还会用毒烟这种下作手段！

毒烟入体，谢必安的剑势已尽，横割无力，又急着去迎范闲那一记诡异而又霸道的拳头，空门大开，三支弩箭的最后一支刺入了他的肩头。

又中一毒。

"范闲！"谢必安第三次狂乱愤怒而又无可奈何地吼出范闲的名字。

他知道自己低估了对方的实力，强行运起体内真气，一剑西出，直攻范闲的咽喉，毒辣至极，身体已经飘了起来，准备掠上民宅檐上逃走。

范闲怎么会让他逃！一道灰影闪过，他在空中缠住了谢必安的身形，右臂疾伸，直接砍在了对方的脚踝上！

这一记掌刀是用大劈棺做的小手段，攻击的是最不起眼的边角，却能给对方带来极大的损害。谢必安闷哼一声，只觉脚踝处像是碎了，一股难以忍受的疼痛迅疾染遍了他半个身体，让他逃离的速度缓了一缓。

这一缓，他便被范闲抓回了地面，二人重新站立在稍有积雨的街面上，化作了两道看不清的影子，一道是灰色，一道是黑色，纠缠在了一起。

啪啪啪啪一连串闷响，谢必安也不知道挨了多少记拳脚。范闲出手太快，真气未能尽发，谢必安仗着自己数十年的修为硬扛住了，但他的剑竟是连范闲的身边都挨不到一下，这个处境让他不禁感到了绝望。

他怎么能这么快！谢必安尖叫一声，疾抖手腕，剑势俱发，化作一蓬银雨护住自己全身，终于将范闲逼退了数步。叮的一声，他战抖的右手拄剑于地，剑尖刺在积水之中，微微颤着，带着那层水面也多了几丝诡异的纹路。

看着不远处面色平静的范闲，谢必安感觉身体内一阵痛楚，经脉里似乎有无数的小刀子在割着自己。范闲的攻势完全震坏了他的内腑，而毒也渐渐发了，他站立不稳，已经丧失了出手的信心。

他有些茫然地望着范闲，记得自己在抱月楼外的茶铺里曾经大言不惭地说过，仅凭自己一人就可以把范闲留下来。范闲去年在牛栏街上杀死过程巨树，但他根本不相信一个权贵子弟真的有毅力投身武道，能够拥有真正精湛且实用的杀人技……更想不到这个年轻公子哥儿居然已经迈入了这等境界！

"……九品！"谢必安咳血不止，依然挣出这两个字来，右手的拇指极轻微地动了一下，按在了剑柄之上。

范闲脚尖一点，像道箭一般来到谢必安的身前，黑色的寒芒划过，用自己最擅长的匕首，割断了谢必安用来自杀的长剑。与此同时，他狠辣无情地一拳击打在谢必安的太阳穴上，然后如道烟一般闪回，就像没有动过。

谢必安慢慢倒在雨水中，震起一片不起眼的小水花。

京都府衙役们终于畏畏缩缩地赶了过来，田靖牧也貌作惊讶地来到场间，看着眼前的场面心头一凉，知道二皇子的计划全部泡了汤。再看着那位微笑着的范提司大人，他的心里更不知道是什么滋味。

"有人想杀人灭口，我来京都府听弟弟的案子……凑巧碰上了。"范闲平静地说着，右手却在微微战抖，"幸好带着几个得力的下属，才不至于让阴谋得逞。"

谢必安没有自杀成功。对范闲来说，能够抓到八家将中的一人实在是意外之喜。二皇子府上的八家将在京都并不是秘密，今日这么多民众眼看着谢必安刺杀命案的苦主，对于八处的宣传工作来说实在是极好的材料。

范闲真想对地上的谢必安说声谢谢。

京都府衙役们接管了一应看防，接下来就没他什么事情了，谢必安的身份不需要现在由他亲自点明，自然有下属来做这些事情。

范闲微笑着看了田靖牧一眼，说道："贼人阴狠，还请大人小心看管。"

他没有将谢必安押回监察院的想法，就算最后问出谋杀苦主是出自二皇子的授意，但如果是由监察院问出来的，这味道就会弱了许多。

他将谢必安交给京都府，何尝不是存着阴晦的念头。交过去的谢必安是活的，如果日后死了，事情就会变得更有趣。京都府尹是三品大员，监察院非受旨不得擅查，难得出现这么一个阴死对方的机会，范闲怎能错过，怎舍得错过？若真错过了，只怕连小言公子都会骂他是妇人之仁。

伪装成路人的六处剑手护卫着范闲往府里走去，有人瞧见了范闲微微战抖的右手，以为提司大人是在先前的打斗中受了伤。范闲笑了笑，说道："没什么，只是有些兴奋而已，已经好几个月没有享受过这种过程了。"

与谢必安这一战确实让他有些兴奋，他天生喜欢这种活动，甚至有时候会想，言冰云更适合做监察院的院长，自己去为小言打工才比较合适。

不过右手的战抖也不仅仅是因为兴奋，范闲轻轻揉着自己的手腕，本来一片阳光的心情悄然多出了一角阴影。

药 | 第十三章

雨后初霁的京都处于震惊之中，毫无疑问，今天京都府外的事情又会成为京中饭桌旁的谈资。而在知情权贵们眼中，二皇子与范闲的争斗，胜利的天平已经向后者严重倾斜——如果陛下没有什么意见，宫中依然保持沉默的话。

接下来的事态发展证明了人们的猜想。

监察院在范提司的英明指导下，在小言公子的具体指挥下，将自己武装到牙齿，毫不客气地撕咬着二皇子一派从官员到经济方面的利益。他们以抱月楼之事为引，以京都府外刺杀之事为根，转战朝廷上下，大索商行内外，深挖对方灵魂最深处，阴谋诡计一闪念，步步逼近。

首先是毫无意外，八家将之一的谢必安在京都府大牢中暴毙，这自然给了监察院极好的借口，院里以联席会的形式向宫中递了三封奏章，京都府尹田靖牧终于被停职查看。二皇子为自保而出的蠢招，让院里一环扣一环，直接除掉了二皇子在京中最大的倚仗。另一方面，言冰云令四处控制了信阳往京都支援的几个要害，逼得崔家惶惶不可终日，不知道损失了多少银钱，只好被迫着调动江南本家的资金想重新打通北方的路线——二皇子的银钱顿时捉襟见肘。

舆论对二皇子也极为不利，虽然王府中也有谋略高手，但怎及监察院的行动力与专业性，和八处的宣传官员相比，王府派去茶楼酒肆的伙计们实在没有什么蛊惑人心的能力，所以监察院下手再狠，京都百姓依然站在范府一边，认为失踪的范家二少爷是为二皇子当了替罪羊，这才惹得小范大人下狠手反击。

至于可怜的靖王世子，名声更是臭到了令人发指的程度。谁叫他和袁梦有染！京都人都知道明年春天李弘成就要迎娶范家的大小姐，却指使范思辙这个十三岁的少年开妓院，还让他背上了妓女命案！

——娘希匹的，这个世界上有这么无耻的利用自己小舅子的姐夫吗？

一时间无论在官场还是在别的方面，二皇子一派都被打得节节败退，气势低迷，全无还手之力。他们唯一尝试进行的反击是来自长公主控制的都察院。谁能想到监察院所有行动全部依庆律条例而行，竟没有一点把柄让那些御史抓到。至于雨夜里被暗杀的三位抱月楼命案证人更是无头命案，就算有人猜到是监察院做的，可是哪里有证据？监察院的态度很简单——那三个人是被范提司家人亲自送到京都府衙门的，怎么会死在了京都府外？如果有问题，与二皇子交好的京都府尹田靖牧才有最大的问题！

对目前的战果范闲极为满意，反正宫中的底线在那里，自己总不可能直接把二皇子杀死或者赶出京去。只要能将他的力量削弱到再难以威胁自己的地步，打得那个家伙痛不堪言，稍微出些老范家的恶气，这就足够了。

其实监察院恐怖的力量只展现了一部分。

这次行动能如此顺利，一方面是陈萍萍借那纸调令将所有权限都给了范闲，更主要的是范闲在北齐上京就开始筹划。自夏入秋，他和言冰云准备了太久，当时呈御览的奏章里就提到了二皇子与长公主的问题，只不过上次陛下留中不发，今次因为抱月楼的事情，范闲借着这口怒气将此事提前做了出来。以有心算无心，以强风吹薄云，这一仗监察院要是还打不赢，只怕陈萍萍会气得从轮椅上跳起来，痛骂这帮小兔崽子损了自家的威风。

宫里保持着诡秘的安静，包括二皇子的生母淑贵妃、东宫太子，以及皇后在内的所有贵人都像是聋了哑了，没有发出任何声音。大家都清楚这是在等陛下的态度。

　　陛下在做什么？宫里传出消息，陛下请了江南的道科班入宫唱大戏！这时节京都风风雨雨，皇帝陛下却犹有余暇陪着太后看了一天的戏，不知道赏了多少筐铜钱出去，说不出的开心轻松！这下子大家伙终于看清楚形势了，敢情咱们这位万岁爷根本不觉得这种小事值得一看，眼皮子都懒得抬一下，年轻人在京里的小打小闹，哪里有江南出名戏班演的戏好看！

　　一直保持中立的朝官用他们敏锐的头脑，发现了一个震惊的事实——范闲的圣眷竟然大到了如此惊人的地步！他的对手是谁？是二皇子，是皇帝陛下的亲生儿子！陛下居然还能如此不偏不倚……这，这，这是何等样的恩宠？

　　他们也不敢得罪二皇子，只好站得更稳，将脚丫子插在泥中，顽强地实践着草根精神，左右摇摆，却不肯随意倒向哪方。

　　二皇子本人则是心寒难抑，知道自己这些年不声不响地在朝中发展势力原来全数落在了父亲的眼中，他不禁在想，难道范闲回京后针对自己，是暗中得了宫中的授意？不过他也够狠，知道此时的局势容不得自己再退，就算自己肯放下皇子的面子与范闲第二次握手，对方也不见得有这个心情。而且皇帝那暧昧的态度，让他知道，自己如果不能将范闲打下去，那就只有等着范闲将自己打入尘埃——就如同他在茶铺里说的那般。

　　在强大的压力下，二皇子再次勉强出手，都察院御史再次集体参劾范闲与范建，这次参的罪名极其实在，拿的证据也极为笃实，总之与范思辙整出的那些事情有关。雪花一般的奏章往门下省里递着，完全跳过了刑部、大理寺那些衙门，直接要求范氏父子下台请罪，愣生生摆出了鱼死网破的阵势。

数十位御史摆出比上次更大的阵仗，直挺挺地跪在了宫门之前。今日无雨，青灰的宫前广场上数十件随秋风而微舞的赭色官服显得格外刺眼，让那些于宫门处来往的朝廷大人忍不住纷纷摇头，然后躲进角门，不敢去管这等闲事。

　　依庆律，被参官员须上折自辩，此次御史参的是刑命官司，范氏父子必须亲自入宫向陛下请罪，然后在朝会之上解释清楚。朝会上二皇子一派依然有极强的实力，殿前辩论这一关对于范氏父子来说，实在不好过。

　　都察院的御史们充满了信心，等着这对庆国最大的"贪官"父子被自己击倒，因为这次与上次不同，这次他们在二皇子的帮助下拿实了证据，足以证明范家乃至柳氏忠毅国府与抱月楼那个臭名昭著的青楼根本脱不了干系！

　　他们跪在地上，兴奋地等待着范闲的到来，等着这位飞扬跋扈的监察院提司出现在自己这些铁肩御史的面前认错，请罪，低头！

　　就算范家将范思辙送走了，将抱月楼脱手了，就算陛下可能会法外施恩，但罪证俱在，你范家总要付出相应的代价！

　　不只都察院的御史，很多人都准备看范府与监察院会怎样应对这场来势汹汹的参劾。官员们都是要颜面的，被都察院这般咬着实在是很丢脸的一件事情。而众所周知范闲是个极重名声的人，官员们对此极感兴趣，甚至包括舒芜大学士在内，都持着一颗恶趣味或是报复或是嘲讽的心，准备看范闲的狼狈模样。

　　但谁也没料到，陛下宣召，范闲竟是没有来！不只他没有来，连范尚书也没有来，这一对父子极有默契，极为无耻地用了同一个招数——病遁！

　　二皇子愣住了。他没想到范家父子居然在脸面这种枝节问题上也做得如此绝，连让自己挣回些脸面的机会都不给——绝，这爷俩真绝！

　　躲在议事房里喝茶的舒芜大学士，听到消息后一口茶喷了出来。他那天去太学与范闲下了几盘棋，那小子嘴上答应得好好的，结果转身就在京都闹出这么大一场风波，还说自己不舍得"吃子"！他被表面恭敬，内里一肚子坏水的范闲气得不轻，本指望今天朝会上能看看范闲吃瘪的模样，没想到这小子居然称病不来，这让他看戏出气的想法无法实现，不由得好生不爽。

消息传到殿上，正在看各郡奏折的皇帝陛下皱了皱眉头，却没有说什么。后宫的娘娘们知道了这个情况，纷纷笑骂这孩子真是个不省心的，也不知道依晨怎么就嫁了这么个相公，当初看着是诗华满腹，如今瞧着竟是个无赖。

最失望的莫过于跪在宫门之外的那些都察院御史，既然对头称病不来，杀气腾腾的阵势没了受力点，又有何用？他们好不难受，垂头丧气地散了，赭色的官服有气无力地垂在身体四周，不再有精神理会秋风的挑逗。

人都是吃五谷杂粮长大的，又不是金刚不坏之身，哪里会没个病痛，但像范家爷俩病得如此之巧，病来得如此之猛，一夜之间就无法下床……也未免太怪异了些，更何况范闲还是监察院费介的亲传弟子，连宫中御医都知晓你手段，怎么可能忽然一下就病倒了呢？

不只朝中百官不信，京都百姓不信，宫里的娘娘们与皇帝陛下都不信，所以当天朝会散后，便有宫中侍卫领着御医在一向极少出宫的洪公公带领下，浩浩荡荡杀到了范府，传旨意慰问，同时看看他们父子二人到底得的什么病！

这时候所有人都认为范氏父子是在装病，心想为了不上朝出丑，竟是得罪了皇帝陛下，怎么也是个欺君之罪——这爷俩真是狂妄至极也愚蠢至极。

二皇子也想不明白个中缘由，他自幼在宫中长大，当然知道洪公公的手段，任何装病的伎俩，在那个病恹恹的老太监面前都瞒不过去。

范闲是真的病了。这个消息通过洪公公的证实、皇帝陛下没有惩罚他的事实传遍了京都每一个角落，没有人再怀疑他是在装病。虽然范尚书只是偶感风寒，小范大人却是真的卧床不起，身体虚弱得厉害。

此时还在监察院与二皇子斗争的节骨眼上，范闲却很不凑巧地病了。这个事实让很多人都生出有些怪异的情绪，心想京都局势会不会因此有变？历史上曾经出现过很多类似的局面，当初北魏皇帝清算战功赫赫的战家之所以能够惊险成功，就是因为当时一代名将战清风大帅很不凑巧地拉了三天肚子。

历史虽然荒谬，却极为真实。

秋天的后半夜，月亮下去了，太阳还没有出，只剩下一片乌蓝的天。范府后宅里响起一阵剧烈的咳嗽声，咳声连绵不绝，许久没有停歇，惊得下人们都从睡梦里挣扎着醒来，园中响起一阵带着些慌乱味道的动静。

许是天时气候的问题，不只范尚书患了风寒，还有些下人也病了。那些流着鼻涕的人已经被送到了京外的田庄里，剩下的人却不敢大意，天天喝着大少爷开的药方子。这药方子倒是极有用，风寒没有传染开来。

之所以这一阵咳嗽让范府众人乱了起来，是因为咳嗽声是从大少爷的屋里传出来的，大少爷这两天患了怪病，咳得厉害，却又不肯让宫里的御医抓药，说是只相信自己的手段。不过治了几天咳嗽，咳声没有消减下去，范府的下人们不禁有些担心，生怕这位对下人们极好的大少爷有个三长两短。

大丫鬟思思额上系着根红缎带，抿住稍乱的头发，有些恼火地站在小厨房里，一边嗅着房内传出的浓浓药味，一边喊着那些粗活丫头让她们手脚快些。她是澹州老祖宗身边打发来京都的人，身份是明摆着的，说话很有些分量。那些睡眼惺忪的小丫头们知道大少爷的病有些麻烦，看到思思发怒哪里敢应声。

看了少响，思思终是不放心，搬了个小凳子坐在了药炉前，手里拿着文火扇，轻轻摇着扇子，眼睛一眨不眨地盯着药雾渐起的炉口，渐渐被熏红了眼睛。

卧房中，林婉儿披着一身内棉外绣的居家袍子，心疼地揉着范闲的胸口，小心翼翼地问道："要不……真试试御医开的方子？"

范闲病得不是很重，只是真气与谢必安一战之后变得有些不受控制，必须花费更多的时间冥想。好在古怪的脉象成功地瞒过了高深莫测的洪公公。

他摆了摆手，勉强笑着说道："哪里这般金贵，再说自己的身体自己知道，死不了的，自己开些药吃就好。"

林婉儿也知道相公的医术了得，不然也不能治好自己的肺疾，只是难免有些担心，咬了咬嘴唇说道："连洪公公都瞧不出这病的来路……你却说自己清楚，你看……"她眼珠子一转，说道，"我给费先生写封信问问？"

范闲又咳了两声，知道妻子终究是放心不下，叹了口气说道："我那老师，你又不是不清楚，一年里倒有大半年的时间在四野乱逛，就算他想赶回来，至少也得有三四个月工夫，那时候只怕我早就成了死人……你啊……"他轻轻弹了一下婉儿的俏直鼻尖，玩笑道，"你就成了京都最漂亮的俏寡妇了。"

林婉儿往地上吥了几口，怒道："什么时候了，还尽说这些胡话！"

范闲笑了笑，他不像家人一般紧张，因为他清楚自己的身体发生了什么变化，此时熬的药也只是帮助自己静心清神，舒肺通窍，稍微梳理一下经络，至于真正的病根还是得靠自己。他轻声安慰了婉儿几句，然后将右手藏到了被子里。

他的右手隔段时间便会微微战抖。这种状况从京都府外开始，一直到今天都没有什么好转。

叩门声响起，思思小心端着汤药进了屋，大丫鬟司祺早就爬了起来，挑亮桌上的油灯，搬了个高几放在了少爷少奶奶的床前，将药碗接了过来。然后取出调羹在碗里轻轻搅动着，让汤药降温，等着温度差不多了，才喂范闲喝了一小口。

范闲感觉有些苦，下意识里舔了舔舌头，思思极快无比地将一颗糖丸塞进了他的嘴里。他忍不住笑了起来："我一个大老爷们，用得着这么服侍吗？"

思思笑了笑，说道："少爷，打小的时候，你就最怕吃药了。"范闲心想，这个世界的汤药又不可能裹着糖衣，谁乐意喝这个。

司祺抽出袖间的丝巾，帮范闲擦了下唇角，认真地说道："少爷，您现在可是病人，不能逞强。"

两个大丫鬟如此模样连婉儿都有些看不下去，便笑骂道："别把他宠得太厉害。"话虽如此说着，小手却在范闲的后背不停地往下顺着，让他能舒服些。

范闲极享受这种大少爷的生活，心想生病还能如此舒服真是不错。他伸手端过药碗一口喝尽，笑着说道："我是个兼职医生，不是个小孩子。"

两位大丫鬟对视一笑。天时已经很晚，范闲知道先前那阵咳又让府里的丫鬟们忙碌了一阵，有些歉疚，吩咐道："喝了药就不会咳了，你们自去睡吧。让那几个守夜的丫头也睡了，秋夜里寒着，再冻病了怎么办？"

"马上就天亮了，还睡什么呢？"

"多睡会儿总好些。"

知道大少爷体恤下人，而且温柔的外表下是颗向来说一不二的心，思思与司祺不敢再反驳，齐声应下便出了房门。

范闲倒了杯茶漱了漱口。婉儿忍不住说道："病了还喝冷茶，对身体不好。"

范闲笑道："说了，这病与一般的病不一样。"

夫妻又说了会儿话，婉儿见他不再咳嗽，心中稍安，困意渐起。因见他不肯睡也自撑着不去睡，范闲看不下去，伸手帮她揉了揉肩，手指在几个安神的穴位上拂了拂，才让她沉沉睡去。

熟睡中的妻子有些憔悴，他摇了摇头，自己这病不是照顾得好便能好的，和父亲可不一样。范尚书的风寒，在他妙手之下已经好转，约莫再过两天便能痊愈。只是父亲年纪大了，身子不比年轻人，恢复起来总是慢一些。

他轻轻挥手，拂灭了五尺外桌上的油灯，整个卧室陷入黑暗之中，他却睁着明亮的双眼，始终无法入睡。

舌尖轻轻舔弄着牙齿缝里的药渣，品评着自己亲手选的药材，似乎能够感觉到药材中的有效成分此时已经入了肺叶，开始帮助自己舒缓起那处的不适。他伸手将妻子身上的被子拉好，然后将手伸到枕下的暗格里摸出一个小药囊。囊内是几粒浑圆无比，触手却有些粗糙的大药丸子。

屋内是黑的，范闲却知道这些药丸是红色的，因为从小到大，费介先生就命令他将这药丸随身带着，以防修行的无名功诀出了问题。一旦那股霸道狂戾的真气要冲破他的经脉时，这药丸就是他最后的救命灵丹。

在范闲很小的时候，费介就发现了这个要命的问题。五竹留给范闲，或者说叶轻眉留给范闲的无名功诀，确实能修成极其霸道雄浑的真气。问题是这种真气太过霸道狂戾了，一般人如果练起来，只怕还没有练多久就会被体内的真气挤爆刺穿，经脉一断，这人自然也就成了废人。

范闲和这个世界上的人相比有个奇异之处，就是他的经脉要比其他人粗许多。正因为如此，他自婴儿时便开始偷练无名霸道功诀，四岁时体内的真气就已经充沛到了令人震惊的程度，却没造成爆体而亡。

但费介说过，随着他体内的真气越积越多，越来越雄厚，终究有一天，先天已然成形的经络通道再也容纳不下，那时候他就会吃大苦头甚至会死！

十几年过去，范闲没有感觉到这种危险，体内的真气虽然霸道，却依然一直处在自己的控制中。尤其是十二岁那年他练完了《无名霸道功诀》第一卷，像暴风雨般的体内真气骤然间风消雨停，变得驯服无二，再没有对他造成任何影响。

他渐渐放松警惕，甚至快忘了这个谨记。药丸不再随时携带，只是上次出使北齐的时候，他担心前路莫测带了一颗，却也没有用上。

危险，总是在人们最没有防备的时候到来。

经历了北齐看似平安、实则凶险的旅程，范闲体内的真气修为与技艺终于融为一体，已经突破了九品关口，开始迈向人世间武道的顶峰。

他的霸道真气也终于大成，甚至可以与苦荷的首徒狼桃硬拼一记，不料却在京都府外轻松击败八家将之一的谢必安之后出了问题。

那道霸道的真气似乎嗅到身体主人的某些迹象，开始狂躁起来，不再肯安分地停留在经脉之中，而往着四面八方不停地伸展、试探、突刺。

范闲的双手是他真气控制最完美的地方，此刻却成了真气强行溢出的关口，如今右手不时战抖，正是身体与不听话的真气彼此冲突的结果。

情况不是很严重，还在他的控制范围之内，经过这些天的冥想静坐，他强行压制住了跃跃欲试的霸道真气，只是两相逆冲却伤了肺叶，才导致不停咳嗽。但如果任由这种局面发展下去，总有一天那些真气会失去控制。

他也曾经尝试修行《无名霸道功诀》的第二卷，却没有任何进展，咳得厉害时他甚至有些痛恨失踪不见的五竹叔——您给了我一个吸星大法，还要给个解决的办法吧？

他轻轻捏着手中的药囊，眉头微皱。就像只有老虎才能对阵狮子，为了帮他镇压体内霸道的真气，老师下的药也是极其霸道，他真不知道这药吃下去会带来什么样的后果。要知道那里面有大量的五月花，那可是……地地道道的散功药！

谁甘心将辛苦练了十几年的真气一朝散去？就算不会散，只怕真气也会消耗大半！可是不吃……难道看着那股真气在几个月或是几年之后把自己爆成充气大血球？就算没有这般可怕，但右手老抖着也不好看啊！自己年纪轻轻的就要摆出一个帕金森患者的范儿？吃还是不吃，这真是一个大问题。

远处传来几声鸡叫，叫醒了太阳，斥退了黑夜，但人们还在沉沉睡着。

范闲抬起头来，才知道自己在床边坐了半个时辰，不由得自嘲一笑，面临这种两难境地时，自己表现得如此懦弱与迟疑，果然还是那个最怕死的人啊。

或许这也是个契机，他在心里这样安慰自己。

"不漱华池形还灭坏，当引天泉灌己身……"他默念着口诀，就这样在床边坐着进入了冥想的状态，小心将乱窜的真气收到经络中，再运回腰后，由它们在那处大放光明，照融雪山。

忽然他心头一动，睁开双眼，披了件衣服推门而出，走到园子最僻静的角落，当初试毒针的小演武场，不需寻觅，便瞧见了假山旁那位脸上蒙着黑布的怪叔叔，忍不住叹了口气，抱怨道："原来你还知道回来。"

天边已有鱼肚白，庭院里晨风微拂，光线依然极暗。假山旁那人一身粗布衣衫，腰间随随便便插着把铁钎子，脸上蒙着块黑布，和四周景致融为一体，一点儿声音都没有，甚至连存在感都极弱，就算有下人走过都不会发现他。

范闲看着面前这位与自己朝夕相处了十六年的亲人，说不出什么感觉，恨不得把他揍一顿……却肯定打不过对方，那就扑上去哭一场？叔又不爱煽情。于是乎，他只好摇摇头，压抑住心中喜悦向那边走去。

五竹手里拿着一把小刀在刻着什么东西，他走到近处才发现是在削木片，忍不住说道："好险……差点儿以为你变成了无耻的李寻欢，我会吐出来的。"

五竹令人意外地点了点头，说道："李寻欢这个人确实很无耻。"

范闲愣了半晌，问道："你知道李寻欢？"

五竹将木片和小刀放回袖中，面无表情地说道："小姐讲过这个故事，她最讨厌这个男主角。"

范闲笑了起来，说道："看来我和老妈还真像。"

二人去了最隐秘的那间书房，书房四周没有机关，但没有范闲的允许无人敢靠近这里，就连范建都默认了这个规矩。

"说吧，这半年都干什么去了。"范闲对五竹这些日子的失踪非常感兴趣，虽然那块小木片已经证实了他的猜想，但如此惊天的八卦消息，总要听当事人亲自说才真正刺激，为此他还专门给自己倒了杯昨夜的冷茶。

"我去了一趟北边。"五竹想了想，似乎在确认自己的行程，"然后，我去了一趟南边。"

范闲很习惯自己的叔叔异于常人的思维，不会因为这个答案而感到无趣或者生气，他耐心地问道："去北边做什么？去南边又做什么？"

"我去北边找苦荷。"五竹很平静，看来并不清楚这件事情如果传开来，会吓死多少人，"……和他打了一架，然后到南边，去找一个人。"

范闲开心地笑了起来，一代宗师苦荷受了伤，自然是面前的瞎子叔使的好手段，接着他又想到一个问题，关心地问道："你没事吧？"

五竹看了眼自己的左肩说："这里伤了，已经好了。"

依旧言简意赅，范闲却能体会到其中凶险。他与海棠交过手，更知道海棠的光头师父、那位天下四大宗师之一的实力该是何等样的恐怖，五竹叔虽说牛气烘烘，但让对方受了伤，自己难免也要付出些代价，不过只要现在好了就行。

"为什么？"范闲看着他脸上的黑布认真地问道。

五竹说道："一来，如果他在北齐，我想你会有些不方便。"

范闲点了点头，如果当时苦荷一直坐镇上京城，凭自己的力量断然没可能玩弄北齐一朝，抢在肖恩死前获得了那么多有用的信息。

五竹接着说道："二来，我觉得自己认识他，想问问当年发生了什么事情。"

范闲吃惊地看着他，脑中灵光一闪，想到了肖恩临终前关于神庙的回忆，低声说道："也许叔你还真认识苦荷。"

于是他将山洞里听到的故事说了一遍，希望五竹叔能回忆起来一些重要的事情。比如他小时候五竹叔说，他和母亲是一道从家里逃出来的，这家……难道就是神庙？

五竹沉默了许久，没有出现小说里常见的抱头冥想，痛苦无比地抓头发却什么也想不起来，只是很简单地说了一句："我想不起来。"

于是，轮到范闲开始抓头发了，他低声咕哝道："这叫什么事呢？"他摇摇头驱散掉心中的失望，问道，"受伤之后为什么不回京？都已经伤了，还到南边去找人做什么……噫，是不是叶流云在南边？"

五竹冷漠地摇摇头："南边有些问题……在确认苦荷认识我之后，我去了趟南边，想找到那个有问题的人，可惜没有找到。"

范闲更觉得头疼，这半年自己在北边南边折腾得不善，敢情自己这位叔叔也没怎么休息，和北齐国师玩了出打架认亲的哑剧，接着又去南边寻亲，可是苦荷真的认识五竹叔？肖恩说过，苦荷能有今天这造化和当年的神庙之行脱不开关系，当时他就认识母亲，不过那时候母亲和五竹并不在一块儿啊。

南边有问题的人又是谁呢？范闲脑子转得极快，马上想到在上京接到的那个案宗。庆国南方出现了一个冷血的连环杀人犯，言冰云更是极为看重此事，想借陛下的亲随虎卫去找人。他摇摇头，将这些暂时影响不到自己的事情抛开，向叔叔汇报了一下自己这半年的动作，连自己与海棠之间没有第三人知道的秘密协议都说了，没料到五竹却是毫无反应。

他自幼就清楚，五竹叔不会表扬自己，但自己整出这么多事，连肖恩都灭了，又将二皇子打得如此凄惨，您总得给点儿听故事的反应吧？似乎察觉到范闲有些闷闷不乐，五竹想了想，说了句话聊作解释："都是些小事情。"

也对，自己与二皇子之间的斗争，在五竹及陛下这种人物看来和小孩子争吵没多大区别，至于那个秘密的协议或许陛下会感兴趣，五竹叔才不会理会。范闲想明白了这点，自嘲一笑，然后很自然地伸出右手，说道："最近手老抖，你得帮我看看。"

"我没练过，不知道怎么办。"

得知范闲真气有暴走迹象的五竹依然冷静得不像人。

事关生死，范闲终于受不了了，喊道："一点儿安全系数都没有的东西……我那时候才刚生下来，你就让我练……万一把我练死了怎么办？"

"小姐说过，这东西最好。"五竹回答道，"而且以前有人练成过。"

"那自然也有人练废过。"范闲毫不客气地挑出叔叔话语中的漏洞。

五竹毫不隐瞒地回道："没有什么太大的问题，顶多就是真气全散，变成普通人，除非你愚蠢到在最后关头还舍不得这些真气。"

范闲气结，心想你是个怪物，当然不知道真气对于武者来说是何等的重要，如果自己失去了霸道真气，先不说压倒海棠朵朵，天下那么多的仇人怎么办？

"现在怎么办？"他像示威一样举着自己微微战抖的右手，恼火地说道，"难道就让它不停地抖着学吴孟达？现在只是手抖，真气再多些，只怕连屁股都要摇起来了！"

"你不练了，真气自然就不会更多了。"

五竹的声音毫无情绪，却像是嘲弄他的智商。

一语惊醒梦中人。

范闲早已习惯了每日两次的冥想及武道修行，根本没有想过停止不练，此时才醒悟过来，在找到解决方法之前自己首先应该做的就是停止修行，虽然在对战中体内的真气还是会变强，但总比自己天天喂养要来得慢一些。

他叹了口气，说道："只好如此，就让大爆炸来得更晚些吧。"

五竹忽然开口说道："费介给你留过药。"

范闲愣了愣，没想到他还记得小时候的事情，解释道："那药有些霸道，我担心吃了之后会散功。"

五竹低着头，似乎在回忆什么事情，说道："应该有用，虽然只能治标。"

范闲可不敢再全信这位叔叔的话，毕竟无名功诀也是对方扔到自己枕头边的，他转开话题道："叔啊，以后你玩失踪之前，能不能先跟我说一声。”

“有这个必要？”五竹认真问道。

“有。”范闲连连点头，“出使北齐的路上，我一直以为你在身边，箱子也在身边，所以胆子大到敢去欺负海棠朵朵……搞出事来，会死人的。”

五竹迟疑了片刻后说道：“噢，知道了。”

范闲松了一大口气，他自幼习惯了五竹待在离自己不远的地方，比如马车中，比如杂货铺里，比如海边的悬崖上，进京后五竹在他身边的时间就少了许多，虽说他如今的实力足以自保，但他知道自己会面临越来越多的挑战，遇到更多的强者，甚至是苦荷那样的大宗师。有这样一位叔叔守在身边，会让他觉得世界全是一片坦然大地，有许多安全感。

“我打算搬出去。”范闲忽然想到一件事情，“后宅虽然清静，但是来往的人太多，你不会喜欢，也不方便。”

五竹偏了偏头，很疑惑为什么要为了自己住进来搬家。

范闲认真地说道：“你是我最亲的人，总要见见我的妻子。”

五竹缓缓说道：“我见过。”

“婉儿没有见过你。”范闲说道，“而且你总一个人在府外漂着，我都不知道你会住在哪里，你平时做些什么，这种感觉让我……有些不舒服。”

五竹再次偏了偏头，似乎明白了范闲想要表达什么，牵动了一下唇角，却依然没有笑，他说道：“你处理，我不希望除了你妻子还有人知道我在你的身边。”

范闲喜悦地点了点头，接着想到另一个姑娘，为难地说道：“若若也不行？我还一直想着也要让她见见你。”

“不行。”五竹冷漠地说道，“就这样吧，办你的事情去，就当我没有回来。”

范闲叹了几口气，听着书房外面已经隐隐传来有人起床的声音，只好揉着手腕走出了书房。书房里，五竹那张似乎永远没有表情的脸，终于露出了他五百年才展露一次的笑容，而且这次笑容里多了一丝玩笑的意味，似乎是在取笑范闲不知道某件事情。

秋园中，草染白霜，阳光温柔。范闲裹着床薄薄的棉被，半躺在一方软榻上，偶尔咳几声，但比昨天夜里已是好了许多。园内一角竖着个秋千，几个胆大的丫鬟正在那儿荡着，淡色的裙儿像花一般绽放在长绳系着的小板上。秋千旁，思思和司祺这两个大丫头正满怀兴致地看着，脸上偶尔露出羡慕之意，但考虑着自己的身份，却是不便上去一展身手。

范闲眯着眼睛看着那处，看着秋千上那丫头的裙子散开，像花，又像前世的降落伞，裙下的糯色裤儿时隐时现，让他不禁想起了那部叫作《孔雀》的电影。一只手伸过来喂他吃了片薄薄的黑枣，枣片极清淡，切得又仔细，很是可口。他三两下嚼了，含糊不清地说道："不在父亲那孝顺着，怎么跑我这儿来了？"

婉儿和若若坐在他身旁，服侍着这个毫不自觉的病人。若若微微一笑，说道："哥哥病了还有兴致来园子里看丫头们荡秋千，我也嫌闷啊。"

婉儿嘲笑道："他哪是来看秋千，看秋千上的人还差不多。"

范闲也不解释，笑着说道："看景嘛，总是连景带人一起看的。"接着高声喊道，"思思，别做小媳妇儿模样，想荡就上去荡！"

这话容易产生歧义，他刚一出口便愣着了，好在旁边的姑娘们没有听出来，只有他自己在那里尴尬地笑着，问婉儿道："这秋愈发寒了，园子里的菊花都被冻得有些蔫了，上次说过宫里要在京郊办赏菊会，怎么还没个消息？等初雪一落，想看也没处看去，难道宫里那几位不怕扫了兴？"

婉儿笑着说道："是比往年要晚了些，不过传来的消息，大概是要去悬空庙看金线菊吧，那些小菊花耐寒得很，应该无碍。"

范闲知道赏菊推迟和京里最近的热闹肯定有关。很多人都以为在这个时候，自己应该强撑病体才能镇着二皇子那方，但他心里明白，监察院做事并不需要自己太操心，又有小言看着，分寸掌握得极好，同样应该无碍。

范闲的身体稍好了些，依然称病不肯上朝听参，也不肯去一处或是院里待着，只是躲在家里的园子里当京都病人，像看戏一般看着老二在那边着急。

"高些！再高些！"

范闲躺在软榻上，看着那边胆气十足的思思踩着秋千越荡越高，直似要荡出园子飞过高墙去俯瞰京都的风景，忍不住笑着喊了起来。

思思似乎在高空中看见了什么，不再蹬板，让秋千慢了下来。不等秋千完全停好，她就急忙跳了下来，落在草地上的鞋也没穿，就往范闲身边跑。

司祺准备打趣她几句，但马上又很识趣地住了嘴。三位主子也有些纳闷，心想这姑娘怎么如此惊慌，范府还会怕什么来客？难道是太监领着禁军来抄家？

"靖王爷……是靖王爷的马车！已经到了府前！"思思气喘吁吁地跑到软榻之前，抚着起伏不停的胸口。

范闲醒过神来，从软榻上一跃而起，喊道："快撤！"一边往园后跑，一边还不忘回头称赞思思一句，"机灵！"

看这利落无比的身手，哪里像是个不能上朝的病人？婉儿与若若对视一眼，也马上醒过神来，面色一变，连忙起身，喊藤大家的赶紧去套车。

一时间，先前还是一片欢声笑语的范宅后园立刻变成了大战前的军营，众人忙成一团，收拾软榻的收拾软榻，回避的回避，给主子们找衣裳的最急，用最短的时间收拾好了一切，又拥到后宅门外，此时藤子京也亲自驾着马车到了。

"这还病着，就得到处躲。"婉儿将一件有些厚的风褛披在范闲的身上，埋怨道，"小舅舅也真是的，都说了不用来看。"

范闲哪有时间回答她，像游击队员一样奋勇往马车里钻去。

林婉儿忍不住扑哧一笑，见小姑子也是满脸紧张，抱着一个小香炉跟着范闲往马车里钻，她不由得大感意外，说道："若若，你这又是躲什么？"

思思瞅见靖王家的马车，范闲便要落荒而逃，婉儿自然明白其中道理。最近范家和二皇子一派正在打架，李弘成被范闲不知道泼了多少脏水，这些天一直被靖王爷禁在王府之中。靖王此时来，不用说，一是来找范尚书问问事情到底是怎么回事，二是来和范闲说道说道，至于三嘛，不用想也知道，肯定是替世子说几句好话，顺路帮着两边说和说和。

这位可是皇帝的亲弟弟，而且这么多年范家子女都把靖王当长辈一样敬着，相处极好，如果对方来说和说和，范闲能有什么办法？他不可能与二皇子一派停战，更何况以那个老花农骨子里的狡慧，哪会猜不到是他在栽赃李弘成。范闲怕极了靖王的满口脏话，只好赶紧走人，三十六计，逃为上计。

听着嫂子问话，范若若苦笑着说道："嫂子，这时候见面多尴尬。"

婉儿愣了愣，才想到自家欺负了李弘成好些天，靖王府名声被相公臭得没办法，这时候若若见未来公公确实不大合适。

只是相公和小姑子都躲了，自己留在府里那可怎么办？小舅舅那张嘴……她打了个冷嚏，转身从司祺处取过自己的暖袍，一低头也往马车里钻了进去。

车里的兄妹二人愣了，问道："你怎么也进来了？"

婉儿瞪了二人一眼："难道你们想让我一人顶着？我可没那么笨。"

范府下人对老王爷的脾气清楚得很，见自家三位小主子都吓成这样，忍不住笑了起来。就在低低的哄笑声中，藤子京一挥马鞭，范府那辆印着方圆标识的马车悄无声息地驶了出去，车里隐隐传来几个年轻人互相埋怨的声音。

这辆马车并没有走正街，而是小心地绕了一道才穿过正街，没有被靖王家的下人们瞧见。看着马车消失在街的尽头，后门处的范府下人们立刻散了，不一会儿工夫，有一道声若洪钟的声音响彻范府的后园。

"我干他娘的！"靖王爷站在面色不安的范府下人们身前，叉着老腰，看着空旷寂寥，连老鼠都没剩一只的后园，气不打一处来，"这些小混蛋知道老子来了，就像道屁一样地躲了，我有这么可怕吗？"

如今范闲三人名义上的娘——柳氏听到王爷那句"干他娘的"，苦笑一声，回道："王爷，我先就说过，那几个孩子今天去西城看大夫去了。"

靖王爷看着那个还在微微荡着的秋千，呸了一口，骂道："范建的病都是范闲治好的，他还用得着看个屁的大夫！"

第十四章 | **陈园有客**

　　花开两朵，先表一枝，不说这边靖王爷还在对着后园中的空气发飙，单提那厢马车里的三位年轻人此时逃离范府，正是一身轻松，浑觉着这京都秋天的空气都要清爽许多，心情极佳。

　　范闲回国后连着出了很多事情，莫说携家带口去苍山度假、去京郊的田庄小憩，连京都都没有好好逛过，整日里不是玩着阴谋，就是耍着诡计，在府上自己与自己生闷气。这几天大局已定，稍清闲了些，却又因为装病不上朝，也不好出门，只好与妻子、妹妹在家唠嗑唠到口干。幸亏靖王爷今天来了，范尚书也不会因为范闲的出逃而生气，才给了三人一个偷偷摸摸游京都的机会。

　　范闲将窗帘掀开一道小缝，与两个姑娘贪婪地看着街上的风景与人物，那些卖着小食的摊子不停地吆喝着，靠街角上还有些卖稀奇玩意儿的，一片太平。

　　婉儿嘟着嘴说道："这出是出来了，又不方便下车，难不成就闷在车子里？"

　　"哥哥这时候不方便抛头露面……"若若有些为难，忽然想到一种可能，眼睛微亮着说道，"不过哥哥你可以乔装打扮啊。"

　　范闲笑着说道："就算京里百姓认不出我，难道还认不出你们两朵花儿？"明知道他是在说假话，婉儿和若若都还是很高兴，女孩子还真是

278

好哄。

"去一石居吃饭吧。"婉儿坐得有些闷了，出主意道，"在三楼清个安静的包厢出来，没人能看到咱们，还可以看看风景。"

说来也巧，这时候马车刚刚经过一石居的楼下。范闲从车窗里望出去，想到自己从澹州来到京都后，第一次逛街就是和妹妹、弟弟在一石居吃的饭，当时说了些什么已经忘了，好像是和风骨有关。不过他倒记得打了郭保坤一黑拳，还在楼底下那位亲切的中年妇人手中买了一本盗版的《石头记》。

郭家已经被自己整倒了，礼部尚书郭攸之因为春闱案被绞死在天牢里，只是此案并未株连，不知道那位郭保坤公子流落到了何处。

他略有些遗憾地说道："一石居……楼下，怎么没了卖书的小贩？"

范若若看了他一眼，轻声说道："哥哥开澹泊书局之后，思辙去找了一些人，官府查得严了些，京都里卖书的贩子就少了许多。"

范闲微微一怔，这才想起来当初弟弟说过要黑白齐出，断了那些卖盗版人的生意，于是下意识地说道："下月初思辙应该能到上京。"

若若轻声说道："北边挺冷的，也不知道衣服带够了没有。"

范闲微微一笑，说道："别操心这些……他都十三了，会照顾自己的。"

话虽如此说，心里怎么想的又是另外一回事，他对二皇子那边恶感更增，再瞧着那家一石居也是格外不顺眼，便冷冷地说道："不去照顾他家生意。"

婉儿不好说什么，二皇子与她一起在宫中生活了近十年的时间，总有些感情，这场斗争她自然选择站在范闲这边，但总不好口出恶语。看着气氛有些压抑，她嫣然一笑说道："不错，咱们得照顾自家生意……不然去抱月楼吧。"

带着老婆、妹妹去逛青楼？范闲险些被这个提议吓死，正色道："抱月楼不是我的产业，那是史阐立的。"

婉儿白了他一眼，说道："谁不知道那是个障眼法，你开青楼就开去，我又没有说什么。"

若若在一旁偏着头忍着笑。

范闲苦笑着说道："怎么是我开的青楼，你明知道我是为弟弟擦屁股。"

婉儿不依地说道："总之是自家的生意，你不是说那里的菜做得是京中一绝吗？我们又不去找姑娘，只是吃吃菜怕什么？而且也不会被人看见。"

范闲断然拒绝道："你要吃，我让楼里的大厨做了送府里来，姑娘家家的在青楼里坐着，那像什么话？"

婉儿调皮地说道："菜做好了再送来，都要冷了。"

范闲没好气地说道："那把厨子喊家来总成了吧？"

婉儿见他坚持，只好作罢，万分可惜地说："真想去抱月楼坐坐，看看小叔子整的青楼是什么模样。说真的，我对这种地方还挺好奇。"

若若忽然说道："逛逛就逛逛去……"她看着范闲准备说话，抢先堵道，"姑娘家在青楼坐着不像话，难道你们大老爷们坐着就像话了？再者听哥哥说，你让那位桑姑娘主持抱月楼的生意，我已经大半年没有听桑姑娘唱过曲子了，不去抱月楼，能去哪里听？"

婉儿见小姑子赞同自己的意见，胆气大增，觍着脸求范闲道："你知道我喜欢听桑文唱曲的。"

若若接着说道："男人逛得，凭什么我们就逛不得？"

范闲一时语塞，打量了妹妹几眼，发现这丫头现在越来越大胆了，想法和世上的其他女子果然不同，看先前对话，她比婉儿要正大光明、有理有力，女权得多，这当然与自己对她打小的教育有关，不过他总觉得还有些别的原因。

他摆手说道："其实看看倒真无妨，你们知道我也是个不走寻常路线的家伙，不过……最近京里不安分，我不想让那些言官说嘴。"

他摆出正事来，婉儿和若若也都很懂事地住了嘴。

此时，范闲往车外望去却是一怔，前方不远处就是抱月楼，不由得笑骂赶车的藤子京道："你还真拉到这儿来了？只知道哄自己的女主子，就不知道顺顺我的意思，你还想不想去东海郡做官？要知道你家里的已经跟我说了好几次。"

藤子京呵呵地慈厚一笑，没有说什么，反倒是婉儿和若若捂着嘴巴笑了起来。

范府马车到了抱月楼，虽然不知道车里坐的是范闲，但抱月楼精明的知客敢不恭敬？就连在三楼房间里将养棍伤的石清儿都一瘸一拐地下来侍候着，待瞧见传说中重病在身的范提司从车里跳了下来，她不由吓了一跳。

看见传说中的年轻老鸨，车中两位小姐有些满意，不过令她们失望的是，桑文竟然不在楼中，说是被哪家府上请去唱曲了。

少了这个借口，范闲当然不会允许她们进抱月楼，但他心里也有些纳闷，如今的桑文已是自由身，更是暗中入了监察院，根本不需要看王公贵族脸色，怎么还会去别人府上唱曲？谁家府上能有这么大面子？

看着有些失望的两位姑娘家，范闲安慰道："既是出来玩的，就得开心些……抱月楼也不是京都最奢华的地方，这里的厨子做的菜也不是最好吃的。"

话还没有说完，婉儿抢先说道："休想骗我们，这抱月楼的名声如今可是真响，要说这家还不成……除非你说是宫里。"她嘻嘻笑着说道，"我倒不介意进宫去瞧瞧那几位娘娘，反正也有些天不见了……不过相公真不怕陛下在宫里看见装病的你，龙颜大怒？"

范闲笑着拧了拧她的鼻尖说："别咒我……我带你们去个地方，那里绝对比宫里还要舒服，做出来的菜连御厨都比不上。"

二位姑娘好生吃惊，心想普天之下莫非王土，怎么可能还有地方比皇宫更奢华？就算那些盐商皇商们有这种实力，也没有违制的胆子啊。

马车驶出京都南门，到了郊外后行人变得稀少起来，在暗中保护范闲的启年小组密探与范府侍卫不得不尴尬地现出了身形，有些莫名其妙地互望一眼，然后不自在地跟在后方不远处，随着马车向着京郊一处清静的小山行去。

离山愈近，山路却不见狭窄，依然保持着庆国一级官道的制式。只是道旁山林更幽，美景扑面而来，黄色秋草中夹杂着未凋的野花，白皮青枝淡疏叶的树林分布在草地之后，无数片层次感极丰富的色彩，像被画匠涂抹一般，很自然地在四周山林间散开，美丽至极。

林婉儿与范若若赞叹不已，心想这里的风景果然极佳，只是怎么平常没听人提起？往年郊游踏青似乎也没有来过这里，按理讲，这种好地方早就应该被宫里或者是哪位位高权重的大臣夺了来修别宅了，为什么自己却不知道这是谁家的？

山道渐尽，马车转过一片林子，一座占地极广的庄园突兀地出现，就像是神仙居住的地方，骤然间散去法术的云雾，出现在凡人的眼前。

庄园里的建筑都不高大，与园中的矮木青石相杂，暗合自然之理，那些檐角门扣之类的细节处却明显地透着清贵之气。

"比皇宫怎么样？"范闲笑着问道。

林婉儿嘲笑道："各有千秋……不过又不是咱家的庄子，你得意什么？"

范闲挥手说道："此间主人倒是说过将来要给我，我却嫌这里有一处不好，不想搬过来。"

一听这话，连若若都有些吃惊，讶异地问道："这还有什么不好的？"

"女人太多。"范闲正色说道，"这庄子里不知道藏着多少绝色美人。"

不理会身边两位姑娘的惊愕，范闲让马车停了下来，在二位的注视下，取出腰间那块提司的牌子，伸到窗外，对准了路旁边的草丛。

草丛里像变戏法一样变出个人来，穿着寻常衣服，就像山中常见的樵夫。验过腰牌，又盯着范闲看了半天，不好意思地说道："这是死规矩，请您见谅。"

"我又没怪你。"范闲笑着说道，"车里是我媳妇儿和妹妹。"

那樵夫不敢应什么，恭恭敬敬地退了回去，另觅了一个不起眼的潜伏地点。

马车重新启动，沿着山道往庄园去，一路上无比安静，但此时车里的两位姑娘猜也能猜到，道路两侧的防备力量一定不比皇宫差，甚至可以说是步步杀机，就算是大军想要攻进来，只怕都极困难。

这两位姑娘冰雪聪明，也猜到了这座山庄的主人是谁。

能够拥有比皇宫更高级的享受，能够住着这样一座园子，能够拥有这般森严的防备，除了那位监察院的主人，还能有谁呢？

马车后方，负责保护范闲的两队人远远停住了前进的步伐，无奈地蹲了下来，坐在草地里开始嚼草根，放空，无聊，望天，打哈欠，放羊。

陈园就在前面，哪里还用得着他们！

启年小组今日的头领是苏文茂，他对那边范府的侍卫首领点了点头。

那位侍卫首领有些尴尬地举手回礼。

"知足吧。"苏文茂对他笑着说道，"咱们这种人，能离院长大人的院子这么近……也算是托提司大人的福了。"

"那是。"侍卫头头有些羡慕地看了远处美丽的庄园一眼。

这座庄园的主人是陈萍萍，那个除了皇帝陛下之外，权力最大的老跛子。和一般的文武百官不同，陈萍萍的地位太特殊，一向称病不肯上朝，才有时间常年住在城外的园子里，而京中那个家就没怎么住过。

今天范闲这个小装病的来看陈萍萍这个老装病的，熟门熟路走到园子门口，门上的匾额上写着两个泼墨大字——陈园，乃是先皇亲题，贵重无比。

陈园门外停着两辆马车，范闲眉头微微一挑，万没有想到今天园子居然有客人，以陈萍萍孤寒的性情，监察院万恶的名声，不管是朝中大臣还是那些王公贵族断然不会也不敢跑来要茶喝——那么今天来的客人是谁呢？

婉儿看出车上的标记，微笑着说道："皇家的人。"

范闲微微一怔。陈园管家早就飞下台阶来迎，他知道这位年轻的范大人与天底下所有官员都不一样，是院长最看重的后辈，更是院长钦定的接班人，哪里敢拿派，只听他低声说道："是和亲王与枢密院的小秦大人。"

范闲再次挑了挑眉，大皇子与小秦？那位小秦大人如今在门下议事，是入了朝廷中枢的重要大臣。最关键的是小秦的上面还有老秦——枢密院正使老秦将军，这一家子在庆国的军方势力极大。大皇子在西边打了几年仗，与秦家关系不浅，这两个人跑到陈萍萍府上来是做什么？

军方与监察院关系一直非常和睦，但这事还是有些怪异，他心想莫不是与自己在京都做的事有关？他带着妻妹往园子里走，也不在乎自己出门被朝廷知道，倒要瞧瞧，这个大皇子究竟存着怎样的心思。

穿过园亭流水，来到待客的正厅。范闲也不等人通报，大踏步走了进去，本没有想好说些什么，但看着厅里正满脸不安唱着曲的桑文姑娘，不由哈哈大笑道："我就猜到了，整个京都敢强拉你来唱曲的也只有这家。"

原来不在抱月楼的桑文，竟是在陈园之中。桑文是抱月楼掌柜，又是监察院新进人员，陈萍萍把她拉来唱个曲，当然什么问题都没有。

陈萍萍似笑非笑地抬起眼来，看着不期而至的三位年轻男女，阴寒的眸子里多了抹暖意，枯瘦的双手轻轻抚摩着腿上多年不变的灰色羊毛毯子，笑骂道："你不是嫌我这里女人多吗，怎么今天却来了？来便来吧，还带着自己的老婆和妹妹，难道怕我喊那些女人来生吃了你？"

坐在客位上的两位年轻人微微一惊，扭头往厅口方向望去，不由怔住了。桑文停了曲子，满脸微笑地站起身来，向范闲及两位姑娘行了一礼。

那位身着便服，却掩不住军人气息的年轻人站起身来，先是极有礼数地对着婉儿行了一礼，然后向范若若问好，这才满脸微笑地对范闲说道："小范大人。"

范闲见过秦恒，知道对方家世极好，又极得陛下赏识，乃是庆国朝廷的一颗新星，前途不可限量，也拱手回礼道："见过小秦大人。"

秦恒的品秩远在范闲之上，但双方心知肚明彼此底细，也没玩那些虚套，笑道："今日前来拜访院长大人，没想到还能见着你，秦某运气还真不错。"

范闲见他笑容不似作伪，心下也自舒服，应道："不说日后再亲近的假话，今日既然遇着了，自然得喝上几杯才行。"

秦恒哈哈大笑道："范提司果然妙人，行事大出意料，断不提称病不朝之事，反要尽兴饮酒，让我想打趣几句竟也开不了口。"

范闲看了陈萍萍一眼，说道："当然，咱们做晚辈的还得看主人家舍不舍得拿好酒待客。"

陈萍萍不疾不徐地说道："你比老夫有钱。"

秦恒面带微笑，心里却是咯噔一声，无比震惊。朝臣一向以为范闲能在监察院里如此风光，是因为陛下的赏识与培养，此时见范闲与人人畏惧的陈院长说话竟是如此"没大没小"，陈院长的应答亦是如此自然，他才感觉到异样。原来陈院长与这位范提司的关系竟是真的非同一般！

陛下的赏识固然重要，但真要掌控监察院最重要的还是陈萍萍的态度，直到此时，秦恒才真切地认识到，范闲总有一天会真正地将监察院牢牢控制在他的手中，那么自家结交此人的速度必须加快些了。门下议事时自己替范闲说几句好话，想借此向范府传递善意，可还是不够直接。

不过几句对话，场间已经交换了许多信息，范闲明白陈萍萍是借这个机会向军方表示他的真实态度，加重自己的筹码，自然不会拒绝。

又寒暄了数句，范闲似乎才反应过来，准备对大皇子行礼。他这已经算是失了礼数，不过厅里的人都知道他与大皇子第一次见面时的争执。秦恒与大皇子交好，不是很在意这件事情，陈萍萍可不在乎宫廷礼节之类的破烂东西。

范闲以为大皇子会生气，定睛一看，自己却险些气炸。

婉儿正乖巧地坐在大皇子的身边，眉开眼笑地说着什么——娘的，虽然明知道自己妻子从小在宁才人宫里养着，与大皇子情同亲生兄妹，但看着这一幕，他依然是老大不爽。更不爽的是，若若居然也在津津有味地听大皇子说话！

范闲竖着耳朵听了两句，发现大皇子在讲西边征战与胡人争马的故事。庆人好武，大皇子长年戍边，是民间的英雄人物，婉儿与若若也不能脱俗。

他有些吃味儿，心想着小爷……小爷是和平主义者，不然也去打几仗让你们这些小丫头看看自己的威风。他心里不爽，神情却是毫无变化，极自然地向大皇子行了一礼，说道："下官范闲，见过大殿下……噢，是和亲王。"

大皇子瞧见范闲本就有些憋闷，此时听着他拿腔拿调的话，忍不住说道："我说范闲……我是不是哪里得罪你了？见着面你不刺我几句，心里就不痛快？"他转头对林婉儿又说道，"晨儿，你嫁的这相公看来不怎么样。"

林婉儿与大皇子熟得不能再熟，见他说自己相公，哪里肯依，直接从桌旁几上拿了个果子塞进他嘴里，嗔道："哪有一见面就这样说自己妹夫的？"

"妹夫"这两个字很动听，范闲呵呵一笑，不再理大皇子，便去若若下方坐着，自有陈园的下人送来热毛巾茶水。他知道大皇子与秦恒来找老跛子肯定有要事，却偏要留在厅中，不给对方私下说话的机会。

使团与西征军争道的不悦在京都里传得沸沸扬扬，林婉儿自然也知道，这事说到底还真是范闲的不是，但她也清楚范闲这样做的原因。不过现在已经有了二皇子做靶子，范闲没必要再得罪大皇子，她也不希望相公与最亲近的大皇兄之间起冲突，便刻意带着二人说话，想缓和一下两人的关系。

这番举动大家心知肚明，只是男人嘛，总会有看不穿的时候，所以大皇子眼观鼻，鼻观心，不予理会。范闲也只是笑眯眯地与秦恒说着话，问对方老秦将军身体如何，什么时候要去府上拜访一番。

陈萍萍睡着了一般，靠在轮椅里，说来也奇怪，就算是在奢华无比的陈园家中，他依然坚持坐在轮椅上，而不是更舒服的榻上。

见此情形，林婉儿叹了一口气，若若笑了起来，一位是能征善战的大皇子，一位是当红的年轻权臣，居然像小男孩儿一样斗气，这场面实在有些荒唐。

最后秦恒和范闲快聊不下去了，大皇子才冷冷地说道："听说范提司最近重病在床，不能上朝，都察院参你都无法上折自辩，不想今日却这般有游兴……"

范闲打了个哈欠说道："明日就上朝，明日，明日。"

秦恒一愣，心想莫非你不玩病遁了？那明天朝上就有热闹看了。只是……自己被大殿下拖到陈园来，要说的那件事情当着你范闲的面，可不好开口。他不好开口，大皇子却是直接对陈萍萍说道："叔父，老二的事情，您就发句话吧……"他偏头看了范闲一眼，继续说道，"朝廷上的事情我本不理会，但京中那些谣言未免太荒唐了些，而且老二门下那些官员有好几位真有些才干，就这样毁了，对朝廷来说也是个损失。"

秦恒心想您倒是光棍，当着范提司的面就要驳范提司的面，但事到临头也只得硬着头皮说道："是啊，院长大人，陛下一直不肯说话，您若还不出面，事情再闹得大些，朝廷脸面上也不好看啊。"

大皇子与秦恒的来意十分清楚，二皇子一派已经被监察院压得喘不过气来，又不好亲自出面，只好求自己大哥出面，又拉上了枢密院的秦家。

范闲第三次挑眉。对方直接找陈萍萍真是极好的主意，这不是挖自己墙脚，而是在抽自己锅下面的柴——如果陈萍萍真让范闲停手，他当然只能应着。该得的好处已经得了，京都府尹撤了，六部里那些二皇子派的官员也都倒了或大或小的霉，他不是很在意现在收手，更在意大皇子先前的那声称呼。

他称陈萍萍为叔父！纵使陈萍萍的权力再大，手段再如何深不可测，与陛下再如何亲近，大皇子口称叔父依然于礼不合，说出去肯定会吓死一批人。你的叔父是谁？是靖王，而不能是一位大臣。

陈萍萍睁开有些无神的双眼，咳了两声说道："老二的事情待会儿再说，我说啊……"他指着林婉儿与若若，"咳……咳……你们这两个丫头第一次来我这园子，怎么也不和主人家打声招呼？"

庆国没有人不怕陈萍萍，在很多传说与故事中，陈萍萍被成功地塑造成为一个不良于行的暗夜魔鬼形象。林婉儿与范若若身份不同，对他依然害怕得很，所以进厅后就赶紧坐到了大皇子的身边，不敢直面他。

听到这句话，她们赶紧站起身来，走到陈萍萍面前以晚辈身份行礼。

陈萍萍微笑着说道："不用怕我，你们一个人的妈，一个人的爹……比我可好不到哪儿去。"这说的自然是长公主与老奸巨猾的范尚书。他接着望向大皇子说道，"正主儿既然来了，你直接和他说吧，他能做主。郡主娘娘、范家小姐，帮着推推轮椅，老夫带你们去看看陈园的珍藏。"

林婉儿、范若若和桑文推着轮椅离开了厅里，留下范闲、大皇子、秦恒三人面面相觑，心想这老家伙做事太不地道，留下晚辈们打架，自己却带着三个如花佳人逛园子去。

秦恒是聪明人，不然就算他家老爷子地位再如何显赫，也不可能三十岁年纪就在门下议事。他镇定起身，对大皇子和范闲拱了拱手，说道："人有三急，你们先聊着。"不待二人应话，他便迈着极稳定的步子，没有露出半点异样情绪，像阵风似的掠过厅角，在下人的带领下直奔茅厕。

范闲想到自己大闹刑部之时，代表军方来找自己麻烦的大理寺少卿眼见冲突升级也用了尿遁——不由笑想老秦家对这一招真是研究得炉火纯青。

大皇子忽然说道："秦恒与我都是打仗熬出来的，我们这些军人性情直，明说吧，我不喜欢将士们在外抛头颅、洒热血，京都里面的权贵们却互相攻讦，惹得国体不宁。若真闹出党争来，不论最后谁胜谁负，对天下都是祸事。"

范闲神情冷淡地回道："和亲王的意思，下官听得明白，只是这件事情的起由想必你也清楚，将士们刀里去火里来，难道我监察院的官员们不是如此？我性情谈不上耿直，但也不是一个天生喜欢玩手段的人物，要我为朝廷去北边办事，我可从来没有推搪过，但既然有人要弄我，可别怪我不客气。"

大皇子微微皱眉，准备再说几句。

范闲摆手示意他不用再说，继续冷笑着说道："不过是些利益之争，没资格与国体扯上关系。我是监察院提司，如果连自己的利益都无法保护，我怎么证明自己有能力保护朝廷的利益？保护陛下的利益？大殿下也不要说不论谁胜谁负的话，如果眼下是我被打得毫无还手之力，难道……你愿意为我去做说客？"

大皇子静静地看着他，本就有些黝黑的脸显得愈发的深沉："范闲，你要清楚你自己的本分，你是位臣子，做事情……要有分寸。"

这话似乎很有道理，至少在很多官员，尤其是几位皇子看来，范闲身为臣子在事件中表现得太过强硬。大皇子心想，自己提醒对方一句是一种示好，却不知道范闲因为自己的身世，每每听到此类的话分外刺耳。

"我是臣子。"范闲盯着大皇子的双眼，毫不客气，"但君臣之别只在于君是皇上，太子是将来的皇上。除了这二位，我想包括您在内我们所有人都是臣子，没有什么本质上的区别。既然如此，我用得着在乎你们这些皇子的感受吗？"

大皇子有些吃惊地看着范闲，想不到对方竟然敢说出这样一番话，眼中寒光一现即隐："看在晨儿的分上，必须再提醒你一次，天子家事，参与得太深，将来对你范家也不是什么好事。"

范闲静静地看着他，忽然说道："天子无家事，难道殿下不明白这个道理？"

大皇子被"天子无家事"这五个字噎住了，恼火地一拍椅子的扶手。

范闲眯着眼睛说道："院长家的家具都是古董，殿下出手轻些。"

大皇子愣着了，沉默了片刻后说道："范闲，或许我真是小瞧了你。"

范闲问道："殿下这话从何说起？"

"我的志向在沙场，军方要征战天下，需要一个稳定的后方，所以包括我在内的很多人都认为朝廷需要平静。这几年我远在西边，知道朝廷有些不安稳，却总能被控制在一定范畴之内——直到你来到了京都。"

大皇子盯着范闲的眼睛说道："你的出现太突然，你的崛起也太突然，朝廷乃至这个天下还没有做好准备，你就已经拥有了足以打破平衡的能力。我今天来，就是因为有很多人希望你能保持京都的这种平衡，而不是把一切都毁掉。"

范闲沉默了下来，知道对方说的这番话不仅是代表了他自己的态度，也代表了军方绝大多数人的态度。

他由澹州至京都，短短两年不到的时间就已经掌控了监察院，成就了一世文名。不说内库，只说目前就已经有了在官场上呼风唤雨的能力，这一次与二皇子之间的斗争，已经让这种能力得到了充分的展示。一位年轻权臣，居然拥有了轻松打垮皇子的能力，有哪个势力不会感到惊惧然后警惕？

军方希望自己对二皇子手下留情，不是威胁，也不是对天家尊严的维护，而是一种试探，看自己这个将来要接掌监察院的人，是不是一个有足够理性、足够诚意去维持平衡的人物。毕竟军方与监察院关系良好无间，甚至可以说庆国军人在前线打仗的胜负以及生死，与监察院领导者的智慧气度有直接的关系。

"你想过没有，为什么这次我要打这一仗？"范闲不再称呼对方为殿下，也没有将对方的提醒放在心上，笑吟吟地反问了一句。

大皇子没有深思过这个问题，此时被范闲一问，他才想起来监察院从来不插手皇子之间的争斗——想到种种可能，他有些诧异地看了范闲一眼。

范闲摇了摇头，没想到大皇子对官场竟是如此不通，说道："我只是要出出气，同时让某些人清醒一些。"

长时间的沉默后，大皇子想明白了某些原由，竟是大笑起来，说道："我那二弟是个极聪明的人，这次在你的手里吃这么大个亏，想来能生出很多警惕，说不定……会有些意想不到的结果。"

彼此都是聪明人，范闲抓住了这话里隐着的意思，温和说道："看来下官与大殿下的意图有些巧合，至于二殿下能不能获得好处，还得看您怎么劝了。"

大皇子不敢相信他的目的真的是如此简单却又匪夷所思，放低声音问道："本王只是不明白，你为什么对这件事情如此操心？"

范闲心想好不容易重生一次，莫非要看着玄武门之变上演？这理由无论如何也不能说出口，而且他对大皇子依然警惕，举世公认这位皇子心胸宽广，唯好武事，对帝位没有任何觊觎之心——但毕竟是皇帝的儿子，谁知道他心里究竟是怎么想的。

"能饶人处且饶人。"大皇子意味深长地看了范闲一眼，以他的身份替二皇子来说和，说出这等姿态的话已经是相当不容易。

范闲心知肚明自己不可能对二皇子赶尽杀绝，自然不在乎卖个人情。其实这与大皇子和军方的态度无关，纯粹是因为宫里那位皇帝陛下在看着自己。

老大哥在看着你。

范闲同意了请求，给足了面子，大皇子不好再说什么，毕竟他知道二皇弟也不是吃素的角色，这件事情说到底范家也付出了极大的代价，若一点儿利益都捞不回来，断然不可能罢手——只是事情说完了，两个并不熟悉的人坐在厅中，竟是一时找不到话题来说，场面显得有些尴尬。

二人有些没滋味地喝着茶，范闲忽然开口说道："大公主最近如何？下官忙于公务，一直没有去拜见，还请大殿下代为致意。"

官场上，选话题是很有学问的一种能力，恰在此时范闲挑这件事情说自然有他的想法。果不其然，大皇子正色道："范大人一路护送南下，本王在此谢过。"

这就是范闲的厉害之处，适当的话题才能有效拉近彼此间的距离，还得是让对方承情的那种。他笑着自谦了几句，与大皇子聊起了北国的风物。

大皇子与北齐大公主的婚事定在明年春天，如今大公主住在宫中，与大皇子曾经见过几面，据宫里传出来的消息，这对联姻的男女似乎对彼此都比较满意。

按传统说法，范闲还是这门婚事的媒人。

一番交谈后，他对大皇子的印象有了很大改观，或许是因为宁才人出身不好，当年只是位东夷城女俘的关系，大皇子没有老二老三及太子骨子里的骄贵之气，他性情直率，讲起话来也是干净清楚，没有什么遮掩。

难怪婉儿与他的感情最好——范闲如是想着，听着对方侃侃而谈兵事，微笑不语。他有自知之明，知道自己在军事方面没有什么天分，沉默是金为好。

"范大人见过上杉虎？"大皇子脸上忽然流露出敬慕的神情。

范闲怔了怔，说道："上京宫中远远见过一面，没有太多印象。"

大皇子一拍大腿，望着他叹息地说道："如此大好的结交机会，怎能错过？"话语间不尽可惜之意。

范闲好奇地问道："大皇子为何对上杉虎如此看重？"

"一代雄将。"大皇子很直接地给出了四字评语，"独撑北齐北面延绵三千里的防线，防着蛮人南下十余年，奇兵迭出，直突雪域千里，斩北蛮首级千数……你有所不知，胡人蛮人都极其凶悍，但西胡比起北蛮还是弱了不少。本王这些年在西边与胡人打交道多了，越发地觉着上杉虎在北齐朝廷如此不稳的情况下还能支撑这么多年，实在是……可怕可叹可敬。"

"可惜，上杉虎已经被调回上京，也许将来会与大殿下沙场相见。"

范闲说道。

大皇子的脸上流露出自信的光彩，说道："若能将上杉虎收为朝廷所用，自然有极大好处……将来若真的疆场相见，我虽敬慕他的治兵本事，但少不得也要使出毕生所学，与他好生周旋一番。"

所谓豪情，当如是也。范闲知道自己自幼所学方向不同，又有前世的观念作祟，今生极难拥有这种沙场造就的铁血气息，但他也有自己的信心，微笑着说道："我没看过上杉虎的兵法，但观其于雨夜狙杀沈重，此人行事敢出奇锋，于无声处响惊雷，出天下人之不意，厉杀决断，实为高人。"

大皇子似笑非笑地看了他一眼，说道："北齐镇抚司指挥使沈重？这件事情，只怕与范提司脱不了关系吧。"

沈重的死是范闲与海棠计划里的第一步，一直有人疑心庆国在这件事情里扮演的角色，此时被大皇子点破，范闲微笑着回道："殿下应该清楚，我们这种人做的都是见不得光的事情，比不上殿下与上杉将军威武，不过偶尔有用。"

大皇子看着他认真地说道："这便是本王先前为何说小瞧了你。上杉虎如此厉害，在你手里依然只是个傀儡，范提司行事果然……高深莫测。"

上杉虎在雨街强杀沈重，具体步骤都是北齐皇帝与海棠在操作，但让世人误会自己扮演了更重要的角色，对他的形象乃至办事都有极大好处，这种机会范闲当然不会错过，于是恬不知耻地笑了笑，竟是默认了大皇子的说法。

"听闻范提司是九品强者？"大皇子忽然想到那个传闻，顿时兴奋起来。

"想教训我的人很多。"范闲想到今天可能会碰见影子那个变态，苦笑着说道，"不多殿下一个，您就打个哈欠，放了我吧。"

大皇子怔住了。他性情开朗直接，极喜欢交朋友，但毕竟是个皇子，加上数年军中生涯铸就的杀气，没有多少臣子敢和他说话。倒是范闲在京都城门对他就不怎么恭敬，今日在陈园里说话也是毫不讲究，竟似没有将自己视作皇子一般。他觉得这个世界确实有些不一样了，所以也好像变得更有意思了些。

这时候秦恒终于结束了漫长的出恭，走回厅里。大皇子微笑着起身，对范闲说道："范提司说话有意思，我喜欢和你聊天。你给我面子，争道的事情就一笔勾销，将来如果我要找你说话的时候，你可别玩病遁或是尿遁。"

范闲笑着说道："敢不从命，大皇子说话，比那几位也有意思些。"那几位自然说的是皇帝陛下其他的几个皇子。

大皇子知道这位陈萍萍不在意虚礼，没有与他告别便和秦恒出了陈园。出园之前，秦恒与范闲说了几句话，定好了上秦府的时间。

马车驶出陈园外戒备最森严的那段山路，穿过像山贼一样蹲在草地里的范府侍卫与监察院启年小组成员，大皇子放下青帝道："范闲果然非同一般。"

秦恒笑着说道："按父亲的意思，范闲越强越好。不然将来监察院被一个窝囊废管着，枢密院的老头儿们只怕会气死，军中那些兄弟也不会有好日子。"

大皇子叹道："离京数年，回来后还真是有些不适应，没人说话。"

亲兵大部分都被遣散，西征军的编制也已经被打散，他如今在京都与北方那位雄将的境遇倒是有些相似，只不过他毕竟是皇子，终究不一样。

"和范提司聊得如何？"

"不错，秦老爷子可以放心了。就算陈院长告老，我相信以范闲的能力，监察院依然能保持如今的高效，很好地配合枢密院的差事。"

"在我看来，小范大人的能力可不只这些……他心思缜密，交游广至异国，武道已至九品，对院务掌控得无比漂亮。更别忘了他诗仙的身份。

能得到庄大家遗书的文人领袖，将来却会成为监察院的院长……这样的人以前没有出现过，想来以后也不会有，也许他将来会比陈萍萍院长走得更远。"

大皇子说道："不要忘记，明年他还要接手内库……只是这般放在风口浪尖之上，迎接天下人的注视与暗中的冷箭，也不知道父皇是怎么想的。"

提到陛下，秦恒自然不方便接话，大皇子继续说道："不过范闲毕竟还年轻，而且比起院长大人，他有一个致命的弱点，想来他自己也很清楚，所以这次才借着老二的事情发威，震慑一下天下，将那个弱点率先保护起来。"

"什么弱点？"秦恒不解地问道。

"他有羁绊。"大皇子情绪复杂，说道，"叔父不一样，叔父无子无女，父母早亡，一个亲戚都没有。一个真正的朋友都没有。园中佳人虽多，却是一个真正心爱的女人都没有，真可谓是孤木一根。敌人根本找不到叔父的弱点，怎么可能击溃他？范闲却不同，他有妻子，有妹妹，有家人，有朋友……"

羁绊就是命门，就是弱点。

秦恒默然想着，这话确实没错，整个庆国，甚至整个天下，所有人都不知道陈萍萍这一生究竟真的在乎谁，或者说在乎过谁……除了陛下之外。

他感慨地说道："无亲无友无爱，这种日子……想必并不怎么好过。"

"院长不容易。"大皇子尊敬地说道，"范闲要达到这种境界还差得远。"

陈园中，歌声夹着丝竹声，像无力的云朵一样绵绵软软、腻腻滑滑地在半空中飘着，十几位身着华服的美人儿正在湖中平台之上轻歌曼舞。

坐在轮椅上的陈萍萍，在婉儿、若若的陪伴下满脸享受地看着这一幕。桑文抱着竖琴，在为那些舞女们奏着曲子。

何等轻松自在的王侯生活，哪里需要人同情甚至怜悯呢？

范闲走了过来，陈萍萍轻轻拍了拍手掌，歌舞顿时散了，一位佳人领着几位女客去后方稍歇。婉儿知道范闲有话要与陈院长说，只是望了范闲一眼，想知道他与大皇兄谈得如何。范闲点点头让妻子安心，走到陈萍萍的身后，很自觉地将双手放在轮椅的后背上，问道："去哪儿？"

陈萍萍举起枯瘦的手，指了指园子东边的那片林子。

范闲推着轮椅往那边去，老少二人没有开口说话。

天色尚早，秋阳依然冷清，从林子斜上方照下来，将轮椅与人的影子拖得长长的，圆轮吱吱响着从影子上碾过。

范闲推着轮椅进了林子，压低声音说："他叫你叔父，不怕都察院参你？这可是大罪。"

"你怕都察院参你？又不会掉两层皮，参我的奏章如果都留着，只怕陛下的御书房早就塞满了。"陈萍萍说道，"他叫我叔父是陛下御准，别担心。"

"陛下准的？"范闲有些惊讶。

陈萍萍回过头瞄了他一眼，淡淡地说道："那次北伐，陛下险些在北方的山水间送了性命，全靠着宁才人一路小心服侍才挺了过来，后来才有了大皇子。"

范闲听过这个故事，知道当时皇帝陛下身处绝境，是轮椅中这位枯瘦的老人率领黑骑将他从北方抢了回来，而宁才人当时是营中的一位东夷城女俘，一联想他就明白了少许，又问道："您和宁才人关系不错？"

"一路逃命，情况比较凄惨，留在脑子里的印象比较深刻，后来关系自然也就亲近了些。"陈萍萍依然面无表情，"当时的情况不可能带着俘虏逃跑，宁才人要被砍头的时候我说了一句话，或许记着这点，她一直对我比较尊敬。"

范闲乐了："原来您是宁才人的救命恩人！"

陈萍萍闭着双眼，幽幽地说道："陛下当时受了伤，身体硬得像块木头，根本不能动，那些擦身子、大小便的事情……总要留一个细心的女人来做。"

"听说宁才人进宫也起了一番风波，那时候陛下还没有大婚，就要纳一个东夷女俘为妃，太后很不高兴。"范闲好奇地问道，"您是不是也帮了她忙？"

陈萍萍笑了起来，笑得脸上的皱纹成了包子皮："我那时候说话还不像今天这么有力量。当时是小姐开了口，宁才人才能入宫。"

范闲叹了口气，说道："原来什么事我那老妈都喜欢插一手。"

"她爱管闲事。"陈萍萍很自然地说道，然后忽然顿了顿，"不过……这也不算闲事，总要她开口，陛下才会下决心成亲吧。"

范闲在他的身后扮了个鬼脸，说道："老一辈的言情故事我还是不听了。"

"听听好。"陈萍萍笑着说，"至少你现在知道在宫里有一个可以信赖的人。"

范闲摇了摇头说："多年前的恩惠，我不认为效果能够延续到现在。"

陈萍萍说道："东夷女子，性情泼辣，恩仇分明，而且十五年前为小姐报仇，她也是出了大力的。也是因为如此才得罪了太后，被重新贬成了才人，直到今天都无法复位。"

范闲略生感动，问道："你确认大殿下没有争嫡的心思？"

陈萍萍冷漠地说道："他是个聪明人，所以在很小的时候就选择了逃走。由母知子，宁才人教育出来的皇子要比老二和太子爽快得多。"

范闲沉默片刻后忽然开口问道："宁才人知道我的事吗？"

"不知道。"陈萍萍教育道，"手上拿着的牌不能一下子全部打出去，总要藏几张放在袖子里。"

"陛下……知道我知道吗？"

"不知道。"

"这算不算欺君？"

"噢，陛下既然没有问，我们这些做臣子的，当然不方便说什么。"

一老一少二人都笑了起来，笑得像两只狐狸似的。

"老二那件事情就这样了？"

"你的目标达到了没有？"

"一共治了十七位官员，他在朝中的力量清得差不多，吏部尚书那种层级的我可没有能力动手。"范闲扳着手指头，沉稳地说，"崔家也损失了不少，据北边传来的消息，他们的手脚被迫张开了，要斩他们的手以后会容易很多。"

"不要让别人察觉到你的下个目标是崔家。"陈萍萍冷冷地说道，"明日上朝，陛下就会下决断，老二很难翻身了。"

"我家会不会有问题？"

"你在不在乎那个男爵的爵位？"

"不在乎。"

"那就没问题。放心吧，你那个爹比谁都狡猾，怎么会让你吃亏。"这时陈萍萍有点儿恼火地说道，"就是趁我不在京，把你从澹州喊了回来这件事情太白痴了！"

"那是我父亲。"范闲有些头痛地提醒院长大人。

陈萍萍拍拍轮椅的扶手，带着嘲讽的意味说道："这我承认，他这爹当得不错。"

范闲有些不乐意听见这种话，沉默不语。陈萍萍没有想到他对范建如此尊敬，欣慰地笑了笑，问道："你今天来做什么？"

"带着老婆妹妹来蹭饭吃。"范闲牵起一个勉强的笑容，"顺便让她们开开眼，看看您这孤寡老头养的一院子美女。"

这时，他忽然不想继续和这位老人再开玩笑，有些忧郁地问道："我一直有个问题想问您。"

"说。"

"您……真的是一位忠臣吗？"

这个问题有些孩子气。陈萍萍却回答得很慎重，思考了很长时间才说道："我忠于陛下，忠于庆国……而且你现在也应该清楚，不论你做什么事情都是陛下看着你在做，他允许你做的事情你才能够做到。所以说忠于陛下其实也就是忠于自己，那么你就一定要记住这一点，永远地忠于陛下。"

这到底是忠于陛下还是忠于自己呢?

范闲不想就这个问题再深究下去。

"不过你这次出手太早，比陛下的计划提前了一些。"陈萍萍闭着双眼，幽幽地说道，"而且你行事的风格显露得太彻底，陛下并不知道你已经猜到了自己的身世，难免会生出些疑心。"

范闲默然，知道这是此事带来的最大麻烦。

"不用担心，我来处理。"陈萍萍轻声地说了一句。

范闲不再担心，推着轮椅走出了这片美丽却又凄清的林子。老少二人向西而行，将影子渐渐拉离开来，只是轮椅的轮子却始终断不开那道影子的羁绊。